St-Sal

Alles i. allem habe ich es gut getroffen. Ich bin gern dien
i. St. Sal. Wenn ich mit dem ~~Zug~~ Citro vom Einkaufen aus Brignoles komme,
öffnet s. das schwere, ~~v. ~~Herden~~ geschmückte~~ schmiedeeiserne Tor automatisch. Es knirscht zu meiner Begrüß.
als wollte es sagen: „Du gehörst hierher. Herzl. willkommen!
Zum Haupths führt eine mehr als 200 m lange Platanenallee.
Es sind prächtige Bäume, über 100 Jahre alt. Es gehört zu
meinen Pflichten, sie v. abgestorbenen Ästen zu befreien.
Ich kenne jeden einzelnen persönlich.
Ich heiße François. ~~Koch~~ ~~oh~~ Mein Familienname wird Kosch ausgesprochen.
In meinem Taufregister steht Franz. Ich
bin im Elsaß geboren, i. den Jahren als es zu 3Rd ge-
hörte. Meine Eltern sprachen, dachten u. fühlten deutsch.
Sie waren begeistert von Adolf Hitler. Wenn sie seine
Reden im Radio hörten, klatschten sie Beifall.]

Ich spreche dt. u. französisch, beides mit leichtem Akzent. Charles de Gaulle war mein Idol, ich verehre ihn
heute noch. Ich habe öfters jenseits der Grenze im Freiburger-
u. Markgräflerland Urlaub gemacht, fühle mich ~~aber~~ ~~lieber~~ in
Burgund, ~~nach~~ in Dijon od. Mâcon ~~gefahren~~ mehr zuhause. Um zu
demonstrieren, wo ich hingehöre, bin ich Berufssoldat
geworden. In La Grande Armée. Habe allerdings nie einen
Schuß abgegeben. Ich war der Verwaltg zugeteilt, habe i.

Reinhold Neven Du Mont
Glück und Glas
Erzählungen

Inhalt

Ein Obelisk   9
Schreiben Sie mir   25
Ein Geburtstagsabend   43
Rouge oder Noir   61
Große Schwester, kleine Schwester   77
Ein denkwürdiger Geburtstag   89
Marlène   103
Ein Liebespaar   121
Von Ängsten und Lüsten   143
Ich will vergessen   163
Lotte   177
Frau Pitter   197
Geisterbahn   241
Im Krieg   259
Es muss sein   301
Luisa   331
Ein echter Mondrian   363
St. Gal   381

Auf den CDs erzählt Reinhold Neven Du Mont:
Ein Wochenende
November 2019
Deutsche Riesen
Januar 2020
Das goldene Herz
Oktober 2020

Vorwort

Vor ein paar Jahren habe ich einen Band mit Erzählungen zusammengestellt. Ich habe ihm den Titel *28 Frauen und einige Männer* gegeben, habe von ihm eine kleine Auflage drucken lassen und ihn an Freunde und Verwandte verschenkt.

Die Resonanz war durchweg positiv. Alle haben die Erzählungen (oder wenigstens einige davon) gern gelesen. Eine Freundin, zu der ich lange keinen Kontakt gehabt hatte, schrieb mir: »Das hätte ich Dir gar nicht zugetraut.«

Das hat mir Mut gemacht. Ich habe weiter Erzählungen verfasst. Da andere Unternehmungen durch Corona kaum möglich waren, blieb mir Zeit zum Schreiben. Es hat mich gereizt, ganz unterschiedliche Personen in verschiedenen Zeiten und an diversen Orten auftreten zu lassen. Die Arbeit hat mir Freude bereitet.

Ich habe die Erzählungen keinem Verlag zur Veröffentlichung angeboten. Ich kenne die Einstellung der Verlage zu Erzählungsbänden. Sie nehmen sie ungern ins Programm, sie verkaufen sich schlecht.

Zu verstehen ist das nicht. Haben wir nicht alle wenig Zeit? Da sind doch Erzählungen genau das Richtige:

Man liest an einem verregneten Wochenende zwei oder drei und bei nächster Gelegenheit weitere.

Jetzt also *Glück und Glas*. Achtzehn Erzählungen in gedruckter Form und vier von mir in einem Tonstudio für eine CD gelesen. Ich wünsche viel Lese- und Hörvergnügen.
Reinhold Neven Du Mont

Ein Obelisk

Von dem Rest des Geldes, das ich mit Nachhilfestunden verdient habe, habe ich mir ein Heft gekauft. Genau genommen ist es ein Kontorbuch, stattlich und mit festem Einband. Aber ich werde auf seinen Seiten nicht wie ein ordentlicher Kaufmann Einnahmen und Ausgaben notieren, sondern ich ernenne es zu meinem Tagebuch und vertraue ihm Gedanken und Gefühle an, die ich keinem menschlichen Wesen mitteilen würde. Auf der Vorderseite habe ich in Schönschrift meinen Namen vermerkt und darunter das Datum des heutigen Tages gesetzt.

Jetzt liegt es vor mir auf dem Tisch, aufgeschlagen sind die Seiten zwei und drei. Sie blicken mich mit jungfräulicher Unversehrtheit erwartungsvoll an. Ich suche nach einer passenden mathematischen oder physikalischen Formel, die ich späteren Eintragungen gewissermaßen als Leitmotiv voranstellen könnte. Aber mir fällt nichts Geeignetes ein. Der einzige Gedanke, der sich mir aufdrängt, ist das Frosch-Gleichnis. Als Kind habe ich sie beobachtet. Eine Familie lebt mit Onkeln und Tanten und deren Nachwuchs in einem Tümpel zusammen. Der Stammvater beansprucht den besten Platz und quakt am lautesten, um die Weibchen zu betören. Sobald ihnen die Beine lang genug gewachsen sind, machen sich die kräftigsten und lebenslustigsten Jungfrösche auf die Suche nach einem eigenen

Tümpel. Sie sind schlau. Wenn ich ihnen den Weg verstellte, fanden sie eine Möglichkeit, das Hindernis zu umgehen. Ihr Wunsch, ihrer Familie zu entkommen, ist so groß, dass sie alle möglichen Gefahren auf sich nehmen. Die einen werden von Störchen verspeist, andere von den Rädern eines Karren zerquetscht. Von zehn erreicht nur einer sein Ziel.

Dieser eine werde ich sein.

Pythagoras wurde von seinen Schülern als der ideale Weise angesehen. Es wäre angemessen gewesen, seinen Kernsatz *Alles ist Zahl* meinen Tagebuchaufzeichnungen voranzustellen. Stattdessen habe ich mit den Lebensgewohnheiten der Frösche begonnen, von denen ich immer als kleiner Junge ein besonders prächtiges Exemplar in einem Glasbehälter beherbergte und mit Fliegen fütterte. Noch heute kann ich sagen, dass Frösche, Kröten, Lurche und Salamander meine Lieblingstiere sind.

Ohne irgendeinen logischen Zusammenhang bringt mich der Stammvater im Froschteich auf meinen eigenen Vater. Sie haben keinerlei Gemeinsamkeiten. Mein Vater ist Augenarzt und sonst nichts. Er hat keine Liebhaberei, keine Freunde, mit denen er sich austauschen könnte. Er hat zwei Kittel, die er abwechselnd über dem immer gleichen Anzug trägt und was auf seinem Teller liegt, isst er, ohne darauf zu achten, was es ist. Weiter als bis zum Tegernsee ist er nie aus München herausgekommen. Unter seinen Patienten sind recht ansehnliche Frauengestalten. Er blickt ihnen tief in die Augen, aber allein, um die Reaktionen der Pupille zu testen oder zu untersuchen, ob sie nah- oder weitsichtig sind. Würde man ihn darauf hinweisen, dass die Damen auch unterhalb der Augen über beachtenswerte Körperpartien verfügen, so würde er wahrscheinlich auf Kollegen und deren Zuständigkeit für tiefer gelegene Fachbereiche verweisen.

Meine Mutter war eine stille Person, von der nichts geblieben ist als eine schwarze Haube an einem der Garderobenhaken. Sie liebte die Kunst. In der wenigen Zeit, die ihr bei fünf Kindern blieb, zeichnete sie und ging, ohne sich mit ihrem Mann abzusprechen, zu Ausstellungen. Auch zu solchen mit zweifelhaftem Ruf in den Ateliers von jungen Künstlern. In das Milieu der Schwabinger Bohème hätte sie besser gepasst als in den Haushalt eines Augendoktors. Sie schickte uns Buben in Kurse eines Malers namens Anton Zwengauer. Dieser Zwengauer zog mit uns, die Staffelei auf dem Rücken, ins Isartal oder zum Kloster Andechs zum Aquarellieren. Von ihm lernten wir den Bildaufbau, die Gesetze der Perspektive, die Kontrastwirkung von hell und dunkel und – vielleicht das Wichtigste – die Genauigkeit des Blicks.

Ich kann mich nicht erinnern, dass es je zwischen meinen Eltern zum Streit gekommen wäre. Dazu war vermutlich das Interesse aneinander zu gering. Mein Vater hat meiner Mutter nie ein Kleid gekauft und sie nie in ein Esslokal ausgeführt. Nicht einmal einen Strauß Blumen wird er ihr mitgebracht haben. Alle paar Jahre kam er seinen ehelichen Pflichten nach, zeugte einen Sohn, hielt bei der Taufe den schreienden Säugling übers Becken und sah damit seine väterlichen Pflichten als erfüllt an. Er war kein schlechter Vater, er war gar kein Vater.

Meine Mutter starb bei der Geburt des sechsten Kindes. Der Pfarrer kam zur Nottaufe zu spät, es war ein Mädchen und hätte Augusta heißen sollen. Meinen Vater traf der Tod seiner Frau unerwartet hart. Er war nie gesprächig gewesen, jetzt verstummte er. Hinzu kam, dass er langsam erblindete. Er, der stadtbekannte und geschätzte Augenarzt, konnte sich selbst nicht helfen. Die Gläser seiner Brille wurden immer dicker, er konnte die fein tarierten Instrumente nicht mehr selbst bedienen. Alte Kunden, deren Sehkraft er über Jahrzehnte verbessert hatte, ließen sich nicht mehr blicken, es gab jüngere Ärzte, die einen guten Ruf hatten. In dieser Situation richtete sich die letzte Hoffnung des Unglücklichen auf seinen Ältesten. Der schrieb sich ihm zuliebe für kurze Zeit in der medizinischen Fakultät ein, bis er spürte, dass es dem Vater nicht um das Wohl des Sohnes, sondern um den Fortbestand seiner Praxis ging. Als er ihm eröffnete, dass für ihn die Vorstellung, ein Leben lang immer nur mit einem menschlichen Organ befasst zu sein, ein Horror sei, kam es zum Zerwürfnis. Er, dem bewusst war, dass er im Begriff stand, nach der Mutter auch den Vater zu verlieren, fand für den Alten kein tröstliches Wort. Der Streit wurde wortlos ausgetragen. Ich sehe die beiden sich im Allerheiligsten, im Arbeitszimmer meines Vaters, gegenüberstehen. Den Kopf nach vorne geschoben und mit starrem Blick aus den trüben Augen der eine, zurückgelehnt und scheinbar in die Betrachtung seiner Schuhspitzen vertieft der andere. Mein Bruder verließ das Haus, in dem er aufgewachsen war, ohne dem Vater zum Abschied die Hand zu schütteln. Bedrückt und mit schlechtem Gewissen packte er seine sieben Sachen, stieg an einem Föhntag auf den Südturm der Frauenkirche, um sich von seinen geliebten Bergen zu verabschieden und fuhr nach Berlin.

Die Lehrer an unserer Schule, die heute Königliches Wilhelmsgymnasium heißt, waren noch Pauker vom alten Schlag. Das kann man getrost wörtlich nehmen. Wer auch nur eine Minute zu spät zum Unterricht kam, wer vergessen hatte, die Hausaufgaben zu machen oder sie nicht in Schönschrift ablieferte, wer während des Unterrichts schwätzte oder beim Nachbarn abschrieb, wer nicht wusste, welche Flüsse zur Donau hin- und welche ihr entgegenfließen, wurde mit dem Tatzen-Stecken bestraft. Für leichtere Vergehen erhielt der Übeltäter drei, wiederholte sich das Delikt, fünf Schläge auf die vorgestreckten Hände.

Es gab einen in der Klasse, der ließ sich jeden Tag etwas zu Schulden kommen. Seine Finger waren wund bis auf die Knöchel. Vor allem der Lateinlehrer schlug ihn mit Lust. Ein Schandfleck sei er, eine moralische Gefährdung für die anderen Schüler.

Dieser Schandfleck wurde mein Freund. Ich kann nicht genau sagen, wie und warum es dazu kam.

Wahrscheinlich gefiel mir Josefs Unfähigkeit sich anzupassen. Mit ihm unternahm ich die ersten Ausflüge in die Alpen, an denen meine Brüder nicht beteiligt waren. Sie nahmen mich zwar mit, aber sie taten so, als müsste ich dankbar sein, dass ich dabei sein und das schwere Gepäck mit den Instrumenten tragen durfte.

Josef hatte einen Wunschtraum oder besser gesagt eine fixe Idee. Er wollte nach Heiligenblut. Er wollte an den Fuß des Großglocknermassivs mit der durch nichts zu irritierenden Inbrunst eines Pilgers. In den Flüssen der Gegend hätte man Gold, in den Bergen Silberadern gefunden. Seine Augen leuchteten. Er bat mich, nein, er entschied, dass ich ihn begleiten sollte.

Ich hatte eigentlich etwas anderes vor. In der Innentasche meines Jacketts steckte eine Einlasskarte für das Sommerfest der Schwabinger Künstlergemeinschaft, das berühmt war für die Tanzeinlage der *Fröhlichen Hirtinnen*. Bei ihrem Auftritt kamen die Herren auf ihre Kosten. Er galt als Höhepunkt des Abends. Sie schwenkten die Beine in französischer Cancan-Manier und raschelten so vielversprechend mit den Rüschen ihrer Röcke, unter denen sich die Hüften abzeichneten, dass bei ihrem Anblick angeblich schon manch einer den Verstand verloren hatte.

Aber die Begeisterung, mit der Josef von Bergkristallen und Versteinerungen sprach, war ansteckend. Auch mich ergriff eine Art Fieber, das die Gedanken an die Tänzerinnen verdrängte. Zu Beginn der Osterwoche marschierten wir los. Die Route, die Josef gewählt hatte, war beschwerlich und unsere Ausrüstung mangelhaft. Gekleidet wie zu einem Spaziergang in den Isar-Auen, ohne Regenschutz und auf löchrigen Sohlen in die Berge zu gehen, war leichtsinnig. Mein Enthusiasmus schmolz mit jedem Tag, an dem wir uns nichts anderem als von einem Stück Käse und einem Kanten Brot ernährten, ein wenig dahin. Der von Josef war ungebrochen. Als ich ihm die wundgescheuerten Stellen an meinen Füßen zeigte, die höllisch brannten, sah er mich nur verständnislos an. Seine Füße waren in einem ähnlichen Zustand. Aber dem schenkte er so wenig Beachtung wie der Blumenpracht der verschwenderisch blühenden Almwiesen oder den Jubeltönen der Lerchen, die uns hoch in den Lüften begleiteten. Sein Augenmerk war nach unten gerichtet. Jedes Mal, wenn er einen Stein oder eine Felsnase mit einer weißen Ader entdeckte, erklärte er mir, dies sei Quarz umgeben von einem Granitbrocken. Damit schien sich seine Gesteinskunde zu erschöpfen. Beim Anblick einer Wand aus fein geschichteten Platten zuckte er nur mit den Schultern.

Unterwegs hatten wir in Heustadeln oder in billigen Herbergen übernachtet. In Heiligenblut hatten wir Glück, wir kamen im Pfarrhof unter. Unsere Spargroschen gingen zur Neige und da war uns ein kostenloses Quartier sehr willkommen. Der Herr Pfarrer glich einem Gurkenfass und seine Stimme erinnerte mich an die meiner Tante Franziska. Unsere Schlafstelle war in der Sakristei. An einem Haken hing ein Messgewand, aber vor allem diente sie als Abstellkammer. Im Laufe der Zeit hatte sich in dem alten Gemäuer allerhand Gerümpel angesammelt: zum Beispiel ein windschiefer Beichtstuhl, ein wurmstichiger Betschemel, die Gipsfigur eines Heiligen ohne Kopf und ein Kreuz mit rostigen Nägeln an den Stellen, an denen einst der Körper Christi gehangen hatte. Als hätte man unsere Ankunft erwartet, lagen in einer Ecke zwei mit Stroh gefüllte Säcke.

Zum Abendessen gab es Kartoffelsuppe, in der Speckwürfel schwammen. Ausgehungert wie wir waren, ließen wir es uns schmecken. Der Herr Pfarrer sah uns mit vor dem Bauch gekreuzten Armen und einem milden Lächeln zu und nutzte die Zeit für eine kurze Moralpredigt. Er sprach von der Schwäche des Fleisches und den Anfeindungen des Teufels. Unser Körper sei ein Gefäß, das wir sauber halten müssten. Wir dürften uns nicht selbst beflecken und Unzucht erst recht nicht mit anderen treiben. Wenn die Versuchung an uns herantrete, sollten wir zur Gottesmutter beten, ein »Gegrüßet seist Du, Maria« wäre da auf jeden Fall hilfreich. Auf dieses Stichwort hin faltete er die Hände und sprach zum Zeichen, dass wir nun genug gegessen hatten, ein Gebet: »Herr, wir danken Dir für diese Speise ...«.

Bei uns zu Hause wurde weder vor noch nach dem Essen gebetet, wohl aber bei der schon erwähnten Tante Franziska und die Ermahnungen, keusch zu sein, kannte ich vom Beichtunterricht, bei dem das sechste Gebot mehr Raum einnahm als andere Gebote, wie zum Beispiel »Du sollst nicht töten«. In dem Wohlgefühl, das ich einem vollen Bauch verdankte, faltete auch ich die Hände. Josef rührte sich nicht. Seine Lippen waren aufeinandergepresst. In der Rechten hielt er noch den Löffel und in seinem Gesicht stand der Ausdruck von düsterer Feindseligkeit, den ich aus dem Lateinunterricht kannte. Der Herr Pfarrer, der versucht hatte, während seiner Predigt streng dreinzublicken, lächelte wieder milde und sagte: »Unser Herr, Jesus Christus, ist auch für Dich, mein Sohn, am Kreuz gestorben.«

Die Nacht hier oben auf über tausend Meter Höhe war kalt. Ohne zu zögern nahm Josef das Messgewand vom Haken und breitete es über uns aus. Dann drückte er sich – wohl um sich zu wärmen – an mich. So lagen wir eng umschlungen auf nur einem Sack und konnten nicht verhindern, dass unter dem heiligen Gewand Gefühle aufkamen, für die uns der Herr Pfarrer zehn Vaterunser als Buße auferlegt hätte.

Nachdem ich mir aus Pappendeckel Einlegsohlen zurechtgeschnitten, die Schuhe mit einem Strick an den Füßen befestigt und mir noch einmal eingeredet hatte, wir wären Glückskinder und würden den größten Bergkristall aller Zeiten finden, zogen wir am nächsten Morgen los. Der Herr Pfarrer gab uns einen Kanten Brot, ein Stück Speckwurst und eine Warnung mit auf den Weg. Ein Wetterumschwung stünde bevor. Er hätte einen ziehenden Schmerz im linken Bein. Das sei ein untrügliches Zeichen. Unser

Ziel war nicht einer der silbrig glänzenden Gipfel, sondern ein etwa tausend Meter höher gelegenes Geröllfeld, *Des Deifels Absturz* genannt.

Vom Aufstieg ist nicht viel zu berichten. Der Strick hielt. Josef ging voraus, ich hatte Mühe, mit ihm Schritt zu halten und ärgerte mich, dass er sich nicht einmal nach mir umblickte. Der Weg wurde zum Pfad und dann, plötzlich, nach einer Kurve, über die Wipfel der letzten Tannen hinweg, war der Blick frei auf den ewigen Schnee des Großglockners. Die Baumgrenze zu überschreiten ist immer ein erhebendes Erlebnis. Gerade noch geschützt von den mächtigen Stämmen, breitet man mit einem Mal frei und losgelöst von der Schwere der Täler die Arme aus und würde sich – wäre man ein Vogel – in den Himmel erheben.

Josef trug den Kartoffelsack, den er bei einem Bauern hatte mitgehen lassen, und hatte sich im Wald einen Stock mit einer Astgabel am Ende gesucht. Er schien nicht zu merken, dass ein kalter Wind aufkam.

Wir erreichten den Geröllhang gegen Mittag. Aufeinander getürmte Steine in allen Größen soweit das Auge blicken konnte, in einem grauen, steilen Feld bis hinauf, wo es sich in tief hängenden Wolken verlor. Bergsteiger umgehen solche Geröllhalden, sie nehmen Umwege in Kauf, aus Furcht, eine Steinlawine auszulösen und von ihr begraben zu werden.

Josef begann sofort, mit der Gabel seines Stockes die Steine zu wenden. Ich musste es nach vorne gebeugt mit den Händen tun. Langsam arbeiteten wir uns aufwärts, immer darauf bedacht, auf größeren Steinen festen Halt zu finden. Vor Kälte wurden mir die Finger steif, ich musste sie unter den Achseln wärmen. Da, ein Schrei, ein Freudenschrei. Josef hielt ihn in die Höhe, als wollte er den Göttern seinen Fund zeigen. Ein Kristall. Er wog ihn in der Hand. »Vierhundert Gramm, vielleicht fünfhundert«, sagte er. Es war ein *Obelisk* mit abgebrochener Spitze. Vielleicht war es nur das Licht, das sich in ihm brach, aber ich meinte eine zarte rosa Tönung zu erkennen.

Mit neuem Eifer setzten wir die Suche fort und achteten nicht auf die schwarze Wolkenbank, die von Westen her aufzog. Josef sprang leichtfüßig wie ein Gamsbock im Geröll herum, während ich behutsam Stein für Stein wendete. Ich tat es mit nachlassender Begeisterung. Meine Ausbeute war gering: nur zwei *Nadeln*, zerbrechliche, etwa fünf Zentimeter lange Splitter. Gerade wollte ich Josef »Mir langt's« zurufen, als wieder ein Schrei ertönte, gefolgt von einem Rumpeln und Dröhnen. Es war, als hätte der Berg ein Zeichen des Unmuts hören lassen. Josef stand wie vom Blitz getroffen mit aufgerissenem Mund vor dem finsteren Himmel. Er hatte eine Steinlawine losgetreten, nicht größer als der Grundriss der Sakristei, unserer Schlafstelle. Einer der Steine hatte seinen rechten Fuß getroffen. In einer Minute war ich bei ihm.

»Da! Da!«, stieß er hervor und deutete auf eine freigelegte Stelle. Da lag eine *Krone* von der Größe einer Kinderhand. Als ich sie aufheben wollte, stieß er mich mit seinem Stock zurück. »Berühr sie nicht! Sie ist an dem Steinrutsch Schuld. Sie bringt Unglück!«

An den Abstieg erinnere ich mich nur ungern. Er war dramatisch und brachte mich ans Ende meiner Kräfte. Josef konnte mit seinem rechten Fuß nicht auftreten. Ich musste ihn unterhaken, auf der anderen Seite stützte er sich auf den Stock, dessen Gabel er sich unter die Achsel schob. Er jammerte nicht, er stöhnte nicht, sein Gesicht war zu einem bösartigen Grinsen erstarrt. Meter um Meter bahnten wir uns einen Weg, wo keiner war.

Als wir das Ende des Geröllfeldes erreicht hatten, öffnete mit einem heftigen Windstoß der Himmel seine Schleusen. Ich hörte ein Brausen. Waren es die vom Wind gebeutelten Tannen oder der Regen, der auf die Felsen schlug, oder die Wassermassen, die in Minuten den Bach, der uns ins Tal leiten sollte, in ein reißendes Wildwasser verwandelt hatten? Ich meinte ganz in unserer Nähe ein Ächzen und Krachen zu hören, als wäre ein alter Baum in den Turbulenzen geborsten. Durchnässt bis auf die Haut, angetrieben von einem dumpfen Überlebenswillen erreichten wir Heiligenblut.

Am Küchentisch saß mit einer Kapuze auf dem Kopf eine Frau. Ihr Rücken war vom Alter gebeugt, aber ihre Augen waren blank und hellwach und musterten uns Elendsgestalten mit Neugier. Neben ihr auf dem Boden stand ein großer Korb, der mit einem weißen Tuch abgedeckt war. Mir lief die Nase und ein kalter Schauer kroch mir den Rücken hinunter. Als sie mich frösteln sah, griff sie in den Korb und zog ein in ein großes Blatt gewickeltes Blumenbündel heraus. »Das hier«, sagte sie, »heiß aufkochen und wenn Sie haben, Hochwürden, einen Löffel Honig beigeben.« Dann wandte sie sich Josef zu. »Ein Stein hat dir wohl den Fuß gequetscht? Ja, ja, der Berg rächt sich, wenn man ihn stört.« Wieder griff sie in den Korb. »Mit diesen Blättern machst kalte Umschläge, dann schwillt der Fuß ab. Und kau kleine Stücke von der Rinde gegen die Schmerzen. Aber nicht zu viel, sonst wirst spinnert.« Dann hielt sie inne und sah Josef unverwandt an, so, als hätte sie jetzt erst entdeckt, mit wem sie da sprach. »Was ist mit dir? Du bist ein Beschnittener. Stimmt's?« Ohne ein Zögern und wieder mit dem Ausdruck im Gesicht, den ich aus den Unterrichtsstunden kannte, sagte Josef mit klarer Stimme »Ja!«. Und nach einer Pause: »Damit ihr's nur wisst: Ich heiße eigentlich Joshua und nicht Josef.« Während sich der Herr Pfarrer bekreuzigte und »Gott, Allmächtiger« murmelte, öffnete die Frau eine Dose, tupfte Joshua Salbe zwischen die Augenbrauen und massierte sie ein. »Dass du gut schläfst heute Nacht.« Mit diesen Worten strich sie das Tuch über ihrem Korb glatt, klopfte Joshua auf die Schulter und sagte: »Sei nicht immer so bockig.«

War ich erstaunt? Ich war noch nie einem Juden begegnet und wusste nicht, was es damit auf sich hatte. Einmal hatte Vater einen Patienten für eine schwierige Behandlung von zwei Stunden auf einen

Sonnabend bestellt. Aber der hatte mit der Begründung abgesagt, dann sei Sabbat und am Sabbat könne er nicht kommen. Und sonst? Im Evangelium, das in der Karwoche verlesen wird, heißt es: »Pilatus fragte ihn: Bist du der König der Juden? Er antwortete ihm: Du sagst es.« Die Juden hatten also einen König und der war für Christen Gottes Sohn. Das war verwirrend. Ich dachte nicht weiter darüber nach und wartete darauf, dass Joshuas Fuß abschwoll und er wieder laufen konnte.

Wir hatten Glück. Die Blätter der Kräuterfrau taten ihre Wirkung, der Herr Pfarrer verabschiedete uns mit: »Der Schoß unserer heiligen Mutter Kirche nimmt alle auf«. Als wir unten im Tal angelangt waren, fand sich ein Kutscher, der uns mitnahm und mir sogar die Zügel überließ, wenn er einen Apfel aß oder die Pfeife stopfte.

Am Isartor in München trennten sich unsere Wege. Er gab mir den Obelisk. »Für deinen Vater mit einem schönen Gruß von mir. Er kann ihn als Briefbeschwerer benutzen.«

Als ich wieder zur Schule musste, blieb der Platz neben mir frei. Ich traf Joshua zufällig in einem Laden für Obst und Südfrüchte. Ich wollte ihn freudig begrüßen und ihm berichten, dass mein Vater den Obelisk sorgsam durchleuchtet und seinen Wert auf mindestens zehn Gulden geschätzt hatte, aber seine Aufmerksamkeit war auf einen Korb mit Äpfeln gerichtet, als wäre es seine Aufgabe, die Wurmstichigen auszusortieren. Was denn los sei, fragte ich ihn.

Die Antwort kam stockend: »Mein Vater hat Schwierigkeiten. Er kann nicht in München bleiben. Wir ziehen weg.« »Jetzt, mitten im Schuljahr?« »Ja.« »Da musst du dir ein Zwischenzeugnis geben lassen.« Er lachte heiser. »Wollen sie mir aber nicht geben. Ich hätte kein Recht darauf.« Das war gemein, das war Schikane. Ohne Zwischenzeugnis würde er an keinem anderen Gymnasium angenommen werden.

Mir kam eine Idee. Es war wie eine Eingebung. Ohne lange zu überlegen, entwickelte ich einen Plan, von dem niemand etwas erfahren durfte. Was ich vorhatte, war riskant, aber gerade das bereitete mir Vergnügen.

Im Vorzimmer des Direktors saß eine ältliche Person, immer schwarz gekleidet, die Haare streng aus der Stirn gekämmt und am Hinterkopf zu einem Knoten hochgesteckt. Fräulein Hampe, die *Brillenschlange*. Aus unerfindlichen Gründen hatte sie einen Narren an mir gefressen. Sie verwaltete das Unterrichtsmaterial und hatte Zugang zum *Tabernakel*, dem Schrank, in dem auf einem kleinen Ständer hängend die Stempel aufbewahrt wurden. Wenn ich die Schule geschwänzt hatte, weil es Wichtigeres zu tun gab, und ihr eine von mir gefertigte Entschuldigung in der Handschrift meiner Mutter vorlegte, setzte sie den Stempel darunter. Dafür durfte sie meine Hand ausgiebig tätscheln, was ihr rote Flecken ins Gesicht trieb. Wir wechselten Verschwörerblicke.

Sie war nicht schwer von Begriff, sie verstand sofort. Sie rückte die Brille zurecht, verschwand im

Zimmer des Direktors, der durch eine glückliche Fügung nicht im Hause war, und kam mit zwei Zeugnisvordrucken zurück. »Zwei, für den Fall, dass du dich verschreibst.« Sie stempelte beide und legte ein Rundschreiben mit der Unterschrift des Direktors dazu. »Schwarze Tinte«, sagte sie. Darauf strich sie mir über die Haare und zog mich an sich. Ich musste sie auf die Wangen küssen. Ihre Haut war trocken und schmeckte nach Kernseife.

Ich stellte Joshua ein gutes Zeugnis aus. Er nahm es entgegen, ohne einen Blick darauf zu werfen. »Danke«; sagte er und verschwand aus meinem Leben.

März 2018

Schreiben Sie mir ...

Ich habe einen Roman geschrieben. Er heißt *Die Burg*. (*Das Schloss* hätte besser gepasst.) Er hat es nicht auf eine der Bestsellerlisten geschafft, er wurde mit keinem Preis ausgestattet, aber in mehreren Zeitungen und zwei Rundfunksendungen wohlwollend besprochen und ich bekam ein Dutzend Leserbriefe, alle von Frauen, die sich bei der Lektüre an ihre Jugend erinnert fühlten. Für mich war *Die Burg* ein Erfolg, ein bescheidener zwar, aber wenn ich in Signierstunden meinen Namen auf die Titelseite setzte, konnte ich mich als Schriftsteller fühlen.

Mein zweiter Roman hatte einen ungünstigen Titel und wurde zum Misserfolg. Die Buchhändler wollten ihn nicht ins Schaufenster legen; die wenigen Exemplare, die sie bestellt hatten, ließen sie im Regal verstauben oder schickten sie bei erster Gelegenheit an den Verlag zurück. Der ließ mich daraufhin fallen. Er war an einer weiteren Zusammenarbeit mit mir nicht mehr interessiert.

Zwischendurch hatte ich Erzählungen geschrieben, die ich Freunden zu lesen gab. Sie äußerten sich freundlich, die Geschichten hätten ihnen gefallen. Sie seien abwechslungsreich und gut geschrieben, wirklich gut. Ihr Lob konnte mich nicht darüber hinwegtäuschen, dass ich als Schriftsteller gescheitert war.

Ich hatte von einem Mann gelesen, der sich in sein Auto setzte und sich auf unbestimmte Zeit durch unbekannte Gegenden und ihm fremde Orte treiben ließ. Er hatte kein bestimmtes Ziel, er fuhr bis er müde wurde. Am nächsten Tag fuhr er weiter.

Die Idee gefiel mir. Ich wollte weg von dem Schreibtisch, an dem ich die vielen hundert Seiten geschrieben hatte, die niemand lesen wollte, weg von den Erwartungen und Enttäuschungen, die sich wieUngeziefer in den Winkeln meiner Wohnung festgesetzt hatten. Am Morgen nicht zu wissen, wo ich am Abend sein würde, fand ich verlockend. Waren es Fluchtgedanken? Wollte ich mich bestrafen? (Für was?) Oder lockte mich das Abenteuer? Alles möglich.

Zu diesem Zeitpunkt war ich nicht mehr jung und noch nicht alt. Ich war dreiundvierzig und hatte keine Ahnung, wie es mit mir weitergehen könnte.

Ich setzte mich in meinen alten Saab und fuhr nach Osten. Der Sonne entgegen. Ich dachte, das sei gut gegen Depressionen. Irgendwann erreichte ich die bulgarische Grenze. Ich fuhr über löchrige Nebenwege, durch elende Straßendörfer, in denen alte Frauen mich misstrauisch beäugten, aß scharf gewürzte Suppen und zähes Fleisch, schlief auf harten Matratzen in engen Betten und überfuhr in Starna ein Schaf, dessen Besitzer mir die Autoschlüssel abnahm und mit gezücktem Messer wartete, bis die Polizei eintraf.

Das Meer erreichte ich in Warna, einer Industriestadt, die ihre Abwässer ungefiltert ins Meer leitet. Ich ging am Strand entlang. An baden war nicht zu denken. In den Wellen schwappte ein bräunlicher Schaum, der einen muffigen Geruch verbreitete. Als wäre dies alles nicht trostlos genug, fing es auch noch an zu regnen. Ich ließ mich nicht abschrecken. Mir war kalt, aber ich ging weiter und weiter, übersah den Plastikmüll im Sand. Schließlich versperrte mir eine Felsnase den Weg. Ich schloss die Augen, hielt mein Gesicht in den Wind und empfand nichts. Ich war am Ende meiner Reise angekommen.

Als ich nass bis auf die Haut wieder im Saab saß, strich ich ihm liebevoll über die Holzverkleidung des Armaturenbretts. »Tu mir den Gefallen und bring mich wohlbehalten zurück«, sagte ich zu ihm. »Es wird alles gut werden.«

Vor unserer Wohnungstür angekommen, überlegte ich, ob ich klingeln sollte, um Helen meine Rückkehr anzukündigen. Von unterwegs hatte ich sie nicht angerufen, ihr aus Bulgarien nicht einmal eine Postkarte geschickt.

Als ich im Flur stand, rief ich ihren Namen. Aber da war niemand.

Auf dem Esstisch lag ein Brief. Ich erkannte ihre Handschrift. Er war ohne Anrede:

»Wenn du diese Zeilen liest, bin ich schon unterwegs. Ja, du hast richtig gelesen, ich mache es wie du. Auch ich brauche einen Tapetenwechsel. Ich fahre nach Süden, in das Land, in dem die Zitronen blühen. Und ich fahre nicht allein.

Lieber wäre es mir gewesen, ich hätte dir meinen Entschluss mündlich mitteilen können. Sozusagen von Angesicht zu Angesicht. Aber du hast dir nicht die Mühe gemacht, mich wissen zu lassen, wann du zurückkommst. Auf dich warten wollte ich nicht.

Ich will mich von dir trennen. Du bist ein unverbesserlicher Egoist. Schriftsteller zu werden, hast du nicht geschafft. Deswegen steckst du vielleicht momentan in einer Krise. Aber ich kann nicht glauben, dass du – geläutert durch die Krise – ein anderer wirst. Ich bin es leid, mir zu überlegen, auf Grund welcher frühkindlichen Erfahrungen du so geworden bist wie du bist: liebesunfähig. Und ich bin es leid, in der Rolle des Sexobjekts für dich zu funktionieren.

Wie gesagt, ich fahre nicht allein. Meinen Reisebegleiter kennst du nicht, seinen Namen wirst du nie erfahren. Nur so viel: Er ist höflich, zuvorkommend und er geht auf mich ein. Ich werde die Zeit mit ihm genießen. Mein Nachholbedarf ist groß.

Einen Koffer mit Klamotten habe ich mitgenommen. Die Wohnung habe ich aufgeräumt. Einiges habe ich weggeworfen. Meine restlichen Sachen hole ich ab, wenn ich zurück bin. So lange behalte ich den Wohnungsschlüssel.

Ich wünsche dir viel Glück auf dem Weg der *Selbstfindung*. Ich rate dir zu einer Analyse. Ganz im Ernst: Geh zu einem Psychiater. Helen«

Ich war perplex (wenn dieser Begriff hier zulässig ist). Damit hatte ich nicht gerechnet. Ich hatte mich nach den Unbequemlichkeiten meiner Reise auf zuhause gefreut. Auf ganz banale Dinge: Brötchen zum Frühstück, jede Woche ein frisch bezogenes

Bett, gemeinsame Fernsehabende, neben einem warmen Körper einschlafen. Normalität.

Helen hatte gute Eigenschaften: Sie war immer passend gekleidet. Wenn wir eingeladen wurden (was nur selten vorkam), konnte sie charmant sein; sie führte den Haushalt und entlastete mich bei Einkäufen und Erledigungen. Auch war sie eine hinlänglich gute Köchin.

Zu ihren schlechten Eigenschaften gehörte ihr Bedürfnis, alles ausdiskutieren zu wollen. Als wir zu Beginn unserer Beziehung zum ersten Mal zusammen geschlafen hatten und ich entspannt vor mich hindöste, schüttelte sie mich und sagte: »Ich muss mit dir reden.« Reden, um irgendwelche Probleme zu klären. Ich will Harmonie; ich will meine Ruhe. Das habe ich ihr an entscheidender Stelle gesagt. Dafür hat sie mich mit vier Wochen Liebesentzug bestraft. Sie nahm ihr Bettzeug und schlief im Gästezimmer.

Vor meiner Abreise half sie mir nicht, den Koffer zu packen. Wir umarmten uns flüchtig, mehr nicht. Sie sagte: »Du musst wissen, was du tust.« Ich nickte und antwortete: »Mach's gut.« Bevor ich mich ins Auto setzte, blickte ich hinauf zu unserem Wohnzimmerfenster. Da war niemand, dem ich hätte zuwinken können.

Ich ging durch die Wohnung. Kein Mantel am Garderobenständer, auf dem Couchtisch kein Stapel ungelesener Bücher. Der Eisschrank leer, seine Tür stand offen. Ihre *Klamotten* hingen in Kleidersäcke verpackt im Schrank, die Schublade mit ihren persönlichen Sachen hatte sie abgeschlossen. Die Betten waren nicht bezogen. Auf dem Balkon kein Kasten Bier, nicht einmal eine Flasche Wasser. Den Empfang hatte ich mir anders vorgestellt. Ich hatte überlegt, ihr einen Strauß Blumen mitzubringen. (Am Bahnhof gab es günstige Fertigsträuße.) Gut, dass ich keinen gekauft hatte.

Ich wollte den Brief zerreißen, las ihn aber vorher noch ein zweites Mal. Sie war also nicht allein unterwegs. Sie hatte einen *Reisebegleiter*. Wie hatte sie ihn gefunden? Vielleicht befingerte er gerade ihren Körper. Die Vorstellung versetzte mir einen Stich. Er ist höflich und zuvorkommen und geht auf sie ein. Die Eigenschaften, die sie an mir vermisst hat. Ich bin nicht *zuvorkommend* und will es nicht werden.

Ich verstreute den Inhalt meiner Koffer und mehrerer Tüten, die sich unterwegs angesammelt hatten, in der Wohnung. Im Bad fand ich eine Handcreme und ein Fläschchen mit Nagellackentferner, die sie vergessen hatte. Ich warf sie weg. Dann legte ich mich auf das Sofa, ohne die Schuhe auszuziehen und versuchte, meine Gedanken (oder besser: meine Gefühle) zu ordnen. Ich war jetzt Junggeselle und musste auf niemand Rücksicht nehmen. Das war ein Vorteil.

Da mich niemand bemitleidete, tat ich es selber. Im Spiegel sah ich in das Gesicht eines Mannes, der es nicht geschafft hatte, Schriftsteller zu werden, und dessen Frau ihn verlassen hatte, weil ihr ein Besserer begegnet war. In Gedanken verfolgte ich die beiden: auf einer Piazza beim Cappuccino, händchenhaltend bei einem Bummel am Strand, sich küssend beim Anblick der untergehenden Sonne, tiefe Blicke bei Kerzenschein in einem Ristorante, noch ein Absacker in einer Bar und dann im Eilschritt zurück ins Hotelzimmer, Hosen und Höschen fliegen auf den Boden, endlich das rhythmische Knarren des Bettes.

Solche Phantasien wurden mit der Zeit seltener. Meine Ersparnisse (das von meinem Vater geerbte Geld) schmolz dahin. Ich lebte sparsam: trug immer dieselben Jeans, wusch meine Hemden selber, ging nicht ins Kino, sondern verbrachte Stunden vorm Fernseher und wenn ich Hunger hatte, bestellte ich eine Pizza oder wärmte ein Fertiggericht auf. Aber da waren Gebühren und Kosten anderer Art und beim Saab war eine Reparatur fällig. Die würde teuer werden.

Bevor ich beschloss, Schriftsteller zu werden und mit *Die Burg* anfing, hatte ich als freier Mitarbeiter im Feuilleton einer Lokalzeitung gearbeitet. Die Berichte, die ich schreiben musste, waren auf unterstem Niveau, die Bezahlung schlecht. Es reichte fürs Nötigste, Geld für Anschaffungen musste ich von Helen leihen. In diese unwürdige Situation wollte ich auf keinen Fall zurück.

Da hatte das Schicksal ein Einsehen. Bei der Post war der Brief von einem Leonhard Schneider. 60Er schrieb, er wäre bei einer meiner Lesungen und von meiner Stimme beeindruckt gewesen. Sie hätte einen vollen Klang, wäre nuancenreich und hätte eine geradezu hypnotische Wirkung auf den Zuhörer. Es folgten zwei lobende Sätze über die *Millieuintensität* meines Romans.

Leonhard Schneider hatte einen Hörverlag. Er produzierte Hörbücher ausschließlich von literarischen Vorlagen. Dafür suchte er geeignete Sprecher. »Wenn Sie einverstanden sind und Ihnen der Versuch eine Stunde Ihrer Zeit wert ist«, schrieb er, »schlage ich vor, dass wir uns für beide Seiten ganz unverbindlich in einem Studio verabreden. Sie lesen eine Passage Ihres eigenen Textes. Die Aufnahme hören wir uns gemeinsam an. Wenn ich mit meiner Einschätzung richtig liege, werden wir von dem Ergebnis angetan sein. Gegebenenfalls kann ich Ihnen ein Angebot machen, das sicher Ihren Erwartungen entsprechen wird.«

Wir trafen uns an einen regnerischen Nachmittag in einem jener Cafés, in denen Frauen mittleren Alters mit schlechtem Gewissen Sahnetorte verzehren. Leonhard Schneider begrüßte mich mit einem strahlenden Lächeln. »Ich freue mich«, sagte er. Er trug zu Jeans und einem weißen Hemd ein dunkelblaues Leinenjackett und sah aus, als käme er gerade von einem Strandurlaub zurück. Sein Blick war mit verhaltener Neugier auf mich gerichtet. »Ich hoffe, ich erscheine Ihnen nicht aufdringlich«, sagte er, nachdem wir uns gesetzt und Getränke bestellt hatten. »In meinem Metier gibt es einige Stars, meist Schauspieler, versierte Könner, das gebe ich zu. Ihre Honorarvorstellungen sind hoch, unbezahlbar für eine normale Produktion jedenfalls. So begebe ich mich immer wieder auf die Suche nach neuen Talenten. Ich könnte mir vorstellen, dass Sie ein solches Talent sind.« Er nannte mir seine Bedingungen. Alles, was er sagte, sein ganzes Auftreten schien mir solide. Meinen Einwand, dass ich über keinerlei Erfahrung verfügte, beantwortete er mit einem »Wir werden sehen.« Er trank den letzten Schluck der heißen Schokolade, die er bestellt hatte, und bezahlte. Er werde mich wissen lassen, wann das Tonstudio für eine Probeaufnahme frei sei. Zum Abschied wieder das strahlende Lächeln und ein aufmunternder Blick aus seinen blauen Augen.

Ein paar Tage später klingelte früh morgens das Telefon. Ich lag noch im Bett und war nicht in der Lage, aufzuspringen und den Hörer abzunehmen.

In meinem Bekanntenkreis hatte sich herumgesprochen, dass ich wieder Junggeselle war. Junggesellen waren offensichtlich beliebter als Männer in festen Beziehungen. Ich bekam Einladungen zu Geburtstagspartys und Sommerfesten. Dass ich wie ein Eremit lebte und den Auszug von Helen noch nicht verwunden hatte, interessierte offenbar niemanden.

Auf den Partys herrschte immer die gleiche ausgelassene Fröhlichkeit. Es wurde gegrillt, Bierfässer angezapft und Musik aus den 80-er Jahren gespielt. Die Männer sagten »Wie geht's?« und schlugen mir auf die Schulter. Die Frauen (einige von ihnen) warfen mir Blicke zu, die aufmunternd wirkten. »Genieß das Leben. Man lebt nur einmal.« Ich trank und tanzte viel. Um Mitternacht verabschiedeten sich die meisten. Ich gehörte immer zum harten Kern, ich blieb und staunte, wie unbeschwert ich mich fühlte.

Auch staunte ich, wie nett die Frauen waren. Man konnte sich an sie schmiegen, auch wenn sie schwitzten, rochen sie gut. Sie schwenkten die Hüften und wenn ich versuchte sie zu küssen, lachten sie. Es umgab sie eine mir unbekannte Leichtigkeit. Eine jede war auf ihre Weise reizvoll. Ich ließ mich treiben. Ich schnorrte Zigaretten, nahm noch einen kräftigen Schluck, sagte: »Ich finde dich toll« und wenn gegen Ende der Party eine mich fragte, ob ich Lust hätte, noch für einen Absacker mit zu ihr zu kommen, sagte ich Ja.

Am nächsten Morgen hatte ich Kopfweh und konnte nicht zusammenhängend denken. An einem solchen Morgen sprach Leonhard Schneider eine Nachricht auf den Anrufbeantworter. Ich duschte ausgiebig, trank eine Kanne Kaffee, zog ein frisches Hemd an und war pünktlich in dem Studio, dessen Adresse er mir genannt hatte.

Ich las die Szene, in der die Schlossherrin den Studenten, der ihre Bibliothek ordnen soll, in einem Haufen alter Kostüme in die Freuden der Liebe einweiht. Zweimal verlas ich mich, blieb stecken und musste die Sätze neu beginnen. Aber Leonhard Schneider war zufrieden. »Sehr gut«, sagte er. »Ich glaube, Sie sind eine Entdeckung. Sie werden auch mit fremden Texten zurechtkommen. Das traue ich Ihnen zu.« Er machte mir einen Vorschlag: Als Bewährungsprobe stellte er ein Projekt vor, das er »einfach« nannte. Aus einem Band mit dem Titel: *Schreiben Sie mir, oder ich sterbe* sollte ich Liebesbriefe berühmter Männer lesen. Für die Briefe von Frauenhand hatte er eine Sprecherin gewonnen, deren Name mir nichts sagte. Das Studio stand uns im Wechsel, mir vormittags, ihr nachmittags zur Verfügung. Obwohl ich nie das Bedürfnis gespürt hatte, Briefe zu schreiben, und zurzeit nicht auf Liebe eingestellt war, sagte ich zu.

Es begann mit einem Brief von Erich Maria Remarque an Marlene Dietrich. Ich las ohne zu stocken Sätze wie: »Zärtliche! Geliebte Sanfte! Von den Mimosen um mein Haus ist ein kleiner Zweig in den letzten Tagen aufgeblüht. Er hängt golden vor der weißen Mauer in der Sonne morgens. Weich, wie dein Schlafatem an meiner Schulter. Süßeste – manchmal nachts strecke ich den Arm aus und will deinen Kopf näher heranziehen zu mir.«

Ich hatte mich keinmal verlesen, war nicht ins Stocken geraten, aber ich las den Text noch einmal. Beim zweiten Mal blickte ich auf ein Foto von Remarque im Gespräch mit der Dietrich. Das half. Jetzt meinte ich mit seiner Stimme zu sprechen. Einen Ton tiefer. Die Liebesschwüre klangen ehrlicher, weniger pathetisch. Dennoch: Als ich das Band abhörte, war ich unangenehm berührt. Ich fand die Betonungen und Dehnungen auf den Vokalen affektiert. Aber genau diese Eigenwilligkeiten fand Leonhard Schneider gut. »Weiter so!«, sagte er.

Den zweiten Brief las ich erst einmal still, dann laut, bevor das Aufnahmegerät eingeschaltet wurde. Diesmal fiel es mir schwer, die dumpfe Stille des Studios zu durchbrechen Auf seltsame Weise rutschten die Worte mir von der Zunge. Die Sätze waren auf ironische Weise gestellt. Im August 1917 schrieb Bertolt Brecht an Paula Banholzer: »Geliebte Paula! Angebetete! Erlaube Deiner Majestät unterthänigster Kreatur, Dir seine ehrfurchtsvollsten Unterwürfigkeiten vor die zarten Füßchen zu legen.« Und weiter unten: »Oh, Du süße Gazelle meiner dunkelen Träume!«

Solche Sätze waren mir noch nie über die Lippen gekommen. Nicht einmal, als ich Helen dazu bringen wollte, mit mir zu schlafen, hatte ich mich zu Superlativen wie *untertänigst* oder *ehrfurchtvollst* hinreißen lassen. Nur einmal hatte ich sie »mein liebes Kätzchen« genannt, nachdem sie eingewilligt hatte, mit mir ein Wochenende zu verbringen.

Waren die Liebesbezeugungen von Brecht ironisch gemeint? Leonhard Schneider meinte, die Zeilen an seine *Angebetete* seien voller Witz und Übermut und Brecht habe den richtigen Ton gewählt, denn wenige Monate später schon sei das Werben um die Gunst der sechzehnjährigen Paula von Erfolg gekrönt gewesen. Also versuchte ich, den Text ganz unbeschwert zu lesen. Erst beim dritten Mal war ich mit dem Ergebnis zufrieden und wäre bereit gewesen, die Fassung Bertolt Brecht zur Genehmigung vorzulegen.

Ich fand an meiner neuen Tätigkeit Gefallen. Ich entwickelte Ehrgeiz. Denis Diderot, Goethe und John Lennon standen als nächstes auf der Regieliste. Der Inhalt der Briefe war fast immer gleich, der Ausdruck unterschiedlich: von unterwürfig über fordernd bis herrisch. Ich würde mir Mühe geben, der Eigenart eines jeden Autors Ausdruck zu geben, das wollte Leonhard Schneider. Gleichzeitig musste ich eine verbindende Tonlage finden, um den Wünschen der Hörer entgegen zu kommen.

Einladungen sagte ich ab. Ich trank weniger. Wenn eine der Frauen anrief, die ich auf einer Party kennengelernt hatte, ließ ich das Telefon klingeln. Ich führte ein nahezu geregeltes Leben und nutzte die Zeit, um mich auf den nächsten Studiotermin vorzubereiten. Vor dem Spiegel machte ich Sprechübungen und fand immer neue Varianten für das häufige »Ich-liebe-dich«.

Eines Tages bat ich Leonhard Schneider, die von der Sprecherin gelesenen Texte anhören zu dürfen. Er hatte mir ihren Namen genannt. Sie hieß Franziska Sch. Und war im Hauptberuf Schauspielerin, mehr wusste ich nicht von ihr. Im Studio saßen wir auf demselben Stuhl, sprachen in dasselbe Mikrofon, begegnet aber waren wir uns nie.

Die Studioleiterin legte das Band ein, ich setzte Kopfhörer auf und hörte eine Stimme, die zu mir sagte: »Mein Liebling«. Sie sagte es mit so großer Eindringlichkeit, dass ich für einen Wimpernschlag meinte, ich sei angesprochen. Nah an meinem Ohr erzählte die Stimme von einer Zugfahrt durch große, schneebedeckte Einöden und von dem goldenen Funkenschauer der Lokomotive. »Ich schaute mir das alles im Liegen an und dachte an Dich – an Dich, mein liebster, süßer Liebling.« Die Stimme war zärtlich und verlockend mit einem strengen, kontrollierten Unterton. Bei dem Wort *Liebling* meinte ich ein leichtes Tremolo zu hören. Ich saß im abgedunkelten Irgendwo des Tonstudios und war verzaubert. Dann hart und überlaut eine Durchsage der Frau hinter der Glasscheibe: Bei der Hörprobe habe es sich um einen Brief der Isadora Duncan an Edward Gordon Craig aus dem Jahr 1904 gehandelt. Ob ich noch mehr hören wollte? Ich nickte.

Sie spielte einen Brief ein, den Zelda Sayre im März 1919 an F. Scott Fitzgerald schrieb. Wieder diese Selbstsicherheit und Direktheit, dieser verführerische Schmelz, das gekonnte Heben der Stimme an geeigneter Stelle, das leichte Zögern – eine Virtuosität, die ich nie erreichen würde. In dem schallisolierten Raum war ich ganz allein mit ihr, mit dieser Wortmelodie, auf die ich mich so gut einlassen konnte. Hingerissen hörte ich, wie sie sprach: »Diese lieben, lieben Kräche, wenn ich dann alles versucht habe, damit Du mich wieder küsst ... Ich will nichts auf der ganzen Welt außer Dir – und Deiner kostbaren Liebe.« Sehnsucht kam auf bei diesen Worten, ein kurzes ziehendes Gefühl nur. Ich musste an Helen denken.

Ich wollte Franziska Sch. sehen, aber nicht in der stickigen Enge des Studios, sondern auf der Bühne.

Mit Herzklopfen saß ich in der fünften Reihe. Es war eine dieser neumodischen Inszenierungen, in denen große Hektik auf der Bühne herrscht, schrecklich viel zu Bruch geht und ab und zu ein nackter Mann aufgeregt von rechts nach links läuft.

Franziska Sch. hatte eine Nebenrolle. Sie war stark geschminkt mit schwarzen Augenhöhlen und einem verschmierten Mund, die Haare hatte sie zu einem Springbrunnen hochgesteckt. Wenn der nackte Mann auftrat, musste sie kreischen und ihr Kleid raffen, so dass man die rote Farbe sah, die ihr über die Oberschenkel lief. Ihr war Schlimmes widerfahren, das war klar. Bei ihrem ersten Auftritt schien ihr alles zu viel, im zweiten Akt alles nicht genug zu sein. Als sie sich zum Schluss verbeugte, wirkte sie – wie die anderen Schauspieler auch – mitgenommen.

Kurz später stand ich auf dem Platz vor dem Theater und genoss die Ruhe des abendlichen Straßenverkehrs. Eigentlich wollte ich vor dem Bühnenausgang auf sie warten, mich als ihr Kollege von *Schreiben Sie mir, oder ich sterbe* vorstellen und ihr ein Kompliment machen für ihre wundervolle Art, die schwierigen Brieftexte zu lesen. Aber daran war nun nicht mehr zu denken, ich hatte noch ihr Kreischen im Ohr. Das Blumensträußchen, das ich ihr überreichen wollte, schenkte ich zwei Teenagern. Die sahen mich verdutzt an und stopften das Sträußchen am Ende des Platzes in einen Müllbehälter.

Auf meinem Handy war eine Nachricht von Helen. »Bin zurück. Will dich sprechen. Möglichst bald.« – Wir trafen uns in dem Café, in dem ich mich mit Leonhard Schneider zu unserem ersten Gespräch verabredet hatte. Helen sah gut aus. Man sah ihr die Sonne Italiens und den Strand an. Sie trug die Haare etwas länger, das stand ihr gut.

»Wie ist es dir ergangen?«, fragte sie. Ich erzählte ihr von meinem neuen Job und den Liebesbriefen, die ich auf Band sprach. »Spannend«, sagte sie. »Du und Liebesbriefe! Fehlt es dir da nicht ein bisschen an Erfahrung?« Ich wusste nicht, was ich antworten sollte. Es entstand eine Pause, in der mir von weit her eine einschmeichelnde Stimme die Worte »deine kostbare Liebe« ins Ohr flüsterte. »Das blaue Hemd passt gut zur Farbe deiner Augen«, sagte sie. Das Hemd war neu. Ich hatte es angezogen, weil ich nicht als Junggeselle vor ihr stehen wollte, der ohne die fürsorgliche Hand einer Frau verwahrlost aussieht. Jetzt konnte ich den Blick von der Kaffeetasse lösen und sah, dass sie sich hübsch gemacht hatte. Sie trug eine kurzärmelige weiße Bluse, deren obersten beiden Knöpfe offen standen. (Bei Helen keine Selbstverständlichkeit.) Sie schlug die Beine übereinander und ließ dabei den Rock übers Knie rutschen. Da hörte ich sie sagen: »Ich schaffe es nicht ohne dich. Ich will alles versuchen.« Dann versagte ihr die Stimme. (Zelda hätte hinzugefügt: »... damit du mich wieder küsst.«) Nach einer erneuten Pause, in der ich mit meiner studioerfahrenen Stimme ein Geständnis hätte ablegen müssen, sagte sie: »Unsere ewigen Kräche! Wir sollten aufhören, uns immer zu streiten und den anderen so akzeptieren, wie er ist.« Gut gesagt. Ich hätte antworten sollen: »Ja, lass es uns versuchen!« Stattdessen presste ich heraus: »Und was ist mit deinem Reisebegleiter?« »Ich war mit Doris unterwegs. Sie spricht italienisch und war überhaupt die ideale Reisebegleiterin.« Geschult im Unterscheiden von Stimmlagen, klang für mich die ihre so, dass ich ihr glauben konnte. Am Grad meiner Erleichterung konnte ich ermessen, wie eifersüchtig ich gewesen war. »Doris? Ich würde sie gerne kennenlernen«, sagte ich.

Ein unbefangener Gast des Cafés hätte uns für zwei Singles halten können, die sich auf Betreiben eines Vermittlungsbüros hier trafen, um über große Erwartungen zu sprechen ohne sie zu erwähnen, wäre da nicht Helens Hand gewesen, die sich langsam über meine schob.

Von den zwei Belegexemplaren der CD *Schreiben Sie mir, oder ich sterbe* packte ich eine in Geschenkpapier, wickelte eine Schleife darum und legte ein *Für Helen* beschriftetes Couvert dazu. Darin lag ein Liebesbrief, für den ich mir Anregungen bei einem Schreiben von John Lennon an Cynthia Powell geholt hatte, das mit den Worten »Meine ganze Liebe für immer und immer« endet.

Mai 2018

Ein Geburtstagsabend

Ein guter Freund hatte meine neue Freundin und mich zur Feier seines fünfzigsten Geburtstages eingeladen. Keine große Party, circa dreißig Personen. Verlockend die Aussicht auf ein warmes Buffet, in einem Duzend Schüsseln und auf mit den Blüten der Kapuzinerkresse verzierten Platten serviert. Alles selbst zubereitet, schön anzusehen und köstlich duftend. Er ließ mich wissen, zum Hirschragout, dem Hauptgericht, habe er einen Barolo ausgesucht, einen Wein, den ich gerne trinke. So weit, so gut.

Man sei gespannt auf meine neue Freundin, hatte er mir versichert. Sie hieß Marie-Luise. Wir kannten uns seit zwei Monaten und waren seit vier Wochen ein Liebespaar. Wir waren uns einig, dass ein gemütlich in meiner Wohnung verbrachtes Wochenende unübertrefflich schön war, hatten aber auch die Dinge unternommen, die man anfangs zur Entspannung eben so macht: Kino (zweimal), Essen beim Vietnamesen und beim Italiener (zweimal), einen Ausflug an einen Badesee und sogar der Besuch eines Symphonie-Konzerts (Tschaikowsky). Meine Freunde hatte Marie-Luise noch nicht kennengelernt. Und ich noch nicht die ihren.

Ich wusste, dass unter den Geburtstagsgästen Karen sein würde. Die Vorstellung, sie dort wiederzusehen, war mir unbehaglich. *Unbehaglich* ist das falsche Wort. Ich war drauf und dran, wegen ihr und den damit verbundenen Peinlichkeiten abzusagen.

Ich hatte zu Karen eine sich über Jahre hinziehende nervenaufreibende Beziehung. Wir waren nie *zusammen* (im Wortsinn). Sie wünschte sich einen Mann an ihrer Seite, ließ aber nicht zu, dass ich es wurde. Mag sein, dass alle aus mindestens zwei Hälften zusammengesetzt sind. Bei ihr waren die Hälften so unterschiedlich ausgeprägt, dass sie sich besser auf zwei Personen verteilt hätten, statt es in einer aushalten zu müssen. Sie hatte es nicht leicht mit sich. Ich mit ihr aber auch nicht.

Wir trafen uns in Abständen an Wochenenden. In den Tagen bevor es wieder soweit war, schickte sie heiße SMS-Nachrichten und wenn sie bei mir in der Wohnung stand, stellte sie ihr Köfferchen ab und zog mit dem Mantel manches Mal gleich auch die Bluse und den Rock aus. Der Verlauf des ersten Tages war eine Wonne.

Am nächsten Tag, dem Sonntag, schlug gewöhnlich die Stimmung um. Die Matratze, der Straßenlärm, ich hatte geschnarcht, sie hatte schlecht geschlafen. Ich bereitete das Frühstück und machte Vorschläge für Unternehmungen. An allem hatte sie etwas auszusetzen: zu weit, zu matschig, zu anstrengend, zu viele Menschen. Nicht selten fuhr sie schon am Nachmittag nach Hause, obwohl sie bis Montagmorgen hatte bleiben wollen. Ich hatte mich auf sie gefreut und war erleichtert, als sich die Wohnungstür hinter ihr schloss.

Wir hatten keine gemeinsamen Freunde. Meine Freunde, die sie im Laufe der Zeit kennenlernten, hielten Karen für hysterisch. Keiner sagte das so, aber hätte es einer gewagt, ich hätte nicht widersprochen. Sie ging mir mit ihren hysterischen Ausbrüchen auf die Nerven. An einem gewissen Flackern in den Augen sah ich sie kommen. Sie waren wie ein epileptischer Anfall. Ihre Stimme wurde schrill, ihr Körper verspannte sich wie im Orgasmus und sie beschimpfte mich, bei heftigen Anfällen unflätig. Ich wurde nicht gerne beschimpft, das nicht, aber auf eine geradezu perverse Art und Weise fand ich die Frau mit den aufgerissenen Augen und dem aufgerissenen Mund sexy.

Einmal, als sie kein Ende fand, griff ich ihr, wie um die Notbremse zu ziehen, zwischen die Beine. Ohne ihre Schimpftirade zu unterbrechen, ließ sie es geschehen und schimpfte immer noch, als ich sie aufs Sofa legte und von hinten vögelte. Als sie sich einigermaßen beruhigt hatte, verlangte sie eine Zugabe, raffte dann aber ihre sieben Sachen und rannte davon. Langweilig war unsere Beziehung nie.

Das Finale fand in ihrer Wohnung statt. Auf der Hinfahrt hatte ich mir einen Plan überlegt, den ich ihr vorschlagen wollte: Zunächst ein Treueversprechen und silberne Verlobungsringe, nach sechs Monaten Bezug einer gemeinsamen Wohnung und nach einem Jahr die Entscheidung zu heiraten oder nicht zu heiraten.

Nachdem wir die Begrüßungszeremonie im Bett vollzogen hatten, eröffnete ich ihr meinen Plan bei einem Glas Prosecco, während sie das Abendessen zubereitete. Plötzlich schmiss sie den Kochlöffel auf den Boden und ich sah das gefürchtete Flackern in ihren Augen. Ein Kübel Jauche ergoss sich über mich. An Einzelheiten kann ich mich nicht erinnern, an die Hauptbotschaft aber sehr wohl: Was ich mir denn einbildete! Ich sei nicht der Mann, mit dem man sich verlobt und den man später heiratet. Ein gottverdammter Ficker sei ich, mehr aber nicht. Jetzt war's genug. Ich nahm meine Reisetasche, die noch unausgepackt dastand, und schmiss ihre Wohnungstür hinter mir zu. Es war schade um die angefangene Flasche Prosecco, aber es war das Ende. Ich habe Karen seither nicht mehr gesehen.

Ich war tatsächlich erleichtert. Die zugeschlagene Wohnungstür schuf eine neue Form der Realität, die ich viel früher hätte herbeiführen sollen. Ich war froh, dass die auf dem Hinweg zurechtgelegte Idee bei ihr Empörung und nicht Wohlgefallen ausgelöst hatten, ich keine Silberringe kaufen musste. Sie hatte mir unter anderem an den Kopf geworfen, ich sei destruktiv. Das ist durch nichts erwiesen, aber selbst wenn es so wäre, hätte in diesem Fall mein destruktiver Charakter zu einer Verbesserung meiner Lebenslage geführt.

Das erste Wochenende nach dem Krach und ohne Sex überstand ich problemlos. Ich räumte meine Wohnung auf und war erstaunt, dass ich auf keinen

Gegenstand stieß, der irgendwie mit Karen zusammenhing. Nichts, außer ein paar Fotos, die ich grußlos in ein Kuvert steckte und an ihre Adresse schickte. Das war der definitive Schlussstrich.

Man sagt, dass nach einer Veränderung, die einer Zäsur gleichkommt, sich für gewöhnlich ein schwarzes Loch auftut, in dem für Orientierungslosigkeit und Depressionen Platz ist. Das war bei mir nicht so. Es ging mir gut, das Gefühl der Leichtigkeit hielt an.

Der Grund dafür hatte gelockte, kastanienbraune Haare, große runde Augen, die erstaunt in die Welt blickten, und noch einige andere Auffälligkeiten, die ich hinreißend fand. Marie-Luise. Sie ist Malerin. Ich sah sie zum ersten Mal bei der Eröffnung einer Galerieausstellung ihrer Bilder. Es war voll. Sie stand umringt von Leuten, die auf sie einredeten, und strahlte vor Freude. Ich sah mich um. Ein Bild gefiel mir besonders gut. Es schien auf mich gewartet zu haben. Zu sehen war ein Kind, fast schon Mädchen, in dem mysteriösen Zustand zwischen Neutrum und Frau. Es saß auf einem Hocker, den Kopf im Halbprofil nach links gedreht, die Beine leicht geöffnet und streichelte versonnen einen Hund, der neben ihr stand. Mittleres Format. Es würde an die Wand neben meinem Schreibtisch passen.

Die Galeristin drängte sich zu mir mit einem Glas Sekt und beglückwünschte mich. »Einer muss den Anfang machen«, sagte sie und klebte einen roten Punkt an den Rahmen meines Bildes. Sie war glücklich, ich eher verwirrt durch soviel Spontaneität meinerseits. »Ich nehme es unter einer Bedingung«, sagte ich. »Dass die Hängung in meiner Wohnung in Gegenwart der Künstlerin stattfindet.« Sie lachte. Ob über meine etwas gestelzte Ausdrucksweise oder als Geschäftsfrau, die mit einem Handschlag die Kosten der Vernissage gedeckt sah, blieb ungeklärt. »Das wird sich einrichten lassen«, sagte sie.

Als Marie-Luise zur verabredeten Zeit in meine Wohnung kam, hatte ich noch kein Wort mit ihr gewechselt, war aber schon heftig verliebt. In das Bild und in sie. Ich hatte mich vorbereitet: ein Bohrer (geliehen), Haken, Dübel, Darjeeling First Flush, zwei Erdbeertörtchen. Sie sah nicht aus, wie man sich eine Künstlerin vorstellt, hatte keine Reste von Ölfarben an den Fingern, roch nicht nach Terpentin. Sie war adrett gekleidet: eine cremefarbene Bluse, darüber ein Strickjäckchen aus flauschigem Material, ein glatter dunkelblauer Rock, der perfekte Knie sehen ließ. Ihre Haare glänzten. War es Zufall oder war es ihr Liebreiz – sie glich dem Mädchen auf dem Bild.

Sie sah sich um. Die Wand neben meinem Schreibtisch fand sie nicht ideal. »Neben den unbezahlten Rechnungen fühlt sie sich nicht wohl. Da finden wir einen besseren Platz.« Wir hielten das Bild dahin und dorthin, mal hoch, mal in Sitzhöhe, schließlich hing es in meinem Schlafzimmer gleich gegenüber dem Bett, sodass jeden Morgen mein erster Blick auf es fiel.

Man sagt, dass verliebte Männer ihre Liebe nicht auf normale Weise zeigen können, weil sie immer nur das Eine wollen, weil sie besessen sind von der Vorstellung, die Frau zu besitzen. Frauen hingegen brauchen Zeit. Bevor sie ihren Gefühlen freien Lauf lassen, wollen sie sicher sein, dass er es ernst meint. Sie zögern den großen Moment hinaus. Sie lassen sich erst auf ihn ein, wenn sie glauben, ihm vertrauen zu können.

Natürlich wollte ich das Eine, natürlich sehnte ich den großen Moment herbei. Ich brauchte ihre Telefonnummer. Ich wollte sie anrufen, ihre Stimme hören, sie fragen, ob sie Zeit hätte für ein Rendezvous. Ich musste um sie werben, aber drängen durfte ich sie nicht.

Vier lange Wochen spielte ich den perfekten Kavalier, bis sie nach einem Abendessen bei mir (Ich hatte Gemüse-Lasagne gekocht.) sagte: »Heute bleib ich bei Dir.« Sie sagte es ganz ruhig, begleitet von einem unschuldigen Blick aus ihren großen runden Augen. Als wir im Bett lagen (Sie hatte in Ermangelung eines Nachthemds ihre Bluse angelassen.), deutete sie auf das Bild und sagte: »Übrigens, das bin ich. Ich habe es nach einem alten Foto von mir gemalt.« Dann ließ sie ihren Gefühlen freien Lauf.

Ich war so beschäftigt mit der Liebe, Lust und Last oder weniger blumig ausgedrückt: bis an die Grenzen meiner Kräfte bemüht, mich bei jeder Gelegenheit von meiner besten Seite zu zeigen und Marie-Luise geradezu zu nötigen, mich für den besten Freund, Gesprächspartner, Liebhaber und Entertainer zu halten, dass ich alle anderen Sozialkontakte vernachlässigte. Meine Freunde gönnten mir mein neues Glück und verzichteten darauf, mir gute Ratschläge zu geben. Sie ließen mich in Ruhe. In meiner Freizeit war ich damit beschäftigt, mir kleine Geschenke für Marie-Luise auszudenken: ein besonders schönes Buch, eine Schallplatte oder mit Hintergedanken verbunden einen hauchdünnen Schal. Bei günstiger Gelegenheit wollte ich sie überreden, mir zu erlauben, Fotos von ihr zu machen, unbekleidet, nur mit diesem Schal über den Schultern. Ich wollte sie verwöhnen, das vor allem.

Auf der Geburtstagsfeier meines Freundes würde ich mich nach längerer Zeit zum ersten Mal wieder unter Menschen begeben. Dass ich Marie-Luise als neue Freundin vorzeigen konnte, machte mich stolz. Nicht irgendeine, sondern eine junge Künstlerin, die gerade ihren Durchbruch erlebte. Ihre Ausstellung war ein Erfolg. Mein Beispiel hatte Schule gemacht. Nur ein paar kleinere Arbeiten gingen ins Atelier zurück. Die Ölbilder hatten alle Käufer gefunden.

Der Abend rückte näher. Marie-Luise war gelassen. Sie sagte, sie wolle dieselben Sachen anziehen wie bei der Vernissage. Damit war für sie alles klar. Ich war aufgeregt. Was in aller Welt sollte ich anziehen? Ein dunkler Anzug erschien mir overdressed, Jeans mit Pullover zu wenig abendlich. Ich konnte mich nicht entscheiden. In Wahrheit machte mich nicht die Kleiderfrage nervös, es war die Vorstellung, Karen begegnen zu müssen. Ich sah mich umstellt von Problemen, die zu lösen mich überforderte. Wie sollte ich mich verhalten? Sollte ich ihr bei der Begrüßungsrunde lässig die Hand schütteln, als hätte diese Hand sich beim Liebesakt nie in meinen Rücken gekrallt? Sollte ich ihr Marie-Luise vorstellen? Wenn ja: als meine neue Freundin? Als ihre Nachfolgerin? Als meine große Liebe? Oder nur als vielversprechende junge Künstlerin? Vielleicht würde es souveräner wirken, ihr keine Beachtung zu schenken, so zu tun, als wäre sie Luft?

Aber wie würde sie sich verhalten? Würde sie vor allen Leuten anfangen, mich zu beschimpfen? Oder würde sie mir ins Gesicht spucken? Oder Marie-Luise die Augen auskratzen? Karen war unberechenbar. Man musste auf alles gefasst sein. Ich stellte mir die Situation vor: Karen macht einen Skandal und alle Partygäste schauen betreten zu. Wie würde Marie-Luise reagieren? »Ich bin entsetzt!«, würde sie sagen. »Ich will nicht die Nachfolgerin einer solchen Person sein.« Das wäre das Schlimmste.

Diese oder ähnliche Schreckensbilder schossen mir durch den Kopf. Die Nacht vor dem Fest wälzte ich mich fröstelnd und schwitzend in meinem Bett. Und als es Morgen wurde, war mir klar, dass all diese Ängste eines erwachsenen Mannes unwürdig waren, und dass ich – unabhängig vom Verlauf des Abends – mein seelisches Gleichgewicht wiederfinden müsste.

Ich hatte den Zeitpunkt unseres Eintreffens so berechnet, dass wir nicht als Erste bei meinem Freund eintrafen. Die Lange-nicht-gesehen- und Wirkennen-uns-doch-Konversationen waren schon im Gange. Ich steuerte auf das Geburtstagskind zu, gratulierte mit einer Umarmung, sagte: »Das ist Marie-Luise« und überreicht unser Mitbringsel. Ohne mich umzusehen, spürte ich, dass Karen noch nicht da war. »Entspann dich!«, sagte ich zu mir, nahm Marie-Luise bei der Hand, schlenderte am Buffet vorbei Richtung Gästezimmer, in dem ich einige Male übernachtet hatte. Das Bett hatte einem Tisch mit Stühlen Platz gemacht. Gewissermaßen ein Katzentisch, aber das war mir gerade recht. Hier fühlte ich mich sicher.

An dem Tisch saß vor einem halbleeren Glas Rotwein ein Herr. (*Herr* in dem Sinne, wie meine Mutter das Wort verwendete, nämlich als Auszeichnung.) Auf den ersten Blick fielen seine grau melierten Haare und seine buschigen Augenbrauen auf, die ihm eine gezähmte Wildheit und gleichzeitig etwas Vertrauenswürdiges verliehen. Mit dem wohlproportionierten Verhältnis zwischen Nase, Mund und Kinn hätte er als *schöner Mann* (im Vokabular meiner Mutter ein Synonym für *Hallodri*.) gelten können, wäre da nicht diese Aura von Melancholie gewesen, die ihn umgab.

Wir stellten uns mit unseren Vornamen vor, eine Sitte, die Mitteleuropäer mittleren Alters von den Amerikanern übernommen haben. Er hieß Giancarlo und war aus Neapel angereist. Er sprach ein von Anglizismen freies Deutsch mit einem leichten Akzent, der, statt abzulenken, die Bedeutung seiner Sätze unterstrich. Ich fühlte mich in seiner Gegenwart sofort wohl und vergaß für einen Moment Marie-Luise. Sie war nach vorne gegangen, um uns etwas zu trinken zu holen.

Nach einem kurzen konventionellen Wortwechsel, in dem wir die Gesprächsbereitschaft des anderen testeten, (Ich merkte an, dass manche Männer ungehobeltes Benehmen mit Ehrlichkeit verwechseln. Worauf er ergänzte: »So wie Frauen geziertes Gehabe und Tugendhaftigkeit.«) erzählte er, wie er unseren gemeinsamen Freund kennengelernt hatte. Er war Fremdenführer und fünf Tage lang für das Besichtigungsprogramm einer kleinen Gruppe von Touristen zuständig gewesen. Stadtrundfahrt, Santa Chiare Capodimonte, Pompeii, Herculaneum, Paestum und ein Ausflug nach Capri – da war ihm unser Gastgeber als besonders wissbegierig aufgefallen. Am letzten Abend hatten sie sich wechselseitig versprochen, den Kontakt zu halten und verabredeten ein Wiedersehen bevor das Jahr zu Ende ging.

Wo aber blieb Marie-Luise? Ich hatte Durst, ich wollte mit Giancarlo anstoßen. In dem Moment hörte ich Karens Stimme. Sie war erregt, ich kannte diese Stimmlage. Konfrontiert mit einer mehr oder weniger großen, durcheinanderredenden Menschenmenge, neigte sie dazu, sich durch Lautstärke Gehör zu verschaffen. Erst nach dem zweiten Glas Prosecco würde sie sich beruhigen. Ein schlechter Augenblick, um nach Marie-Luise Ausschau zu halten.

Giancarlo hatte offensichtlich Vertrauen zu mir gefasst. Er erzählte jetzt, dass er aus dem Norden stammte, aus der Nähe von Mailand. Er war Kunsthistoriker, hatte sich durch Publikationen einen Namen gemacht und wurde schließlich zum Direktor des neapolitanischen Nationalmuseums berufen. Für ihn ging damit ein lang gehegter Wunsch in Erfüllung.

»Ich gratuliere!«, rief ich aus. »Vorsicht, mein Freund«, sagte er und hielt den Blick gesenkt. »Ich habe alles falsch gemacht. Ich wohnte im falschen Hotel, aß in den falschen Restaurants, mochte keine Pizzas und weigerte mich, mit dem Schal des 1. FC Napoli um den Hals in die Fußballarena zu gehen. Man hielt mich für arrogant, ich fühlte mich fehl am Platz und man ließ mich spüren, dass ich recht hatte. Zur Eröffnung der ersten von mir kuratierten Ausstellung kam niemand von der Stadtprominenz. Die Zeitungen schrieben hämische Artikel. Ich machte einem Kollegen Platz, den jenseits der Stadtgrenzen von Neapel niemand kannte. Er hatte den richtigen Paten. Ich ging freiwillig, versteht sich. Jetzt bin ich Fremdenführer.«

Während ich noch überlegte, was ich darauf sagen sollte, kam endlich Marie-Luise mit zwei Gläsern Barolo. Im Gedränge hatte sie jemand gestoßen, eine Frau, unabsichtlich natürlich, und Rotwein war auf ihre helle Bluse geschwappt. »Das tut mir leid«, hatte die Frau gesagt, die niemand anderes war als Karen. Sie war mit ihr ins Badezimmer gegangen und hatte die Bluse ausgewaschen, so gut es ging. Dann hatte sie Marie-Luise ihre Strickjacke geliehen. »Lass die oberen Knöpfe offen, das wird deinem Freund gefallen.«

Marie-Luise war zurückhaltend. Aber sie verbreitete unangestrengte Fröhlichkeit. Giancarlo war, nachdem er das Wort *Fremdenführer* ausgesprochen hatte, in eine Art melancholische Starre verfallen. In düstere Gedanken versunken, drehte er sein leeres Glas, als könnte er im Bodensatz des Rotweins eine Erklärung für sein Unglück finden. Aber kaum hatte Marie-Luise sich zu uns gesetzt, da löste sich seine Trübsinnigkeit wie ein Fingerhut voll Tinte in einem Becken mit duftendem Wasser auf und er begann mit ihr ein Gespräch über Kunst und den Kunstmarkt. Er kannte sich offensichtlich aus, sprach mit Sachkenntnis, ohne zu dozieren. Marie-Luise konnte mithalten. Ohne sich zu ereifern, vertrat sie die Meinung, junge Künstler hätten es so schwer wie eh und je sich durchzusetzen. Und der Kunstmarkt sei Geschäftemacherei mit großen Namen und mit Werken, die sie als *abgehangen* bezeichnete.

Giancarlo war vom Disput hungrig geworden und stellte sich am Buffet an. Marie-Luise nutzte die Gelegenheit. Sie richtete ihre großen runden Augen auf mich und sagte: »Diese Karen hat ganz offen mit mir gesprochen. Sie hat mich vor Dir gewarnt. Du wärst ein schlimmer Egoist. Am ersten Tag wärst Du der netteste Mensch der Welt. Aber schon am zweiten würde oft deine Stimmung umschlagen. An allem hättest du etwas rumzunörgeln. Du wärst dann so unausstehlich, dass sie manches Mal vorzeitig nach

Hause gefahren sei.« Sie sagte diese Ungeheuerlichkeiten ganz unaufgeregt. Ich meinte sogar in ihren Mundwinkeln ein Lächeln zu entdecken, das frei war von irgendwelchen unguten Absichten. Ich, ein nörglerischer, unausstehlicher Egoist! Ich wollte widersprechen, tat es aber nicht. Ich schwieg gekränkt.

Meine Erinnerung an den restlichen Abend verliert sich im Nebulösen. Mag sein, dass Marie-Luise uns etwas zu essen holte, mag sein, dass Giancarlo von der Camorra und den Müllbergen in den Straßen von Neapel erzählte, dass andere Gäste sich zu uns an den Tisch setzten und wieder gingen. Jedenfalls hatte, als wir uns verabschiedeten, Marie-Luise nicht mehr Karens Strickjacke an und Giancarlo und ich hatten uns vorgenommen, den Kontakt zu halten. Wir verabredeten ebenfalls ein Wiedersehen noch vor Jahresende.

Der Geburtstagsabend hatte Folgen. Meine Gekränktheit hielt nicht lange an, aber das Gefühl, Marie-Luise immerfort verwöhnen zu müssen, verflüchtigte sich. Wir sahen uns in größeren Abständen und machten Dinge zusammen, die ich auch mit meiner Schwester gemacht hätte. (Eine Schwester zu haben, war immer mein Wunsch gewesen.) Wenn ich brüderlich den Arm um sie legte, rückte sie von mir ab und sagte: »Nein, heute nicht!« Ihren Gefühlen ließ sie nicht mehr freien Lauf. Auch nicht, wenn es sich ergab, dass wir in einem Bett übernachteten.

Sie hatte sich von ihrer Galeristin getrennt und war zu einem Galeristen gewechselt, der internationale Künstler zu seinen Klienten zählte und eine Dependance in der Hauptstadt hatte. Er versprach Marie-Luise eine große Ausstellung und einen vierfarbigen Katalog. Mich rief er mit der Frage an, ob ich mir vorstellen könnte, ihm das Selbstbildnis, das in meinem Schlafzimmer hing, zu überlassen. Natürlich mit einem Preisaufschlag. Ich sagte *nein* und hängte mit dem fatalen Gefühl ein, dass Marie-Luise ihm als Gegenleistung für seine Fürsorge Freiheiten gewährte, die eigentlich mir zustanden. Ich wollte sie nicht verlieren, an einen Mann mit einer so öligen Stimme schon gar nicht.

Um zu retten, was zu retten war, machte ich ihr bei günstiger Gelegenheit einen Vorschlag: zunächst ein Treueversprechen und in Beisein eines Zeugen der Austausch von silbernen Ringen, nach sechs Monaten Suche nach einer gemeinsamen Wohnung und nach einem weiteren halben Jahr... Sie ließ mich nicht ausreden. Sie warf ihre gelockten kastanienbraunen Haare mit einer jähen Bewegung nach hinten und sagte: Nein, so etwas käme für sie nicht in Frage. Keine silbernen Ringe oder dergleichen. Sie ließe sich nicht an die Leine legen. Sie sei Künstlerin und brauche Freiheit... Jetzt wusste ich, wo ich dran war. Klare Aussage. Damit ging es mir nicht gut. Ein Gefühl der Leichtigkeit stellte sich diesmal nicht ein.

Seither ist ein Vierteljahr vergangen. Oder besser gesagt: Ich habe drei Monate ohne Selbstmordgedanken überstanden. Eines Abends stand plötzlich eine alte Studienfreundin neben mir am Tresen einer Bierkneipe. Sie war angetrunken und rückte auf ihrem Hocker so nah an mich heran, dass ich ihren Atem spüren konnte. Sie hatte Karriere gemacht, auf welchem Gebiet habe ich vergessen. Ihr Chef war ein Ekel, aber sie verdiente in ihrem Job gutes Geld. Für mich war sie eine von den Heerscharen nicht mehr junger und noch nicht alter, intelligenter und ehrgeiziger Frauen, die im Kampf um einen möglichst großen Anteil Gleichberechtigung und in Beziehungen zu immer den falschen Männern eine Enttäuschung nach der anderen hinnehmen mussten, bis von ihrem Liebreiz, ihrem Charme und anderen liebenswerten Eigenschaften nur noch alkoholisierte Sentimentalitäten oder diffuse Rachegefühle übrig blieben.

Wie um mein Vorurteil zu bestätigen, rückte sie noch ein Stück näher zu mir hin und sagte so laut, dass alle Umstehenden es hören konnten: »Mein Privatleben? Ehrlich gesagt, eine einzige Katastrophe! Ich bin immer an die falschen Männer geraten.« »Tragisch«, sagte ich. Etwas Besseres fiel mir nicht ein. Dann verabschiedete ich mich abrupt. In die Riege der *falschen Männer* wollte ich nicht aufgenommen werden.

Seit gut einer Woche bin ich jetzt in Neapel. In einer der Gassen, die ans Meer hinunterführen, wohne ich in einem kleinen Hotel, in das Giancarlo mich einquartiert hat. Das *Il Golfo* hat bessere Zeiten gesehen. Die Tür des Aufzugs muss ich mit einem Scherengitter sichern, dann verfällt der Aufzug in eine Art Schüttelfrost und bringt mich rappelnd und stöhnend in die dritte Etage. Mein Bett ist altersschwach, in ihm wurde über Generationen vermutlich geliebt, geboren und gestorben. Aber vor dem Fenster ist Platz für einen Tisch. An dem sitze ich und schreibe diese Geschichte.

Giancarlo kümmert sich rührend um mich. Er zeigt mir die Sehenswürdigkeiten, aber auch Ecken der Stadt, in die kein Tourist hinfindet. Er wohnt nicht weit von hier im Piano Nobile eines Palazzos aus dem 18. Jahrhundert. Er klagt nicht, aber seine Situation hat sich nicht gebessert. Er will weg von hier, zurück in eine Stadt im Norden Italiens. Seine Chancen, Direktor des Dom-Museums in Siena zu werden, stehen nicht schlecht. Einen besser Geeigneten kann die Diözese nicht finden. Aber er ist geschieden, das könnte zu einer Absage führen.

Von Karen höre ich, dass sie Veganerin geworden und einem Verein beigetreten ist, der Protestaktionen gegen das Töten von Tieren organisiert. Vielleicht entdecke ich eines Tages ein Foto von ihr in der Zeitung als Anführerin einer Demonstration von Gleichgesinnten. Ich werde die Augen offenhalten.

Marie-Luise bereitet eine große Ausstellung ihrer Bilder in der Hauptstadt vor. Ich bin gespannt, ob sie mir eine Einladung zur Eröffnung schicken lässt. Ihr Galerist hat Wort gehalten. Sie zeigt sich mit ihm bei Empfängen und auf privaten Partys. Sie wurden Händchen haltend gesichtet.

Ich bin heute Abend mit Giancarlo verabredet. Er will mit mir in eine Osteria gehen, die *Il Pozzo* heißt und für ihre gefüllten und gespickten Lammschlegel bekannt ist. Morgen werden wir einen Ausflug an die Amalfiküste machen.

September 2018

Rouge oder Noir

Eigentlich heiße ich Klotz. Karl-Theodor Klotz. Der Name steht in meinem Geburtsregister. Schon auf dem Gymnasium, dann in der Tanzschule bis zur Abiturfeier, immer, wenn ich mit Namen aufgerufen wurde, habe ich mich für ihn geschämt. An meinem einundzwanzigsten Geburtstag, noch den Spruch meines Vaters »Jetzt fängt der Ernst des Lebens an« im Ohr, habe ich mich unbenannt. Ich wollte mein Erwachsenenleben als ein anderer beginnen.

Der einzige Mitschüler, den ich hasste, hieß Karl. Er gab damit an, dass er Fröschen und Mäusen bei lebendigem Leibe die Haut abzog. Theodor fand ich unerträglich wegen eines Schlagers, der sich damals großer Beliebtheit erfreute (*Der Theodor, der Theodor, der steht bei uns im Fußballtor...*). Ganz unerträglich. Und das Schlimmste: Kein Mädchen wollte sich in mich verlieben, weil ich Klotz hieß. Sie fürchteten, ich könnte sie heiraten und sie müssten dann diesen Namen tragen.

Ich suchte mir einen anderen Namen, einen Namen mit Klang. Aus Karl wurde Charles (französische Aussprache), Theodor wurde gestrichen und aus *Klotz* wurde auf dem Umweg über Fels, Berg *du Mont*. Charles du Mont. Ich ließ mir Visitenkarten drucken.

Die Karten wurden von meiner Familie mit Stirnrunzeln, von meinen Freunden mit Beifall quittiert. »Lieber Charles«, schrieb mir einer, »mit dem Namen ist Großes von Dir zu erwarten.« Ich habe ihm nicht widersprochen. Der erste Schritt in eine vielversprechende Zukunft war getan.

Um weitere Schritte einzuleiten, brauchte ich einen Citroën DS (sprich Déesse), Cabriolet, dunkelblau, eine Freundin vom Typ Brigitte Bardot und sechs Richtige im Lotto. Ich hatte es eilig, mit einem Studium wollte ich keine Zeit verlieren.

In einer Vinothek sah ich mir deren Bestände an französischen Weinen an. Die Auswahl war miserabel. Nur Burgunder und Bordeaux, sonst nichts. Da klaffte eine Marktlücke. Im Supermarkt sah es besser aus. Edelzwicker aus dem Elsass, ein Sauvignon Blanc von der Loire, ein Entre-Deux-Mers, ein Roter Primitivo und einer aus dem Roussillon, außerdem ein Vin de France unbekannter Herkunft.

Für die Wintermonate mietete ich günstig eine zentral gelegene Eisdiele und kaufte im Supermarkt von einem Darlehen meines Vaters je zwölf Flaschen aus dem Weinsortiment. Meine Handelsspanne betrug dreißig Prozent, das heißt bei mir kostete der Wein etwas mehr als im Supermarkt. Aber bei mir wurde der Kunde mit Handschlag begrüßt und es gab für drei Mark fünfzig einen Café Crème mit einem Croissant. Der Kunde konnte sich nicht beklagen. Über der Tür befestigte ich ein Schild in den Farben der Trikolore: *Le bon vin.*

Es kam nur selten zum Begrüßungshandschlag. An manchen Tagen waren es nicht mehr als drei oder vier Kunden. Ich saß die Stunden in der Eisdiele ab und langweilte mich. Oft hatte ich am Abend nicht genug verdient, um mir ein Baguette und einen Camembert zu kaufen. Es war eine Schande, unwürdig eines Charles du Mont.

Ich war schon so weit, ein Plakat mit dem Spruch *Alles muss raus!* zu basteln und meine Bestände mit fünfzig Prozent Rabatt anzubieten, als sich jemand fand, der bereit war, in meinen Mietvertrag einzusteigen und in der Eisdiele in den Adventswochen Glühwein und Christstollen anbieten wollte. Er übernahm den Rotwein und zahlte sogar noch eine Kleinigkeit für das Schild *Le bon vin*. Den Weißwein legte ich meinem Vater in den Keller und erklärte, das Darlehen wäre damit zurückgezahlt.

Von den Mühen des Weinhandels erholte ich mich bei einer Freundin, die zwar nicht aussah wie Brigitte Bardot, die aber einen Eisschrank hatte, dessen Inhalt für zwei hungrige Mägen ausreichte.

Diese Freundin hieß Liliane, hatte einen Friseur-Salon und verdiente so viel, dass sie sich einen wie mich leisten konnte. Montags war ihr freier Tag. Da gingen wir im Wechsel ins *Dolce Vita* oder ins *Peking*, sie bezahlte und anschließend musste ich zu ihr ins Bett. Weitere Ansprüche stellte sie nicht. Ich machte mich im Haushalt nützlich und hatte viel Zeit, über mein künftiges Leben nachzudenken. Um mir meine Ratlosigkeit nicht einzugestehen, schmiedete ich Pläne. Jeden Tag hatte ich einen neuen Einfall.

Fahrradrikschas zur Belebung des innerstädtischen Verkehrs, Aufstellung einer Mädchen-Tanzgruppe für Auftritte bei Junggesellenfesten, eine Tauschbörse für Elektrogeräte, Fahrten in einem Kleinbus nach Paris mit von mir geführter Stadtbesichtigung, Begrünung von Flachdächern mit winterharten Gräsern und Bodendeckern, ein Zustelldienst für Mahlzeiten, zusammengestellt aus den Speisekarten von sechs verschiedenen Restaurants, Begleitservice für neu zugezogene Frauen als Einführung in die Kulturszene und das Nachtleben der Stadt und viele andere gute Ideen. Abends, wenn sie von der Arbeit kam und eigentlich ihre Ruhe haben wollte, versuchte ich Liliane für meine Pläne zu begeistern.

Ohne Erfolg. Sie war Geschäftsfrau. »Hast du mal ausgerechnet, wieviel Startkapital du dafür brauchst?«, fragte sie. »Mach eine Lehre als Herrenfriseur. Dann stelle ich dich ein.« Ich fühlte mich verkannt und räumte schmollend das Geschirr in die Spülmaschine. Wenn ich in der Stadt eine Déesse als Cabriolet sah, blickte ich betreten auf meine Schuhspitzen.

Die Monate vergingen und ich fing an, das Leben ohne Sorgen und Mühen als gottgegeben hinzunehmen. Statt eigene Ideen zu entwickeln, lief ich durch die Stadt auf der Suche nach Neueröffnungen. Ich fragte die Ladenbesitzer nach ihren Beweggründen, Erwartungen und Zielen. Ich wurde zum Flaneur. Irgendwann würde ich über meine Beobachtungen ein Buch schreiben.

Ich nahm Gewohnheiten an. Montags ging ich durch den Stadtgarten bis zum *L'escalier* und stellte nach der Karte im Aushang ein Menü zusammen, zu dem mich eines Tages ein Mann wie Baron Rothschild einladen würde. Mittwochs spazierte ich bis zum *Institut français* und informierte mich über das kulturelle Wochenprogramm. Freitags lagen zwei Reisebüros auf meinem Rundweg, deren Angebote für Fahrten nach Frankreich ich verglich.

Samstags holte ich Liliane um fünfzehn Uhr im Friseursalon ab. Sie zählte die Tageseinnahmen, verstaute sie in ihrer Handtasche und schloss die Ladentür ab. Wir brachten das Geld zur Sparkasse und suchten dann die Konditorei Hummel auf. Waren die Einnahmen gut, spendierte mir Liliane eine Eissplittertorte; wenn nicht, gab es eine Honigschnecke.

Es war an einem dreizehnten. Schon als ich um die Ecke der Straße bog, in der Lilianes Friseursalon lag, hatte ich das Gefühl, dass etwas nicht stimmte. Ihre drei Angestellten, sonst gestandene Frauen, die darauf achteten, dass sie ihre Kaffeepause einhalten konnten, waren in heller Aufregung. Sie liefen durcheinander, gaben schrille Laute von sich, eine raufte sich – für eine Friseuse ganz ungewöhnlich – die Haare. Liliane stand wie vom Blitz getroffen an der Kasse, den Blick starr auf einen Punkt an der gegenüberliegenden Wand gerichtet, die Fäuste geballt. »Polizei! Polizei!«, rief eine der Frauen. »Keine Polizei!«, sagte Liliane mit einer mir fremden Stimme. Sie stand unter Schock.

Es dauerte eine Weile, bis sie mich bemerkte. Mein erster Impuls war gewesen, umzudrehen und mich davonzumachen. Aber da ich geblieben war, wollte ich natürlich wissen, was passiert war. Die drei Mitarbeiterinnen redeten mit aufgerissenen Augen wild gestikulierend auf mich ein. Sie rückten mir dabei so nahe, dass ich ein paar Schritte zurückwich, bis ich mit dem Rücken an der Wand stand. Über mir ein Plakat mit einer Brünetten, die regelmäßig ein Shampoo namens *Seidenglanz* benutzte.

»Der Kerl, der hatte..., der war... eine schwarze Mütze... noch keine dreißig... über das Gesicht gezogen... weiße Turnschuhe... Sehschlitze reingeschnitten... hinten eine blonde Locke... mit gezücktem Messer... Quatsch, kein Messer... aber mit schwarzen Handschuhen... ja, schwarz... ein richtiger Gangster... der wollte mich packen... wollte er nicht, er wollte das Geld.« »Die ganze Tageskasse hat er genommen und das Geld in eine Aktentasche gesteckt.« Jetzt sprach Liliane. »Schätzungsweise dreihundert Mark. Dann ist er abgehauen.« Sie deutete auf die leere Kasse. »Heute haben wir den ganzen Tag umsonst gearbeitet.« Und zu mir: »Den Umweg zur Sparkasse können wir uns diesmal sparen.« Sie sah sich um. »Jetzt wird aufgeräumt. Wie jeden Samstag.« Ganz die Chefin.

Auf dem Heimweg sagte sie nur: »Stell jetzt keine Fragen. Ich bin müde.« Zuhause angekommen, ging sie gleich ins Bett. Nach einer Zeit rief sie: »Charles!« Ich folgte der Einladung.

Der Überfall hatte ein Nachspiel. Liliane meldete den Schaden der Versicherung. Die wollte ein Polizeiprotokoll sehen. Liliane schilderte einem jungen Beamten den Hergang, eine Personenbeschreibung des Täters lehnte sie ab. Sie habe im Gegenlicht nur seine Umrisse gesehen. Die Mitarbeiterinnen wurden als Zeuginnen aufgeführt. Eine Kopie des Protokolls legte ich auf den Küchentisch. Kurz später war sie verschwunden.

Liliane zog sich in den Sessel vor dem Fernseher zurück. Sie ließ das Sonntagsprogramm laufen, manchmal wechselte sie den Sender. Wenn ich sie ansprach, brachte sie mich mit einer abwehrenden Handbewegung zum Schweigen. Kein Wort zu dem Überfall. Das Schweigen fand ich bedrückend. Ich stellte keine Fragen. Was hätte ich schon fragen können?

Am nächsten Tag ging Liliane zur Arbeit. Ich zog den Staubsauger durch die Wohnung und schmiedete Ausbruchspläne. Es lag etwas in der Luft, das spürte ich. Ich ließ mich von einer zehn Jahre älteren Frau aushalten. Das war bequem, aber auf Dauer keine Lösung: Liliane könnte mich fallen lassen. Unsere Beziehung war ein reines Zweckbündnis. Ohne Vorwarnung, ohne Begründung könnte sie mich vor die Tür setzen. Von heute auf morgen. Dem musste ich zuvorkommen. Ich war fünfundzwanzig, es war Zeit, mein Leben selbst in die Hand zu nehmen.

Noch mit dem Gedanken beschäftigt, wie ich möglichst schnell möglichst viel Geld verdienen könnte, machte ich mich auf den Weg. Auf den Jahn-Wiesen fand ein Leichtathletik-Festival statt.

Ich wollte den Sportlern bei den Wettkämpfen zusehen. Für den Vormittag waren Hoch- und Weitsprung angesagt. Von einem Stehplatz in der Nordkurve der Aschenbahn aus hatte ich keine gute Sicht. Ich sah von Ferne die Sprünge, konnte aber die Durchsagen nicht verstehen, wusste also weder, wer da für welchen Club an den Start ging, noch welche Höhe oder Weite er erzielte. Mit einem Mal lichteten sich die Reihen um mich herum, die Zuschauer eilten davon. Ein Windstoß wirbelte die Aschenbahn auf, ein Donnerschlag und schon öffnete der Himmel seine Schleusen. Ein Wolkenbruch.

Ich rannte, so schnell ich konnte, zum *Sport-Café Jahner Wiese* und hatte Glück. Ein etwas abseits gelegener Tisch war noch frei. Ich wollte gerade die Kellnerin rufen, da setzte sich ein Mann neben mich. Ohne zu fragen, ohne auch nur »Hallo« zu sagen. Er war ungefähr so alt wie ich, vielleicht ein, zwei Jahre älter. Er war wie ein Tennisspieler ganz in weiß gekleidet: Polohemd, Shorts, Sportschuhe, alles weiß.

»Was soll's sein?«, fragte die Kellnerin. Ich bestellte eine heiße Schokolade. Er zögerte einen Moment, schob einen Kaugummi von der rechten in die linke Backe, dann sagte er: »Streichen Sie die Schokolade. Bringen Sie uns zwei Bier.« Ich wollte protestieren, aber er kam mir zuvor: »Ruhig Blut! Ich lad dich ein. Das Bier geht auf meine Rechnung.« Und nach einer Pause: »Entspann dich, Karl... ehm Charles.« Mir stockte der Atem. Woher kannte der unverschämte Kerl meinen Namen? Als könnte er meine Gedanken lesen, sagte er: »Du läufst jeden Tag kreuz und quer durch die Stadt, Charles du Mont. Man kennt dich. Du bist eine stadtbekannte Persönlichkeit.« Ich wollte aufstehen und weggehen, aber er versperrte mir mit seinen ausgestreckten Beinen den Weg.

In dem Moment brachte die Kellnerin das Bier. »Prost!«, sagte er, nahm den Kaugummi aus dem Mund und klebte ihn unter die Tischplatte. »Trink einen Schluck. Das tut dir gut.« Er lächelte gönnerhaft und fixierte mich mit seinen blauen Augen. Ich sah ihn mir näher an. Er trug einen goldenen Siegelring, hatte eine randlose Sonnenbrille in den Ausschnitt des Polohemdes gesteckt, sein Gesicht war braun getönt (wahrscheinlich Sonnenbank), weiche, mädchenhafte Hände, seine blond gelockten Haare waren frisch geföhnt. Er sah aus wie ein Model für Sportbekleidung. Alles an ihm war mir unsympathisch.

Er lehnte sich nach vorne und rückte seinen Stuhl nah an meinen. »Wie geht's Liliane? Wie hat sie meinen Besuch verkraftet? Sie ist klug: keine Polizei, kein Skandal wegen lächerlichen dreihundertfünfzehn Mark. Das tut ihr nicht weh.« Er nahm einen kräftigen Schluck und betrachtete seine Fingernägel. Bedeutungsvoll zog er die Augenbrauen hoch. »Sie schuldet mir viel, viel mehr. Das ganze Vermögen meines Vaters hat sie sich unter den Nagel gerissen. Sie hat ihn nur geheiratet, um an sein Geld zu kommen. Als er starb, hat sie mich, seinen einzigen Sohn, um mein rechtmäßiges Erbe betrogen. Es kam zum

Rechtsstreit. Ich erschien betrunken zur Verhandlung und wurde entmündigt. Entmündigt! Das musst du dir vorstellen! In ihrem Laden hat sie mir Hausverbot erteilt. Eiskalt. Denkst du, ich hätte ihr aus Vergnügen einen Besuch abgestattet? Ich war vollkommen blank. Ich lebe von Gelegenheitsjobs. Wenn mein Vater das wüsste, er würde sich im Grab umdrehen.«

Er hatte mich nicht zu Wort kommen lassen. Was hätte ich auch sagen können. Ich war im wahrsten Sinne des Wortes sprachlos. Sollte ich glauben, was er mir erzählte? Ich fühlte mich äußerst unwohl. Was ging mich die Geschichte an? Was hatte ich damit zu tun? Ich wollte hier raus. An die frische Luft, vielleicht zurück zum Sportplatz. Es hatte aufgehört zu regnen.

Aber er hielt mich zurück. »Nun zu dir«, sagte er. »Dir geht's gut. Du lebst wie die Made im Speck.« Ich nahm die Ausgangstür des Cafés in den Blick, durch die ich mich gleich davonmachen würde. »Du lebst in den Tag hinein und denkst nicht an morgen. Das solltest du aber. Wenn Liliane sich einen angelt, der Geld hat und dich rausschmeißt, was machst du dann? Dann musst du dir eine Wohnung suchen. Eine Kaution, die Miete – das kostet Geld.«

Dies war erneut ein kalt geplanter Überfall. Aber diesmal war ich das Opfer. Meinen Zustand kann ich nicht beschreiben. Vielleicht war es Schreckstarre. Wie festgenagelt blieb ich sitzen. Ich entkam ihm nicht. Ob ich die Geheimzahl von Lilianes Kreditkarte kannte, wollte er wissen. Nein? Dann sollte ich sie ihm beschaffen. Egal wie. Das wäre der große

Coup. Dann würde er sich holen, was Liliane ihm schuldete. Und auch ich hätte ausgesorgt. Eine hübsche kleine Wohnung mit Blick ins Grüne wäre dann durchaus drin. Auch eine Citroën Déesse, dunkelblau mit schwarzen Ledersitzen? Aber das fragte ich nicht.

»Du bist, ehrlich gesagt, eine ziemlich trübe Gestalt.« Er ließ nicht locker. »Ich mach dir einen tollen Vorschlag und du machst ein Gesicht, als kämst du von deiner eigenen Beerdigung.« Er war jetzt beim dritten Glas Bier. »Ich habe eine Freundin. Die ist hübsch und gut drauf. Soll ich sie dir mal übers Wochenende leihen? Die bringt dich auf Trapp.« Das war wahrscheinlich nicht ernst gemeint. Vielleicht nur ein Witz, vielleicht auch nicht. Die Freundin als Belohnung für die Geheimzahl von Lilianes Kreditkarte.

Ich schob den Tisch beiseite, das Bier schwappte im Glas. »Hey! Wo willst du hin? Ich wollte mit dir noch den Zeitplan ...« Ich lief zur Tür, schob mich an einem Mann mit Baskenmütze vorbei, stand im Freien, wusste nicht wohin, rannte los und sprang auf eine Straßenbahn, die im selben Moment losfuhr.

Langsam beruhigte ich mich und versuchte, meine Gedanken zu ordnen. Als ich ausstieg, wusste ich, dass ich Liliane von dem Zusammentreffen nichts erzählen und auch keine Geheimzahlen ausspionieren würde. Gleichzeitig war mir klar, dass ich mein Leben ändern und ein paar Tage Auszeit auf dem Lande nehmen musste, um auf zukunftsweisende Ideen zu kommen.

Während ich noch mit den zukunftsweisenden Ideen beschäftigt war, erzählte Liliane beim Abendbrot von einer Kundin, die über Monate hatte anschreiben lassen und jetzt die aufgelaufene Summe nicht bezahlen wollte. »Aufgelaufene Summe« wiederholte sie mehrmals. Die Situation war ungünstig. Trotzdem bat ich sie um mein Taschengeld für diesen und den nächsten Monat. »Willst du dich aus dem Staub machen?«, fragte sie und verlangte als Pfand den einzigen Wertgegenstand, den ich besaß: die von meiner Mutter geerbte Leica.

Ich stieg in einen D-Zug und fuhr bis zur Endstation. Ich sah mich um: eine Kleinstadt, umgeben von Weinbergen, mit pseudo-gotischer Kirche, einem Fluss, einem Kurpark, einem Spielkasino, einem Marktplatz. Und einer Jugendherberge. Da wollte ich nicht absteigen. Dem Alter war ich entwachsen.

Ich nahm ein Zimmer in einem alten, preisgünstigen Weingut, dessen Besitzer in Mobiliar, das beide Weltkriege überlebt hatte, *bed and breakfast* anboten. Vom Fenster aus blickte man in einen Innenhof, in dem allerhand ausrangierte Gerätschaften vor sich hin rosteten. Dieses Stillleben, die alten Saftpressen, Fässer und andere ausgediente Gegenstände erschienen mir wie ein Symbol für meinen Seelenzustand.

Ich nutzte das schöne Wetter für einen Spaziergang am Fluss entlang, überquerte eine Brücke, unter der möglicherweise ein Hecht jungen Forellen auflauerte, und setzte mich dann im Kurpark neben einen älteren Mann in die Sonne. Tauben gurrten, eine Frau mit Kinderwagen auf dem Kiesweg, ein Schmetterling über den Blumenrabatten. Provinzieller Frieden.

Ich saß so nah neben dem Mann auf der Bank, dass wir uns fast berührten, als ich die Beine übereinanderschlug. Ich bat ihn, ein wenig zu rücken. Dieser schlichte Wunsch hatte Folgen, die mein Leben veränderten. Wir kamen ins Gespräch. Ob ich zur Kur oder wegen des Kasinos hier sei, wollte er wissen. »Ich spiele jeden Sonntag. Immer Roulette. Ich setze nur auf *Pair* oder *Impair*. Nur so lange, bis ich gewonnen habe, was ich in der nächsten Woche brauche.« »Und das funktioniert zuverlässig?«, fragte ich erstaunt. »Was ist, wenn Sie verlieren?« *Pair, Impair*. Ich verliere nicht«, sagte er. »Ich lebe bescheiden. Dafür reicht's.« Ich hörte interessiert zu. Er hatte mich neugierig gemacht. Lag in diesem Casino der Schlüssel für eine Déesse, gebraucht meinetwegen, aber mit Ledersitzen? Er machte mir einen Vorschlag: »Morgen geh ich mein Wochengeld verdienen. Kommen Sie mit! Ich zeig Ihnen wie's geht.« Wir verabredeten uns für elf Uhr am Vormittag vor der Eingangshalle.

Er trug seinen guten Anzug, auf Hochglanz polierte Schuhe und die Haare auf Mittelscheitel gekämmt. So sah er ein bisschen wie ein Flamenco-Tänzer der älteren Generation aus. Bei einem doppelten Espresso erklärte er mir in der Cafeteria sein System: Er wechselte hundert Mark in Jetons. »Nur Zehner. Kein kleines Gemüse.« Mit fünfen spielte er, die anderen hielt er als Reserve zurück. Erst saß er etwa eine halbe Stunde am Tisch und beobachte nur. Wenn dreimal hintereinander die Kugel auf *Impair* rollte, setzte er die fünf Jetons auf *Pair* und umgekehrt. Meist verdoppelte er so seinen Einsatz. Kam – was unwahrscheinlich war – ein viertes Mal in Folge *Impair*, hatte er verloren und musste auf seine Reserve zurückgreifen. Wenn alles nach Plan lief und er siebenhundert Mark gewonnen hatte, hörte er zu spielen auf. Er wollte sein Glück nicht weiter auf die Probe stellen. Dann gönnte er sich im *Kurschlösschen* das Sonntagsmenü. Hatte er einen schwarzen Tag erwischt und alles verloren, dann gab es die Woche über Pellkartoffel mit Magerquark.

Er, dem ich den von mir abgelegten Namen Karl geben will, setzte sich an den ersten Tisch links, seinen Glückstisch. Ich entschied mich für einen Tisch, an dem ein Croupier mit Backenbart und mit wilhelminischer Strenge über die Spieler wachte. Ich hielt mich an den Rat meines Freundes und beobachtete eine Weile nur das Geschehen. *Pair* und *Impair* gefiel mir nicht. Es erschien mir vielversprechender, auf *Rouge* oder *Noir* zu setzen.

Eine Leidenschaft überkam mich, die schon manchem Spieler zum Verhängnis wurde. Das Zimmer im Weingut hatte ich für drei Nächte gebucht. Ich hängte einen vierten Tag an und verbrachte die Zeit am Spieltisch, bis der Croupier »Rien ne va plus!« rief und die Roulette-Kugel in seiner Westentasche verschwinden ließ. Schon am zweiten Tag musste ich eine Aktentasche kaufen, um darin das gewonnene Geld zu verstauen. Sie war prall mit Scheinen gefüllt, als ich am Abreisetag mit Karl im *Kurparkschlösschen* beim Brunch saß. Wir füllten uns am Buffet die Teller und tranken Sauvignon Blanc dazu. Das ging auf meine Rechnung.

Zurück fuhr ich im Aussichtswagen erster Klasse. Die Aktentasche hatte ich zwischen die Beine geklemmt. Jetzt konnte ich mich frei entscheiden: Ein Weinladen mit Spitzengewächsen aus Burgund und Bordeaux, aus der Toskana und dem Rioja oder eine Déesse, Cabriolet mit Ledersitzen? Das war die Frage.

April 2019

Lieber Herr Hielscher,

hier ein Band mit Erzählungen, die zu schreiben die Corona-Restriktionen gemindert hat. Natürlich würde mich interessieren, was Sie dazu sagen.

Herzliche Grüße,

Reinhold Neven.

Große Schwester, kleine Schwester

Beschwingten Schrittes, wie ein Kavalier alter Schule, hatte ich das Krankenhaus betreten, hatte der Frau an der Information einen »Guten Morgen« zugerufen und war mit dem Lift in den dritten Stock gefahren.

Angesichts zweier unendlich lang erscheinender Flure, die im rechten Winkel aufeinander zuliefen, verflüchtigte sich meine gute Laune. So ein plötzlicher Stimmungsumschwung war für mich typisch. »Psychische Instabilität« hatte Hildegard, meine ältere Schwester, das genannt.

Hier oben war es still, totenstill. Eine Neonleuchte flackerte, als wollte sie vor einer unsichbaren Gefahr warnen. Ich nahm den rechten Flur, an den die Zimmer mit den Nummern 300 und 350 lagen. Meine Schuhe quietschten auf dem Linoleumboden ungehörig laut. Mit einem Blick streifte ich die Fotos an der Wand: Kühe auf einer Bergwiese, ein Dampfer auf einem See bei Abendrot, eine Kapelle mit Zwiebelturm und uralter Linde auf einem Hügel. Kalenderbilder. Bei meinem letzten Besuch hatte ich mir die Fotos näher angesehen, froh, dass da nicht die Gemälde eines Künstlers aus der Region hingen.

Vor der Tür des Zimmers 332 traf ich auf eine Frau in einem weißen Kittel, die wohl hier das Sagen hatte. »Moment mal, junger Mann«, sagte sie. »Wer sind Sie und wo wollen Sie hin?« Ich nannte meinen Namen: »Markus Fischer. Ich will zu meiner Schwester Hildegard.« Die Frau im weißen Kittel blickte an mir vorbei auf die Wand. »Der Zustand von Frau Fischer hat sich verschlechtert. Mit Rücksicht auf die andere Patientin in 332 haben wir sie hinter einen Vorhang gelegt. Dr. Andergast meint, dass sie nicht mehr lange durchhält.« Dann zog sie eine Rolle Pfefferminzdrops aus der Tasche und machte sich an dem Papier zu schaffen. »Gehen Sie rein. Setzen Sie sich nicht zu ihr aufs Bett, nehmen Sie sich einen Stuhl. Besuchszeit nicht länger als 15 Minuten.« Ich nickte und hielt einen Moment den kalten Türgriff, bevor ich eintrat.

Das Licht im Zimmer war dämmrig. Das erste, das ich sah, war das Gesicht der anderen Frau. Sie saß in ihrem Bett mit weit aufgerissenen Augen. Sie stieß einen Schrei aus und legte sich die Hände auf die Ohren. Ich machte »Schscht!« und nickte ihr freundlich zu, um sie zu beruhigen.

Dann stand ich vor dem Vorhang. Ich schob ihn vorsichtig beiseite und dachte: »Es war ein Fehler. Ihr einen Besuch abzustatten, war ein Fehler.« Hildegards Kopf lag tief in einem Kissen, zu sehen war vor allem ihre spitze Nase. Sie schien zu schlafen. »Hallo, Schwester«, sagte ich mit gedämpfter Stimme. Und als sie keine Reaktion zeigte, noch einmal »Hallo!« Diesmal etwas lauter. Sie öffnete den Mund und ließ ein gurgelndes Krächzen hören. »Sie will etwas sagen«, dachte ich. »Eine Botschaft«, und beugte mich über sie. Mein Rücken spannte. Es dauerte mehrere Minuten, bis ich verstand, was sie aus vorgestülpten Lippen losließ. Es war eine Frage: »Was wollen Sie hier?« »Vergebens«, dachte ich und richtete mich auf. Ich griff nach ihrer Hand. Sie war kalt und schlaff. »Man wird sie ihr auf ihre eingefallene Brust legen«, dachte ich. Ich wollte mich verabschieden, aber es fiel mir nichts ein, was ich hätte sagen können.

Die andere Frau beachtete mich nicht, als ich an ihr vorbeiging. Sie hing am Tropf und war damit beschäftigt, die Nadel aus ihrer Armbeuge zu ziehen.

Als ich durch den langen Flur Richtung Ausgang lief, sah ich auf die Uhr. Ich hatte die Besuchszeit eingehalten. 15 Minuten hatte der Abschied von meiner Schwester Hildegard gedauert.

Meine Eltern waren das, was man in England *lower middleclass* nannte. Mein Vater war Verkäufer in einem Autohaus für Opel-Modelle. Wenn er einen *Kapitän* verkauft hatte, genehmigte er sich abends eine zweite Flasche Bier. War es ein *Admiral*, dann führte er meine Mutter und die drei Kinder in ein Restaurant aus, das *Zur Tant* hieß und in dem jeder ein Hauptgericht bis zu 15 DM bestellen durfte. Wenn die Kellnerin kam, redeten alle durcheinander, gegessen wurde schweigend. Hildegard schnüffelte jedes Mal mit ihrer spitzen Nase an meinem Essen und fand, dass es viel besser aussähe als das, was sie bestellt hatte.

Mutter arbeitete gelegentlich als Aushilfskraft in einer Apotheke. Sie musste als Erste da sein, um aufzusperren und die Fußmatte für die Kunden auszulegen. Abends blieb sie länger, um aufzuräumen und die Abfalleimer auszuleeren. Die beiden Apothekerinnen hielten sie auf Trapp und bezahlten sie schlecht. In der Mittagspause wurden Gehässigkeiten ausgetauscht, gegen die sie als Aushilfe sich nicht wehren konnte. Das alles ertrug Mutter klaglos. Mit den Jahren wurde ihr Gesicht kantiger und ihr Mund schmallippiger.

Ich hatte meinen Platz zwischen Hildegard, meiner älteren, und Marlies, meiner jüngeren Schwester. Ein Platz, der nicht komfortabel war. Wenn es im Kinderzimmer Ärger gab, schob Hildegard immer mir die Schuld zu. Sie petzte. Sie lief hinter Mutter her und schilderte in grellen Tönen, wie schlimm ich war. Besonders grell wurde ihre Stimme bei Verfehlungen, die das 6. Gebot betrafen. Schon wenn ich die Klotür nicht abschloss, war das für sie ein sündhaft unkeusches Verhalten. Mutter winkte nur müde ab: »Kinder, bitte vertragt euch.« Und Vater wollte von Streitereien nichts hören, wenn er abends nach Hause kam. »Jungens sind nun einmal anders als Mädchen«, hörte ich ihn sagen. Dann schaltete er die Sportschau ein.

Hildegard hatte eine Eigenschaft, für die ich sie an den Marterpfahl gewünscht habe. Wenn ich etwas sagen wollte, unterbrach sie mich beendete den Satz, den ich gerade angefangen hatte. Ich wurde geradezu enteignet: Aus meinem Gedanken wurde ihr Gedanke und ich zu einem lächerlichen Stichwortgeber. Ich bezweifle, dass sie überhaupt eigene Gedanken hatte. Mutter: »Was wollen wir heute Abend essen?« Ich, Markus: »Ich hätte Lust auf ...«, Hildegard: »... Fischstäbchen mit Kartoffelpüree.« Oder: Markus: »Ich kann nicht glauben, was der Pfarrer uns erzählt. Zum Beispiel ...« Hildegard: »... die unbefleckte Empfängnis Mariae. Vom Heiligen Geist. Wie soll das denn gehen?«

Marlies war ganz anders. Sie war *die Kleine*. Mit ihren blonden Zöpfen und den Sommersprossen auf der Stupsnase war sie ein Mädchen wie aus einem Bilderbuch der 30er Jahre. Stundenlang kämmte sie ihren Puppen die Haare und summte ein Liedchen dazu. Alles an ihr war rundlich, was Vater *pummelig* und Hildegard *fett* nannte. Ich beschäftigte mich nicht weiter mit ihrem Aussehen. Ich fand, sie sah nett aus. So, wie eine jüngere Schwester sein sollte.

Unsere Wohnung hatte ein Eltern- und ein Kinderbadezimmer mit je zwei Waschbecken. Hildegard bestand darauf, dass kein anderer Zutritt hatte, wenn sie sich wusch. Sie verriegelte die Tür und antwortete nicht, wenn man klopfte. Was sie da drin so lange machte, war mir schleierhaft. Wahrscheinlich drückte sie sich in aller Ruhe ihre Pickel aus.

Marlies hatte nichts dagegen, dass wir das Bad gleichzeitig benutzten. Auch später nicht, als sich zwischen unseren Beinen ein heller Flaum abzeichnete und ihre Brüste anfingen, sich zu wölben. Während sie sich einseifte oder die Zähne putzte, erklärte sie freimütig: »Hoffentlich kriege ich nicht einen Hintern wie Tante Erika.« Oder fragte: »Findest du, dass meine Bumpys zu dick werden?« Oder stellte fest: »An Hildegard ist nichts dran. Oben nicht und hinten nichts.« Mich betrachtete sie manchmal mit Interesse: »Dein Pipi-Schwanz ist schon ganz schön lang.« Ihre Bemerkungen waren für mich gewissermaßen eine Einführung in die Gedankenwelt junger Mädchen.

So verging die Zeit. Vater stieg vom Verkäufer zum ersten Verkäufer auf. Mutter brach sich den linken Fuß und musste uns Kinder zum Einkaufen schicken. Hildegard entschloss sich, Pädagogik zu studieren, um Lehrerin zu werden. Ich entdeckte bei mir eine Leidenschaft für moderne Musik und für Tänze wie Boogie-Woogie oder Foxtrott. Und Marlies war zum ersten Mal richtig verknallt.

Ihr Schwarm hieß Jürgen. Er war lässig und sah wirklich gut aus. Im Tennisclub war er die Nummer eins. Er gewann jedes Turnier scheinbar mühelos. Unangestrengt bewegte er sich auf dem Platz. Seine Bewegungen waren rund. Er konnte die Bälle platzieren, wie er wollte und brachte seine Gegner zur Verzweiflung. Wenn er gewonnen hatte, drängten sich seine Bewunderer, Mädchen wie Jungen, um ihn, während er an einer Cola nippte.

Ich denke, wir waren damals eine ziemlich normale Familie. Meine Eltern stritten nur aus Nervosität, wenn das Geld in der Haushaltskasse zu Ende ging. Und unter uns Geschwistern gab es nach einer Streiterei wieder friedliche Phasen. Ich mochte Marlies, auch wenn sie sich nicht selten wie ein Trampeltier benahm. Letzten Endes mochte ich auch Hildegard. Ich musste ihr nur abgewöhnen, sich aufzuführen, als wäre sie meine Gouvernante. Doch dann kam es zu einem Zwischenfall, der tiefe Spuren hinterließ. Er hinterließ ein Zerwürfnis, das irreparabel war.

Marlies' Abiturparty. Ihr Zeugnis war besser als erwartet. Also stellte Vater seinen Hobbyraum zur Verfügung und spendierte je einen Kasten Cola, Apfelsaft und alkoholarmes Bier. Er fuhr mit meiner Mutter nach Rüsselsheim, wo eine neue Version des Opel Blitz vorgestellt werden sollte. Wir hatten sturmfreie Bude. Marlies lud ihre Klassenkameraden und Freundinnen ein, das machte circa dreißig Gäste. Wir schnitten aus Pappe Figuren aus, die ihre Lehrer darstellen sollten. Hildegard beaufsichtigte die Arbeiten und hielt kleine Vorträge, in denen sie uns vor *sexuellen Übergriffen* der Jungens warnte. Ich lachte. Da sah sie mich streng an und sagte: »Pass bloß auf, dass du nicht Opfer von *abartigen Neigungen* wirst.«

In letzter Minute sagte Jürgen zu. Marlies wusste nicht, ob sie vor Glück lachen oder vor Aufregung weinen sollte. Sie zog statt der Hosen einen kurz geschnittenen Rock und eine Bluse mit weitem Ausschnitt an. Jürgen würde mit ihr tanzen, er würde sie auf einer der Matratzen im Hobbyraum küssen und vielleicht... Ja, vielleicht würde er... Sie jedenfalls würde es geschehen lassen. Marlies' Wangen glühten. Wir waren 23, 20 und 18 Jahre alt.

Die Party war ein Erfolg, das spürte man. Die Stimmung besser als bei meiner Abitursause, alle hatten Spaß, keiner war besoffen. Ich tanzte viel mit einem Mädchen, dessen Namen mir jetzt nicht einfällt. Sie war Marlies' beste Freundin. Sie wollte mir zeigen, wie Tango geht. Sie warf sich zurück und rammte mir ihren Oberschenkel zwischen die Beine. Das tat weh, aber wir lachten beide. Um sich zu entschuldigen oder nur aus Übermut gab sie mir einen Kuss. Ein richtiger Kuss wirkt bei mir immer. Ich war im Begriff, mich in sie zu verlieben.

Jürgen war ganz in Weiß gekleidet und trug blaue Schuhe, die mit seiner Augenfarbe harmonisierten. Er behauptete, nie eine Tanzschule besucht zu haben, beherrschte aber alle Tänze mit lässiger Eleganz. Er hatte eine Flasche Gin mitgebracht. »Gordon's. Die einzige Marke, die man trinken kann.« Er genoss ihn in kleinen Schlucken aus einem Becherchen, das mit einer Kette am Hals der Flasche befestigt war. Jürgen hatte wirklich Stil. Ich bewunderte ihn.

Während ich mit dem Mädchen, das übrigens Ruth hieß, über die Musik von Elvis Presley stritt, wartete ich darauf, dass der Platz neben Jürgen frei würde. Die Party war die Gelegenheit, ihn näher kennenzulernen. Vielleicht könnten wir Freunde werden. Das wäre phantastisch und würde mein Ansehen enorm steigern. Aber auf dem begehrten Platz neben ihm saß Marlies. Sie zu vertreiben, kam nicht in Frage. Schließlich brachte ich es so weit, dass er mir von seinem Gin drei Schluck in ein Wasserglas füllte. Ich trank das scharfe Zeug in einem Schluck und hatte sofort einen Schwips. »Du verträgst nicht viel,« hörte ich Jürgen sagen. Ich flüchtete zu Ruth. Sie lachte und fand mich *niedlich*.

Irgendwann fuhren zwei Klassenkameraden von Marlies los und holten einen Kasten Vollbier. Ab elf Uhr war langsame Musik gefragt. Kerzen wurden auf Bastflaschen gesteckt und das elektrische Licht ausgeschaltet. Ich knutschte mit Ruth. Sie gestattete mir nicht, ihren BH zu öffnen, aber auf der Bluse durfte ich überall hinfassen. »Langsam!«, sagte sie. »Wir kennen uns doch noch gar nicht richtig.« Mir ging es gut. Ich spürte, wie der Druck nachließ, bei ihr oder Jürgen zu einem Ziel zu gelangen.

Vater hatte an mich als seinen Sohn appelliert und mich dafür verantwortlich gemacht, dass alle Fenster und Türen geschlossen waren und kein Licht mehr brannte, nachdem alle Gäste gegangen waren. Also machte ich zur späten Stunde müde und leicht verkatert die Runde. Es war wohltuend still. Ich blies die letzten Kerzen aus, hob einen Gürtel auf, den ein Mädchen vergessen hatte, und schob mit dem Fuß eine zerbrochene Bierflasche beiseite. Erst mal schlafen, dann würde ich Marlies beim Aufräumen helfen.

Ich trat auf die Terrasse. Die kühle Nachtluft war wohltuend. Ich atmete ein paarmal tief durch. Von hier aus hatte ich einen guten Überblick. Die Nachbarhäuser lagen im Dunkeln. Und bei uns ... ja, was war das? Bei uns brannte im Wohnzimmer Licht.

Langsam ging ich näher. Vorsichtig, als wäre ich einem Einbrecher auf der Spur. Erst bemerkte ich nichts Ungewöhnliches. Der Raum war nur schwach beleuchtet. Jemand hatte über die Leselampe ein rotes Tuch gehängt. In Vaters Schlafsessel lag hingestreckt eine weiße Gestalt mit blauen Schuhen.

Was ich sah, war unfassbar. Jürgens Kopf war nach hinten gekippt, so dass ich sein Gesicht nicht sehen konnte. Seine Hose stand weit offen. Neben ihm saß, den Kopf über ihn gebeugt, Hildegard. Meine Schwester Hildegard saß neben ihm und machte in seiner Hose rum. Was sie da machte, konnte ich mir denken.

Ich erstarrte. Ich war wie vom Blitz getroffen. Was da geschah, durfte nicht sein. Ich hätte schreien mögen. In dem Moment hob Hildegard den Kopf. Sie sah mich. Sie zuckte nicht zusammen, zog ihre Hand nicht zurück. Sie blickte mich nur mit einem triumphierenden Blick an. Eiskalt.

Ich bin nicht eingeschritten, ich ließ sie gewähren. Ich ging ins Bett, war todmüde, konnte aber nicht einschlafen. Der Anblick ihrer Hand in seiner Hose verfolgte mich. Jetzt fiel mir ein, was alles ich hätte tun und sagen müssen. Skrupellos schnappte Hildegard ihrer jüngeren Schwester auf deren Party den Freund weg. Und er gab sich für dieses üble Spiel her. Vielleicht amüsierte ihn sogar die Frechheit der Älteren. Aus. Ich wollte Jürgens Freund nicht mehr sein. Für mich war er gestorben.

Am nächsten Morgen ließ sich Hildegard nicht blicken. Marlies war blass. Sie hatte geheult, das sah ich ihr an. »Nicht einmal Tschüss gesagt hat er!« Wir räumten den Partyraum zusammen auf. »Es war ein gelungenes Fest«, sagte ich, um sie zu trösten. »Alle haben sich amüsiert.« »Sogar Hildegard.« Aber das dachte ich nur.

Das Vorkommnis in Vaters Schlafsessel kam nie zur Sprache. Was da passiert war, zersetzte wie ein Gift die Beziehung zwischen Hildegard und mir. Wir gingen einander aus dem Weg und wurden uns fremd. Bei Mutters und später Vaters Tod stand ich zwischen Marlies und Hildegard am Grab. Aber bei den anschließenden Trauerfeiern wechselten wir keinen Satz. Erst als sie selbst auf den Tod im Krankenhaus lag, habe ich sie wiedergesehen.

Marlies hat irgendwann einen anständigen Mann geheiratet. Ich nehme an, es war eine Liebesheirat. Sie hat zwei Kinder, ein Mädchen und einen Jungen. Der Junge sähe mir ähnlich, behauptet sie.

Bleibt Ruth. Sie war eine Enttäuschung. Bevor wir uns richtig kennenlernen konnten, wurde sie für eine gewisse Zeit Jürgens Freundin. Was danach aus ihr geworden ist, weiß ich nicht.

September 2019

Ein denkwürdiger Geburtstag

Gerade wurden die Gartenbänke und -stühle zusammen mit den Wirtshaustischen angeliefert, als Lotte anrief. Mit einer Stimme, die kaum zu erkennen war, sagte sie: »Max liegt im Sterben.« Nur den einen Satz, dann legte sie auf.

Lotte ist die ältere meiner beiden Schwestern und Max ist ihr Mann. Ihre Ehe war eine von gelegentlichen versöhnlichen Phasen unterbrochene Dauerkrise. Sie blieb kinderlos, obwohl Lotte sich ein Kind sehnlichst wünschte. Als sie erfuhr, dass eine andere Frau von Max schwanger war, verfiel sie in Schweigen und schlug ihr Bett in einer Dachkammer auf, nur um möglichst weit von ihm entfernt schlafen zu können.

Scheiden ließ sie sich nicht. Er hatte ihr an ihrem zwanzigsten Geburtstag das Leben gerettet. Freunde wollten sie mit einer Floßfahrt von Wolfratshausen isarabwärts bis München überraschen. Einer von ihnen behauptete, mit Flößen Erfahrung zu haben und stellte sich ans Steuer. Es wurde eine Horrorfahrt. Ein Baumstamm wurde von einem aus dem Wasser ragenden Felsen weggerissen, ein Kasten Bier und die Wurstbrezeln gingen über Bord. In einer Stromschnelle wurde das Floß herumgeschleudert, das Steuer brach. Lotte und ihre Freunde saßen nass bis auf die Haut auf einem Floß, das führungslos der Willkür der Strömung ausgesetzt war.

In München wurden sie an der vorgesehenen Anlegestelle vorbeigeschwemmt. In panischer Angst aneinander geklammert trieben sie auf ein Wehr zu. Das Floß bäumte sich auf und überschlug sich. Lotte und ihre Freunde wurden ins Wasser geschleudert und kämpften verzweifelt gegen den Sog der Strudel an, die drohten, sie in die Tiefe zu ziehen. Auf der nahe gelegenen Ludwigsbrücke standen Leute, die wild gestikulierend um Hilfe schrien, ohne etwas zu unternehmen.

Da sprang ein kräftiger junger Mann in einer schwarzen Unterhose ins Wasser, schwamm bis zum Unglücksfloß, griff nach einer der Ertrinkenden und zog sie an Land. Es war Lotte. Michel, ihr Freund, dem sie ihre Jungfräulichkeit geopfert hatte, ertrank.

Das tragische Unglück kam in die Zeitung. »Der Held von der Ludwigsbrücke«, wie er genannt wurde, war Max. Sechs Wochen ließ er Lotte Zeit, sich von dem Schock zu erholen, dann hielt er um ihre Hand an. Unter Tränen sagte sie ja. Es war nicht die große Liebe, aber Michel war tot und ihren Lebensretter wollte sie nicht enttäuschen.

Seither sind fast fünfzig Jahre vergangen. Als hätte mich ein Schlag getroffen, stand ich mit dem Telefonhörer in der Hand in dem leeren Wohnzimmer. Letzte Woche noch hatte ich Max besucht. Es ging ihm den Umständen entsprechend gut. »Das alte Getriebe funktioniert wieder«, scherzte er. Wir gingen bis zu der Bank unter der von Blitzen gespalteten Eiche. »Ich brauche keinen Rollator,« sagte er. »Der ist was für alte Leute.« Zu meinem Geburtstag wollte er mir eine Dampferrundfahrt auf dem Starnberger See schenken.

Meine Beziehung zu Max zu beschreiben, ist schwierig. Ich bewunderte und ich fürchtete ihn. Er hatte Prinzipien. Während ich vor jeder Entscheidung hin und her überlegte, hatte er ein klares Ordnungssystem, das ihm sagte, was richtig und was falsch war. Traten Meinungsverschiedenheiten auf, beendete er die Diskussion mit einem *Aus-Prinzip*. Der Ablauf einer Woche war von ihm bis ins Detail durchgeplant. Montags machte er einen Waldlauf, mittwochs ging er schwimmen, samstags aß er ein Stück Obstkuchen und sonntags zum Frühstück ein weichgekochtes Ei. Auch an den anderen Tagen wurde jede Handlung zum festgelegten Ritual. Abwechslungen ließ er nicht zu. Jede Spontaneität erstarb. Lotte stöhnte: »Wir leben in Zwangsjacken. Ich darf mich nicht fragen, worauf ich heute Lust habe. Alles ist festgelegt und unumstößlich. Ich halte das nicht länger aus.« Und doch blieb sie ein Leben lang bei ihm.

»Halt!«, rief ich. »Halt!« und lief auf die Terrasse, wo die Männer damit beschäftigt waren, die Wirtshausmöbel abzuladen. »Ich brauche die Sachen nicht. Nehmen Sie sie wieder mit!« Verdutzt sahen mich die Männer an. »Moment mal«, sagte der eine und zog aus der Tasche sein mobiles Telefon. Er wählte eine Nummer und überreichte es mir. »Mein Chef.« »Hören Sie!« rief ich in das Gerät. »Mein Schwager ... Das Fest findet nicht statt.« Ich sprach lauter als notwendig. »Ein Todesfall ...« Der Mann reagierte gelassen. Er müsste die entstanden Fahrtkosten und die Miete für die Möbel berechnen. Das war's.

Ich sagte alles ab. Das Fass Bier und die Gläser, das kalte Buffet und die Musikanlage. Alles. Max war für mich der Ersatz für den Bruder, den ich nicht hatte. Er war ein sturer Hund, aber auf ihn war Verlass. Wenn ich vor einer Entscheidung stand, habe ich ihn um Rat gefragt. Er hatte immer eine einfache, aber einleuchtende Antwort. Ich konnte nicht fröhlich meinen sechzigsten Geburtstag feiern, während er mit dem Tod rang.

Ich hätte zu Lotte fahren, ihr beistehen und von Max Abschied nehmen müssen. Aber ich war damit beschäftigt, den Leuten abzusagen, die ich eingeladen hatte. »Ja, es ist schade. Aber die Party kann nicht steigen. Es geht nicht.« Dreißig Telefongespräche musste ich führen. Es war Schwerstarbeit. Während mich erst noch das Gefühl bei Laune hielt, selbstlos das Richtige zu tun, wurde mir mit jedem Anruf klarer, wie trostlos es sein würde, an meinem runden Geburtstag mutterseelenallein in einem leeren Haus zu hocken.

Es war ein Einfamilienhaus. Für mich, den Single, reichlich groß. Es lag an einer viel befahrenen Ausfahrtstraße. Deshalb hatte ich es mit meinen Ersparnissen relativ günstig kaufen können. Die Vorbesitzer hatten es bis auf ein paar alte Matratzen ausgeräumt. Nur die Einbauschränke, die Waschbecken und Kloschüsseln hatten sie drinnen gelassen. An den Wänden zeichneten sich geisterhaft die Umrisse eines Sofas und die hellen Stellen ab, an denen Bilder gehangen hatten. Spuren eines Lebens, das jetzt woanders stattfand.

Die Märchenerzähler früherer Jahrhunderte haben von der Magie leerstehender Gebäude gewusst. Im Gemäuer alter Burgen und Schlösser haben sie sagenumwobene Könige und Riesen angesiedelt, inmitten undurchdringlicher Wälder Hütten entdeckt, in denen Tiermenschen hausten. Wir statten unsere Häuser nach unserem individuellen Geschmack aus – wobei dieser häufig so individuell nicht ist. Wir dekorieren sie, bis die Klarheit der Raumproportionen nicht mehr erkennbar ist und stopfen sie voll mit allerhand unnötigem Krimskrams. Räume sind wie alltagstauglich gekleidete Frauen, deren wahre Schönheit erst sichtbar wird, wenn sie ihre Kleidung ablegen.

Als der Makler mir das Haus zeigte und ich die nackten Wände, die von den Decken baumelnden Glühbirnen und die toten Fliegen auf den Fensterbrettern sah, wusste ich sofort, dass ich hier meinen Geburtstag feiern wollte. Es schien mir, als entspräche das sich selbst überlassene Haus meinem Zustand. Eine große Aufgabe lag vor mir. Ich würde dieses Haus und mein Leben mit neuen Inhalten ausstatten müssen. Die Party wäre gewissermaßen der Startschuss für den Neubeginn. Es sollte ein dionysisches Fest werden. Der Rotwein sollte in Strömen fließen. Und wenn eine Flasche sich über den

Fußboden ergoss – kein Unglück, er musste sowieso abgezogen werden.

Meinen Geburtstag verbrachte ich in einem Museum mit Bildern deutscher Expressionisten. Sie waren älter als ich, aber gut erhalten, das tröstete mich. Vor allem aber tat es mir gut, unter Menschen zu sein. Ganz gegen meine Gewohnheit sprach ich im Café eine Dame an, die wie ich allein an einem Tisch saß. Sie kannte den Sammler, dem das Museum seinen Namen verdankte, und ließ durchblicken, dass sie ihn, der als Berserker galt, gut leiden konnte.

Gegen Abend fuhr ich zu meinem Haus. Als ich aufschloss, meinte ich im Obergeschoss ein Flattern zu hören, so als hätten sich Fledermäuse eingenistet. Meine Schritte hallten im Treppenhaus. Im Elternschlafzimmer hatte sich eine Glühbirne aus der Fassung gelöst und war am Boden in tausend feiern Splitter zersprungen. An der Rückwand, dem Fenster gegenüber, hatte das doppelbreite Bett gestanden. Das sah man. Was hatte der Geist, der hier oben sein Wesen trieb, miterlebt? War hier ein Kind gezeugt worden, ein Mensch gestorben?

Im Esszimmer richtete ich mich ein. In der Mitte des Raumes platzierte ich eine Matratze und holte die Kartons mit Wein und Prosecco, die ich wohlweißlich nicht abbestellt hatte. Dann zog ich aus der Manteltasche eine Packung Kerzen und stellte sie im Kreis auf. Hätte mich jemand beobachtet, er hätte mich für einen spirituellen Spinner gehalten. Ich entkorkte eine Flasche und leerte einen Pappbecher, als müsste ich mir Mut antrinken. Mut zu was? Auch ohne die Freunde, auch ohne *Happy Birthday* würde das neue Lebensjahr beginnen. Ich riss das Fenster auf. Die alten Dielenbretter knarrten, die Kerzen flackerten. Nicht der Flügelschlag eines Engels, die kalte Abendluft schlug mir ins Gesicht.

Da klingelte es. Ein schriller, kalter Ton. Erschreckt griff ich mir an den Hals, als müsste ich mir die Krawatte zurechtrücken, die ich nicht trug. Ich duckte mich. Ich war nicht zuhause, hier war niemand. Es klingelte wieder, anhaltend, stürmisch. Ich schlich zur Haustür. Draußen rief jemand: »Hallo, Rainer, mach auf!« Eine Frauenstimme. Ich öffnete die Haustür einen Spalt. Da stand sie im Dämmerlicht, eine Kapuze über den Kopf gezogen. »Was ist hier los? Lass mich rein! Es regnet.«

Ohne weitere Fragen zu stellen, zog sie den nassen Mantel aus und hängte ihn an einen Garderobenhaken. Ein Blick traf mich. An diesen Blick und der Art, wie sie den Kopf senkte und ihre Haare schüttelte, erkannte ich sie. Es war Barbara. »Keine Musik? Wo sind die anderen?« Sie ging den Flur entlang, Richtung Wohnzimmer. »Gemütlich hast du's hier. Richtig wohnlich.« Mit ihren hohen Absätzen war sie fast so groß wie ich. Sie trug ein enganliegendes, kniefreies, schwarzes Partykleid mit Rückenausschnitt. Wir hatten uns längere Zeit nicht gesehen. Ihr Auftritt an meinem Geburtstag kam überraschend und war – ich finde kein anderes Wort – auch ein wenig bedrohlich.

In der Tür zum Esszimmer blieb sie stehen. Der Wind hatte die Kerzen ausgeblasen. Ich machte Licht. Im hellen Schein der Elektrobirne sah mein Matratzenlager erbärmlich aus. Sie drehte sich zu mir um. »Sag mal, in was für einem Film bin ich hier geraten?« Ich erzählte ihr vom Anruf meiner Schwester. »Ich habe daraufhin allen Gästen abgesagt.« »Allen? Mir nicht.« Und dann: »Der Weg hieraus war mühsam. Ich hätte ihn mir sparen können.« Mit diesen Worten zog sie aus einer Tüte eine Flasche Veuve Clicquot. »Herzlichen Glückwunsch, mein Lieber. Nach diesem Start kann es für dich in Zukunft nur besser werden.« Da konnte ich ihr nicht widersprechen. Ich hob die geöffnete Flasche und den Pappbecher auf. »Komm, trink ein bisschen.« »Nicht aus einem Becher mit dir!« Sie griff nach der Flasche, setzte an und nahm einen kräftigen Schluck.

Auf einer Fahrt nach Venedig habe ich Barbara kennengelernt. In einer merkwürdigen Situation, könnte man sagen. Ich war damals mit einer Frau zusammen, die Erika hieß. Erika war neunzehn, katholisch, lebte bei ihren Eltern und war noch nie im Ausland gewesen. Sie willigte nur unter der Bedingung ein, nach Italien zu fahren, dass ihre beste Freundin Barbara mitkäme. Aus den von mir erhofften vorgezogenen Flitterwochen wurde eine Unternehmung zu dritt mit Barbara als Anstandsdame. Ihr fiel eine leicht zu erfüllende Aufgabe zu: Erika war vom ersten Tag an leidend. Sie vertrug das kaltgepresste Olivenöl nicht. Während Barbara und ich durch die Stadt schlenderten, verbrachte Erika Stunden auf der Toilette. Außerdem wurde sie in dem Doppelbett, das sie mit ihrer besten Freundin teilte, von Flöhen gepeinigt. Und die Ausdünstungen der Kanäle fand sie ekelerregend.

Es war die Zeit des Minirocks. Barbara hatte drei im Gepäck. Sie trug sie abwechselnd und zog die Blicke der venezianischen Männer auf ihre kräftigen, aber wohlgeformten Beine. Ihr Mitleid mit Erikas jämmerlichen Zustand verflüchtigte sich am zweiten Tag. Sie war in Hochstimmung, war unternehmungslustig, bestellte in den Trattorien Hummer und andere Krustentiere und was ihren Weinkonsum anbelangte, hatte ich Mühe mitzuhalten.

Ich hatte ein Besichtigungsprogramm ausgearbeitet, drei Stunden vormittags, drei Stunden nachmittags. Erika war zu schwach, mitzukommen. So zogen Barbara und ich ohne sie los. Es kam vor, dass sie in einer Scuola vor Begeisterung meine Hand ergriff oder im Gedränge auf einem Vaporetto mich mit ihrem Busen bedrängte. Eine Fahrt in der Gondel fand sie »doof«, »was für blöde Touristen«, bis zu dem frühen Abend, an dem sie an einer Anlegestelle so heftig mit einem der Gondolieri flirtete, dass er ihr anbot, sie für einen Kuss zum halben Preis durch das alte jüdische Ghetto zu fahren. Er bekam, was er wollte, ich wurde netterweise mitgenommen.

Am dritten Tag aß Erika ein wenig frisches Obst, ungewaschen, und hatte einen Rückfall. »Fahrt nach Murano«, sagte sie mit schwacher Stimmte. Aber

Barbara hatte andere Pläne. »Mir langt's mit all den Bildern. Ich bin ganz schwindelig vor lauter Kunst«, sagte sie, als wir allein waren. »Und nach Murano kannst du alleine fahren. Die produzieren nur noch Kitsch. Ich will auf den Lido, in der Sonne liegen und braun werden.«

Mit dem Vaporetto der Linie 1 fuhren wir hin. Stundenlang liefen wir am Strand entlang, bis Barbara endlich hinter Malamocco in einer Düne den Platz entdeckte, den sie gesucht hatte. Hier konnte sie sich ausziehen, ohne von anderen Badegästen gesehen zu werden. Sie legte sich auf den Bauch. »Öl mir den Rücken ein. Mit Gefühl, wenn ich bitten darf.« Ich hätte auch ihre Vorderpartie mit Öl eingerieben, aber das machte sie selber. So lagen wir nebeneinander auf dem Lido Venedigs in der Sonne, jeder auf seinem Badetuch.

Ich dachte kurz an Erika und überlegte, was wir ihr von unserem Ausflug mitbringen könnten. Aber ich konnte mich nicht konzentrieren. Ein wohliges Gefühl stieg in mir hoch. Ich wäre eingenickt, hätte Barbara nicht nach meiner Hand gegriffen, sie einen Moment gedrückt und sie dann, als wäre das üblich, auf ihren linken Busen gelegt. Da lag sie wie eine große Spinne auf der weichen, warmen Haut. Ich wusste nicht, wie ich reagieren sollte. Um Zeit zu gewinnen, blickte ich mich um. Weit und breit war niemand. Hinter der Düne rauschte das Meer. Da öffnete sie den Mund, strich mit der Zunge über die Lippen und sagte mit leicht rauchiger Stimme: »Nu mach schon!«

Als wir fertig waren, stand sie auf und gab mir ihr Badetuch. »Gut«, sagte sie. Nur dieses eine Wort, mehr nicht. Dann schüttelte sie ihre Haare, wie es für sie typisch war und zog sich an. Auf dem Rückweg zum Vaporetto hielt das wohlige Gefühl an. Ich versuchte, ihre Hand zu ergreifen. Aber sie ließ sie mir nicht. Händchen halten war nicht nach ihrem Geschmack.

In einem Andenkenladen kaufte ich ein Mitbringsel für Erika: einen kleinen Handspiegel aus Murano-Glas. »Oh Gott, wie sehe ich aus! Grässlich!«, sagte sie, als sie sich das Geschenk vors Gesicht hielt. Sie hatte ihren Koffer gepackt. »Ich reise ab. Ich will nach Hause.« »Abreisen? Ohne auf dem Markusplatz bei ‚Florian' einen Kaffee getrunken zu haben?« Erika schüttelte den Kopf. »Auf keinen Fall! Den starken italienischen Kaffee vertrage ich nicht.« Barbara schwieg vielsagend und auch mir fiel nichts ein, was ich hätte sagen können.

Spät am Abend des nächsten Tages stiegen wir in München aus dem Zug. Der Abschied von den beiden Frauen fand in der Bahnhofshalle statt und fiel nicht gerade herzlich aus. Keine Umarmungen, keine Küsse. Ein unbefangener Beobachter der Szene hätte uns für flüchtige Bekannte halten können.

Erika fuhr zurück zu ihren Eltern. Diese mussten sich damit abfinden, dass ihre Tochter nicht dem Mann ihres Lebens begegnet war und infolgedessen eine Verlobung nicht stattfinden würde. Wenn ich Barbara im Laufe der Jahre bei Konzerten, Ausstellungseröffnungen oder Partys begegnete, fragte ich sie scherzhaft: »Fahren wir noch mal zum Lido?« Es war einer dieser halb ernst gemeinten Scherze, auf den sie jedes Mal antwortete: »Nein, lieber nicht. Vielleicht nächstes Jahr.« Ich war froh, dass ich mich in der Lagunenstadt nicht in sie verliebt hatte. Trotzdem habe ich sie zu meinem Geburtstag eingeladen.

»Der Prosecco ist lauwarm. Scheußlich!« Barbara sah mich an und schien zu überlegen. Sie zog den Saum ihres Kleides Richtung Knie und sagte: »Ich fahre nach Hause. Du kannst deine Selbstbestrafungs-Aktion alleine fortsetzen. Aber wenn du willst, nehme ich dich mit. Schließlich hast du Geburtstag, noch dazu einen runden.«

Nach zwanzig Minuten Fahrt in einem Taxi, einem Schlüssel, der die Haustür nicht öffnen wollte, und einem Aufzug, der uns in den dritten Stock brachte, stand ich in ihrer Wohnung. Weiße Wände, Vorhänge und Teppiche, nachgebaute Bauhaus-Möbel und -Lampen, ein Eileen-Gray-Sofa. Eine Bücherwand, kein Zierrat. Barbara zupfte wieder am Saum ihres Kleides und reichte mir eine Flasche Crémant. »Mach du! Das ist Männersache.« Noch im Stehen prosteten wir uns zu. »Happy Birthday!« Der Alkohol entspannte die Stimmung. »Wie fühlst du dich?« wollte sie wissen und zog ihre Strickjacke aus. »Sehr gut«, antwortete ich ohne zu übertreiben. Sie erzählte aus ihrem Leben. »Mit Männern habe ich kein Glück«, sagte sie. Auch mit einer Frau zusammenzuleben, habe sie versucht. »Ging auch schief.«

Nach Mitternacht hatten wir die Flasche geleert. Der Abend ging zu Ende. »Du kannst hier schlafen«, sagte sie und legte mir die Hand auf die Schulter. »Aber damit das klar ist: Wir fahren nicht noch einmal zum Lido.« »Denk dir: Ich wäre auch nicht mitgefahren.« Aber das sagte ich nicht.

Gegen Morgen erwachte ich unter einer Decke auf dem Eileen-Gray-Sofa. Um diese Zeit starb zur Linderung seiner Schmerzen in einem Opiumrausch mein Schwager Max

Oktober 2019

Marlène
oder: Ich hasse Beerdigungen

Es gibt sie, die alten Frauen, die Friedhöfe bevölkern. Selbst schon mit einem Bein im Grab, tauchen sie aus dem Dämmerlicht der Seitenwege auf oder sitzen wie Todesengel in der letzten Reihe der Aussegnungshallen, schwarz, von Trauer gebeugt. Fast unsichtbar. Sie lieben große Beerdigungen von stadtbekannten Persönlichkeiten. Als Letzte schließen sie sich dem langen Trauerzug an. Sie halten sich im Hintergrund, niemand beachtet sie. Wenn alle ans offene Grab getreten sind und ein Schäufelchen Erde auf den Sargdeckel geworfen haben, ist ihr Moment gekommen. Sie huschen zu den Blumengebinden, ziehen einen Rosenstrauch heraus und lassen ihn unter ihren schwarzen Mänteln verschwinden. Dann kommen die Totengräber und verscheuchen sie.

Die Vorliebe alter Frauen für Friedhöfe und Beerdigungen teile ich nicht. Ich meide sie. Statt mich in meinen dunklen Anzug zu zwängen, schicke ich den Hinterbliebenen eine schwarz umrandete Karte mit meinem tief empfundenen Beileid. Um es unumwunden zu sagen: Ich hasse Beerdigungen.

Aber die von Marlène war eine Ausnahme. Ich habe von ihrem Tod durch eine kurze Notiz im Feuilleton der Zeitung erfahren. Ich las sie einmal, zweimal, bis die Zeilen vor meinen Augen verschwammen. Die Vorstellung, dass ihr Körper in der Schublade eines Kühlhauses lag, war für mich unerträglich. Meinen Zustand als *von Trauer überwältigt* zu beschreiben, trifft es nicht. Ich verfiel in eine merkwürdige Mischung aus Empörung und Reue.

Wir hatten seit langem keinen Kontakt mehr. Unsere Beziehung – wenn es denn eine war – hatte ein jähes Ende gefunden. In den ersten Jahren danach schickte ich ihr noch gute Wünsche zu Silvester und gratulierte ihr zum Geburtstag. Sie reagierte nicht, hüllte sich in Schweigen. Irgendwann habe ich sie aus meinem Adressbuch gestrichen. Sie aus meinem Herzen zu streichen, ist mir nicht wirklich gelungen. Warum sonst der Schock, als ich ihre Todesnachricht las?

Sie nicht mehr zu sehen, nicht mehr mit ihr sprechen zu können, habe ich als Verlust empfunden. Vielleicht habe ich sie tatsächlich geliebt? Ach nein, Unsinn, wir waren nicht für einander bestimmt. Ich habe die Zeit, seit ich von ihrem *Unglück* erfahren habe, nicht genutzt. Ich hätte meine Gefühle für sie klären müssen. Das habe ich nicht getan und das rächt sich jetzt. Ich hätte ... Nein, jetzt zu überlegen, was ich hätte tun können, führt zu nichts. Es ist ganz sinnlos, an ihrer Beerdigung teilzunehmen. Aber aus unerfindlichen Gründen fühle ich mich dazu verpflichtet.

Um einen Eindruck von mir zu vermitteln, muss ich erwähnen, dass ich zu den Menschen gehöre, die ängstlich bemüht sind, pünktlich zu sein. Bei Antritt von Zugreisen überpünktlich. Die Vorstellung, ich könnte eine Verabredung, den Termin bei einem Amt oder einer Behörde, einen Flieger oder dergleichen verpassen, verfolgt mich in Albträumen bis in den Schlaf. Es ist beachtlich, welche Phantasie ich dabei entwickele.

Nachdem ich eine meiner Schwächen bekannt habe, sollte ich mich wenigstens kurz zu meiner Person äußern. Ich heiße Wolfgang Amadeus Klein. Auf den Vornamen bestand meine Mutter. Sie hatte die Schwangerschaft damit zugebracht, Mozart-Platten zu hören, glaubte an der Ausformung meines Hinterkopfes das Musik-Genie zu erkennen und setzte mich, als ich noch nicht bis hundert zählen konnte, ans Klavier. Sie starb, noch bevor ich sie mit der Nachricht hätte enttäuschen können, dass ich Ministerialbeamter werden wollte. Der Familienname ist unzutreffend. Wie um ihn Lügen zu strafen, bin ich 1,92 Meter groß. Alle im Amt halten zu mir Abstand. Wer mir nahe kommt, muss zu mir aufblicken.

Ich bin 62 Jahre alt, meiner Versetzung in den Ruhestand sehe ich gelassen entgegen. Ich treibe keinen Sport, kann aber mit meinem körperlichen Zustand zufrieden sein. In meinem Ausweis steht *ledig*, ich füge hinzu: *Keine Kinder*.

Ich bin mit der Straßenbahn zum Ostfriedhof gekommen. Über eine Stunde zu früh. Ein Aushang informierte mich, dass vor Marlènes noch zwei andere Beerdigungen dran waren. Um die Zeit zu überbrücken, setzte ich mich im Café Abendrot auf einen Platz am Fenster. Ich musste an unser erstes Zusammentreffen denken. Ein runder Geburtstag unseres obersten Dienstherren sollte als Matinee in dem kleinen Saal unseres Theaters gefeiert werden. Begrüßung durch einen Vertreter des Oberbürgermeisters, dann zwei Reden. Zu Beginn, zwischendurch und vor Eröffnung eines kalten Buffets waren als musikalische Einlage Lieder aus dem romantischen Repertoire vorgesehen.

Als beste ihres Jahrgangs an der Musikhochschule war Marlène ausgewählt worden, in Begleitung eines Klavierspielers, eines Bläsers und eines Streichers die Lieder vorzutragen. Sie sah hinreißend aus. Sie trug ein bodenlanges rotes Kleid mit weitem Ausschnitt und hatte sich die Augenlider dramatisch geschminkt. Ihr Auftritt sollte der einer großen Diva sein. Sie hatte jedoch Lampenfieber. In der Garderobe versuchte sie, tief aus der Brust zu atmen. Aber es half nichts, das Fieber blieb.

In diesem Zustand begegnete ich ihr, als ich hinter der Bühne stand, um dem stellvertretenden Bürgermeister den Text seiner Rede zu bringen. Ich muss vertrauenserweckend gewirkt haben. Tatsächlich sah ich in meinen jungen Jahren dem beliebtesten aller Quizmaster täuschend ähnlich.

Sie fixierte mich mit einem Blick und sagte: »Ich brauche Ihre Hilfe. Die Musiker gehen jetzt gleich auf die Bühne, verbeugen und setzen sich. Dann kommt Ihr Part: Sie gehen an die Rampe, sagen laut und vernehmlich meinen Namen: Marlène Letour und halten mir den Vorhang auf. Dann können Sie sich zurückziehen.«

Als das Publikum Beifall klatschte, stellte sie sich vor ihre Kollegen hin. Es war ihr Auftritt, ihr galt der Applaus. Ihre Wangen hatten sich gerötet, ihre Locken, vom leidenschaftlichen Vortrag durchgeschüttelt, wallten um ihren Hals und ihre Schultern: Sie sah aus wie die leidenschaftliche Version einer Botticelli-Schönheit. Zum ersten Mal in meinem Leben erblickte ich leibhaftig eine Frau, deren Ausstrahlung alles übertraf, was ich mir in meinen kühnsten Träumen vorzustellen gewagt hatte.

Da stand sie, zum Greifen nahe und wehrte einen Mann ab, der um sie herumsprang und »Gratuliere! Gratuliere!« rief. Sie kam auf mich zu, warf mir einen Blick zu, der mich brandmarkte und sagte mit einer Grandezza, zu der nur große Künstlerinnen fähig sind: »Danke.«

In dem Moment drängte sich ein Fotograf mit gezückter Kamera vor. Sie stellte sich in Positur, in ihrem Gesicht erschien ein liebreizendes Lächeln. Dreimal blitzte es. Der Fotograf sah sich um, nahm einen Blumenstrauß aus einer nahestehenden Vase und drückte ihn mir in die Hand. Ich sollte ihn Marlène überreichen. Mein Herz schlug höher. Wieder blitzte es. Diese Foto erschien am nächsten Morgen in der hiesigen Lokalzeitung. Unterschrift: »A star was born« Es steht in einem Silberrahmen auf meinem Schreibtisch.

Das Café Abendrot war gemütlich wie ein in Cremefarbe getauchter Wartesaal. Die Lehnen der Stühle, die Kuchentheke, auch die Vorhänge und die

Schürzchen der Kellnerinnen waren in einem blassen Blau gehalten. An der Decke hingen wie monströse Spinnen zwei Leuchter, in der Mitte des Raumes plätscherte der dünne Strahl eines Zimmerspringbrunnens. An der Stirnwand hing der verblichene Druck der beiden Raphael-Engelchen, ansonsten hatte man, von einem kränklich aussehenden Gummibaum abgesehen, auf Dekoration verzichtet.

In der Zwischenzeit hatte sich das Café mit Trauergästen gefüllt, die sich mit einem Espresso oder einem Schnäpschen stärken wollten, um zu überstehen, was sie erwartete. War es die Erinnerung an die erste Begegnung mit Marlène, waren es diese Trauergestalten? Plötzlich erschien es mir ganz unmöglich, von ihr an ihrem offenen Grab Abschied zu nehmen. Ich schwankte noch, da sah ich ihn kommen. Ja, er war es! Er stand auf der anderen Straßenseite und wartete auf grün. Am liebsten wäre ich aufgesprungen, hätte der Kellnerin das Geld hingelegt und wäre durch den Hintereingang verschwunden. Aber ich blieb sitzen und starrte in die leere Tasse vor mir. Vor ihm zu fliehen, wäre würdelos gewesen.

Zwei Minuten später stand er an meinem Tisch. »Ja, so was!« rief er in gespielter Überraschung aus. »Ich habe mich schon gefragt, ob du wohl zu Marlènes Beerdigung kommst.« Ungebeten setzte er sich auf den freien Stuhl mir gegenüber. Mit einem Gesichtsausdruck, der alles Mögliche bedeuten konnte, fuhr er fort: »Wir haben uns schrecklich lange nicht gesehen. Aber ich muss sagen, du hast dich kaum verändert. Immer noch der Ministerialbeamte als Lebemann.« Das sollte ein Scherz sein. Er lachte, wie Männer lachen, die glauben, eine geistreiche Bemerkung gemacht zu haben.

Er nannte sich Igor Stralinski. In Wirklichkeit hieß er wahrscheinlich Hermann Müller oder so ähnlich. Auf seiner Visitenkarte stand in Goldbuchstaben *Impresario*. Er war Agent, das heißt er trieb sich auf der Suche nach jungen Talenten an Theater- und Musikschulen herum. Wenn ihm jemand auffiel, versprach er ihm oder ihr eine großartige Karriere, wedelte mit einem Vertrag, war fortan an allen Einnahmen des Opfers mit fünfzehn Prozent beteiligt und forderte beim ersten Erfolg von ihm oder ihr Sonderzuwendungen. Er war nicht wählerisch.

Unbegreiflich, warum ihm Marlène in die Netze gegangen war. Sie war sein Aushängeschild, sein Goldesel. »Ich betreue Marlène Letour«, sagte er, um sich vorzustellen. Er verschaffte ihr einige Auftritte in einer zweitklassigen Fernseh-Show und eine Einladung in die arabischen Emirate, wo sie für viel Geld in einem mit Pailletten besetzten Kleid bauchnabelfrei für fettbäuchige Herrschaften orientalische Lieder vortragen musste. Den sagenhaften Aufstieg zum Star an den großen Opernhäusern Europas schaffte Marlène aus eigener Kraft, ohne ihren Impresario.

Igor hatte die zwanghafte Angewohnheit zu reden. Er sprach auch bei unserem Treffen im Friedhofs-Café ohne Unterlass, gab sich selbst die Stichworte für den nächsten Gedankensplitter, stellt keine

Fragen und ließ nicht zu, dass sein Gegenüber – in dem Fall ich – auch mal seine Meinung äußerte. So erfuhr ich, dass Marlène Brustkrebs hatte. Ihr vollendet schöner Busen war ihr also zum Verhängnis geworden. Sie habe, behauptete er, weniger unter Schmerzen als unter dem Verfall ihres Körpers gelitten. Gegen eine Amputation habe sie sich bis zuletzt gesträubt. Als er anfing zu schildern, wie selbstlos er ihr beigestanden hätte, als sie nicht mehr auftreten konnte und keine Gagen mehr zu verbuchen waren, verweigerten meine Ohren ihren Dienst. Sie streikten, als er auf die Höhe der Krankenhauskosten zu sprechen kam und verschafften mir so die Gelegenheit, eine Apfelschorle zu bestellen und an die Zeit nach Marlènes ersten öffentlichen Auftritt in unserem kleinen Theatersaal zu denken.

Ich war damals achtundzwanzig. Eine Wirtsfrau, in deren Kneipe ich mich mit befreundeten Studenten traf, hatte mich nach der Sperrstunde dabehalten und mir auf einer harten Holzbank die Grundregeln des Geschlechtsverkehrs beigebracht. Ich war desillusioniert und beschloss, auf derlei Abenteuer nach Möglichkeit zu verzichten. Es kreuzten Frauen meinen Weg, aber ich versagte mir, mich für ihre körperlichen Reize zu begeistern. Umso heftiger war die Wirkung, die Marlène auf mich hatte. Über lange Jahre aufgestaute Sehnsüchte brachen auf. Ich vernachlässigte meine Arbeit und meine Freunde. Ich dachte nur an sie, ich war wie von Sinnen.

Da kam mir eine schicksalhafte Fügung zur Hilfe. Ein Herr Löffler hatte das Hotel, das seinen Namen trug, mit großem Aufwand renovieren lassen und plante nun die Wiedereröffnung mit einem Festakt, zu dem er die gesamte Prominenz der Stadt einladen wollte. Da fiel ihm das Foto aus der Lokalzeitung von Marlène und mir mit dem Blumenstrauß in die Hände. Welch schönes Paar! Sie sollte die besten deutschen Lieder aus der Nachkriegszeit singen und der gutaussehende junge Mann würde neben ihr stehen und die Noten umblättern.

Der Eröffnungsabend wurde ein voller Erfolg. Herr Löffler konnte zufrieden sein. Das Publikum drängte in den großen Saal, wohlmöglich um Marlène zu hören, sicher aber wegen der Köstlichkeiten aus der Hotelküche, die anschließend gereicht wurden. Marlène war hinreißend, aber ihr unterlief ein Fehler in der Strophenfolge eines Liedes. Ein echter Schnitzer, den kaum jemand bemerkt haben dürfte. Geistesgegenwärtig blätterte ich zurück, sie sang den Text von Strophe zwei nach dem der dritten Strophe. »Wenn ich nur wüsst, wer mich geküsst ...« Ein Schlager, simpel gestrickt, den man auch rückwärts hätte singen können.

»Du bringst mir Glück«, sagte sie. Ich wurde für eine Zeit ihr Begleiter. Die Säle, in denen sie auftrat, wurden größer, das Publikum älter, dafür besser gekleidet und in der Pause wurde statt deutschem Sekt Champagner ausgeschenkt. Ich rief ihr vor jedem Auftritt »Toi, toi, toi!« zu und saß nach Möglichkeit in der ersten Reihe. Wenn sie an die Rampe trat, um sich zu verbeugen, zwinkerte sie mir zu.

Nach den Vorstellungen brachte ich sie bis vor ihre Wohnungs-, nach einem Abend in einer anderen Stadt bis vor ihre Hotelzimmertür. Ich küsste sie auf die Wange und wünschte ihr eine gute Nacht. Nach ihrem ersten Auftritt in einem Opernhaus legte sie mir in der Hotelhalle die Hände auf die Schultern und blickte mir in die Augen. »Ich bin in Versuchung, dich mit nach oben zu nehmen, um mich mit einer Umarmung für deine Zuwendungen und deine Treue zu bedanken. Ich schulde dir Dank. Das Erlebnis körperlicher Liebe hätte für mich eine große Bedeutung. Eine zu große Bedeutung. Ich will mich auf keinen Mann einlassen. Auf dich nicht und auf keinen anderen. Ich würde mich verlieren. Bevor ich nicht das Ziel erreicht habe, das ich mir gesetzt habe, darf ich mich nicht binden. Ich werde als Sopranistin in der Mailänder Skala mit dem Repertoire der großen Maria Callas auftreten. Das will ich schaffen.« Dann nahm sie die Hände von meinen Schultern und verabschiedete sich wie eine Schwester von ihrem Bruder mit einem Wangenkuss.

In der Folgezeit kam Igor Stralinski ins Bild. Er umschwärmte Marlène wie die Motte das Licht. Er buchte ihre Hotels, er entschied, was sie vor ihren Auftritten und was sie danach essen durfte, er bahnte nach den Konzerten ihren Weg durch die Menge, die anstand, um sich ein Programmheft von ihr signieren zu lassen. Er genehmigte Interviews und arrangierte Fototermine. Wenn ich Marlène sehen wollte, musste ich ihn fragen, ob sie Zeit für mich hatte oder nicht. Ich hätte allen Grund gehabt, ihn zu hassen, aber ohne zu wissen warum, akzeptierte ich seine Rolle, ja, ich suchte seine Freundschaft. Oft zog sie sich nach der Aufführung gleich zurück. Dann saßen wir noch wie Freunde in der Kantine und er berichtete mir von ihren nächsten Auftritten.

Wie gesagt, ich vernachlässigte meine beruflichen Pflichten. Mein Name stand aufgrund meines Alters auf einer Liste der Beamten, bei denen eine Beförderung anstand. Aber aufgerufen wurde er nicht. Ich wurde übergangen. Ein zehn Jahre Jüngerer wurde mein Vorgesetzter. Er fragte mich ganz offen, wieso ich mich so oft krankmelden und nicht zum Dienst erscheinen würde. Ich hörte den drohenden Unterton und musste meine Reisen zu den Orten, an denen Marlène Letour auftrat, für eine Zeitlang unterbrechen.

Ein Monat verging und noch ein zweiter. Ich sehnte mich danach, ihre Stimme zu hören, aber sie hüllte sich jedoch in Schweigen. Nachts nahm ich das Telefon mit ans Bett, aber sie rief nicht an. Mehrfach war ich drauf und dran, mich wider alle Vernunft auf die Suche nach ihr zu begeben. Auch Igor, mein windiger Duzfreund, war nicht zu erreichen. In drei aufeinander folgenden Wochen hinterließ ich Nachrichten auf seinem Anrufbeantworter, bat um Rückruf, aber er meldete sich nicht. Ich war unglücklich.

Eines Tages – ich war im Ministerium gerade mit einem besonders komplizierten Antrag beschäftigt –

meldete die Empfangsdame einen Herrn, der mich dringend sprechen wollte. Sein Name? Strawinski oder so ähnlich. Es war Igor. Wir begrüßten uns wie alte Freunde. Er schlug mir auf den Rücken und rief: »Gute Nachrichten, alter Kumpel! Ach, was sage ich: Großartige Neuigkeiten! Du wirst staunen. Wo können wir uns in Ruhe unterhalten?« Ich führte ihn in den Besprechungsraum C, der mir zu Verfügung stand, wenn er frei war.

»Halt dich fest, atme tief durch und höre mir zu. Der Traum deines Lebens geht in Erfüllung, du hast das große Los gezogen. Das Schicksal meint es gut mit dir.« Er rückte nah an mich heran und senkte die Stimme. »Es geht um Marlène. Sie lässt dich grüßen, von ganzem Herzen. Sie ist auf dem Höhepunkt ihrer Karriere angekommen, auf dem Gipfel ihres Ruhms. Die Intendanten der großen Opernhäuser dieser Welt reißen sich um sie. Es ist an der Zeit, dass sie ihr Privatleben regelt. Nach einer Tournee braucht sie einen sicheren Hafen. Du, mein Lieber, sollst ihr diese Sicherheit geben. Ich war es, der ihr geraten hat, es mit dir zu versuchen.«

Nach dieser Wortkaskade legte er eine taktische Pause ein, um das Gesagte wirken zu lassen. Ich öffnete den Mund, um eine Frage zu stellen, vielleicht auch nur, um Luft zu schnappen. Er aber ließ mir keine Chance. »Zunächst werdet ihr eure Verlobung bekannt geben. Sie wird in kleinem Kreis mit einigen ausgesuchten Medienvertretern gefeiert. Du wirst deine Garderobe überprüfen mit dem Ziel, immer perfekt gekleidet zu sein, wenn sie sich mit dir zeigt. Ich werde für euch einen Termin beim Notar arrangieren. Er wird einen Ehevertrag ausarbeiten. Ihr vereinbart Gütertrennung und für das erste Ehejahr Enthaltsamkeit. Die Frist kann auf Wunsch von Marlène verlängert werden.« Igor redete und redete. Es war erstaunlich, was er alles vertraglich regeln wollte. Mir schwirrte der Kopf. Der Ministerialbeamte in mir sagte mir, ein solcher Vertrag sei sittenwidrig. Aber da war eine zweite Stimme, die jauchzte vor Glück: Marlène Letour wird meine Frau!

Plötzlich hatte Igor es eilig. Er stellte keine Fragen. Auch die nicht, ob ich mit all dem einverstanden sei. Er stürmte aus dem Besprechungszimmer und niemand konnte ahnen, dass ich ihn erst viele Jahre später wiedersehen würde: vor Marlènes Beerdigung.

Verwirrt ging ich in mein Büro zurück. Der besonders komplizierte Antrag auf meinem Schreibtisch blieb an jenem Nachmittag unbearbeitet. Am Abend durchforstete ich meinen Kleiderschrank und sortierte einige ältere Modelle aus, die ich unmöglich an der Seite von Marlène würde tragen können. In der Nacht fand ich keinen Schlaf. Zu sehr beschäftigte mich die Frage, was ich Marlène zur Verlobung schenken könnte. Spät nach Mitternacht schlief ich beunruhigt von der Vorstellung ein, dass vermutlich Igor unser Trauzeuge werden würde.

Tage verbrachte ich in einem Zustand, der sich am besten durch zwei Symptome beschreiben lässt: erhöhter Blutdruck und häufiger Stuhlgang. Ungeduldig wartete ich auf weitere Nachrichten von Igor. Aber er meldete sich nicht. Seine Telefonnummer war ständig besetzt. So verging die Zeit. Hatte ich seinen Auftritt im Amt nur geträumt?

Um mir Bewegung zu verschaffen, vor allem aber, um mich abzulenken, fuhr ich aufs Land. Der Spaziergang an Kuhwiesen vorbei tat mir gut. Auf einer Bank machte ich Rast, legte den Kopf in den Nacken und sah in den Himmel. Über den Bergen türmten sich Wolken. Sie wirkten wie aufgepumpt. Ich entdeckte den Kopf eines Harlekins. Als ich nach kurzer Pause wieder hinschaute, hatte sich seine Nase aufgelöst, das ganze Gesicht war zu einer Fratze verzogen.

Ich fuhr mit dem Zug zurück. Um mir die Zeit zu verkürzen, kaufte ich auf dem Bahnhofsvorplatz an einer Selbstbedienungsbox eine Zeitung. »Auf offener Bühne zusammengebrochen.« Ich las die Schlagzeile ein zweites und noch ein drittes Mal, bis ich begriff, dass von Marlène die Rede war. Bei einer Aufführung der *Lustigen Weiber von Windsor* war es passiert. Mir verschlug es den Atem. Im zweiten Akt entglitt ihr die Stimme, sie warf die Arme über den Kopf, schlug der Länge nach hin und wand sich in Krämpfen. Das Publikum saß wie erstarrt. Jemand rief nach einem Arzt, dann fiel der Vorhang. Meine Hände zitterten, ich konnte kaum weiterlesen. »Die Künstlerin wurde in das St.-Vinzenz-Krankenhaus eingeliefert«, stand da. »Die Ärzte stellten fest, dass Marlène Letour vor ausverkauftem Hause eine Fehlgeburt hatte.« Eine

Fehlgeburt! Sie, die Unberührbare, hatte eine Fehl ... Ich hätte eine Schwangere, eine von einem anderen Mann Geschwängerte heiraten sollen. Ein Abgrund tat sich vor mir auf.

Die Arbeit im Amt erledigte ich wie ein Geistesabwesender. In der Freizeit verkroch ich mich in meiner Wohnung Ich verfiel in Schweigen. Wenn ich angesprochen wurde, antwortete ich einsilbig. Einladungen sagte ich ab, das Telefon ließ ich klingeln, bis der Anrufer aufgab. Ein Jahr lang trauerte ich um Marlène wie um eine Tote.

Im Friedhofscafé waren Igor Stralinski und ich die letzten Gäste. Von meinem Tisch aus hatte ich einen guten Überblick. Nach jeder Beerdigung füllte sich der Raum mit Trauernden, die mit einem merkwürdigen Heißhunger Torten verspeisten und dann in ebenso merkwürdiger Hast nach Hut und Mantel griffen, um einer neuen Welle von Schwarzgekleideten Platz zu machen. »Marlène wird uns vermisst haben«, sagte ich. »Ehrlich, ich hasse Beerdigungen«, antwortete er. »Ich werde ein andermal ihr Grab aufsuchen.«

Wir hatten ein langes Gespräch. Es hatte alte Emotionen aufgerührt. Igor hatte mit entwaffnender Offenheit gesprochen. »Ja«, gestand er, »als ich dir den Besuch in deinem Büro abstattete, wusste ich, dass Marlène schwanger war. Wenn alles wie von mir geplant gelaufen wäre, hätte sie es dir beizeiten gesagt oder du hättest es von alleine gemerkt.« Er zog aus der Tischvase eine der drei Freesien. »Ihr wärt eine reizende kleine Familie geworden: die schöne Frau, ein hübsches Kind und der seriöse Herr. Marlène war eine wohlhabende Frau, das Kleine hätte dir nicht auf dem Portemonnaie gelegen.«

Er riss der Freesie ein Blütenblatt aus. »Hast du angenommen, das Kind wäre von mir? I wo! Ich habe Marlène nie bedrängt. Bei der einen oder anderen kleinen Ballettnymphe habe ich mich nicht geziert. Schamlos lupften sie ihre Röckchen, wenn ich ihnen erzählte, ich könnte Primaballerinen aus ihnen machen. Da habe ich schon mal zugegriffen. Mit Marlène war es anders. Sie war eine Königin. Einer Königin legt man nicht die Hand auf den Hintern. Das Kind war von einem Kollegen, einem Tenor. Übrigens auch ein Klient von mir. Nach einer Premierenfeier hat er sie verführt. In der Garderobe. Gleich beim ersten Mal ist es passiert. Er hat die Vaterschaft nicht anerkannt. Ich habe ihm abgeraten. Sie hätte seiner Karriere geschadet.«

Ein schneller Griff, die anderen Blütenblätter flatterten zu Boden. »Nach dem Malheur auf offener Bühne ging es mit Marlènes Karriere steil bergab. Ich musste für sie alle Verpflichtungen absagen. Ein Jahr lang war sie nicht einsatzfähig. Sie verfiel in Depressionen. Ihre Stimme war nicht wiederzuerkennen. Ihr Schmelz, ihr stahlharter Klang war dahin. Und ihre Schönheit auch. Sie war stark abgemagert, nur noch ein Schatten ihrer selbst. Ich musste sie aus der Liste meiner Klienten streichen. Ich konnte nichts mehr für sie tun.«

Ein Sturz aus höchsten Höhen. »Hat sie sich das Leben genommen?« »Nein. In den letzten Jahren hat sie sich dem Tierschutz verschrieben. Hat gegen Massentierhaltung protestiert und ähnliches. Sie lebte allein, sie war völlig vereinsamt. Es war Krebs. Marlène Letour ist an Brustkrebs gestorben.«

Zum Abschied schüttelten wir uns die Hände. Er sah auf die Uhr und eilte davon. Die Rechnung überließ er mir. Ich hörte das Quietschen von Autoreifen. Wäre er überfahren worden, ich wäre nicht zu seiner Beerdigung gegangen.

Oktober 2019

Ein Liebespaar

Er hieß Wilhelm. Seine Mutter wollte ihm einen jüdischen Namen geben, aber der Vater, ein Handschuhfabrikant in Krakau, bestand darauf, seinen erstgeborenen Sohn nach dem verehrten Kaiser zu nennen. Preußische Tugenden wollte er Wilhelm beibringen, er sollte ein tadelloses Deutsch lernen und in Berlin als Staatsbeamter Karriere machen. Der Vater starb im Frühjahr 1933, noch bevor Juden in deutschen Städten auf offener Straße bespuckt wurden.

Wilhelms Mutter war eine verträumte Schönheit, blass, zart und mit einer Wehmut um die Augen, die ihr als Witwe gut anstand. Als sie den Judenstern am Mantel tragen musste, wagte sie sich kaum noch aus dem Haus, aus Angst, Männer könnten ihr zotige Anträge hinterherrufen. So selten wie möglich ging sie raus, um einzukaufen. Dann lief sie mit gesenktem Blick zu einem Lebensmittelgeschäft, in dem sie freundlich begrüßt wurde, weil der Sohn des Inhabers eine Frau geheiratet hatte, die nach der Definition der Nationalsozialisten Halbjüdin war. Auf dem Heimweg rief ihr ein Polizist zu: »He, Sie da! Stehen bleiben!« Da passierte es. Eine Straßenbahn erfasste sie. Sie war auf der Stelle tot. Der Polizist behauptete später, er habe sie nur warnen wollen. Damit war die Angelegenheit erledigt.

Wilhelm verkaufte alles: die Fabrik, die Wohnung, die Möbel, die Bücher seiner Eltern – alles für schändlich wenig Geld. Über Berlin fuhr er ins Rheinland, wo es hieß, die Nazis hätten bei den Wahlen vergleichsweise schlecht abgeschnitten. In Köln fand er eine Anstellung in der Kulturredaktion einer Tageszeitung. Mit Lob und Anteilnahme berichtete er über Auftritte des Männergesangvereins, über Wohltätigkeitsveranstaltungen wie einen Bazar zugunsten von alleinstehenden Frauen oder die Aufführungen einer Laienbühne im Stadtteil Lindenthal. Für Ausstellungseröffnungen im Museum oder eine Premiere im Schauspielhaus war ein älterer Kollege zuständig.

An seinem dreißigsten Geburtstag im Dezember 1936 wurde Wilhelm ins Büro des Verlegers gerufen. Der gratulierte ihm, schenkte ihm einen Taschenkalender für das Jahr 1937 mit Firmeneindruck, bestätigte ihm journalistisches Talent, hielt dann einen Moment inne. »Es tut mir leid«, sagte er, »aber so, wie die Dinge liegen, kann ich Sie nicht länger beschäftigen.« Er empfahl ihm, nach London zu gehen, »bevor es zu spät ist.« Er könne ihn einen dortigen Kollegen empfehlen, dem Herausgeber eines liberalen Blattes mit mittlerer Auflage.

Als Wilhelm die weißen Klippen von Dover in der Sonne leuchten sah, wurde ihm schlagartig klar, dass dies keine Ferienreise, sondern ein ungewolltes Abenteuer war und er seine Heimat erst nach Ende des tausendjährigen Reiches wiedersehen würde.

In London angekommen, entschied er sich für ein der Victoria Station gegenüberliegendes Hotel, dessen Namen auszusprechen ihm keine Schwierigkeiten bereiten würde. Es hieß Astor, seine Empfangshalle war mit Antiquitäten aus viktorianischer Zeit bestückt. Der Mann an der Rezeption deutete zur Begrüßung eine Verbeugung an, sagte »How are you today?« und erkundigte sich, ob der Herr eine angenehme Reise hatte. Das verbindliche Lächeln verschwand aus seinem Gesicht, als er auf Wilhelms Reisepass den Stempel *Jude* las. Er begann in einem Buch zu blättern und sagte schließlich: »Ich kann keine Reservierung unter Ihrem Namen finden.« Wilhelm versuchte ihm in seinem mangelhaften Englisch klarzumachen, dass er sich rein zufällig für das Astor entschieden hatte, aber der Mann ließ ihn nicht ausreden. Seine Nase schien spitzer geworden zu sein, als er sagte: »Ich bin stolz, sagen zu dürfen, dass in unserem Haus vornehmlich Vertreter des englischen Landadels zu nächtigen pflegen. Die Herrschaften bleiben gerne unter sich. Das muss ich respektieren.« Wilhelm begriff, dass er hier nicht willkommen war, fragte aber, ob der Mann ihm ein anderes Hotel empfehlen könnte. »Nein,« war die Antwort. »Bevor Sie ein Hotel beziehen können, müssen Sie bei der zuständigen Behörde einen Antrag zur Ausstellung einer Aufenthaltsgenehmigung stellen.« Er schrieb eine Adresse auf einen Zettel und wandte sich dann einem Gästepaar zu, das hinter Wilhelm seine Koffer abgestellt hatte.

Mehr noch als im Zimmer des Kölner Verlegers überkam Wilhelm das Gefühl, dem Schicksal ausgeliefert zu sein. In einem Moment der Niedergeschlagenheit überlegte er, sich ohne Aufenthaltsgenehmigung in England durchzuschlagen, in der Millionenstadt unterzutauchen, mit Schwarzarbeit seinen Lebensunterhalt zu verdienen. Er verwarf die Idee im Andenken an seinen Vater, der stolz war, ein vorbildlicher Staatsbürger zu sein. Er ging zu dem Meldeamt, stellte den Antrag, auf Dauer bleiben zu dürfen, gab an, jede ihm angebotene Arbeit anzunehmen und bereit zu sein, einen Sprachkurs für Neuankömmlinge zu absolvieren. Er wurde einem Arzt vorgeführt, der ihn husten ließ, mit einem Hämmerchen die Reflexe seiner Beine und mit einem Blick in den Mund sein Gebiss kontrollierte. Er bestätigte Wilhelm einen guten Gesundheitszustand. Eine Woche wurde er hinter Gittern und einer von außen verriegelten Tür festgehalten. Dann erhielt er seinen Ausweis mit einer eingehefteten grünen Karte zurück und wurde mit *best wishes* in die Freiheit entlassen.

Seine prekären finanziellen Verhältnisse – von den Verkaufserlösen der elterlichen Hinterlassenschaft war ihm nicht viel geblieben – erlaubten ihm nur solche großstädtischen Freiheiten zu genießen, die kostenlos waren. Er lief die Themse entlang, bis es ihm ratsam erschien, die Ledersohlen seiner Schuhe zu schonen; schaute stundenlang Männern zu, die in einem Park auf Holzkisten stiegen und flammende Reden hielten. Ohne ein Wort zu verstehen, bewunderte er die Unbeirrbarkeit dieser Prediger, ihre Botschaft zu verkünden, auch wenn niemand ihnen zuhörte. An regnerischen Tagen streifte er bei freiem Eintritt durch die Räume der National Gallery, konzentrierte sich jeden Tag auf ein Jahrhundert abendländischer Malerei, studierte die Angaben auf den kleinen Täfelchen, sog alle Eindrücke in sich auf und hätte sich zugetraut, nach einiger Zeit Führungen auf Polnisch oder Deutsch zu übernehmen.

Es kam der Tag, an dem er sich das Leben eines Flaneurs nicht länger leisten konnte. Er meldete sich bei dem Herausgeber des liberalen Blattes an. Er wurde in ein Büro geführt, das die Atmosphäre eines Wohnzimmers hatte. Es mischte sich der Geruch von hart gebranntem Kaffee mit dem süßlichen Duft von Pfeifentabak. Den Boden bedeckte ein Orientteppich, um einen runden Tisch standen vier Thonetstühle, denen man ansah, dass sie lieber zum Verzehren von Kuchen und Gebäck als zu Konferenzen herangezogen wurden. In einem Vitrinenschrank standen Teller und Tassen bereit. Der Hausherr saß hinter einem Schreibtisch von bescheidenem Format, die Ausgabe seiner Zeitung vom Tage vor sich. Durch einen Strauß getrockneter Hortensien vom Vorjahr lächelte er Wilhelm an.

»Na, mein Freund, hast du dich in London gut eingelebt?«, sagte er auf Deutsch in einem unverkennbaren Wiener Tonfall. »Es fehlen einem die Kaffeehäuser, sonst lebt's sich hier ganz gut.« Darauf zündete er sich umständlich eine Pfeife an und stieß ein paar Rauchwolken aus. »Gut, dass du aus Deutschland weggegangen bist. Dieser Hirschler, oder wie er heißt, ist ein Teufel. Wir spießen ihn jeden Tag mit spitzen Federn auf.«

Wilhelm hatte auf einem der Thonetstühle Platz genommen. Er richtete sich auf und schlug die Beine übereinander. Gleich musste er seine Bitte vortragen. Aber der Hausherr kam ihm zuvor. Als er seine Pfeife zum dritten Male gestopft, angezündet und wieder hatte ausgehen lassen, hatte Wilhelm, was er sich erträumt hatte: ein Praktikum für sechs Monate, ein bescheidenes Anfangsgehalt und eine Schlafstelle im Verein junger jüdischer Männer. »Melde dich, mein Sohn, am nächsten Montag ausgeschlafen in der Lokalredaktion und komm um elf Uhr zu mir. Dann trinken wir einen Braunen zusammen und du erzählst mir von deinem Vater. Ich glaube, ich besitze ein paar Handschuhe aus seiner Manufaktur.«

Aus den sechs Monaten wurden fünfzehn Jahre. Wilhelm stieg auf in die Leitung der Ressorts *Stadtgeschehen* und *Kulturelle Ereignisse*, schrieb Artikel über das Königshaus und die Flohmärkte, Reportagen über *Speakers Corner*, die Reparaturarbeiten an der bei Luftangriffen beschädigten St. Paul's Cathedral, das Leben der Emigranten, die vor den Nazis geflohen waren, und entwickelte ein geradezu leidenschaftliches Interesse für die Aufführungen der unzähligen Londoner Theater. Er gewann das Vertrauen von Béla Morowitsch, dem Herausgeber. Der wurde sein väterlicher Freund und machte ihn als Geschenk zum vierzigsten Geburtstag zu seinem Stellvertreter.

Sein Gehalt wurde soweit angehoben, dass er sich eine Wohnung in Belsize Park mieten konnte. Sie bestand aus einer Küche, die er nie richtig in Betrieb nahm, einem Schlafzimmer, dessen Fensterscheiben vom Ruß so verdunkelt waren, dass er sich die Vorhänge hätte sparen können, und ein großer Wohnraum, in dem sich sein Leben abspielte, wenn er zuhause war. Die Möbel waren ohne erkennbaren Gestaltungswillen zusammengewürfelte Gelegenheitskäufe: ein überdimensionales Sofa, ein Ledersessel, an dem Generationen von Tweed Anzügen Wetzspuren hinterlassen hatten, ein fadenscheiniger Orientteppich von beachtlichen Ausmaßen, drei Bücherregale unterschiedlicher Herkunft, die sich mit der Zeit prall füllten, und ein klobiger Konferenztisch, auf dessen Platte man hätte Ping Pong spielen können. In der Mitte des Tisches stand, als zentraler Punkt aus allen Winkeln des Raumes sichtbar, eine weiße Gips-Büste von Ludwig van Beethoven. Er war Wilhelms Leitfigur, ihn verehrte er wie einen Heiligen. Statt sich Hemden und Hosen zu kaufen, legte er jeden Schilling und jedes Pfund in Schallplatten mit Werken Beethovens an, den er für das größte Genie aller Zeiten hielt. Seine Verehrung war so groß, dass sein Kopf, seine Gesichtszüge und seine Frisur Züge des Meisters annahmen.

An Sonntag Vormittagen ging er nicht zu den Treffen deutscher Emigranten, um sich Geschichten aus der guten alten Zeit anzuhören, sondern lauschte mit geschlossenen Augen auf das Sofa hingestreckt einer der Symphonien Beethovens. Dabei war ihm, als könnte er sich in Töne auflösen. In ein groß angekündigtes Beethoven-Konzert mit einem der berühmten Symphonieorchester ging er nie.

Aber er ging ins Theater. Jeden Abend. Nach der Arbeit machte er sich auf den Weg. Er besuchte die großen Bühnen im West End ebenso, wie die kleineren privaten Spielstätten und Off- und Off-Off-Theater in den verschiedenen Stadtvierteln. Den Garderobefrauen brachte er eine langstielige Rose oder ein Beutelchen mit Pralinen mit. Dafür ersparten sie ihm den Weg zur Kasse und verschafften ihm einen guten Platz, auch wenn die Aufführung ausverkauft war.

Wilhelm war eine ungewöhnliche Erscheinung, ein gutaussehender Mann, ein Dandy, nach dem Geschmack der Zeit war er nicht. Er hatte den Kopf und die Mähne eines Löwen, aber sein Körper mit den überlangen Armen wirkte untersetzt. Weder seine Bewegungen, noch seine Kleidung, noch der Stil seiner Artikel waren elegant. Das wäre nicht weiter tragisch gewesen, hätte Wilhelm nicht für elegante Frauen geschwärmt. Bei Theater-Premieren blickte er sehnsüchtig zu den Logen hinauf, in die diese Wesen aus einer für ihn unzugänglichen Welt von ihren Männern oder Liebhabern geführt wurden. Fotos von den göttlichen Schönheiten, aufgenommen bei den Pferderennen in Ascot, bescherten ihm schlaflose Nächte. Wenn ihn sein Weg die Brompton Road entlangführte, blieb er vor Harrods in der Hoffnung stehen, dass eine schwarze Limousine anhalten und der Chauffeur einer in edler Einfachheit gekleideten Lady beim Aussteigen behilflich sein könnte. Er folgte ihr nicht in eine der luxuriösen Abteilungen des Kaufhauses. Aber er stellte sich vor, sie wäre auf dem Weg dorthin gestolpert und er, Wilhelm, hätte sie wie ein Kavalier alter Schule mit seinen Armen aufgefangen.

Die Frauen, denen er am Arbeitsplatz oder bei der Recherche für seine Berichte begegnete, erschienen ihm derb, gewöhnlich, uninteressant und die Vorstellung, er müsste eine von ihnen im Stolpern auffangen, führte dazu, dass sich seine Nackenhaare aufstellten.

Béla Morowitsch, der jetzt nur noch jeden zweiten Tag ins Büro kam, hatte Wilhelm als Zeichen seiner Wertschätzung und seines Vertrauens auch noch das Ressort *Society and Events* übertragen. Um die Leitlinien zu besprechen und ein paar Gläschen Sherry gemeinsam zu trinken, gingen sie an Samstag Nachmittagen zum High Tea in ein Café, das im Schatten der Bevis-Marks-Synagoge lag. Der Inhaber des Cafés war Jude und die Gäste auch. Sie saßen in wechselnden Gruppierungen zusammen und erzählten sich Geschichten aus der alten Heimat und der guten alten Zeit. Sie sprachen über die gut laufenden Geschäfte damals, ihre guten Beziehungen zur gutbürgerlichen Gesellschaft und zu den Spitzen der Stadtverwaltung. Das Leben, alles war gut gewesen.

Béla Morowitsch und sein Begleiter wurden mit Hochachtung begrüßt. Der rief ein »Shalom! Lang lebe der König!« und zog sich mit Wilhelm an ihren Stammtisch in einer ruhigen Ecke zurück.

An der Art und Weise, wie sein väterlicher Freund »Das Übliche« sagte, als der Kellner kam, und energisch den Stuhl so rückte, dass er Wilhelm fest im Blick hatte, wurde diesem klar, dass etwas von Bedeutung zur Sprache kommen würde. »Lieber junger Freund«, begann Béla feierlich wie ein Schauspieler, der einen Shakespeare-Prolog aufsagen muss. »Du hast dich als ein begabter Journalist erwiesen, du bist mir eine große Stütze geworden. Ich will mich nicht in deine privaten Angelegenheiten mischen, aber ich mache mir Gedanken über dich und dein Wohlergehen, als wärest du mein Sohn.« Er hob sein Glas, trank es leer in einem Zug und rief dem Kellner zu, ihm ein zweites zu bringen.

Dann fuhr er fort: »Das heiratsfähige Alter, du hast es fast überschritten. Kurz gesagt, was dir zu deinem Glück fehlt, ist eine Frau.« Er hielt inne, um die Wirkung seiner Worte zu beobachten. Als Wilhelm nur am Sherry nippte und keine Widerworte gab, kam Béla zum Eigentlichen: »Ich würde dir gerne eine junge Dame vorstellen. Ihr Name ist Zubaida, du kannst sie Aida rufen. Sie ist noch keine dreißig, ein keusches Mädchen, unberührt wie eine Blume im Morgentau. Entschuldige, dass ich ins Schwärmen gerate, aber ich glaube tatsächlich, dass du mit ihr erleben könntest, was Liebe ist.«

Wilhelm wollte fragen, ob es ein Foto gäbe, damit er sehen könnte, ob die junge Frau über natürliche Eleganz verfügte, aber Béla war noch nicht fertig. »Sie ist eineSephardim, sie stammt aus Nordafrika. Aber das darf dich nicht stören. Ihre Haut ist samtig und leicht getönt wie Milchkaffee. In ihrer Heimat sind die Deutschen im Vormarsch, so musste sie fliehen. Sie hat eine Unterkunft bei ihrem Bruder gefunden, wird aber zurückgeschickt und damit ihren Mördern ausgeliefert, es sei denn, sie findet einen Mann wie dich, der sie heiratet. Mit einem Ehering am Finger darf sie bleiben.«

Wilhelm war überfordert. Die Frage, soll ich heiraten oder Junggeselle bleiben, hatte sich ihm noch nie gestellt. Als sie ein weiteres Glas Sherry getrunken hatten und sich zum Abschied umarmten, hatte Béla etwas gemurmelt, das in Wilhelms Ohren als *ein tolles Weib* hängen blieb. Wilhelm wusste zwar nicht, was ein tolles Weib war, aber was sich hinter diesen Worten verbarg, flößte ihm Angst ein. Ein Weib mit Schenkeln so dick wie Baumstämme als Ehefrau, wie konnte das gutgehen? Was machte man überhaupt mit einer Frau in der Wohnung? Sie bezog die Betten und kochte einem das Essen. Abends gab man ihr einen Kuss auf die Wangen und wünschte ihr eine gute Nacht. Und dann? Dann lag man mit dem fremden Wesen unter einer Decke, man hörte seinen Atem und musste ihm überall hinfassen.

Wilhelm wusste, dass er Béla eine Antwort schuldig war. Doch die Tage verstrichen und seine Gedanken verwirrten sich immer mehr. Während ihn nachts Hitzewallungen und am Tag Anfälle von

Schüttelfrost plagten, hatte Béla eine Antwort gar nicht abgewartet. Er hatte ein Treffen der Heiratskandidaten mit ihm und Aidas Bruder als Zeugen arrangiert. Als Treffpunkt hatte er das Café gegenüber der Bevis-Marks-Synagoge gewählt, die man im positiven Falle anschließend aufsuchen könnte, um die Eheschließung anzumelden. So stand Wilhelm an einem Vormittag, an dem als gutes Omen die Sonne schien, vor einer Vitrine mit Kuchen und Schmalzgebäck von Angesicht zu Angesicht Aida gegenüber.

Béla erzählte ausführlicher als nötig von dem Tag, an dem seine verstorbene Frau und er sich den ersten Kuss gegeben hatten, um Wilhelm Gelegenheit zu geben, die ihm Zugedachte zu betrachten. Wilhelm wirkte steif. Er war bemüht, sich gerade zu halten, um nicht kleiner zu wirken als Aida. In seiner Aufregung war er nur in der Lage, Einzelheiten wahrzunehmen: ihre Haare, die sie zu vielen kleinen Zöpfchen geflochten hatte; die weiße Spitzenbluse mit Puffärmeln, die kräftige Arme sehen und einen stattlichen Busen ahnen ließ; ihre blutrot geschminkten Lippen, die sie leicht geöffnet hielt, um ihre gesunden Zähne zu zeigen. Aida trug nicht einen Rock, sie trug zwei: einen kurzen schwarzen, der bis über die Knie reichte und darunter einen mit großen bunten Blumen bedruckten, der den Boden berührte.

Als Béla endlich in seiner Erzählung bei dem Kuss angekommen war, der den Grundstein für ein gemeinsames Leben legte, wollte er Platz nehmen und die Getränke bestellen. Aber Aida blieb stehen.

Sie ging einen Schritt auf Wilhelm zu und sagte mit leicht bebender Stimme, die unerwartet kindlich klang: »Sei unbesorgt. Wenn ich meine hochhackigen Schuhe ausziehe, bin ich ein ganzes Stück kleiner als du, so wie es sich gehört. Deine Schuhe werde ich nicht putzen, denn sie sind unsauber. Aber wenn du mich darum bittest, werde ich dir die Knöpfe annähen und dir eine gute Frau sein.«

»Setzt euch, Kinder, bitte setzt euch!« Béla rückte die Stühle zurecht. Wilhelm und Aida sollten nebeneinander sitzen für den Fall, dass sie sich die Hände zum Treueschwur reichen mussten. Just in case. Da kam der Wirt angelaufen (»angeschwänzelt«, dachte Wilhelm) und jonglierte auf einem Tablett vier Gläser Sherry. »Zur Stärkung!«, rief er aus. »Die gehen auf's Haus.« Er legte die Arme auf den Rücken und deutete vor Wilhelm und Aida eine Verbeugung an: »Darf man gratulieren? Ich wünsche viel Glück und Gottes Segen.« »Noch ist es nicht soweit«, sagte Béla. »Bring allen einen Braunen, da redet's sich besser.«

Der Bruder eröffnete das Gespräch: »Zubaida hat dasselbe Schicksal erlitten wie ich vor ihr. Sie musste ihre geliebte Heimat verlassen und kam in dieses kalte Land, in dem es in einer Woche mehr regnet als bei uns im ganzen Jahr. Hätte sie nicht mich, sie wäre ganz auf sich gestellt und müsste sich den Lebensunterhalt als Flickschneiderin verdienen. Aber meine Mittel sind begrenzt. Ich muss an ihre Zukunft denken und für sie einen Mann unseres Glaubens finden, der sie in Ehren hält.« Seine Stimme senkte sich.

»Zubaida durfte nur mitnehmen, was sie mit ihren Armen tragen konnte. Unsere Eltern hatten für ihre Mitgift gespart. Zwölf Zinnteller, Töpfe aus reinem Kupfer, Silberbesteck und ein Tee-Service aus feinem Porzellan warteten in Kisten verpackt auf den Tag ihrer Hochzeit. Dazu zwei Körbe mit Kissen- und Bettdeckenbezügen, alles in Leinen bester Qualität. Darin wälzen sich jetzt ungeniert dieser Rommel, den sie den Wüstenfuchs nennen, und seine Soldaten.« An dieser Stelle genehmigten sich alle einen Schluck Sherry.

Lärmend kam Kundschaft von der Straße herein. Béla empfing sie mit einem strengen Blick. »Ich habe die Deutschen immer für ein Volk von Dichtern und Denkern gehalten, aber in Wirklichkeit sind sie Barbaren, schlimmer als die Hunnen.« Béla wollte noch mit einem Satz London als das neue Jerusalem preisen, aber Aida hob die Hand und blickte Wilhelm an: »Du bist kein Maultiertreiber und kein Wasserträger, das sehe ich dir an. Du bist ein gebildeter Mensch, deine Finger blättern in Papier. Mein Vater hätte dich mit Respekt in sein Haus gebeten. Nun stehe ich vor dir mit leeren Händen. Aber als Mitgift habe ich etwas, das teurer ist als Gold und Edelsteine: mein Herz.« Bei diesen Worten traten ihr Tränen in die Augen.

Wilhelm war ergriffen. Er spürte den Impuls, sie zu umarmen und seinen Kopf an den ihren zu legen. Aber er hielt sich zurück. Er wollte sie trösten, konnte aber die Worte nicht finden. Er bat um Bedenkzeit.

Man beschloss, gleich am nächsten Sonntag zusammen ins Theater zu gehen. Das Stück durfte Wilhelm aussuchen. Eine Woche später würde Wilhelm Aida abends alleine in ein koscheres Restaurant ihrer Wahl ausführen. Danach sollte die Entscheidung fallen und bei positivem Ausgang würde man wieder zu viert den Rabbi aufsuchen und einen Hochzeitstermin vereinbaren. Der Bund der Ehe sollte für gute wie für schlechte Zeiten gelten. Eine Scheidung wurde ausgeschlossen, ein Rückgaberecht aber für den Fall eingeräumt, dass die Braut kein Kind zur Welt bringen konnte oder dem Bräutigam öfters als dreimal in Folge Hörner aufsetzte.

Die Zeit der Annäherung verlief zu Bélas Zufriedenheit. Nach dem gemeinsamen Abendessen begleitete Wilhelm Aida zur Wohnung ihres Bruders. Unter einem Baum mit tiefhängenden Ästen, wo niemand sie sehen konnte, blieb er stehen. Er wollte bis fünfzehn zählen und ihr dann einen Kuss auf ihre roten Lippen geben. Aber sie kam ihm zuvor. Als er bei zehn angelangt war, spürte er, wie sich eine Hand an einem offenen Knopf vorbei unter sein Hemd schob und nach seiner Brust tastete. Gleichzeitig fuhr eine spitze Zunge zwischen seine Lippen und verschaffte sich Zugang zu seinem Mund. Beides geschah mit solcher Selbstverständlichkeit, dass er nicht anders konnte, als seine Arme um Aidas Taille zu legen und sie fest an sich zu drücken. Ihm entging, dass sich die Härchen in seinem Nacken, aber auch die an seinen Beinen lustvoll aufrichteten. Als sie sich schließlich unter Seufzern trennten, war der Gang zum Rabbi nur noch Formsache. Wilhelm und Zubaida waren verlobt.

Béla schenkte dem Brautpaar zur Hochzeit einen siebenarmigen Leuchter aus Bronze und drei Nächte in der Honeymoon-Suite des Hotel Bristol in Brighton. Aidas Bruder bereicherte die Küche der beiden mit einer technischen Novität: einem Dampfkocher, der auf drei Etagen Kartoffeln, Gemüse und Fleisch im Handumdrehen tellerfertig garen konnte. Die Stammkundschaft aus dem Kaffeehaus legte für Aidas Brautkleid zusammen, ein Gedicht in Hellblau mit goldenem Gürtel, in dem sie aussah wie eine Bonboniere. Der Wirt spendierte einen Geschenkkorb mit koscheren Delikatessen für den Rabbi als Dank für dessen geistlichen Beistand.

Mit jedem Händedruck, mit jedem Glück- und Segenswunsch rückten für Wilhelm die ruhigen Tage als Junggeselle ein Stückchen weiter in eine ferne Vergangenheit. In den Wochen, seit er den Namen Zubaida zum ersten Mal gehört hatte, war es ihm, als hätte er in einem Film, in dem Béla Regie führte, eine tragende Rolle übernommen. Erst als er in einer ruhigen Minute den Ring betrachtete, den Aida ihm eben an den Finger gesteckt hatte, wurde ihm klar, dass er die Verantwortung für einen anderen Menschen übernommen hatte, von dem er nicht wusste, ob er ihn je würde lieben können.

Wilhelm hatte es geahnt. Aida würde in seiner Wohnung, in der jeder Gegenstand seinen festen

Platz hatte, in der sich mit der Zeit allerhand Dinge angehäuft hatten, in der aber allem Anschein zum Trotz eine ihm heilige Ordnung herrschte – Aida würde ihre Spuren hinterlassen. Erst in einer Woche war die Honeymoon-Suite in Brighton für sie frei. Die sieben Tage bis zu ihrer Abreise erlebte Wilhelm als Usurpation.

Am Tag nach der Hochzeit ging Wilhelm zur Arbeit. In einem Revue-Theater hatte es gebrannt, ein neu gegründeter Verlag seine ersten Bücher vorgestellt. Darüber musste berichtet werden. Als Wilhelm erschöpft nach Hause kam, empfing ihn ein unbekannter Geruch. Es roch nach Putzmittel. Auf das Schlimmste gefasst, sah Wilhelm sich im Wohnzimmer um. Die Tische, die Deckplatte der Kommode, die Fensterbänke: leer. Selbst das Sofa, auf dem sich alte Ausgaben der Zeitung gestapelt hatten, war leergeräumt. Die Jacken, Pullover und Schuhe, die er gedankenlos im Raum verteilt hatte, waren verschwunden, die Bücher, die an- und ungelesenen, ohne Sinn und Verstand ins Regal gestopft. Aida strahlte. Sie hielt seine Verblüffung für Begeisterung.

Als Wilhelm am nächsten Tag die Wohnung betrat, fiel schräg das milde Abendlicht auf den Orientteppich. Aida hatte alle Fenster geöffnet und war dabei, mit vor Eifer roten Wangen die Scheiben von der jahrealten Rußschicht zu befreien. Wilhelm wagte nicht, sie zu unterbrechen. Die Nachbarn hätten jetzt ungeniert Einblick in seine Privatsphäre, dachte er. Er würde Vorhänge anschaffen müssen.

So ging es Tag für Tag weiter. Wilhelm musste sich angewöhnen, die Straßenschuhe am Eingang auszuziehen, die Zähne vor und nach dem Essen zu putzen und die Unterhose täglich zu wechseln. Nur einmal begehrte er auf: Aida hatte die Beethoven-Büste mit Seifenlauge abgewaschen und in die Garderobe als Hutständer gestellt. Wilhelm bat den Meister um Vergebung und stellte ihn – ohne auch nur ein Wort zu verlieren – an den alten Platz.

Die Honeymoon-Suite des Hotel Bristol war ein Traum in Weiß. Vom Balkon aus ging der Blick auf die unendliche Weite des Meeres, ein Strandkorb war für die Neuvermählten reserviert. Das Zimmer war geräumig, auf einem Tischchen im Erker fand Aida eine Schale mit Obst. In seiner Mitte stand wie ein Ausrufezeichen das übergroße Bett. Wilhelm entdeckte, dass man das Licht dimmen konnte bis zum romantischen Schimmer von Kerzen.

Im Badezimmer erblickte Wilhelm zum ersten Mal seine Frau nackt. Frauen in unbekleidetem Zustand kannte er nur von Gemälden in der National Gallery, die Venusfiguren in unantastbarer Schönheit zeigten oder von Darstellungen des Jüngsten Gerichts aus der Zeit der Gotik, auf denen holde Jungfrauen vor den Thron Gottes traten, während verruchte Weiber von Teufeln in die Hölle gezerrt wurden. In dem Spiegel über einem der Waschbecken sah Wilhelm Aida zu, wie sie sich duschte. Erst hatte er Hemmungen, sie anzuschauen, wusste nicht, ob das, was er tat, schicklich war. Niemals hätte er sich vor die Kabine hingestellt, um sie zu beobachten, aber vor dem Spiegel konnte er so tun, als sei er mit seinen Fingernägeln beschäftigt und sie dabei genau mustern.

Zehn Minuten dauerte die Darbietung. In diesen zehn Minuten erlebte Wilhelm ein Wechselbad der Gefühle von Erschrecken und Staunen bis Entzücken und dem Verlangen, diesen nackten Körper mit Küssen zu bedecken. Drei Atemzüge lang fühlte er sich stark und in der Lage, sich diesen Körper gefügig zu machen. Aber schon kurzdarauf verließ ihn der Mut und er hätte sich am liebsten im Schoß dieser Frau verkrochen. Als sie aus der Dusche trat, war Wilhelm eingehend mit seinen Fingernägeln beschäftigt.

Nass wie sie war, trat sie von hinten an ihn heran, öffnete die Schnalle seines Gürtels, streifte ihm die Hose, das Hemd und die Unterwäsche ab, bis er – so wie sie – nur noch den Ehering am Leibe trug. In diesem Zustand führte sie ihn unter die Dusche, besprühte ihn von oben bis unten mit einer schäumenden Lotion und wusch ihn gründlich vom Scheitel bis zu den Füßen. Sanft glitten ihre Hände über seine Brust und massierten in kreisrunden Bewegungen seinen Bauch. Dann holte sie mit zartem Griff hervor, was zwischen seinen Beinen verborgen war. Zärtlich strich sie es mit Seifenschaum ein, strich vor und zurück bis das Wunder eintrat. Es reckte und streckte sich, richtete sich unternehmungslustig auf und überraschte Wilhelm mit einem drängenden Gefühl, das er so nicht kannte.

Als Aida ihn abgetrocknet und die Bettdecke zurückgeschlagen hatte, meinte Wilhelm, die Pforten des Paradieses würden sich für ihn öffnen. Eng umschlungen lagen sie auf der Seidenwäsche. Es bedurfte keiner Schlange, um ihn zu verführen. Die Regeln des ältesten Spiels der Menschheit zu erlernen, ergab sich wie von selbst. Was sie trieben und wie sie es machten, versetzte sie in einen Liebestaumel. Eleganz, die Wilhelm so viel bedeutet hatte, war in dem Spiel nicht vorgesehen und stellte sich auch nicht ein, als sie es in den nächsten Tagen gleich mehrfach wiederholten.

Als Wilhelm und Aida wieder in London eintrafen, waren die Voraussetzungen für eine glückliche Ehe gut. Wilhelm gewöhnte sich an die häuslichen Umtriebe seiner Frau. Sie las die Artikel nicht, die er schrieb, war aber stolz auf jedes Pfund, das er unter Einsatz des Dampfkochers zunahm. »Lass es dir schmecken!« sagte sie und schob ihm einen Teller hin, dessen aufgehäufte Garkost einen Holzfäller hätte sättigen können. Ihr Appetit war nicht kleiner als seiner.

An dieser Stelle könnte die Geschichte enden, hätte es nicht ein Nachspiel gegeben. In der dritten Woche stattete der Bruder den beiden einen Besuch ab. Er erkundigte sich nach deren Wohlergehen und überraschte sie dann mit einer unglaublichen Idee. Er erzählte sie so, dass nicht klar war, ob er sie ernst meinte oder ob es sich nur um einen witzigen Einfall handelte. »Ich habe«, fing er an, »die Bekanntschaft eines reichen Amerikaners gemacht. Er schwimmt im Geld, dabei ist er ein netter Kerl.« Der Bruder stand auf, Wilhelm dachte er wollte eine Rede halten, aber nachdem er sich mit der Serviette über die Stirn gewischt hatte, setzte er sich wieder und fuhr fort: »Wir gehen schon mal in den Pub um die Ecke ein Bierchen trinken, oder zwei, manchmal auch drei. Einmal habe ich ihm von meinem Plan erzählt, einen Obst- und Gemüseladen aufzumachen. »Wo?«, wollte er wissen. »In Edgware«, antwortete ich. »Da gibt es jüdische Kundschaft, aber auch Araber, die gute von schlechter Ware unterscheiden können.« Da unterbrach ihn Aida. »Red nicht herum! Für wie viele Dollars hast du ihm deine Seele verkauft?« »Nichts, gar nichts habe ich verkauft!«, protestierte der Bruder. »Aber ich habe Ben ein Foto von dir gezeigt. Da ist er ausgerastet. Die Augen quollen ihm aus dem Kopf, das hättest du sehen sollen. Er ist verrückt nach dir. »Beschaff mir diese Frau! Ich bezahle jede Summe.« »Ich bin nicht käuflich!«, rief Aida empört. »Ich bin eine verheiratete Frau.« »Das stört ihn nicht. Eine Million würde er auf den Tisch blättern.« »Was! Eine Million Dollar?« Ungläubig musterte Aida ihren Bruder. »Wofür?« »Er nimmt dich mit nach Detroit und schenkt dir einen amerikanischen Straßenkreuzer mit Chauffeur.« Aida wandte sich Wilhelm zu: »Was sagst du dazu? Ich glaube, er lügt.« Wilhelm holte tief Luft. Aber noch bevor er etwas sagen konnte, rief der Bruder so laut, dass Aida sich die Ohren zuhielt: »Eine Million! Willi, stell dir das vor! Du bekommst auch einen Anteil. Wir teilen gerecht.« Jetzt erhob sich Wilhelm, griff sich in die Beethoven-Mähne und strich sie sich schwungvoll aus dem Gesicht. Er legte die Hand auf Aidas Schulter, blickte unter seinen buschigen Augenbrauen den Bruder scharf an und sagte mit der Stimme eines alttestamentarischen Propheten »Nein!«

Dezember 2019

Von Ängsten und Lüsten

Die Frau in dem Bett neben mir heißt Elfriede. Auf dem Weg zum Waschraum komme ich an dem Schild am Fußende ihres Bettes vorbei. Sie ist ledig, fünf Jahre älter als ich, Konfession: keine, Angehörige: keine. Wir liegen in Zimmer 112 der gynäkologischen Abteilung des St. Marien-Krankenhauses. Wir wurden am selben Tag eingeliefert und am selben Tag operiert. In beiden Fällen Gebärmutterkrebs. Das verbindet.

Ich hatte Angst vor der Operation, Angst vor der Narkose. Man hat von Fällen gehört ... Auf dem Formblatt habe ich meine Enkelin Klara angegeben. Sie ist zwar mit einundzwanzig Jahren noch nicht recht in dieser Welt angekommen, aber sie soll verständigt werden für den Fall, dass es bei mir zu Komplikationen kommt.

Zu meiner Tochter ist der Kontakt seit längerer Zeit abgebrochen. Ich mache mir Sorgen um sie. Sie führt ein Leben, das ihr nicht guttut. Ständig wechselnde Männer. Es sind so viele, ich kann mir die Namen nicht alle merken. Jede dieser Beziehungen endet – wie nicht anders zu erwarten – mit einer Enttäuschung. Die enttäuschten Hoffnungen sind ihr ins Gesicht geschrieben, ihre Lippen werden immer schmaler. Das habe ich ihr gesagt. Da ist sie ausgeflippt und hat mich angeschrien: »Halt dich da raus! Auf Moralpredigten von dir kann ich verzichten.« Ihre Augen waren schwarz vor Wut. Sie schob ein Bein vor, um mir den Weg zu versperren. »Schau dich doch an! Du weißt nicht, was Liebe ist, du hast es nie gewusst. Du bist vertrocknet, eine Dörrpflaume. Kein Mann dreht sich nach dir noch um.« Ich habe sie stehenlassen, bin einfach weggegangen. Seitdem hat sie sich nicht mehr bei mir gemeldet. Aber ich auch nicht bei ihr.

Um elf Uhr kommt die Ärztin zur Visite. Ich sage ihr, dass ich Schmerzen habe, ein Brennen im Unterleib. Sie antwortet, das komme vor, gibt mir aber ein schmerzlinderndes Mittel. Zwei Tabletten jetzt, zwei vor dem Einschlafen. Elfriede hat keine Schmerzen oder gibt sie nicht zu. Ein missbilligender Blick, als ich die Tabletten mit einem Schluck Wasser runterspüle. »Ich nehme das Zeug nicht. Alles Chemie. Man erfährt nichts über die Nebenwirkungen. Die können Depressionen auslösen.« Ich weiß, was Depressionen sind. Sie muss mir nichts erzählen.

Elfriede ist blond. Ihre Haare sind noch so kräftig, dass sie sie zu einem Zopf flechten kann. Darauf ist sie stolz. Auch auf ihre Zähne. Wenn sie sie putzt, zeigt sie mir, wie man mit kleinen Bürsten die Zwischenräume säubert. Sie ist ungeniert. Im Gegensatz zu mir lässt sie die Tür offen, wenn sie zur Toilette geht. Nach dem Duschen macht sie im Morgenmantel Gehübungen. Sie läuft im Zimmer auf und ab, ohne den Mantel zu schließen. Ob ich will oder nicht, ich sehe ihre schweren Brüste und ein wild wucherndes Büschel Haare zwischen ihren Beinen. Meiner Tochter würde ihre Ungezwungenheit gefallen. Ich finde sie schamlos.

Klara hat mir Genesungswünsche geschickt und sich für übermorgen angesagt. Ich halte große Stücke auf sie. Sie hat das Abitur mit Auszeichnung bestanden und studiert jetzt Philosophie an der hiesigen Universität. Dabei ist sie eine Spätentwicklerin. Jedenfalls was Jungs anbelangt. Vielleicht ist ihre Mutter schuld, dass sie noch keinen Freund hat. Sie sieht mir ähnlich. Jugendfotos von mir sind der Beweis: dieselben tiefliegenden Augen, die leicht gewölbte Stirn, die kleinen, etwas abstehenden Ohren. Auch ihre Figur ist ähnlich wie meine damals war. Nur in einem Punkt unterscheiden wir uns: Ihre Schuhe sind drei Nummern größer als meine.

Elfriede ist gesprächig. Sie redet für meinen Geschmack zu viel. Nachts liegt sie angeblich Stunden wach. Sie gibt mir die Schuld: »Ich kann nicht schlafen. Du schnarchst.« Zur Strafe erzählt sie mir dann ihre Familiengeschichten:

Essen. Dort ist sie geboren und aufgewachsen. Die Mutter kommt in ihren Erzählungen kaum vor, der Vater spielt die Hauptrolle. Ihn hat sie geliebt, er war ihr Idol. Sie wäre gerne der Sohn gewesen, den er sich immer gewünscht hat. Der Vater war vor und während des zweiten Weltkrieges bei Krupp für die Produktion von Kriegsgütern zuständig, sagt sie. Er war mit den Spitzen der Wehrmacht und der Partei auf du. Unentbehrlich für den Endsieg, war er vom Dienst an der Waffe befreit. An der Stelle seufzt sie.

Ich kenne ihre Erinnerungen an die Kriegszeit in mehreren Varianten. Sie war vom Bund Deutscher Mädel in einem Heim im Sauerland untergebracht, immer gequält von der Sorge um den Vater. Der muss trotz der Bombenangriffe des Feindes die Stellung in Essen halten. Eines Abends spät erzählt sie, wie es nach Kriegsende weiterging. 1945 wurde er von der Besatzungsmacht verhaftet und wegen des Einsatzes von Gefangenen zu Sklavenarbeit verurteilt. Die Strafe fiel milde aus. Aus der Haft wurde er nach kurzer Zeit entlassen. Einzelheiten erzählt Elfriede nicht. Nur dass ihr Vater noch vor der Währungsreform nach einem Herzinfarkt – sie sagte: »an gebrochenem Herzen« – starb. Nach der Entlassung aus dem Krankenhaus wird sie als erstes an sein Grab gehen.

Noch vor zehn Jahren hätte ich mit einer, deren Vater vermutlich bei der NSDAP war, kein Wort gesprochen. Meine Eltern stammen aus dem Arbeitermilieu, wie man so sagt. Ich bin ein Arbeiterkind. Der BDM ist mir erspart geblieben. Dafür war ich zu jung. Mit zwanzig habe ich mich zum ersten Mal verliebt. Er hieß Kurt und schwärmte für Che Guevara. Er nahm mich mit zu Demonstrationen. An vorderster Front warf er Pflastersteine, geriet in den Strahl eines Wasserwerfers, lief pitschnass, wie er war, mit mir in seine WG, zog sich aus und schlief mit mir. Auf Versammlungen saß ich neben ihm. Er war ein guter Redner. Ich bewunderte ihn. Das ging so eine Zeitlang. Verhütungsmittel fand er bürgerlich. Eine feste Beziehung auch. Während ich auf ihn wartete, schlief er mit anderen Mädchen, ich aber war schwanger. Mein Kind, meine Tochter hatte keinen Vater.

Jetzt, mehr als zwei Jahrzehnte später, stehe ich vor einer Entscheidung. Das Leben ist teuer in der Hauptstadt. Die bescheidene Zwei-Zimmer-Wohnung verschlingt ein Drittel meiner Rente. Ich habe keinen Freundeskreis, gehe nicht ins Kino, mache von dem Kulturangebot keinen Gebrauch. Gerne würde ich ab und zu in einem Restaurant essen. Aber dazu habe ich kein Geld. Und eine Frau allein am Tisch zieht böse Blicke auf sich. Soll ich mir eine Wohnung auf dem Land suchen, in einem dieser Dörfer, in denen viele Häuser leer stehen? Klara würde mich auch dort besuchen kommen. Wir könnten zusammen spazieren gehen. Ich bin unentschlossen. So ganz allein zu leben, ist schwer. Die Hoffnung, einen netten älteren Herren kennenzulernen, habe ich längst aufgegeben. Dass meine Tochter mich eine Dörrpflaume genannt hat, ist unverschämt. Aber sie hat recht: Kein Mann dreht sich nach mir noch um. Wenn ich hier raus und wieder einigermaßen bei Kräften bin, muss ich mich entscheiden. Die Luft ist besser auf dem Land. Ich könnte mir ein Fahrrad anschaffen, es müsste kein neues sein. Meine sieben Sachen wären schnell gepackt.

Elfriede beobachtet mich. Wenn ich ins Badezimmer gehe, schaut sie hinter mir her. Wenn ich zurückkomme, macht sie Bemerkungen wie: »Fünf Kilo weniger und du hättest eine tadellose Figur.« Oder: »Deine Haare sind grau. Du solltest sie färben.« »Was gehen sie meine Figur und meine Haare an?«, frage ich mich. Aber ehrlich gesagt: Ein bisschen Aufmerksamkeit tut mir gut.

In ihrer Nachttischschublade liegt eine Zeitschrift. Wenn sie denkt, dass ich schlafe, blättert sie in ihr. Ich höre das Rascheln der Seiten. Was hat es mit dieser Zeitschrift auf sich? Als die Schwester sie zur Blutabnahme holt, sehe ich nach. Das Blatt heißt *Vulva – von Frauen, für Frauen*. Auf der Titelseite sind zwei Blondinen abgebildet. Sie küssen sich. Die eine spreizt die Beine. Ihre Schamhaare sind mit einem roten Herzchen überklebt. Ich wusste, dass es Pornografie gibt, dachte aber, das sei Männersache. Die Blondinen sind nicht hässlich, ich will das Heft durchblättern. Aber da meine ich, Stimmen auf dem Flur zu hören. Schnell lege ich das Heft in die Schublade zurück.

Heute hat sie sich zu mir aufs Bett gesetzt. Mein Bett steht näher am Fenster als ihres. »Du hast einen schönen Blick ins Grüne und siehst von deinem Kopfkissen aus ein Stück Himmel«, sagt sie und streichelt meinen Arm. Ich ziehe ihn nicht weg. Für einen Moment schließe ich die Augen. Ich höre sie sagen: »Du musst meine Zeitschrift nicht heimlich lesen. Ich leihe sie dir gerne aus.« Und nach einer Pause: »Du hast sie dir aus meinem Nachttisch geholt. Wieso ich das weiß? Ich lege sie immer mit der Titelseite nach unten. Sie lag heute verkehrt herum.«

Am Samstagnachmittag klopft es an der Tür. Ich weiß, es ist Klara. Sie beugt sich über mich und küsst mich auf die Wangen. Auf diesen Augenblick habe ich gewartet. Ihr Haar duftet, ich möchte sie festhalten. Artig gibt sie Elfriede die Hand, die sie mit einem breiten Lächeln betrachtet. Klara trägt einen grauen Flanellrock mit weißer Bluse und einem Blazer. Sie sieht aus wie ein sechzehnjähriges Schulmädel. Sie hat mir eine Schachtel mit Schokoladentrüffeln mitgebracht, meine Lieblingspralinen und ein Vögelchen in einem kleinen goldenen Käfig, das – wenn man einen Knopf drückt – *Blau blüht ein Blümelein* zwitschert. Mit kindlicher Freude zeigt sie mir, wie das Vögelchen beim Singen den Schnabel öffnet und wieder schließt und dabei possierlich den Kopf hin und her bewegt. »Es bekommt einen Ehrenplatz auf meinem Nachttisch,« verspreche ich.

Bis hierhin hat Elfriede sich zurückgehalten. Jetzt kommt sie aus dem Waschraum, hat sich die blonden Strähnen gekämmt und verströmt Moschusduft. »So eine hübsche Enkelin hast du«, sagt sie und versucht, Klara über die Haare zu streichen. Die aber hört auf, das Lied zu summen, das der Vogel zwitschert und wendet den Kopf ab. Da geht die Tür auf und eine Schwester bringt das Abendessen. Elfriede muss zurück in ihr Bett. Es gibt Scheiblettenkäse und rheinisches Vollkornbrot, dazu drei aufgeschlitzte Radieschen und Kräutertee. Elfriede schmollt: »Schrecklich! Wenn ich hier raus bin, werde ich mir eine saftige Pizza bestellen.« Klara erzählt, dass sie das Studienfach gewechselt und sich bei protestantischer Theologie eingeschrieben hat. »Willst du Pastorin werden?« frage ich. Sie zuckt die Schultern. Noch eine Viertelstunde bleibt sie an meinem Bett sitzen. Dann verabschiedet sie sich.

Elfriede wird früher entlassen. Das hat sie gegen den Rat der Ärztin durchgesetzt. Wir tauschen Adressen und Telefonnummern aus. »Melde dich, wenn du wieder ein mündiger Mensch bist«, sagt sie. Ich stehe auf, um mich von ihr zu verabschieden. Wir umarmen uns. Ich habe mich vorbereitet. Mehr Innigkeit will ich nicht zulassen. »Mach's gut!« Sie nimmt ihren Rollkoffer. Auf der Schwelle will sie sich umdrehen. Sie taumelt und stößt mit dem Kopf gegen den Türrahmen. Ich erschrecke. Sie aber grinst, klopft gegen ihren Schädel: »Hart wie Kruppstahl!« Dann ist sie weg. Es ist ungewohnt still im Zimmer. Auf dem Baum vor dem Fenster singt eine Amsel. Erleichtert atme ich tief durch. Das Bett neben mir ist leer, plötzlich unheimlich leer. Mich überkommt ein Gefühl der Angst, von nun an wieder mit mir allein zu sein.

Heute ist Freitag. Die Wunde in meinem Unterleib ist abgeheilt. Ich darf nach Hause. Meine Muskeln sind geschrumpft, ich bin etwas wackelig auf den Beinen. In dem Bett von Elfriede liegt eine andere Frau. Ich habemir ihren Namen nicht gemerkt. Zu meinem Abschied singt die Amsel vor dem Fenster. Sie werde ich vermissen.

Meine Wohnung kommt mir unerwartet groß vor. Sie ist in meiner Abwesenheit gewachsen. Erschöpft setze ich mich in den Sessel am Fenster. Ich könnte mich freuen, wieder in meinen vier Wänden zu sein. Draußen rattert die S-Bahn. Das Quietschen der Bremsen, wenn sie in den Bahnhof Landsberger Allee einbiegt. Daran werde ich mich jetzt wieder gewöhnen müssen. Die Entscheidung, ob ich aufs Land ziehe, muss warten. Aufs Land. In den Oderbruch an der polnischen Grenze?

Früh am nächsten Morgen – ich komme gerade aus der Dusche – schellt das Telefon. Ich weiß, dass es Elfriede ist. Es schellt so energisch. Niemand sonst kann es sein. »Hast du dich aus den Fängen des Krankenhauses befreit?«, fragt sie. Sie wartet die Antwort nicht ab, sondern macht mir einen Vorschlag. »Wir treffen uns um elf Uhr im *Sorgenfrei*, mein Stammcafé.« Sie nennt die Adresse, sagt »Bis gleich!« und hängt ein.

Ich war zum letzten Mal am 60. Geburtstag meiner Tante Hildegard in einem Café. Es war im Stil des Bielefelder Barock eingerichtet, mit Blümchen-Tapeten und weiß-gold lackierten Möbeln. Es gab zu Ehren des Tages Eissplittertorte und aus einer neumodischen Maschine Kaffee mit Schlagsahne. Mir wurde schlecht. Karl bestand darauf, mich nach Hause zu bringen. Er blieb im Zimmer, als ich den Rock auszog. Er stellte sich hinter mich und wollte, dass ich noch mehr auszog. »Wenn du mich anfasst, schreie ich«, rief ich. »Hab dich nicht so«, sagte er, ließ aber die Finger von mir.

Karl ist der Hausfreund. Er sieht gut aus. Der Schnitt seiner Anzüge ist immer nach dem Dernier

Cri, seine Haare sind grau meliert. Er hat blaue Augen, seine Hände sind weich. Man würde gerne von ihnen gestreichelt werden. Er ist immer zu Scherzen aufgelegt, er verströmt gute Laune.

Die Gunst der weiblichen Mitglieder der Familie gewinnt er mit kleinen Schmeicheleien und Komplimenten. Er überrascht sie nicht nur an ihren Geburtstagen mit einem Fläschchen Kölnisch Wasser, einer Bonboniere oder einem Rosenstrauß. Verführt von so viel Galanterie lassen sie sich in einen verschwiegenen Winkel des Gartens oder nachts an das dunkle Ende eines Flurs führen. Da gesteht er ihnen sein Begehren, lässt einen Summton hören und seine weichen Hände in ihre Unterwäsche schlüpfen. Alle – meine kleinen Nichten ebenso wie Großmama – haben sich seine Zärtlichkeiten gefallen lassen. Alle, bis auf mich. Erstaunlich nur, dass kein männliches Mitglied der Familie ihm in einem Wut- oder Eifersuchtsanfall mit einem scharfen Messer quer über sein hübsches Gesicht gefahren ist.

Am Eingang des *Sorgenfrei* muss ich mich durch einen steifen Filzvorhang arbeiten. Elfriede sitzt mit anderen Frauen an einem Tisch, der mit Tassen und Tellern, Sahnekännchen und Zuckerstreuern bedeckt ist. Sie winkt mich heran und stellt mich als ihre Krankenhaus-Freundin vor. Alle Augen richten sich kurz auf mich. Die Situation ist mir peinlich. Um sie zu beenden, will ich mich auf den einzigen freien Stuhl setzen. Doch da schnellt ein Arm vor. »Da sitzt Lydia. Sie ist nur gerade zur Toilette. Such dir gefälligst einen anderen Platz.« »Komm zu mir!«, ruft Elfriede und zieht vom Nachbartisch einen Stuhl heran.

Alle reden durcheinander. Thema ist der Christopher Street Day im Juni. Einige wollen mitziehen, andere nur zuschauen. Alle duzen sich und sprechen sich mit *Schätzchen* an. An mir hat niemand Interesse. Elfriede legt ihren Arm auf meine Stuhllehne, als wollte sie mich beschützen. Als mein Kännchen Kaffee kommt, wollen die ersten bezahlen. Es kommt zu einer Auseinandersetzung mit der Kellnerin. Eine der Frauen ist mit ihrer Rechnung nicht einverstanden. »Ich hatte kein Gebäck!«, ruft sie. Ihre Nachbarin springt ihr bei: »Sie hatte nur einen Cappuccino. Ich bin Zeuge.« »Zeugin«, verbessert sie die Frau neben ihr.

Es hat zu regnen aufgehört, aber es weht ein frischer Wind. Mir ist kalt, ich bin zu dünn angezogen. Elfriede will auf einen Flohmarkt. Er heißt »Am Mauerpark.« Mit der U2 fahren wir zum Prenzlauer Berg. Richtung Ernst-Thälmann-Platz ist die Straße gesperrt. Ein halbes Dutzend Polizeiautos mit Blaulicht, ein Mannschaftswagen. Ich wäre jetzt gerne in meiner Wohnung und könnte mich ausruhen. Elfriede geht auf einen der Beamten zu und fragt, was hier los ist. »Eine Demonstration. Unangemeldet.« »Und was sind das für welche?« »Eine Gruppe Rechter und Linke, Autonome. Der übliche Ringelpiez am Wochenende.« »Was soll's«, sagt Elfriede und zieht mich an der Absperrung vorbei.

Die Straße ist menschenleer. Nach ein paar hundert Metern hören wir Geschrei. Elfriede geht weiter. »Quatsch. Wir haben nichts damit zu tun.« Aus einer Seitenstraße kommen schwarze Gestalten auf uns zu. Die Kapuzen ihrer Anoraks haben sie tief ins Gesicht gezogen. Sie haben Stöcke und Steinschleudern. Einer trägt ein Transparent mit einer Parole, die ich nicht lesen kann. Sie sehen gewalttätig aus, sie machen mir Angst. Solche Typen habe ich im Fernsehen gesehen, wie sie Müllcontainer und Autos anzündeten. Sie sind zu allem fähig.

Sie bilden einen Halbkreis um uns und grölen. Ich will wegrennen, bin aber starr vor Schreck. Einer springt auf Elfriede zu und entreißt ihr die Handtasche. Er hält sie triumphierend hoch und schüttelt sie. Elfriede schreit etwas. Da öffnet sich die Tasche, ihr Inhalt klatscht auf das Pflaster. Alle lachen. Der Kerl zertritt ein Fläschchen und schleudert die Tasche Elfriede in die Arme. Als Applaus wieder dieses Triumpf-Lachen. Dann sind sie weg. Mit zitternden Knien gehe ich ein paar Schritte, bücke mich, um die Sachen aus der Tasche aufzuheben. Als ich mich aufrichte, ist mir schwindelig. »Autonome Schweine!«, ruft Elfriede. »Man sollte ihnen die Säcke abschneiden.«

Irgendwie bin ich zurück in meine Wohnung gekommen. Ich kann mich nicht erinnern, dass Elfriede mir dabei behilflich gewesen wäre. Wahrscheinlich hat sie sich zu dem Flohmarkt durchgeschlagen und sich eine Second-Hand-Bluse im DDR-Look gekauft.

Es geht mir schlecht. Der Schock sitzt mir noch in den Knochen. Nein, nicht in den Knochen, er legt sich wie ein erstickender Grauschleier auf mein Gemüt. Ich gehe gleich ins Bett und ziehe mir die Decke über den Kopf. Ich knete meine Arme und Beine. Sie fühlen sich verspannt an. Nur langsam beruhige ich mich. »Es ist schrecklich, allein zu sein«, denke ich.

Am nächsten Vormittag rufe ich Karl an. Er ist der einzige Mensch, den ich in meinem Zustand anrufen kann. Wenn er nicht ans Telefon geht, werde ich mich betrinken. Es schellt dreimal, viermal, dann meldet er sich. »Ja hallo, meine Liebe, wie geht es dir?«, ruft er erfreut. »Mir geht es sehr gut«, lüge ich. »Das freut mich zu hören. Was verschafft mir die Ehre?« »Ich habe die Zeit im Krankenhaus gut überstanden. Aber jetzt fällt mir, ehrlich gesagt, in meiner Wohnung die Decke auf den Kopf.« »Das verstehe ich gut«, sagt er. »Nach den grauen Tagen in der Klinik sehnst du dich nach Abwechslung, nach einem schönen Erlebnis.« Jetzt muss ich sagen, was ich von ihm will. »Ich wollte ... Vielleicht könnten wir etwas zusammen unternehmen?« »Aber mit dem größten Vergnügen! Woran hast du gedacht?« Ich erzähle ihm von einem kleinen chinesischen Restaurant, Shanghai-Küche, ganz in der Nähe meiner Wohnung. »Sie kochen gut.« Und wieder lüge ich: »Ich war da schon mal mit Freunden. Morgen Abend habe ich bereits etwas vor. Wie wär's mit übermorgen?« »Perfekt! Ich hole dich um 19 Uhr ab.« Und eine Stimmlage tiefer: »Ich freue mich auf dich.«

Ich bin aufgeregt, wie ein junges Mädchen vor dem ersten Date. Ich räume die Wohnung auf, das heißt ich trage Dinge hin und her und wieder zurück. Ich werfe Zeitungsbeilagen weg, die ich eigentlich noch lesen wollte. Ich wische Staub auch da, wo kein Staub ist. Im Supermarkt kaufe ich einen Bund Rosen und eine Flasche Rotwein, einen Bordeaux, damit kann ich nichts falsch machen. Er soll sich wohlfühlen bei mir. Aber will ich ihn nach dem Essen überhaupt noch mit in meine Wohnung nehmen? Wenn er fragt: »Gehen wir jetzt noch zu dir?«, werde ich nicken.

Am Tag der Verabredung nimmt mein Zustand beängstigende Formen an. Auf dem Weg vom Wohnzimmer in die Küche vergesse ich, was ich holen wollte. Ich beziehe das Bett und kann mich nicht entscheiden, ob ich ein oder zwei Kopfkissen hinlegen soll. Über eine Stunde stehe ich in Unterwäsche vor dem Spiegel im Flur und ziehe meine Kleider an und aus. Das richtige ist nicht dabei. Schließlich nehme ich das dunkelrote. Es kneift in der Taille, hat aber einen leichten Ausschnitt und sieht mit der goldenen Kette ganz nett aus. Vor dem offenen Fenster mache ich Atemübungen, um mich zu beruhigen.

Karl ist pünktlich. Als er klingelt, bin ich einigermaßen gefasst. Zur Begrüßung küsst er mir die Hand, sagt »Guten Abend, meine Liebe« und blickt mir dabei tief in die Augen. Er hat sich ein Lippenbärtchen wachsen lassen. Das sieht gut aus. Er erinnert mich in seinem enganliegenden Anzug an den Filou aus einem französischen Film, den ich früher einmal gesehen habe.

Er hat mir etwas mitgebracht. Ein Amulett mit chinesischen Schriftzeichen an einem silbernen Kettchen. Ich freue mich. Lange habe ich nichts mehr geschenkt bekommen. Ob das Amulett aus Jade ist oder aus Plastik, spielt jetzt keine Rolle. Er zieht mir die goldene Kette aus und legt mir die silberne um. Seine Hände sind weich.

Das chinesische Lokal ist nach seinem Geschmack. Er wählt einen Tisch in einer Nische aus. »Hier sind wir ungestört«, sagt er und hilft mir aus dem Mantel. Er rückt meinen Stuhl zurecht, bevor ich mich setze. Er hat Manieren. »Ich bin so froh, dass du mich angerufen hast«, sagt er und legt seine Hand auf die meine.

Während des Essens erzählt er, dass er einen Kursus als Vogelstimmenimitator belegt hat. »Ich kann dir ja nachher was vorzwitschern«, sagt er schelmisch. Ich trinke eine Flasche Bier und noch eine und spüre, wie der Alkohol sich wohlig in meinem Kopf und bis in die Fingerspitzen ausbreitet. Das Essen sucht Karl aus, es schmeckt gut. Er zeigt mir, wie man mit Stäbchen isst. Ich bin so aufgeregt, dass eine Frühlingsrolle neben dem Teller landet. Er begleicht die Rechnung. Den Kellner bittet er, die Schriftzeichen auf dem Amulett zu übersetzen: »Die Augen sind die Spiegel der Seele.« Also schaue ich ihm in die Augen, als er mir die Tür aufhält, und sehe das Leuchten im Blick einer Katze, der die Maus nicht mehr entkommt.

Kurz später sitzen wir mit einem Glas Rotwein in der Hand auf dem Sofa in meiner Wohnung. Karl nimmt einen Schluck und lässt ihn in seinem Mund wandern. »Nicht schlecht. Durchaus trinkbar«, kommentiert er. Ich habe eine Kerze angezündet, die Flamme flackert. Karl beugt sich vor und spitzt die Lippen. Ich denke, er will mich küssen, aber er legt mir – wieder mit Katzenblick – die Hand aufs Knie, schilpt wie ein Spatz und beginnt, Zentimeter um Zentimeter, meinen Rock hochzuschieben. Er macht es mit Feingefühl. Ohne Hast legt er meine Beine frei. Ich leere das Glas und lasse es geschehen. Meine Beine können sich sehen lassen, das weiß ich. Und schon sagt er es: »Du hast schöne Beine. Die brauchst du nicht zu verstecken.«

Er schenkt Wein nach, prostet mir zu und lässt Krächzlaute hören wie ein Rabe. Das geht mir zu weit. Ich küsse ihn auf den Mund. Damit hat er nicht gerechnet. Das Krächzen wird zu einem Glucksen. Meine Initiative. Von da an fühle ich mich besser. Er nestelt an meiner Bluse herum und will sie aufknöpfen. Ich weiß, das gehört dazu, also übernehme ich die letzten drei Knöpfe. Seine Hand fährt unter meinen BH, als müsste das so sein. Etwas drückt empfindlich auf meine Brust. Sein Siegelring. »Lass uns ins Schlafzimmer gehen,« sage ich. Er zieht die Hand zurück und kommt mit.

Ich lasse die Jalousien runter. Bei dem, was jetzt kommt, soll es dunkel sein. Wir ziehen uns aus. Im Dämmerschein schaue ich zu, wie er aus den Hosen schlüpft. Da ist eine Rundung erkennbar, ein kleiner feiner Kugelbauch. Darunter Dunkelheit. Ich schlage die Bettdecke zurück und lege mich hin.

Während er mit seinen Socken beschäftigt ist, frage ich mich, wie lange ich mit keinem Mann mehr geschlafen habe, komme aber zu keinem Ergebnis. Er kniet sich neben mich. »Entspann dich!«, sagt er mit der Stimme eines Hausarztes. »Tief Luft holen und dann ganz normal weiteratmen.« Er beginnt mich zu streicheln. Ich spüre seine Finger auf der Stirn, den Wangen, meinem Hals, den Schultern. Endlich gleiten sie über meine Brüste. Sie halten sie fest, drücken und kneten sie, als gehörten sie einem Töpfer, der den Ton formt. Ich gleite in einen Zustand wohliger Benommenheit. Als er in kreisenden Bewegungen über meinen Bauch streicht, höre ich ihn sagen: »Ich habe es gewusst, du hast die Haut einer jungen Frau.« Das ist übertrieben, aber ich höre es gern. »Weiter! Mach weiter!«, denke ich. Aber er lässt sich Zeit. Gerade massiert er meine Füße. Das macht er hingebungsvoll und gründlich. Seine Fingerspitzen sind wie die Pfoten eines kleinen Pelztieres. Sie klettern Stückchen für Stückchen meine Beine hoch, die einen innen, die anderen außen. Sie suchen ihr Ziel, schließlich finden sie es. Ich zucke zusammen. Sie streichen auf und ab. In meinem Dämmerzustand denke ich: »Wenn das meine Tochter sähe.« Da höre ich eine Stimme über mir. Sie sagt: »Welch eine entzückende Rosenspalte!« Sie sagt tatsächlich *Rosenspalte*.

Und dann: »Du musst mehr Platz machen. Ich komme sonst nicht rein.« Ich gehorche und spüre, wie er reinkommt. »So ist das also«, denke ich. Ich schnappe nach Luft. Da ist wieder die Stimme: »Des Knaben Wunderhorn steckt jetzt tief in dir drin. Bis zum Anschlag.« Die Stimme sagt noch etwas, aber ich höre nicht mehr hin. Ich kann mich nicht länger beherrschen. Ein Schrei ist zu hören, nicht laut, aber durchdringend. Er muss von mir kommen. Karl liegt auf mir, ich spüre sein Gewicht nicht. Ich wölbe mich ihm entgegen. Das ist nicht die schüchterne Frau aus dem Krankenhaus, das bin ich. Endlich! Ich gleite an seinem Horn auf und ab. Auch er gerät in Fahrt, spielt nicht mehr Hausarzt. Wir finden einen Rhythmus. Wir sind ein Tier. Er grunzt, schnaubt und stöhnt wie ... Egal wie! Dann ist es soweit: Er bäumt sich auf, sackt dann zusammen. Schwer liegt sein Kopf auf meiner Brust. Ein Schauer der Lust durchfährt meinen ganzen Körper. Ich spanne die Muskeln an, will ihn nicht rauslassen.

Mein Zustand ist jenseitig. Nicht zu glauben, das ist Karl neben mir. Er geht ins Bad, um sich zu säubern. Wohlig streiche ich über meine Rosenspalte. Sie fühlt sich gut an, mein ganzer Körper fühlt sich gut an. Ich schließe die Augen und drifte weg.

Als ich sie wieder öffne, steht Karl am Bett. Er hat sich angezogen und sieht wieder wie ein Gentleman aus. »Es war schön mit dir«, sagt er. »Du hast Talent. Melde dich, wenn du mal wieder chinesisch essen gehen willst.« Er beugt sich zu mir runter, ein Küsschen zum Abschied. Ist das der Mann, mit dem ich eben geschlafen habe? Seine Tränensäckchen sind geschwollen. Sie verraten, was er gemacht hat.

Die Wohnungstür fällt ins Schloss. Ich breite die Arme aus und genieße es, allein in meinem Bett zu liegen. Morgen werde ich meine Tochter anrufen.

Ich klappe den Wecker zu und bleibe am nächsten Morgen eine Stunde länger im Bett. Ich strecke mich. Mein Körper erinnert sich an das, was er vor ein paar Stunden getrieben hat. Kurt war ein guter Liebhaber, aber verliebt in ihn bin ich nicht. Sein Schilpen und Krächzen, seine lyrischen Anwandlungen mit *Rosenspalte* und *Wunderhorn* sind lächerlich. »Entspann dich! Tief Luft holen!« Ob er bei meinen Nichten und der Großmama auch den Hausarzt gespielt hat? Die Gedanken an die Familie verdränge ich.

Ich vertrödele den Tag. Gerne hätte ich einen Hund. Den würde ich jetzt Gassi führen. Ich raffe mich auf und gehe an die frische Luft. Auch ohne Hund. Planlos laufe ich durchs Viertel. Ich will nichts kaufen, bleibe aber ab und zu vor Schaufenstern stehen. Wenn ich jetzt einen Frosch sähe, ich würde ihn wachküssen und den Prinzen mit nach Hause nehmen. Ich habe noch nie in den Armen eines Prinzen gelegen.

Noch getragen von dem Gefühl der wiederentdeckten Lust, habe ich die Idee, mir neue Unterwäsche zu kaufen. Ein wenig schwarze Spitze, raffiniert zugeschnitten, mit Spaghettiträgern, vielleicht auch ohne. Mit Verschluss auf dem Rücken, leicht zu öffnen. Das Höschen ... Da sehe ich sie. Es ist Klara! Sie geht etwa hundert Meter vor mir, am Arm eines Mannes. Verliebt lehnt sie den Kopf an seine Schulter. Ich vergrößere den Abstand, gehe aber weiter hinter ihnen her. Ich sehe beide nur von hinten. Er trägt einen Hut und einen Trenchcoat. Sein Gang ist nicht der eines jungen Mannes. Er mag doppelt so alt sein wie Klara, vielleicht älter. Ich höre ihn lachen.

Als sie das Hotel Astor erreicht haben, legt er den Arm um ihre Schulter und führt sie die Treppen zum Eingang hoch. Sie verschwinden in der Drehtür. Ich bleibe stehen. Klara! Du Liebe! Du bist doch noch ein halbes Kind, du hast einen Mann, einen Liebhaber. Das hätte ich nicht gedacht. Er geht mit dir auf sein Zimmer. Ich wäre jetzt gerne ein Mäuschen. Ich würde aufpassen, dass er dir nicht wehtut. Viel Spaß, aber sieh zu, dass du nicht schwanger wirst. Ich beschließe, sie morgen anzurufen.

Zurück in meiner Wohnung liegen ein später Nachmittag und ein langer Abend vor mir. Ich werde von Sehnsüchten geplagt. Ich dusche kalt und bin mir anschließend sicher, dass ich nicht aufs Land ziehen werde.

Februar 2020

Ich will vergessen

Ich habe jetzt Zeit. Der Wecker schellt nicht mehr um sieben Uhr, ich habe ihn abgestellt. Wenn ich aufwache, liege ich noch eine halbe Stunde mit geschlossenen Augen im Bett. Ich weiß, dass es zu nichts führt, aber ich versuche, mir etwas vorzunehmen, etwas, das dem Tag einen Sinn gibt. Zum Beispiel könnte ich meine Bücher nach dem Autorenalphabet ordnen oder Kleider aussortieren, die ich nie mehr tragen werde.

Ich warte darauf, dass das Telefon klingelt. Aber es ruft niemand an. Meine Freunde haben Anteil genommen und mir gut zugeredet. »Du wirst etwas anderes finden«, haben sie gesagt. »Du wirst sehen, das Leben geht weiter.« Dann haben sie sich wieder mit ihren eigenen Problemen beschäftigt.

Mein Freund ist ein Sonderfall. Ich habe ihn immer auf Distanz gehalten. Er wollte zu mir in meine Wohnung ziehen. Ich habe auf meiner Eigenständigkeit bestanden und ihn vertröstet: »Vielleicht später einmal.« Das rächt sich jetzt. Er ist Journalist. Er schreibt Artikel für den Kulturteil der hiesigen Regionalzeitung. Ein mieser Job, schlecht bezahlt. Ich imponierte ihm. Mit der geschäftsführenden Verlegerin eines bedeutenden Buchverlages liiert zu sein, steigerte sein Selbstwertgefühl und erhöhte sein soziales Ansehen. Mit mir konnte er sich sehen lassen. Aber jetzt? Er soll nicht versuchen, mich zu trösten. Das könnte ich nicht ertragen und würde ich mit totalem Liebesentzug bestrafen. Es täte mir gut, für einige Zeit zu verreisen. In ein fernes Land, eine fremde Kultur. Ein Ritt durch die Wüste auf einem Kamel, mit einem Segelboot durch die Südsee, etwas in der Art. Aber dafür kommt mein Freund nicht in Frage. Es gibt niemanden, mit dem ich es länger als drei Tage aushalten könnte. Mein Freund wartet darauf, dass ich mich bei ihm melde. Das werde ich nicht tun. Das Foto von uns vor dem Markusdom in Venedig habe ich aus der Brieftasche genommen.

Ich muss etwas tun. Ich muss etwas finden, das mich ablenkt. Meine Sekretärin in dem Verlag, in dem ich gearbeitet habe, hat sich um mich Sorgen gemacht. Sie hat von einem schwarzen Loch gesprochen. Ich habe gelacht: »Keine Sorge! Dazu bin ich nicht der Typ.« Jetzt habe ich Angst, in einem solchen Loch zu versinken. Für den Fall, dass es zu einem Prozess kommt, habe ich mir Notizen gemacht:

Ende Oktober 2008, wenige Tage nach der Frankfurter Buchmesse, kommt Konrad R. zu einer ersten Besprechung in den Verlag, an der auch Rudolf B., der Sachbuchlektor, teilnimmt. R. trägt, obwohl die Sonne nicht scheint, eine dunkle Brille. Erst als ich auf seinen Wunsch die Jalousien runterlasse, nimmt er sie ab. Seine Augen sind gerötet, als hätte er geweint. Er will ein Buch über seine Zeit als katholischer Priester schreiben. Er hat ein Exposé an den Verlag geschickt, das auf dem Schreibtisch von B. gelandet ist.

Der Inhalt ist brisant. R. hat sich über Jahre an Ministranten vergangen. Er hat sie sexuell genötigt. Als eines der Opfer den Skandal öffentlich machen wollte, hat es die Kirche zum Schweigen gebracht. R. wurde versetzt. In einer ländlichen Gegend war er für die Seelsorge in den dortigen Altersheimen zuständig. Er lernte eine Frau kennen. Sie wurde seine Therapeutin. Er legte sein Amt nieder, trat aus der Kirche aus und heiratete sie. Er hatte sich Unterlagen über gleiche oder ähnliche Sündenfälle von Priestern angeeignet. Die nahm er mit.

Es soll ein Enthüllungsbuch werden. Eine Selbstanklage und eine Abrechnung mit der katholischen Kirche. Das sind seine Worte. Er spricht leise, als würde er uns ein Geheimnis anvertrauen. »Alle Akteure will ich bei Namen nennen. Ich kann meine Anschuldigungen belegen.« Er will die Belege dem Verlag in Kopie überlassen, wenn ein Vertrag zustande kommt.

Sollen wir ein solches Buch machen? B. ist dafür. Es wird viel Staub aufwirbeln. Gerade wurde aufgedeckt, was Mönche im Kloster E. ihren Zöglingen angetan haben. Ein Aufschrei der Entrüstung ging durchs Land. Die Kirche versucht zu vertuschen, die Aufklärung zu behindern. R. will sein Buch *Das sexte Gebot* nennen. Wir könnten es im nächsten Herbst, vielleicht sogar noch im Frühling herausbringen. Genau zum richtigen Zeitpunkt. Der Verlag müsste mit Einstweiligen Verfügungen rechnen. Die könnte man als Werbung verbuchen. Das Buch hat Bestseller-Potential. Darin bin ich mit B. einig.

R. verabschiedet sich von mir mit einer Verbeugung. So hat er sich wahrscheinlich früher von seinem Bischof verabschiedet. Schon im Flur setzt er wieder die dunkle Brille auf.

Am nächsten Vormittag berufe ich eine Konferenz der Abteilungsleiter ein. Solche Meetings habe ich eingeführt. Sie sind ritualisiert. Jeder Teilnehmer kann seine Meinung frei äußern. Ich höre sie mir an, sie wird protokolliert. Ich stelle Fragen, wäge die Argumente ab. Lob oder Kritik gibt es von meiner Seite nicht. Das letzte Wort habe ich. Es ist für alle verbindlich, ich begründe es nicht.

B. verteilt das Exposé und berichtet kurz über unser Gespräch mit R. Der Vertriebsleiter meldet sich als erster: »Es wird Buchhandlungen geben, die das Buch nur unter der Ladentheke verkaufen, andere werden es in Stapeln neben die Kasse legen. Das wird ein gigantischer Erfolg, todsicher!« Die Cheflektorin hat Einwände: »Uns fehlt im Sachbuch ein A-Titel. Aber der Mann will Rache nehmen. Die Kirche hat ihn degradiert, man hat ihn gedemütigt. Ich warne davor, ein Pamphlet ins Programm zu nehmen.« Die Herstellungsleiterin will wissen, wie viel Papier sie gegebenenfalls für die Erstauflage einkaufen muss. Darauf der Vertriebsmann: »15.000 Exemplare. Aber sicher!« Ich nicke der Runde freundlich zu. Ich will darüber schlafen und morgen die Entscheidung bekannt geben.

Ich bin seit dreieinhalb Jahren für den Verlag zuständig. In meinem ersten Jahr sind noch Bücher erschienen, die mein Vorgänger unter Vertrag genommen hat. Aber seither trägt das Programm meine Handschrift. Die Entscheidung, welches Manuskript wir annehmen und welches wir ablehnen, liegt in letzter Instanz allein bei mir. Ich lasse meinen Lektoren Freiheiten, aber ich und niemand sonst trägt die Verantwortung für den Inhalt jedes einzelnen Buches, das unter unserem Signet erscheint. Die Angst vor einer Fehlentscheidung raubt mir manchmal den Schlaf. Aber ich habe es so gewollt.

Ich lasse den Vertrag ausstellen. Den Umfang lege ich auf 280 Seiten fest. Normales Honorar, Vorschuss 10.000 Euro. B. muss noch mit R. über den Abliefertermin des Manuskriptes sprechen. Davon hängt ab, wann *Das sexte Gebot* erscheinen kann. Ich bin gespannt auf die Belege, die zu schicken uns R. zugesagt hat. Ich werde sie lesen, auch B., dann werde ich sie unter Verschluss nehmen.

R. liefert pünktlich ab. Das Manuskript ist keine stilistische Meisterleistung, aber spannend zu lesen. Die Fallbeispiele sind haarsträubend. Die Anschuldigungen gegen die katholische Kirche häufen sich. Es gibt Doubletten, B. muss streichen. In der Vorschau des Verlages auf sein Programm im Herbst 2009 kündigen wir *Das sexte Gebot* als Enthüllungsbuch an. Namen nennen wir nicht, auch den des Autors nicht. An seine Stelle setzen wir vier Sternchen.

25. Mai 2009. Die Vertreter haben nach Ostern mit der Reise begonnen. Sie sind jetzt fünf Wochen unterwegs. Wir haben eine Hochrechnung erstellt. *Das*

sexte Gebot ist der am besten vorbestellte Sachbuchtitel. Ich erhöhe die erste Auflage auf 25.000 Exemplare. Alle Zeitungen, Rundfunk- und Fernsehsender in Deutschland, Österreich und der Schweiz fordern Prüfungsstücke an. Alle wollen das Buch besprechen. Auch die der CDU und CSU nahestehenden Blätter. Der *Spiegel* erwägt eine Titelgeschichte und will den Autor interviewen. Ein Riesenerfolg zeichnet sich ab.

1. Juni 2009: Bei der Post ist ein anonymer Brief. Er besteht aus einem Satz: »Wir werden die Veröffentlichung von diesem Machwerk zu verhindern wissen.«

Nach Dienstschluss setze ich mich mit der Herstellungsleiterin zusammen. Wir müssen die Drohung ernst nehmen. Die Verlagseigner haben in einer fränkischen Kleinstadt eine Druckerei. Dort werden unsere Bücher gedruckt und dort könnte sich der anonyme Briefschreiber für ein kleines Bakschisch einen Fahnenabzug von *Das sexte Gebot* besorgen und die Auslieferung durch eine Einstweilige Verfügung verhindern. Solche Blockadeversuche hat es gegeben. Nicht bei uns, bei anderen Verlagen. Ich fordere die Herstellungsleiterin auf, den Auftrag an eine andere leistungsstarke Druckerei zu vergeben. Ich verpflichte sie, darüber Stillschweigen zu bewahren.

10. Juni 2009: Ein Boulevardblatt wittert den Skandal und bemüht sich, mit einem billigen Trick den Namen des Autors herauszufinden. Sie wollen ein Foto von dem ehemaligen Priester im Bett mit

seiner Frau. Ich rufe ihn an, um ihn zu warnen. Er muss vorsichtig sein, darf jetzt keinen Fehler machen. Ich empfehle ihm, bis zum Erscheinen des Buches mit unbekanntem Ziel Urlaub zu machen.

23. Juli 2009: R. ist am Apparat. Er hat meinen Rat nicht befolgt, er ist zuhause geblieben. Erst redet er rum, dann lässt er die Katze aus dem Sack. Er ist bereit, nach Rom zu fahren (Er sagt: *in die heilige Stadt*). Der Verlag soll ihm und seiner Frau ein Zimmer im Hotel Sole bestellen und die Kosten übernehmen. Auch für den Hin- und Rückflug. Das Ansinnen ist unverschämt. Aber das sage ich nicht. Ich biete ihm die Erhöhung seines Vorschusses auf 15.000 Euro an. Er nimmt das Geld.

3. August 2009: Der Auslieferungstermin rückt näher. Wir haben jetzt über 20.000 Vormerkungen. Morgen gehen 25.000 Exemplare von der Druckerei an die Auslieferungsfirma. Das sind drei Lastwagen randvoll mit Büchern. Ich bemühe mich, ruhig zu bleiben, bin aber doch gespannt, ob alles glatt abläuft. Meine Anspannung überträgt sich auf die Mitarbeiter im Verlag. Alle warten auf die erlösende Nachricht: »Die Bücher sind ausgeliefert, sie sind unterwegs ins Barsortiment und zu den Buchhandlungen.«

Es könnte sein, dass *Das sexte Gebot* es von null direkt bis an die Spitzen der Bestsellerlisten schafft. Für mich wäre es eine Premiere. Das erste Mal, dass ein von mir verlegtes Buch ganz oben steht. Von meinem Freund eine E-Mail: »Ich drücke dir die Daumen.«

Der 22. August 2009 ist ein Samstag. Ich habe mit dem Auslieferungsleiter gesprochen. Er ist bereit, mit seinen Leuten an diesem Samstag eine Sonderschicht einzulegen. Sieben bis zwölf Uhr, dann ist alles auf den Weg gebracht, kein Exemplar von *Das sexte Gebot* mehr auf Lager. Den Erstverkaufstag hat der Vertrieb auf den 24. August festgelegt. Ab dann können auch Besprechungen erscheinen.

Am 21. August 2009, kurz vor der Mittagspause, ruft die Sekretärin von Dr. Sommer bei mir an. Ihr Chef ist in dreißig Minuten bei mir. Er steigt gerade ins Auto.

August Sommer ist mein Vorgesetzter. Mein Anstellungsvertrag trägt seine Unterschrift. Er hat vom Buchgeschäft keine Ahnung, ist aber Aufsichtsratsvorsitzender der Gesellschaft, der der Verlag und die Druckerei in der fränkischen Kleinstadt gehören.

Er kommt eigentlich nur einmal im Jahr zur abschließenden Bilanzbesprechung in den Verlag. Wenn das Ergebnis seinen Vorstellungen entspricht, geht er anschließend mit mir beim Edelitaliener essen. In meinem ersten Jahr kam er überraschend zur Weihnachtsfeier. Danach wollte er mit mir in einem nahegelegenen Hotel aufs Zimmer. Er hatte wohl zu viel Glühwein getrunken. Es wurde nichts daraus. Mit Hilfe seines Fahrers habe ich ihn auf die Rückbank seiner Mercedes-Limousine verfrachtet.

August Sommer sieht nicht aus, wie man sich einen Aufsichtsratsvorsitzenden vorstellt. Er ist klein, hager und trägt eine randlose Brille. Er gerät leicht in Rage, verheddert sich und verliert dann den roten Faden. Um nicht überhört zu werden, spricht er zu laut. Aber genug! Sein Erscheinungsbild spielt keine Rolle. Nur so viel: Ich habe ein mulmiges Gefühl. Mir bleibt gerade genug Zeit, mich zu kämmen und etwas Rouge aufzulegen, dann steht er an der Tür meines Büros. Ich bitte ihn herein.

»Wollen Sie einen Kaffee?« Er überhört meine Frage, wirft sich in einen Sessel, wippt nervös mit dem Fuß und kommt gleich zur Sache: »Dieses Buch ...« Er schluckt und setzt neu an: »Dieses Buch kann nicht erscheinen. Auf keinen Fall, es ist ein übles Machwerk.« Es ist klar, welches Buch er meint. Ich versuche, ruhig zu atmen. »Herr B. als zuständiger Lektor und ich haben *Das sexte Gebot* sorgfältig geprüft und sind zu dem Schluss gekommen, dass die Kritik des Autors an der Amtskirche berechtigt ist.« »Konrad R. hat Schutzbefohlene missbraucht. Er ist ein Verbrecher. Die Kirche hat ihn für seine Verfehlungen bestraft. Sie hat ihm die Priesterwürde aberkannt. Er ist schlimmer als ein Apostat. Er ist ein Schmutzfink!« »Um in den Begrifflichkeiten der katholischen Kirche zu bleiben: Konrad R. hat gesündigt, keine Frage. Aber er bereut seine Verfehlungen. Jetzt erhebt er Selbstanklage. Seine Geständnisse sind eine Form der Beichte.«

Ruhig bleiben! Jetzt bloß nicht die Beherrschung verlieren. Ich suche seine schwache Stelle: das Geld. »Wir müssen das Buch versenden, sonst entsteht ein unüberschaubarer finanzieller Schaden.« Die 25.000

gedruckten Exemplare hätten einen Herstellwert von 125.000 Euro. Der Vorschuss wäre verloren, der Autor könnte ein Ausfallhonorar fordern. Die Auslieferung würde die Kosten für ihren Sondereinsatz berechnen und so weiter. Dem stände ein Umsatz von mindestens einer Viertelmillion gegenüber. »Der gute Ruf des Verlages! Aber auch mein Ruf wird besudelt. Das haben Sie zu verantworten.« »Ja, die Verantwortung liegt bei mir«, sage ich. »Die Entscheidung, welche Bücher im Verlag erscheinen, liegt einzig und allein bei mir. So steht es in dem Vertrag, den Sie unterschrieben haben.«

Eisiges Schweigen. Sein Fuß wippt auf Hochtouren. »Um zu verhindern, dass ich mir Informationen über das Machwerk verschaffen konnte, haben Sie den Auftrag meiner Druckerei entzogen. Sie haben mich hintergangen!« Seine Druckerei. Wurden dort nicht die Gebets- und Gesangsbücher des Erzbistums gedruckt? Hatte man gedroht, ihm den lukrativen Dauerauftrag zu entziehen? Ich fragte nicht nach.

»Wenn Sie ...« Wieder musste er neu ansetzen. »Wenn Sie sich meiner Anordnung widersetzen und die Auslieferung dieses Buches nicht auf der Stelle stoppen, können Sie Ihren Schreibtisch räumen. Ich werde Sie entlassen. Und zwar mit sofortiger Wirkung.« Er springt auf und läuft davon.

24. August, Erstverkaufstag. Ich bedanke mich bei der Auslieferungsfirma und bitte die Abteilungsleiter, ins Konferenzzimmer zu kommen. Ich berichte kurz

über das Gespräch vom vergangenen Freitag. »Im Laufe der Woche werden Anzeigen in allen überregionalen Zeitungen und Magazinen erscheinen«, sagt die Werbeleiterin. »Und was Herrn Sommer anbelangt: Er blufft!«

25. August. Ich gehe mit meinem Freund in ein Restaurant. Er erzählt mir Begebenheiten aus seinem Leben. Wie immer. Ablenken kann mich das nicht.

Der Vertriebsleiter meldet über dreitausend Bestellungen auf *Das sexte Gebot* an diesem Tag.

26. August. Ein Einschreibebrief. Meine fristlose Kündigung auf dem Bogen einer Anwaltskanzlei. Begründung: Rufschädigendes Verhalten. Ich fühle mich, als hätte jemand den Teppich unter meinen Füßen weggezogen. Ich schlafe schlecht. In einer Endlosschleife läuft das Gespräch mit August Sommer in meinem Kopf ab. Meine Gedanken haben sich in jeden Satz verhakt. Immer fallen mir noch bessere Formulierungen ein, mit denen ich ihn hätte bloßstellen können. Ich bin wie besessen von der Vorstellung, ihm die Meinung zu sagen, gnadenlos, vernichtend.

Mein Freund hat keine gute Zeit mit mir. Sonntagnachmittag kommt er, um zu *kuscheln*. Dafür bin ich nicht zu haben. Er soll mich in Ruhe lassen. Beleidigt isst er den Kuchen, den er mitgebracht hat, alleine, verschafft mir aber einen Rechtsanwalt, der gegen die fristlose Kündigung Widerspruch einlegt.

Die Betriebsratsvorsitzende sagt mir im Namen aller Mitarbeiter und Mitarbeiterinnen, dass sie mich vermissen würden und wünscht mir für mein künftiges Leben viel Glück.

Das Medienecho auf *Das sexte Gebot* übertrifft alle Erwartungen. Von unbedeutenden Einwänden gegen verbale Grobheiten abgesehen, sind sich die Rezensenten einig, dass es sich um ein Buch mit hohem Aufklärungswert handelt. Einige der Kirche nahestehende Blätter hüllen sich in Schweigen.

Anfang September geht die dritte Auflage in Druck.

Meine Entlassung bleibt nicht unbeachtet. Es gibt mehrere Kommentare, in denen von versuchter Zensur und meinem Mut als verantwortliche Verlegerin die Rede ist. Ich schneide sie aus und verteile sie in meiner Wohnung, so dass ich sie mehrmals täglich lesen kann.

An dem Tag, an dem ich meinen Schreibtisch im Verlag räume, bringt ein Fleurop-Bote einen Strauß gelber Rosen. Auf einem Kärtchen steht: »Vielen Dank für die Geburtshilfe. Konrad R.« Ich schenke die Blumen der Empfangsdame.

Meine Nachfolgerin ist schnell gefunden. Die Cheflektorin, die vor *Das sexte Gebot* als einem Pamphlet gewarnt hat, nimmt auf meinem Chefsessel Platz.

Der Rechtsstreit zieht sich hin. Mein Anwalt will auf Wiedereinstellung klagen. Damit bin ich nicht einverstanden. Ein Zurück in die Abhängigkeit von August Sommer kommt nicht in Frage. Schließlich einigen sich die Rechtsanwälte auf einen Kompromiss. Angesichts der Tatsache, dass durch mich dem Verlag kein wirtschaftlicher Schaden entstanden ist, wird mein Gehalt für neuen Monate weiterbezahlt. Langsam begreife ich, dass ein Dreivierteljahr Freiheit vor mir liegt.

Mein Freund empfiehlt mir einen in der Medienbranche angeblich erfolgreich tätigen Headhunter. »Er findet etwas Gleichwertiges für dich. Abteilungsleiterin in einer Rundfunkanstalt zum Beispiel. Das wäre doch was für dich.« »Ein anderer Freund, das wäre was für mich.« Aber das sage ich nicht. Ich gähne nur, um keine Gemütlichkeit aufkommen zu lassen.

Langsam kommt Licht in die Düsternis, die Nebel lichten sich. Ich werde verreisen. Weit weg, das wird mir guttun. Es wird nicht der Plan mit dem Kamel und der Wüste sein, auch nicht der Segeltörn durch die Südsee. Ich will in die Mongolei. In endlose Weiten reiten, bis sich mein Hintern mit einer Hornhaut überzieht, an Lagerfeuern Fladenbrot essen, von den Bergen her das Heulen von Wölfen hören, aus Plastikbechern Yakmilch trinken, in einer Jurte neben einem starken Kerl auf einer Holzpritsche liegen, auf einem Gipfel stehen, auf dem schon Dschingis Khan gestanden haben könnte.

Ich will vergessen.

März 2020

Lotte

Mein Chef nervt. Er ist hinter mir her. Neulich hat er mir ein Blumensträußchen mit den Worten überreicht: »Für besondere Leistungen!« Dabei gibt es keine *besonderen Leistungen* und es wird auch keine geben. Der Mann ist verheiratet und hat zwei Kinder, die später einmal alles erben werden. Er hofft, dass ich schwach werde, weil er Geld hat und seine Geliebten in teure Lokale ausführen kann. Aber da ist er bei mir an der falschen Adresse.

Ich habe einen Freund. Als ich ihn kennenlernte, ging es mir ziemlich mau. Ich hatte keinen Job, konnte also nicht sonderlich wählerisch sein. Walter ist keine Intelligenzbestie, aber er ist lieb. Ab und zu macht er mir ein Geschenk. Er gibt mir das Geld und ich kann es mir selbst aussuchen.

Walter war Taxifahrer. Man hat ihm von heute auf morgen gekündigt. Wahrscheinlich hat man ihn mit einer Flasche Branntwein erwischt. Mir egal. Jedenfalls lebt er jetzt bei seinen Eltern in einer Erdgeschosswohnung in Charlottenburg. Luthestraße 19. Dorthin hat er mich gleich am ersten Abend, als wir uns gerade kennengelernt hatten, mitgenommen. Was sollte ich tun? Ich bin ganz einfach geblieben. Es ist nicht sehr komfortabel, aber zurzeit habe ich nichts Besseres. So nächtige ich jetzt schon über drei Monate auf der durchgelegenen Matratze neben ihm.

Zwischen mir und Walters Mutter war von Anfang an Krieg. Am ersten Morgen, als Walter mich ihr vorstellte, wollte sie mir nichts zum Frühstück geben. Keine Kante trockenes Brot. In ihren Augen bin ich für den Sohnemann nicht gut genug. Dabei bin ich immer nett zu ihm. Wenn er mir ein bisschen Bargeld zusteckt, kann er mit mir machen, was er will. Alles, außer mich schlagen.

Hermann und Auguste Könicke, die Eltern von Walter, waren Obsthändler und hatten einen Stand auf dem Winterfeldplatz. Die Alte hat es in den Beinen, sie muss immer Tabletten einnehmen. Sie geht am Stock und kann nicht mehr mit ihrem Mann zum Markt fahren. Statt ihrer fährt Walter mit. Er ist ja arbeitslos. Äpfel und Birnen abwiegen und in Tüten packen – dafür reicht's bei ihm.

Ich bin bei Stiefeltern auf dem Lande aufgewachsen. Es war die Hölle, mir fällt kein anderes Wort ein. Ich musste da weg, sonst hätte ich meine Stiefmutter eines Tages die Treppe runtergeschmissen. Mein Stiefvater war ein geiler Bock. Schon als ich zwölf war, kam er unter einem saublöden Vorwand ins Badezimmer und schaute zu, wie ich mich wusch.

Als ich in Berlin aus dem Zug stieg, war ich zwanzig, hatte gerade mal zehn Mark in der Tasche und wollte was erleben. Ich wurde erst Bardame im *Kakadu* am Kurfürstendamm, später in der *Barberina* in der Hardenbergstraße. Beides noble Etablissements mit seriöser Kundschaft, für den Anfang nicht schlecht. Beide suchten immer *Frischfleisch*, wie man so sagt.

Die Regeln habe ich schnell begriffen. Man schenkt in Champagnerflaschen abgefüllten Sekt aus und trinkt auf Kosten des Kunden ein Glas mit. Danach hat der Kunde freie Wahl. Wenn er für fünfundachtzig oder neunzig Mark bestellt hat und schon angetrunken ist, lege ich ihm eine Rechnung über hundert Mark hin. Die Differenz ist für mich. Wenn Kunden es richtig krachen lassen, darf man mit ihnen auch auf die Tanzfläche gehen. Tanzen ja, küssen nein. Knutschen im Lokal ist streng untersagt. Das hat man mir und den anderen Mädels eingebläut. Nach dem Tanz, bei dem jeder einem die Hand auf den Po legt, wird erwartet, dass der Kunde sich von seiner spendablen Seite zeigt. Wenn er dir einen Fünfziger in den Ausschnitt steckt, gehst du mit ihm in eine der abgedunkelten Nischen und bestellst wieder Champagner. Einen Hunderter darf er dir ins Strumpfband schieben und wenn er dir gefällt, verschwindest du mit ihm in einem Chambre Séparée. Kommt er wieder, hast du ein Anrecht auf ihn.

Ich verdiente gut, es waren unbeschwerte Jahre. Nicht ganz. Ich hatte immer Angst, schwanger zu werden oder, schlimmer noch, mir bei einem der Typen die Syphilis zu holen. Mit der Zeit hatte ich die Nase voll von dem Job als Bardame. Ich arbeitete nachts und schlief tagsüber. Ich hatte seit einer Ewigkeit die Sonne nicht mehr gesehen. Ich sehnte mich danach, in einem Park spazieren zu gehen und dem Zwitschern der Vögel zuzuhören. Und die Männer? Ich war mit alten und jungen, mit dicken und dünnen, mit großen und kleinen im Séparée gewesen. Sie waren alle gleich. Sie haben bezahlt, jetzt wollen sie ihr Vergnügen. Sie reden wenig oder viel, aber glauben darfst du keinem ein Wort. Einige haben was von Liebe geschwafelt, aber rausgeholt aus dem Milieu hat mich keiner.

Berlin ist ein Hornissennest. Alle gegen alle. Schonungslos. In den Kneipen am Bahnhof Zoo lauern Zuhälter auf Neuankömmlinge aus der Provinz. Auf Mädchen, auch auf Jungs. Jeden Tag kommt Nachschub. Sie spendieren ihnen eine Bratwurst mit Röstkartoffeln und ein Bier, reden honigsüß und spielen den Wohltäter. Sie nehmen sie mit nach Hause, spielen irgendwelche miesen Spielchen mit ihnen und schicken die Naivlinge zwei Tage später auf den Strich. So läuft das Geschäft. Ich bin mittlerweile vierundzwanzig und will was Bürgerliches. Höchste Eisenbahn. Plötzlich bist du dreißig und kriegst nur noch einen Job im Puff.

Die Könickes hatten in Charlottenburg einen guten Ruf. Fleißig und zuverlässig. Walter verschaffte mir eine Anstellung als Servierfräulein im Konditorei-Café Bemmels. Schwarzer Rock bis übers Knie, weiße Bluse hochgeschlossen, Schürzchen mit Hohlsaum, Zierhäubchen. Immer höflich: »Ja, meine Dame!« »Sofort, meine Dame!« Zwischendurch eine Tasse Kaffee gratis und zu Dienstschluss ein Stück Torte von vorgestern. Soweit alles in Ordnung. Wäre nur mein Chef, der Konditormeister Bemmels, nicht! Wenn ich in die Küche komme, um eine Bestellung abzuholen, wirft er mir vielsagende Blicke zu und gurrt: »Was macht mein Täubchen denn heute Abend?«

Seit ich eine Anstellung habe und regelmäßig was in die Haushaltskasse tun kann, ist die alte Könicke freundlicher zu mir. Sie zieht mich sogar ins Vertrauen und erzählt mir, dass ihr Mann und sie vorhätten, auf dem Land ein Grundstück zu kaufen und darauf ein Häuschen für den Lebensabend zu bauen. »Das ist unser Traum«, sagt sie. »Dafür sparen wir schon seit Jahren. Nicht mehr lange, dann haben wir das Geld zusammen.«

Das interessiert mich. Immer, wenn von viel Geld die Rede ist, verspüre ich ein seltsames Kribbeln in der Magengrube. In so einem Zustand kann ich schnurren wie eine Katze. Als wir am Abend auf der Matratze liegen, kraule ich Walter zwischen den Beinen, so wie er es gernhat, und frage: »Was kostet denn ein Grundstück im Grünen mit 'nem Häuschen drauf?« Er fängt an zu stöhnen, aber als er's hinter sich hat, sagt er: »Etwas über fünftausend Mark.« Weitere Fragen stelle ich nicht. Ich werde schon rauskriegen, wo die Alte das Geld versteckt hat.

An meinem nächsten freien Tag spioniere ich sie aus. Sie ist schwerhörig, merkt es also nicht, wenn man hinter ihr herschleicht. Sie poltert mit ihrem Stock durch die Wohnung, sodass man immer weiß, wo sie sich aufhält. Zwei Dinge sind mir aufgefallen. Zum einen, dass sie ihre blaue Küchenschürze anzieht, wenn sie ins Wohnzimmer, genannt Stube, geht. Und dass sie gelegentlich die Tür zur Stube hinter sich absperrt und sich ohne ersichtlichen Grund ungefähr eine halbe Stunde dort aufhält. Das kommt mir verdächtig vor.

An jenem freien Tag läuft sie mit ihrem Portemonnaie in der Hand durch die Wohnung. Ich sehe ihr an, dass sie etwas Wichtiges vorhat. Als sie die Stube betritt, knie ich vor dem einzigen Fenster und beobachte sie. In dem Raum steht ein dunkel gebeizter Schreibtisch. Darauf ein gerahmtes Foto ihrer beiden Kinder, ein Kalender von der Post, eine Vase mit Strohblumen und einiger Nippes. Sie kramt in der Tasche der Kittelschürze, zieht einen Schlüssel hervor und sperrt eine der beiden Schubladen des Tisches auf. Es ist die linke. Für einen Moment versperrt sie mir den Blick. Dann tritt sie zur Seite und ich sehe, dass sie einen großen, gut gefüllten Umschlag in den Händen hält. Sie nimmt einen Packen Scheine aus ihrem Portemonnaie und steckt ihn zu dem, was sich in dem Umschlag befindet.

Ich tauche weg, husche in die Küche und hantiere lautstark mit den Kochtöpfen. Ich habe genug gesehen. Jetzt weiß ich Bescheid. Ich habe geahnt, dass es mit dem Schreibtisch eine besondere Bewandtnis hat. Ich dachte, das Familienstammbuch, die Geburts- und Heiratsurkunden, die Schulzeugnisse und dergleichen würden in den Schubladen aufbewahrt. Aber jetzt ist mir klar, in der linken Schublade liegt ein Schatz.

Auf einer Kirmes habe ich einen Mann gesehen, der Leute aus dem Publikum in einen Dämmerzustand versetzt, den er Trance nennt. In solch einem Zustand befinde ich mich in den nächsten Tagen. Ob bei der Arbeit oder in der Wohnung Lutherstraße 19, meine Gedanken schweifen ab und kreisen um den Umschlag im Schreibtisch in der Stube. Die alten Könickes träumen von einer Idylle auf dem Lande. Mit ihren quiekenden Schweinen, den fetten Gänsen und den Misthaufen an der Straße ist sie für mich ein Albtraum. Aber auch ich habe Traumphantasien: ein Sportwagen Cabriolet, rot lackiert mit schwarzen Ledersitzen. Für fünftausend Mark bekommt man ihn sogar mit Speichenrädern. Mit solch einem Auto werde ich durch die Stadt fahren, vorbei an den Straßenmädels. Nicht mehr drauf warten, dass ein angetrunkener Kerl einem was in die Unterwäsche schiebt. Selbst entscheiden können, wer auf dem Beifahrersitz Platz nehmen darf. Herren der besseren Gesellschaft werden vor mir den Hut ziehen. Einen von ihnen – möglichst einen Kommerzienrat – werde ich mir aussuchen und ihm den Kopf verdrehen. Er wird vor mir in die Knie gehen und um meine Hand anhalten. Bevor ich ihm mein Jawort gebe, muss er mir die Hälfte seines Vermögens überschreiben. Ich hätte eine Haushälterin und eine Köchin und könnte ein Stubenmädchen nach meiner Pfeife tanzen lassen. Wenn ich von der Arbeit komme und mir schlecht ist von all den Kuchen und Torten, die ich den ganzen Tag hin- und hergetragen habe, stelle ich mir vor, dass mein Mann, der Kommerzienrat, und einer meiner glühenden Verehrer sich im Morgengrauen duellieren. Mit Pistolen. Wegen mir.

Im Konditorei-Café Bemmels hängen goldgerahmte Zierspiegel, die der Kundschaft vor Augen führen, was ihre Leidenschaft für Süßigkeiten angerichtet hat. Auch ich betrachte mich gelegentlich. Oben herum ist soweit noch alles in Ordnung. Wenn ich die Arme hebe, sitzen die Brüste noch da, wo sie hingehören. Aber unterhalb der Gürtellinie hat das Leben, das ich geführt habe, Spuren hinterlassen. Mein Gesäß geht in die Breite. Ich habe es jahrelang übermäßig beansprucht. Das rächt sich jetzt. Walter mit seinen bescheidenen Ansprüchen kann ich nicht die Schuld geben.

Während der Woche bediene ich fast nur Frauen. Ohne einen Blick in die Karte zu werfen, bestellen sie immer dasselbe. Was manchen Männern das Kokain, ist diesen Damen die Sachertorte. Extrawünsche – etwa eine doppelte Portion Schlagsahne – flüstern sie hinter vorgehaltener Hand. Wenn sie aufgegessen haben, picken sie die letzten Krümel mit spitzen Fingern vom Teller. Beläuft sich die Rechnung auf vier Mark achtzig, geben sie mir einen Fünfer und sagen: »Den Rest können Sie behalten.« Auch wenn sie gar nichts geben, wünsche ich ihnen einen schönen Tag. Lange mache ich das nicht mehr mit.

Die Besucher des Konditorei-Cafés Bemmels ähneln sich, als gehörten sie alle zur selben Sippe. Nur selten verirrt sich ein Gast in die weiß-goldene

Pracht, der anders ist. So ein Ausnahmegast ist Alexander Tyschko, ein Russe. Er kommt immer freitagnachmittags eine Stunde vor Ladenschluss. Immer in Begleitung einer jungen Frau, einer auffallend hübschen Blondine. Er füttert sie mit Pralinés, selber isst er Strudel mit flüssiger Sahne. Er ist stämmig, einer der Männer, denen man besser nicht widerspricht. Er gefällt mir.

An einem Freitag kommt er allein. Als ich ihm seinen Strudel bringe, sagt er: »Setz dich zu mir!« Ich zögere keinen Moment, ich gehorche. Kurz später kommt der Chef an den Tisch, sieht mich erstaunt an und sagt: »Fräulein Lotte, es sind noch Gäste da.« »Die müssen Sie jetzt selbst bedienen«, antwortet Alexander ohne den Kopf zu heben. Nachdem das geklärt ist, wendet er sich mir zu: »Wie lange machst du das hier schon? Der Job passt nicht zu dir.« Gemächlich schiebt er sich ein Stück Strudel in den Mund. »Hast du einen Freund?« Ich nicke. »Ja, aber ...« Er unterbricht mich: »Er ist ein Fritzchen. Habe ich Recht?« So geht das eine Zeitlang weiter. Um ihm zu imponieren, erzähle ich ihm, ich hätte eine größere Summe gespart und wollte mich selbstständig machen.

»Wieviel?«, will er wissen. »Circa fünftausend«, sage ich. Er zieht mich zu sich heran, sieht mich scharf an und lacht dann breit: »Du lügst! Ich sehe es dir an. Von deinem Gehalt in dieser Zuckerbude legst du kein Vermögen von fünftausend Mark zurück.« Er fragt mich aus, ich antworte brav. Schließlich zahlt er. »Komm, wir gehen essen!«

Er führt mich in ein russisches Restaurant. Er wird empfangen wie ein Fürst. Der Chef kommt angelaufen und verbeugt sich tief vor ihm. Er bestellt mehr als wir essen können. Zum Empfang, zwischen den Gängen und zum Schluss gibt es Wodka. Er tut seine Wirkung. Als wir wieder an der frischen Luft sind, muss Alexander mich zum Taxi führen.

Seine Wohnung liegt im zweiten Obergeschoss und ist riesig. An Einzelheiten erinnere ich mich nicht, nur dass im Wohnzimmer drei Teppiche übereinander lagen. Zu meiner Überraschung empfängt uns die hübsche Blondine. Er sagt ihr etwas auf Russisch. Sie eilt davon, gleich darauf hört man Wasser in eine Wanne laufen. »Wir nehmen erst ein Bad. Zur Entspannung. Dann wirst du mir die Geschichte mit den fünftausend Mark erzählen. Die ehrliche Geschichte. Du musst ehrlich zu mir sein. Ehrlichkeit macht sich bei mir bezahlt.«

Dass sich Ehrlichkeit bezahlt machen kann, ist mir neu. Die einzige Freundin, die ich je hatte, hat mich im *Kakadu* mit den Worten eingeführt: »Zeig nie dein wahres Gesicht! Sag möglichst gar nichts. Wenn es unbedingt sein muss, sag was Schmeichelhaftes, aber nie die Wahrheit.« Oder ist die Wahrheit, geradeheraus gesagt, Männersache? Wir Frauen müssen auf der Hut sein.

Alexander schiebt mich ins Bad. Ich mache Augen. Die Wanne ist rund und so groß, dass man ein halbes Duzend Karpfen in ihr hätte halten können. Auf der Wasseroberfläche schwimmen rote Rosenblütenblätter. »Zieh dich aus«, sagt Alexander. Mich vor einem fremden Mann auszuziehen, ist für mich kein Problem. Ich habe es oft genug gemacht. Meine Sachen lege ich ordentlich auf einen kleinen goldenen Stuhl, während Alexander seine Anziehsachen fallen lässt, wo er gerade steht. Die Blondine hebt alles auf. »Kann ich bleiben?«, fragt sie. »Lass uns allein!«, ist die Antwort.

Er steht jetzt vor mir. Was ich sehe, ist kolossal. Der Anblick nackter Männer ist mir vertraut, aber das hier ist einmalig. Alexander hat einen Brustkorb so groß wie der Kleiderschrank meiner Großmutter. Auf seiner Brust wuchert ein dichtes Fell und was da zwischen seinen Beinen hängt, hat die Ausmaße eines Eselschwanzes. Ich bin beeindruckt.

In der Wanne legt er einen Arm um meine Schultern. Ich spüre seine Muskeln. Dieser Arm kann beschützen, er kann mich zärtlich an seine Brust ziehen. Er kann mich aber auch unter Wasser drücken und mich festhalten, bis ich den Geist aufgebe.

Er streckt sich genüsslich. »So, jetzt erzähl mir die Geschichte von den fünftausend Mark«, sagt er in einem Ton, der mir keine Wahl lässt. Ich erzähle ihm alles, die ganze Wahrheit. Er hört sie sich mit geschlossenen Augen an und sagt erst einmal gar nichts. Dann: »Fünftausend ist eine Menge Geld. Du kennst das Versteck und weißt, wo der Schlüssel ist. Ein kleines Vermögen, zum Greifen nah. Aber du kannst es dir nicht nehmen. Wenn die Gemüsefrau sieht, dass die Schublade leer ist, wird sie sofort zur Polizei laufen. Der Verdacht wird auf dich fallen. Ganz klar, auf wen denn sonst? Du sitzt hinter Gittern, bevor du die erste Mark ausgegeben hast.« »Aber ich könnte ...« »Nichts kannst du! Sie holen dich aus jedem Zug und jedem Flugzeug. In einem Frauengefängnis das Leben zu verbringen, ist nicht lustig.« Mit diesen Worten zieht er mich auf sich und stößt so heftig zu, dass das Badewasser überschwappt.

Auf dem Sofa liegt die Blondine und stellt ihre langen Beine zur Schau. Ein böser Blick aus Katzenaugen trifft mich. Alexander tätschelt meine Wange und sagt: »Ich werde mich der Sache annehmen.« Sein Chauffeur bringt mich in die Lutherstraße 19. Er hat Anweisung, mich vor der Haustür abzusetzen.

Der 22. Oktober 1932 ist ein Samstag. Auf die Minute pünktlich um zehn Uhr holt mich Alexander ab. Der mit silbernen Knöpfen besetzte Russenkittel steht ihm gut. Eine Haarsträhne hat er sich verwegen in die Stirn gekämmt. Wie ein Gentleman küsst er mir die Hand. Der Chauffeur hat Anweisung, uns zur Dampferstation an der Jannowitzbrücke zu bringen. Im Sonnenschein funkelt das Wasser der Spree. Lämmerwölkchen schweben am Himmel wie hingemalt. Verliebt lege ich den Kopf auf seine Schulter.

Kurz nach zwölf legt der Dampfer an einer Landestelle der Oberspree an. Alexander führt mich in eine nahe gelegene Weinstube, in der es – wie er sagt – mehr gibt als nur Buletten. Bedeutungsvoll überreicht er mir den Fahrschein der Dampferfahrt. »Steck ihn gut weg. Bald schon wird er dir von Nutzen sein.«

Etwa zur selben Zeit als wir eine der Fischspezialitäten des Lokals verspeisen, schlagen Vater und Sohn Könicke ihren Marktstand ab. Die Hausfrauen haben gut für`s Wochenende eingekauft, vor allem Äpfel der neuen Ernte waren gefragt. Der Geldbeutel ist voll. Die Könickes könnten zufrieden sein.

Als die Männer vor ihrer Haustür stehen, greifen sie in ihre Taschen. Sie haben die Schlüssel vergessen. Sie klingeln, sie rufen, nichts rührt sich. Durchs offenstehende Küchenfenster steigt Walter in die Wohnung ein. Auf der Schwelle zum Schlafzimmer stößt er einen Schrei aus. Die Mutter! Reglos hängt ihr Arm von der Matratze. Jemand hat ihr ein Kopfkissen aufs Gesicht gebunden. Er reißt es weg. Entsetzt blickt er in die halboffenen, toten Augen seiner Mutter.

Polizei! Nach quälend langen zwanzig Minuten ist ein Streifenwagen da. »Nichts anfassen!«, sagt der Einsatzleiter. Und bewahren Sie Ruhe!« Er ruft die Mordkommission.

Im Mund von Auguste Könicke steckt ein Knebel. Es ist ein Taschentuch mit Blutspuren daran und eingesticktem Monogramm. In der Küche entdecken die Beamten auf dem Boden vor dem Ofen die Hälften eines künstlichen Gebisses, daneben eine Brille. Hier muss der Mörder so heftig auf sein Opfer eingeschlagen haben, dass ihm die Zähne aus dem Mund und seine Brille von der Nase flogen.

In einer Ecke sitzt Hermann Könicke und starrt vor sich hin. Nächstes Jahr hätten Auguste und er

Goldene Hochzeit gefeiert. Er steht unter Schock, er kann nicht vernommen werden.

Die Beamten gehen durch die Wohnung. Keine Einbruchspuren. Auguste Könicke muss ihrem Mörder also selbst die Tür geöffnet haben. Der wusste Bescheid. Er hielt sich nicht mit dem Kleiderschrank und den Wäschekommoden auf. Sein Ziel war der Schreibtisch. Die linke Schublade ist herausgezogen. Sie ist leer. Der leitende Kommissar spricht es aus: »Eine große Sauerei!« »Raubmord in Charlottenburg, begangen an einer alten, gebrechlichen Frau, am helllichten Tag.« Unter der Schlagzeile wird die Morgenpost über den Fall berichten.

Alexander besteht darauf, mich in die Lutherstraße zu bringen. Als wir einbiegen und er das Polizeiauto vor dem Haus Nummer neunzehn stehen sieht, befiehlt er dem Fahrer, nicht anzuhalten, sondern in gemäßigtem Tempo weiterzufahren. Er nennt ihm die Adresse eines Hotels in der Fasanenstraße, Nähe Kurfürstendamm. Er nimmt auf meinen Namen ein Zimmer und bezahlt für eine Nacht im Voraus. Kurz darauf stehe ich allein am Fenster des Zimmers 211 und versuche, meine Gedanken zu ordnen. Der sonst so gelassene Alexander wirkt nervös. Plötzlich hat er es eilig. Bevor er mir zum Abschied auf die Schulter klopft, schärft er mir noch ein: »Bleib im Hotel! Lass dir was zu essen nach oben bringen. Du hörst morgen von mir.«

Sonntag. Im Foyer des Hotels liegt ein Extrablatt aus. Aufmacher ist der Mord in der Lutherstraße. Der von der Polizei rekonstruierte Tathergang nimmt fast die ganze erste Seite ein. Ein Foto zeigt die auf einem Bett liegende tote Auguste Könicke. So erfahre ich, was geschehen ist, während ich mit Alexander an der Oberspree Fisch aß. Ich zittere.

Im Mordkommissariat vernimmt man Walter. Er gibt zu Protokoll: »Lotte Kleber wohnte längere Zeit in meinem Elternhaus und hatte somit vollauf Gelegenheit, die Gepflogenheiten meiner Mutter in der Verwaltung unserer Geldsachen zu beobachten. Sie wusste insbesondere, dass in den Schubfächern des Schreibtisches die Ersparnisse meiner Eltern aufbewahrt wurden. Sie wusste ferner, dass meine Mutter diese Schubfächer unter Verschluss hielt und die Schlüssel stets mit sich führte.«

Mein Name in der Zeitung. Ich stehe unter Mordverdacht. Eiskalt läuft es mir über den Rücken. Die Polizei sucht nach mir, soviel steht fest. Jetzt die Nerven nicht verlieren. Ich habe ein Alibi. Der Fahrschein der Dampferfahrt, abgestempelt mit Datum und Uhrzeit, steckt in meiner Brieftasche. Als ich das Extrablatt zurücklege, überreicht mir die Empfangsdame einen mit Seidenpapier gefütterten Umschlag. Ich öffne ihn auf der Toilette. Er enthält fünfhundert Mark und einen Zettel: »Deine Provision« und P.S.: »Nimm einen Zug nach Warschau. Da werden Mädel wie Du gebraucht.«

Ich fahre nach Neu-Kölln. Hier war ich noch nie, hier kennt mich niemand. Ich kaufe ein schwarzes Kleid und einen Witwenschleier. Im Konditorei-Café Bemmels hängt noch ein Mantel von mir. Ich könnte ihn gut gebrauchen. Aber ihn abzuholen, ist zu riskant. Ich lasse ihn, wo er ist. Auch eine andere Idee verwerfe ich. Ich hätte Lust, in die Lutherstraße zu fahren und Walter, dem Verräter, mit einem Stock eins aufs Maul zu hauen. In einem billigen Hotel nehme ich eine heiße Dusche. Das beruhigt.

In der Montagszeitung ist der Bericht über den Mord an der Gemüsehändlerin auf die zweite Seite gerutscht. Die Polizei hat einen Verdächtigen gefasst. Im Ringverein *Felsenfest* wurde sie fündig. Ein Ringbruder ist auffällig geworden. Er ist stockbetrunken zum Training gekommen, hatte zwei Fräuleins dabei und hat mit dem Geld nur so um sich geschmissen. Er heißt Friedrich Mann und ist der Polizei kein Unbekannter. In der Ausnüchterungszelle legt er ein Geständnis ab. Er behauptet, im Auftrag gehandelt zu haben. Ein Russe namens Alexander Tyschko habe ihn verführt, das Geld der Auguste Könicke zu stehlen. Geplant war ein Diebstahl. Aber, so sagt er aus, als die Frau sich heftig gewehrt und geschrien habe, hätte er ihr das Kissen aufs Gesicht gedrückt. Er hätte nicht die Absicht gehabt, sie zu töten.

Im letzten Absatz des Berichtes wird angemerkt: »Nach Alexander Tyschko wird gefahndet. Er hat sich vermutlich ins Ausland abgesetzt. Er ist der Polizeibehörde als internationaler *Ringnepper* bekannt.«

Meine Verliebtheit versickert in den Spalten der Ereignisse. Stattdessen Wut. Wut auf Alexander, der ein armes Schwein die Drecksarbeit machen lässt und mit dem Löwenanteil der Beute jenseits der Grenzen mit hübschen Frauen in großen Badewannen vögelt, auf deren Wasseroberfläche Rosenblätter schwimmen. Ihm, nicht Walter, sollte ich mit einem Stock die Zähne einschlagen.

Der Zug nach Warschau fährt ab Ostbahnhof um 9.52 Uhr. Kurz nach neun setze ich mich in den Wartesaal. Neben mir ein Köfferchen, ich reise mit leichtem Gepäck. Ich bin siebenundzwanzig, nicht mehr ganz jung und noch nicht alt. Den Witwenschleier habe ich hochgeschlagen. In dem dämmrigen Licht des Wartesaales könnte man mich für vierundzwanzig halten.

Ich spreche kein Wort Polnisch. Macht nichts! Mag sein, dass dort Mädels wie ich eines bin gebraucht werden. Aber ich will keine schlecht bezahlte Bardame mehr sein, die auf das Geld angewiesen ist, das jede Nacht ein anderer Freier ihr im Chambre Séparée zusteckt. Ich werde mir eine seriöse Beschäftigung suchen. Zum Beispiel könnte ich einem gut situierten älteren Herrn den Haushalt führen und sein nicht unbeträchtliches Vermögen verwalten. In seiner geräumigen Wohnung hätte ich ein eigenes Zimmer und an jedem zweiten Wochenende einen Tag frei. Wenn er ein Interesse daran hat, dürfte er mir beim Baden zusehen. Mehr nicht. Es sei denn, er würde mir einen Teil seines Vermögens überschreiben.

Mit meinen Zukunftsträumen beschäftigt, achte ich im Wartesaal nicht auf die Fahrgäste auf den Sitzen neben mir. Rechts eine ganz in den Anblick ihres Säuglings versunkene Frau, den sie im Zwei-Minuten-Rhythmus aus dem Kinderwagen holt und wieder zurücklegt. Links, auf dem übernächsten Stuhl – welch schicksalshafte Fügung! – der ältere Herr, von dem ich eben noch geträumt habe. Er trägt einen breitkrempigen Hut, einen gepflegten buschigen Schnurrbart und hat die Hand auf einen Stock mit Silberknauf gestützt. An seinen Füßen glänzen schwarze Lackstiefeletten.

Aus der Handtasche nehme ich den Lippenstift und lasse ihn meiner Hand so geschickt entgleiten, dass er vor seine Füße rollt. Er beugt sich nach vorne – keineswegs überrascht –, hebt den Stift auf und überreicht ihn mir mit einem liebenswürdigen Lächeln. Um mich zu bedanken, rücke ich auf den freien Stuhl zwischen uns. Ein dezenter Duft umgibt ihn. Wir kommen ins Gespräch. Als ich ihm gestehe, dass ich zweiter Klasse reise, sagt er: »Das soll nicht sein! Kommen Sie mit in mein Abteil erster Klasse. Ich werde dem Schaffner den Differenzbetrag geben. Es wäre mir ein Vergnügen.«

Ich habe vergessen, wie lange die Zugfahrt dauert. Die Zeit vergeht wie im Flug. Ich erzähle ihm, ich wolle in Warschau meine Sprachkenntnisse vervollständigen. Ich habe im Hotelgewerbe gearbeitet. In einem renommierten Hause sei ich für das Rechnungswesen zuständig gewesen. Wenn nötig, hätte ich auch beim Einkauf ausgeholfen. Den Gästen hätte man ein Frühstück und während des Tages einen Imbiss angeboten. Kürzlich sei mein Ehemann verstorben. Sein plötzlicher Tod habe mich aus einer wenig glücklichen Ehe befreit. Jetzt sei ich frei und auf mich gestellt und müsste mir ein neues Leben aufbauen.

Er erwidert, er sei beeindruckt von meinem Mut und der Entschlossenheit, mein Schicksal in die Hand zu nehmen. Er deutet an, er sei Augenarzt gewesen und hätte drei Generationen von Mitgliedern der Warschauer Gesellschaft zu Augengläsern und Durchblick verholfen. Er sei Witwer, führe ein wohlgeordnetes Leben, suche aber zu seiner Entlastung eine Gesellschaftsdame.

Kurz bevor der Zug sein Ziel erreicht, sind wir uns einig. Er überreicht mir sein Kärtchen und bittet mich, gleich am nächsten Morgen zu ihm zu kommen. Da könnten wir alles in Ruhe besprechen.

Ich bleibe bis zum Juli 1933 bei ihm. Die Pflichten einer Gesellschaftsdame lerne ich schnell. Es geht mir gut, es fehlt mir an nichts. Ich lerne meine Zufallsbekanntschaft schätzen. Hätte er mich gefragt, ich hätte ihn geheiratet (und mir einen jüngeren Liebhaber gesucht.). Aber das kommt ihm nicht in den Sinn.

In den neun Monaten meiner Abwesenheit hat sich Berlin verändert. Allerorts hängen Hakenkreuzfahnen und die SA marschiert durch die Straßen. Ich kenne mich in der Politik nicht aus. Aber die Jungs in ihren Schaftstiefeln und den kackbraunen Uniformen beeindrucken mich nicht. Man kann sich einen Ahnenpass ausstellen lassen. Ich sehe nicht ein, warum.

Was ich mir auf der Fahrt von Berlin nach Warschau als berufliche Tätigkeit hatte einfallen lassen, wird jetzt mein Plan. Ich bewerbe mich unter dem Namen Marlene Friedrich in Hotels der Innenstadt als Empfangsdame. Gewillt, auch Nachtschichten zu übernehmen. Ich bin ein Nachtgewächs. Und nachts sind Männer aufgeschlossener. Nicht für ein Schäferstündchen. Das war früher. Es ist an der Zeit, einen Ehemann zu suchen. Gutaussehend müsste er sein und bereit, mich zu verwöhnen.

Im städtischen Teil der Zeitung fällt mir ein Foto auf. Ein Mann mittleren Alters. Schwarzer Hut, schwarzes Jackett. Schmale Lippen, intelligente, kalte Augen. Ein Typ, mit dem Damen der besseren Gesellschaft für kleine Perversionen in Stundenhotels verschwinden. Es ist Friedrich Mann, der *Killer von Charlottenburg*. Er wird am 25. Juli 1933 im Gefängnis Plötzensee hingerichtet. Durch den Strang.

März 2020

P. S.: Lotte Kleber hat es gegeben. Ebenfalls den Mord an der Gemüsehändlerin Auguste Könicke. Auch der Russe Alexander Tyschko und der Ringbruder Friedrich Mann sind nicht erfunden. Ich habe eine Schilderung des Mordgeschehens in dem im Penguin Verlag erschienenen Band *Berlin – Hauptstadt des Verbrechens* von Nathalie Boegel gefunden. Das Kapitel trägt die Überschrift *Wider die Ganovenehre: Verpfiffen vom eigenen Ringverein*. Ich habe aus dem Bericht eine Erzählung gemacht, deren Schilderungen mit den realen Personen und den realen Vorgängen nicht mehr in allen Details übereinstimmen.

Frau Pitter

Die Esszimmertür sprang auf und vor dem dunklen Hintergrund des Flurs stand eine Riesin.

Es war Mittagessenszeit. Es gab Kartoffelsuppe mit Corned Beef aus der Büchse. Ein einfaches Gericht, nichts Besonderes, keiner hatte Geburtstag. Frau Bröhl, unsere Köchin, hatte die Suppe gerecht auf zwölf tiefe Teller verteilt. Den letzten hatte sie mir hingestellt. Ich war ihr Jungchen. Unter der Oberfläche schwamm auf meinem Teller ein extra dickes Stück Fleisch, auf das Konrad, mein älterer Bruder, Anspruch gehabt hätte.

Das Geklapper der Löffel verstummte. Alle Augen waren auf die Gestalt in der Tür gerichtet. Tante Ilse stieß einen spitzen Schrei aus. Sie war schreckhaft. Mein Freund Bobby und ich lauerten ihr hinter einem Baum auf, wenn sie des Weges kam, sprangen mit Kriegsgeheul hervor und versperrten ihr den Durchgang. Sie warf vor Schreck die Arme in die Luft, schrie, als wäre ihr der Leibhaftige erschienen, und hatte den restlichen Tag Migräne. Sie verstand keinen Spaß, wie alle Erwachsenen.

Konrad war acht Jahre älter als ich. Er musste sich schon einmal die Woche rasieren und war angestrengt bemüht, erwachsen zu werden. Bei den Mahlzeiten saß er rechts neben meiner Mutter, auf dem Ehrenplatz, von dem aus er die Tischgespräche verfolgte, sich aber nicht an ihnen beteiligte.

Sie waren ihm zu trivial. Dennoch wollte er als das älteste männliche Wesen in der Runde nicht nur das letzte, sondern auch das erste Wort haben. Während alle noch sprachlos auf die Frau in der Tür starrten, sagte er »Rübezahl« und wendete sich wieder der Kartoffelsuppe zu.

Die Frau – denn daran, dass sie eine Frau war, konnte trotz ihrer enormen Größe kein Zweifel bestehen – in ihrem schweren, fast bodenlangen Mantel, der in besseren Zeiten grün oder braun gewesen sein mochte, und der Kapuze auf dem Kopf, blickte in die Runde, ruhig von einem zum anderen, als wollte sie sich die Gesichter ein für allemal einprägen. Erst nahm sie einen Lederriemen von der Schulter, an dem ein Beutel hing, dann stellte sie einen mit Eisenbändern beschlagenen Koffer neben sich auf den Boden. »Mahlzeit, liebe Leute«, sagte sie. »Lasst's euch schmecken!«

Wir sind im Frühjahr 1946. Die Erwachsenen hatten den Krieg überstanden, hätten froh sein können, dass sie am Leben waren, beklagten sich aber ständig über die »schlechten Zeiten«. Ich war zehn, ein Bub in Lederhosen, der bis Ende April in Stiefeln, ab dem ersten Mai barfuß herumlief und auf dem Luisenhof die glücklichste Zeit seines Lebens verbrachte.

Der Gutshof war seit dreihundert Jahren im Besitz der Familie meiner Mutter. Jetzt war sie Gutsherrin, Gebieterin über Stallungen, Remisen und ein Austragshäusel, fünfzig Hektar Weide- und Ackerland, einen Fichtenwald, eine Obstwiese und einen

Gemüsegarten, so groß wie ein Fußballfeld. Zum Hausstand gehörten zwölf Personen, für sie trug sie die Verantwortung. Sie ordnete an, was zu tun war, duldete keine Widerworte und stand dafür ein, dass niemand auf dem Hof Hunger leiden musste.

Als an jenem Tag die Tür aufsprang, zeigte sich auf ihrer Stirn eine Falte. Die kannte jeder, der am Tisch saß. Das Mittagessen war keine heilige Handlung, es wurde kein Tischgebet gesprochen, aber dass jeden Tag ein warmes Essen zubereitet werden konnte, war keine Selbstverständlichkeit. Da erwartete meine Mutter andächtige Ruhe, bis die Teller leergegessen waren. Störenfriede – auch solche, die mit heiklen Gesprächsthemen anfingen – wies sie mit strengen Blicken zurecht.

»Wie heißen Sie?«, fragte meine Mutter die Frau in der Tür. »Ich bin die Hildegardis Pitter. Den ganzen Weg von der Poststation bin ich zu Fuß hergekommen und habe Durst.« Meine Mutter blieb kühl. Kein herzliches Willkommen. Sie sagte nur: »Stellen Sie Ihr Gepäck im Flur ab. Gehen Sie in die Küche. Frau Bröhl wird Ihnen zu trinken und was zu essen geben. Und bitte machen Sie die Tür hinter sich zu!« Dann legte sie den Löffel beiseite, faltete ihre Serviette und verkündete: »Es handelt sich um eine Zwangseinquartierung. Die Alternative wäre eine Frau mit drei minderjährigen Kindern gewesen. Frau Pitter ist Sudetendeutsche. Sie wird die Kammer unterm Dach beziehen. Sie isst bei Tisch mit. Zum Glück ist keiner von uns abergläubisch: Wir sind dann dreizehn.«

Bei solchen Berechnungen zählte mein Vater nicht mit. Er lebte nicht bei uns. Wenn er auf den Luisenhof kam, dann für zwei Tage. Niemand sagte es, aber alle waren froh, wenn er in seinem Dienstwagen wieder davonfuhr. Alle, vermutlich auch meine Mutter. Vater war für die Amerikaner tätig. Was er für sie machte, war geheim. So geheim, dass wir Kinder keine Fragen stellen durften. Als Konrad es doch einmal tat, bekam er zur Antwort: »Man arbeitet dafür, dass ihr in Freiheit leben könnt.« Die Ausdrucksweise war typisch für ihn. Ich habe nie gehört, dass ihm das Wörtchen *ich* über die Lippen kam.

Dienstags wurde in der Waschküche unter dem großen Kessel Feuer gemacht. Wäsche waschen gehörte zu den Pflichten von Frau Antholzner, der Hausmeistersfrau. Die auch musste sich um die Hühner, die Hasen, die Gänse und das Schwein kümmern, hatte Wasser in den Beinen und brauchte Hilfe. Meine Mutter ließ sie kommen. Vorm Haus unter der Linde sollte sie warten, hier Frau Pitter kennenlernen. Unter der Linde wurden in früheren Zeiten Eheversprechungen abgegeben, Testamente eröffnet oder die Strafe verkündet, wenn man einen Wilderer oder Holzdieb erwischt hatte. Unter den tiefhängenden Ästen des uralten Baumes herrschte der Frieden.

Ich beobachtete die Szene vom Wohnzimmerfenster aus. Es war ein schwüler Tag. Eine dunkle Wolkenfront drückten aufs Gemüt. Da fuhr ein Windstoß, der ein Gewitter ankündigte, in die stehende, dämpfige Luft. Ich meinte in der Ferne ein Donnergrollen zu hören. Das Holz des Baumes ächzte.

Mutter, die zierliche Person, stand breitbeinig zwischen den Frauen, als müsste sie verhindern, dass die beiden sich aufeinander stürzten. Frau Pitter streckte die Hand vor, hielt sie der Hausmeisterin zum Gruß hin, aber die drehte sich zur Seite und vergrub die Hände in den Taschen ihres Kittels. Auf Mutters Stirn konnte ich die Zornesfalte entdecken. Ich hörte sie sagen: »Maria, sie zeigen Frau Pitter das Anschürholz in der Holzlege, wieviel Kernseife sie für jeden Waschgang verwenden darf, und wo sie die Wäsche zum Trocknen aufhängen kann.« Dann ließ sie die beiden stehen, drehte sich aber nach ein paar Schritten noch einmal um: »Ich will auf dem Hof keinen Streit. Jeder muss hier mithelfen. Es gibt genug zu tun. Also, an die Arbeit!«

Am unteren Ende des Esstisches wurden die Stühle zusammengeschoben, um Platz für die Dreizehnte zu schaffen. Es war der Platz neben mir. »Du hast jetzt eine Tischdame«, sagte Konrad mit einem Lächeln, das er vor dem Spiegel eingeprobt hatte. »Du musst sie durch eine galante Konversation unterhalten.«

Frau Pitter trug einen Kittel, der ihr bis auf die Füße reichte, darunter ein graues Wams, das an Sonntagen durch eine weiße, bunt bestickte Bluse ersetzt wurde. Alle rochen in der damaligen Zeit, blumig oder grasig, nach Tabak oder Mottenkugeln, süßlich oder säuerlich. Jeder hatte so sein Odeur, wie Tante Ilse sagte. Frau Pitter roch streng: holzig oder pilzig. Sie zerkleinerte alles, was auf ihren Teller kam, in kleinste Stückchen und zerquetschte es mit der Gabel. Es entstand ein Brei, den sie im Mund hin und her schob, bis sie ihn endlich runterschluckte. Ich dachte, das sei so eine Angewohnheit von Flüchtlingsfrauen, bis mir der Gedanke kam, dass ihr Verhalten mit Zähnen zu tun hatte, die ihr fehlten. Wenn es Fleisch gab, musste ich ihrem Ellenbogen ausweichen, der spitz wie die Schwerter meiner Helden aus den Nibelungensagen war. Bei Tisch schwieg sie, aber wenn sie wider Erwarten doch etwas sagte, waren auf ihrer Oberlippe die blonden Härchen eines Damenbartes zu sehen. »Sie ist eine Hexe«, hatte mir meine Schwester Silvia zugeflüstert. Sie neigte zu solchen Bemerkungen. Aber sie hatte Unrecht. Meines Wissens hatten Hexen Warzen auf der Nase. Frau Pitters Nase war groß, wie alles an ihr, aber eine Warze hatte sie nicht.

Ich hätte Frau Pitter gerne gefragt, wie das Land hieß, aus dem sie kam. Auch hätte mich interessiert, ob es einen Zaubertrank gab, der einen groß und stark werden ließ, so dass man jeden Feind besiegen konnte. Vielleicht hatte sie ja in dem Beutel, den sie immer bei sich trug, ein Fläschchen mit magischen Tropfen. Aber, wie gesagt, sie war schweigsam, wir kamen nicht ins Gespräch. Sie rollte das *R* und stieß das *S* mit einem Zischlaut hervor. Silvia wusste Bescheid. »Sie hat einen Sprachfehler. Sonst müsste sie reden wie Frau Antholzner.« Herrschaften sprachen wie wir, Angestellte Dialekt. So einfach war das.

Mutter war mit Frau Pitter zufrieden. »Sie ist sauber und anstellig«, sagte sie. Wenn meine Mutter ihr einen Auftrag gab, nickte sie, stellte keine Fragen und tat, was zu tun war. Nie sah man sie ohne einen Korb mit Wäsche, einen Arm voller Brennholz oder einem Schrubber mit Eimer durchs Haus laufen.

An Sonntagen ging sie nicht zur Messe, mit einem Sack über der Schulter lief sie über Wiesen, durch Sümpfe und entlegene Gehölze. Sie tat es bei jedem Wetter. Wenn es in Strömen regnete, verloren Pilze ihr Gift und die Moorkröten legten ihre Eier ab. Die Pferdebremsen, die an heißen Tagen in Schwärmen in Waldlichtungen lauerten, verrieten ihr verborgene Tümpel, an deren Rändern wilde Iris zu finden waren. Heilkräuter entfalteten in den Nächten nach Vollmond ihre volle Kraft. Da zog sie los, ob es stürmte oder wilde Tiere durchs Unterholz strichen. Bei klirrendem Frost suchte sie trockene Hagebutten und schwarz gefrorene Vogelbeeren. Handschuhe besaß sie nicht.

Bei ihren Streifzügen drang sie in Wälder vor, von denen es hieß, dass dort fahnenflüchtige Soldaten seit dem Krieg ihr Unwesen trieben. Mit großen Schritten durchquerte sie sogar die Wolfsschlucht, die von der Antholznerin und den anderen Frauen aus dem Dorf gemieden wurde. Als die Amerikaner mit ihren Panzern kamen und den Wetterhahn vom Kirchturm schossen, hatte einer von der SS einen Strick genommen und sich in der Wolfsschlucht aufgehängt. Der Pfarrer hatte sich geweigert, seinen Sarg zu segnen. So konnte die Seele des SS-Mannes keine Ruhe finden, fuhr den Frauen beim Pilze sammeln unter den Rock und war daran schuld, wenn eine Kuh ein totes Kalb zur Welt brachte.

Die Kräuter und Blüten von Heilpflanzen legte Frau Pitter neben ihrer Kammer unterm Dach auf Zeitungspapier zum Trocknen aus. Sie verströmten einen süßen Duft, der sich im ganzen Haus verbreitete.

Aber das war nicht alles. Frau Pitter brachte von ihren Ausflügen in der Tiefe ihres Sackes geheimnisvolle Dinge mit. Wenn ich bettelte und ein ganz liebes Gesicht machte, zeigte sie sie mir kurz: einen rund geschliffenen Stein von einer silbrig glänzenden Ader durchzogen, die abgestreifte Haut einer Kreuzotter, einen in der Form eines Fragezeichens gewachsenen Fliegenpilz, einen Zweig dunkelviolett glänzender Tollkirschen, die leuchtend blauen Federn eines Eichelhähers, den Schädelknochen eines größeren Nagetiers oder ein Fläschchen mit Löwenzahnmilch. Das waren ihre Schätze. Sie schleppte sie in ihre Kammer. Keiner durfte diese betreten. Nur Mutter auf ihrem monatlichen Rundgang durchs Haus vom Keller bis zum Dachboden verlangte Zutritt. Sie berichtete, Frau Pitter hätte »aus all dem Zeug« eine Art Hausaltar gebaut mit einer blassblauen Marienfigur aus Gips in seiner Mitte.

Die Kammer von Frau Pitter war eine Mansarde. Das Dachgebälk stieg nicht an zu luftigen Höhen. Es drückte, durchschnitt den Raum, so dass Frau Pitter den Kopf einziehen musste, wenn sie eintrat. Sie hatte das Bett von der Wand abgerückt, aber das half wenig. Nachts konnte sie nicht frei atmen. Es stiegen Bilder auf von Geschehnissen, an die sie am Tag nicht denken mochte. Sie war ihnen hilflos ausgesetzt. Gegen sie war kein Kraut gewachsen.

Karl wand sich im Griff der beiden Uniformierten. Sie konnte ihn nicht schützen. Er sah sie an. Sein letzter Blick. Sie stießen ihn die Treppe hinunter. Sie hörte, wie er unten auf dem Steinboden aufschlug. Als sie ihn auf die Ladefläche des Lastwagens schmissen, rührte er sich schon nicht mehr.

Sie hatte ihn auf einer Sonnenwendfeier kennengelernt. Er hatte sie auf die Tanzfläche geholt. Von ihm hatte sie sich führen lassen. Noch vor der Apfelernte hatten sie geheiratet.

Karl war politisch. Er träumte von einem freien, unabhängigen Sudetenland. Auf Märkten stieg er auf Holzkisten und hielt flammende Reden. Mal wurde er ausgepfiffen, mal erhielt er Beifall. Mit einer Gruppe von Gleichgesinnten traf er sich an geheimen Orten. Gewalt war ihm verhasst, er wollte durch Worte überzeugen.

Eines Tages kamen die Braunhemden. Sie führten ihn in einen Mannschaftswagen. Sie schmeichelten ihm. Er sei ein guter Redner. Er setze sich nur für die falsche Idee ein. Er sei ein Sudetendeutscher, er gehöre zu Deutschland. Er sollte Vernunft annehmen, sich ihrer Bewegung anschließen. Er schüttelte den Kopf. Da wurden sie deutlicher. Er sei ein Aufrührer, ein Volksverhetzer. Mit solchen mache man kurzen Prozess. »Wir geben dir drei Tage Zeit. Überleg es dir. Wir haben dich gewarnt.«

Hildegardis Pitter war schwanger. Am Ende des vierten Monats erhielt sie die Nachricht, ihr Mann sei in der Haft verstorben. Um nicht zu verhungern, ging sie mit Heilsalben und schmerzlindernden Pillen von Tür zu Tür. Als der Tag der Geburt näher rückte und die Hebamme sich weigerte, der Frau eines Landesverräters beizustehen, packte Frau Pitter ihre sieben Sachen. Noch bevor der Tag dämmerte, ging sie aus Hirschberg weg, der Stadt, in der sie ihr ganzes Leben verbracht hatte. Kein Freund ihres Mannes ließ sich sehen.

Das Kind kam in einem kirchlichen Hospiz der Stadt Krummhübel zur Welt, in der niemand sie kannte. Es war ein Mädchen. Die Schwester Oberin war eine strenge Frau, hatte aber ein gütiges Herz. Die Heilmittel, deren Rezepte Frau Pitter kannte, hielt sie für Zauberzeug, aber sie empfahl Mutter und Kind einer älteren, bettlägerigen Dame, sie hieß Bonetzka. Der musste sie leichtverdaulichen Brei kochen, musste sie waschen und wickeln und ihr Bücher vorlesen, die sie nicht verstand. Das Kind wuchs zu einem hübschen Mädel mit Zöpfen heran. Es war im Haus der älteren Dame eine gute Zeit.

Bis zu dem Tag, an dem Jule nicht von der Schule nach Hause kam. Sie war vor ein Auto gelaufen. Vor das Auto des Bürgermeisters. Der war ein brauner Partei-Bonze und fuhr mit Chauffeur. Der Chauffeur hatte weder gehupt, noch gebremst. Er zündete sich gerade eine Zigarette an. Ein Passant nahm vor dem Bürgermeister Haltung an und gab zu Protokoll, den Fahrer treffe keine Schuld, das Mädel sei ihm leichtsinnig vor den Kühler gesprungen. Der Bürgermeister hatte keine Zeit zu verlieren. Den Sanitätern, die das Mädel unter dem Auto herauszogen, sagte er, sie sollten sich beeilen. »Ihr seht doch, da ist nichts mehr zu machen!«, rief er. Er hatte recht. Jule war tot.

Im Friedhof des Hospizes zwischen den Gräbern alter Leute wurde eine kleine Grube ausgehoben. Die Schwester Oberin musste den Pfarrer überreden, den Sarg mit dem Kind zu segnen, denn Jule war nicht getauft. Mit drei Ordensschwestern kam sie ans Grab und betete ein »Gegrüßet seist du, Maria«. Im Hintergrund stand, zur Säule erstarrt, eine große Frauengestalt. Ihre Lippen bebten. Sie hatte den Bürgermeister und seinen Fahrer verflucht, hatte ihnen alles Unglück dieser Welt angehext. Ihr Blick war erstorben, ihre Augen waren trocken.

In der Lokalzeitung konnte man am nächsten Tag eine kurze Notiz lesen. *Ein tragischer Unfall* war sie überschrieben. Unbedacht sei das Mädchen gewesen. Aber ihm könne man keinen Vorwurf machen. Schuld hätten die Eltern, die nicht besser auf ihre Kinder aufpassten.

Frau Bonetzka, bei der Hildegardis Pitter in Diensten war, konnte sich nach einem Schlaganfall nicht erinnern, dass in ihrem Haus ein Mädchen namens Jule gelebt hatte. Frau Pitter schlug ihr Bett in dem Zimmer neben dem der alten Dame auf, um zu hören, wenn sie nachts nach ihr rief. Sie übernahm die Verwaltung des Hauses, rief, wenn nötig, Handwerker und bezahlte sie vom Haushaltsgeld. Für sich selbst nahm sie nichts. Von Zeit zu Zeit kam die Ärztin und verschrieb Frau Bonetzka irgendwelche Pillen. Diese verstaute Frau Pitter in einem Arzneischränkchen und tat ein paar Tropfen in die Suppe, die gut waren gegen Gelenk- und andere Schmerzen.

Frau Bonetzka starb an dem Tag, an dem die ersten Panzer der Roten Armee über den Marktplatz rollten. Es dauerte eine Woche, bis der russische Kommandeur ihre Leiche zur Beerdigung freigab. Frau Pitter saß die Nächte an ihrem Totenbett und hielt am Tag das Haus in Ordnung. Frau Pitter hörte, dass der Bürgermeister und sein Fahrer versucht hatten zu fliehen. Aber eine Reifenpanne war ihnen zum Verhängnis geworden. Russische Soldaten hatten sie aufgegriffen und ihrem Kommandeur übergeben. Der stellte ihre Identität fest und ließ sie an Laternen vor dem Rathaus aufhängen. Es herrschte noch Kriegsrecht. Nach langer Zeit ging ein Lächeln über Frau Pitters Gesicht.

Frau Antholzner lebte mit ihren Kindern, der Inge und dem Heiner, in einem Nebengebäude. Sie hatte einen eigenen Gemüsegarten und durfte sich spatzenfarbige Italiener halten, Hennen, deren braune Eier man gut unterscheiden konnte von den weißen Eiern unserer Deutschen Legehühner. So konnte kein Streit aufkommen.

Es gab in der damaligen Zeit in der Umgebung wenig Männer. Einige Alte, Gebrechliche und solche, die nicht ganz richtig im Kopf waren, hatten es geschafft, dem Volkssturm und den Gesetzen zur Volksgesundheit zu entgehen. Sie trafen sich am Samstag nach Feierabend vor dem Haus der Antholznerin. Da stand ein langer, wetterfester Tisch mit einer Bank auf jeder Seite. Genug Platz für alle. Es gab für jeden eine Rohrnudel und wenn Maria gute Laune hatte, dazu Johannisbeermarmelade vom letzten Jahr. »Jetzt ist Frieden«, sagten die Männer und waren froh, dass sie so, ohne Angst vor Tieffliegern, beisammensitzen konnten. Maria hatte den Teufel im Leib, da war man sich einig. An lauen Abenden, wenn die Grillen sommerlich zirpten und die Amsel sang, als wäre sie die Meisterin, ließ sie wie zufällig den Träger ihres Kleides über die Schulter rutschen. Da kamen den Männern wirre Phantasien.

An solch einem Abend stand plötzlich Frau Pitter am Ende des Tisches. Niemand hatte sie kommen hören. Einer hatte gerade von der guten alten Zeit erzählt, als die Bauern noch Ochsen im Stall hatten, mit denen sie pflügten und die sie vor den Heuwagen spannten. Er wusste mit einem Mal nicht weiter, eine ungemütliche Stille kam auf. Maria schob den Träger ihres Kleides hoch und wollte gerade sagen, dass am

Tisch kein Platz mehr wäre, da griff Frau Pitter in ihren Sack und zog ein Männlein hervor. Es war aus einem Tannenzapfen geschnitzt mit einem Wams aus Schuppen. Es stand auf roten Holzpantinen, hatte eine Pfeife im Mund und auf dem Kopf eine Zipfelmütze. »Für dich«, sagte sie. »Die macht man bei uns im Winter, wenn's sonst nichts zu tun gibt.« Einer der Männer räusperte sich und nahm den Stumpen aus dem Mundwinkel. »Wo kommst denn du her, wo man solche Manderl schnitzt?« »Sei still!«, sagte Maria. Vorsichtig nahm sie das Geschenk, drehte und wendete es und lachte. »Das kommt aufs Fensterbrett zum Gartenzwergerl.« Dann schickte sie Inge in die Küche: »Hol eine Rohrnudel mit einem dicken Löffel Johannisbeermarmelade.«

Die Antholzner Kinder waren nicht meine Freunde. Heiner war noch klein. Er gab die ganze Zeit Brummgeräusche von sich, weil er dachte, er wäre ein Traktor. Er stampfte durch den Garten, schaltete vom ersten in den zweiten Gang und war unansprechbar.

Inge war ungefähr so alt wie ich. Sie wollte mit mir Doktor spielen. Es war ihre Idee. Mich hatte Tante Ilse neugierig gemacht. Sie hatte mit erhobenem Zeigefinger auf mich eingeredet. Es gäbe da etwas, das sei schlimmer als lügen und stehlen: die Unkeuschheit. Der Pfarrer war nicht besser. Im Beichtstuhl verdrehte er beim sechsten Gebot die Augen und wollte alles genau wissen: »Allein, mein Sohn, oder mit anderen?« Also schlich ich mit Inge hinter die Buchsbaumhecke, die den Gemüsegarten auf seiner Westseite vorm Wind schützen sollte. Sie legte sich hin, sie war die Patientin. »Haben Sie Schmerzen?« »Ja, Herr Doktor, unten. Weiter unten.« Ich befahl ihr, ihren Rock hoch- und die Unterhose runterzuziehen und wollte mit der Untersuchung beginnen. Aber da war nichts, fast nichts. Keine wilden Haarbüschel, kein roter Höllenschlund. Nur ein feiner Strich zwischen den Beinen, das war alles. Ich schaute noch einmal hin, um sicher zu sein, was ich würde beichten müssen. Dann sagte ich: »Du bist gesund. Du bildest dir die Schmerzen nur ein.« Inge war beleidigt. Sie zog ihre Unterhose hoch und lief davon. Ihrer Mutter hat sie vorgelogen, ich hätte verlangt, dass sie sich vor mir auszieht. »Hat er den Finger in dich reingesteckt?«, wollte Maria Antholzner wissen. »Nein, das nicht.« Als meine Mutter davon erfuhr, stellte sie keine Fragen. Für drei Tage wurde mir der Nachtisch gestrichen. Die Strafe wurde mir von Frau Bröhl versüßt. Sie stellte mir ein Glas Rhabarber-Erdbeer-Kompott unters Bett.

Es waren wirre Zeiten. Die Menschen wussten nicht mehr, woran sie glauben sollten. Der liebe Gott hatte zugelassen, dass seine Klöster geplündert und seine Kirchen zerbombt wurden. Der Führer hatte seine Versprechen nicht eingehalten. Mit den Ersparnissen, mit denen man vor dem Krieg ein Häuschen im Grünen hätte erwerben können, reichten jetzt nicht mehr aus, um ein halbes Schwein zu kaufen. Vor den Häusern, in denen die Menschen gelebt hatten, standen in den Städten nur noch die Brandmauern. Vom Badezimmer war nichts als die Kloschüssel geblieben, die für alle sichtbar frei überm Abgrund hing. In der Dunkelheit der Nacht zogen Frauen los, um von Güterwaggons einen Sack voll Briketts zu klauen. Und die Mädchen hakten sich für ein Paar Nylonstrümpfe bei amerikanischen Soldaten ein. Männer standen auf Krücken gestützt an den Straßenecken und ließen den Stummel eines abgeschossenen Beins baumeln. Anderen fehlte der Arm, den sie vor nicht langer Zeit noch zum Hitlergruß hochgestreckt hatten.

Gestalten, die es früher nicht gegeben hatte, zogen über Land. Nur selten fand eine den Weg hinauf zum Luisenhof. Wenn ein Scherenschleifer, Haarschneider oder Korbflechter am Gartentor schellte, wurde er hereingelassen. In Vertretung von Maria Antholzner musste Frau Pitter aufpassen, dass er nichts stahl. Aber es kamen auch andere. Männer von zweifelhaftem Aussehen. Schwarzhändler zum Beispiel, die Gegenstände aus den Beständen der Reichswehr gegen das Tafelsilber oder den Familienschmuck eintauschen wollten. Oder andere, die Glaskugeln gegen den bösen Blick feilboten. Quacksalber, die Liebeswässerchen oder Kügelchen gegen Durchfall im Angebot hatten. Männer, die durch Handauflegen Frauen von Kopf-, Brust- oder Unterleibsschmerzen befreiten. Medizin fand kaum Absatz. Die Leute waren nicht krank. Sie waren mit anderen Problemen beschäftigt.

Bei Maria Antholzner drang ein schwarz gekleideter Astrologe bis in die Wohnküche vor. Er wollte das Datum und die genaue Uhrzeit ihrer Geburt wissen, befahl ihr, die Schlagläden zu schließen, entzündete eine Kerze und erstellte, mit einem spitzen Hut auf dem Kopf, ihr Horoskop. Ja, ihr Ehemann Josef sei am Leben, das könnte er deutlich sehen. Bald käme er aus der Kriegsgefangenschaft zurück. Aber vorher wäre da noch, ganz klar zu erkennen, die Venus im Aszendenten zu Jupiter. Ein wunderbares Liebeserlebnis warte auf sie. Er redete und redete, aß eine Bratwurst und setzte den spitzen Hut erst ab, als er sich von ihr das Schlafzimmer zeigen ließ. Frau Pitter war eine Frühaufsteherin. Im Morgengrauen sah sie, wie der Astrologe sich auf sein Fahrrad schwang und in der nächsten Kurve verschwand.

Das Austraghäusel stand am Rodelhang, blickte auf die Wiesen und Wälder, die zum Luisenhof gehörten und war eine Welt für sich. Es war nicht so alt wie das Haupthaus, hatte größere Fenster, höhere Decken und ein spitzgiebeliges Dach, was in dieser Gegend unüblich war. Im Austraghäusel wohnte meine Großmutter, die Mutter meines Vaters. Sie sprach in einem norddeutschen Tonfall, sie war nicht von hier. Sie lebte ganz isoliert. Um das Haus war in engem Abstand ein Zaun gezogen, das Geviert durfte sie nicht verlassen. Meine Großmutter hatte Tuberkulose, *offene*, wie die Ärztin sagte. Ich hörte sie husten, ein bellender, trockener Husten. Man sagte, an schlechten Tagen spucke sie Blut.

Das Häuschen war vollgestopft mit Büchern. Meine Großmutter hatte sie alle gelesen. Als erste Frau ihrer Generation hatte sie Geologie studiert. Sie wusste alles über Steine und ihre Schichtungen. Sie hätte nicht sagen können, bis wohin die Parzellen des Luisenhofes reichten, aber sie wusste genau, welche Hügel der Umgebung Endmoränen der Würmtal-Eiszeit waren. Aber auch über andere Gebiete, wie zum Beispiel die Astronomie, wusste sie Bescheid. In klaren Nächten konnte sie die Konstellation der Sterne am Himmel lesen wie eine Landkarte.

Wenn sie auf ihrer Terrasse saß, durfte ich ihr zuwinken. Mehr nicht. Wer sich bei ihr ansteckte, musste sterben. Frau Bröhl stellte ihr einmal am Tag ein in Tücher gehülltes Tablett mit Essen vor die Tür und holte die leeren Schüsseln am nächsten Morgen wieder ab. Sie mussten mit kochendem Wasser getrennt von dem anderen Geschirr gespült werden.

Frau Pitter wusste, was der Zaun rund um das Austraghäusel zu bedeuten hatte. Er war ein Verbot aus Holzlatten. Das Verbot galt auch für sie, aber sie hielt sich nicht daran. Sie setzte sich in einigem Abstand auf der Terrasse zu Großmutter. Sie grüßte, sagte »Pitter«, verlor aber kein Wort darüber, wieso sie hier war. Großmutter blickte verwundert auf den unerwarteten Gast. Sie stellte ein paar Fragen, so wie sie früher Studenten Fragen gestellt hatte, die zu ihr ins Seminar wollten. Als ihr Frau Pitter eine sachkundige Auskunft über die Felsformationen des Riesengebirges geben konnte, kamen sie ins Gespräch. Sie hatten ein Thema gefunden.

Der Besuch von Frau Pitter im Austraghäusel beschäftigte die Gemüter. Tante Ilse schlug die Hände überm Kopf zusammen, sagte aber nichts. Silvia band sich ein Taschentuch vors Gesicht und ließ wissen, sie werde Frau Pitter nie mehr die Hand schütteln – eine Ankündigung, die wenig Beachtung fand, da man sich im Haus sowieso nicht mit Handschlag begrüßte. Konrad schenkte dem Vorfall keine Beachtung. Er hatte beschlossen, Schauspieler zu werden und hielt sich zurzeit für eine Wiedergeburt des Hamlet. Frau Bröhl meinte, Frau Pitter könnte beim nächsten Mal die Esstöpfe mit rübernehmen und bei der Gelegenheit der Großmutter die Stube kehren. Ein Tuscheln, Gerede und Gemurre ging durchs Haus. Nur meine Mutter schwieg.

Großmutter besaß eine Dose mit Nescafé aus amerikanischen Beständen. Wenn sie allein war, blieb die Dose verschlossen. Aber als sie mit Frau Pitter das nächste Mal auf der Terrasse saß, servierte sie das kostbare Getränk in Mokkatassen. Es war Nachmittag, die Stunde, in der die Sonne einen milden rötlichen Schimmer über die Landschaft legte, die Mücken in endlosem Auf und Ab über den Wiesen tanzten und Worte sich leichter von der Zunge lösten. »Ich habe nachgelesen«, sagte Großmutter. »Geologisch ist das Riesengebirge hochkomplex.« Sie richtete den Blick auf weite Fernen. Es war wie früher. Sie meinte hinter dem Katheder zu stehen, vor sich die über ihre

Kladden gebeugten Köpfe der Studenten. Sie sprach – wie damals schon – frei: »Das Riesengebirge bildet mit dem nordwestlich anschließenden Isergebirge und dem Landeshuter Kamm im Südosten eine orogenetische Einheit, deren Kern ein im Paläozoikum intrudierter, aus Graniten aufgebauter Pluton bildet.« Und einmal in Fahrt, sprach Großmutter weiter, wobei sie mit dem Zeigefinger den Takt vorgab: »Die Gipfelregion wird ... Kare weisen ... Die Waldgrenze liegt ... Kupfer-, Eisen- und Goldvorkommen ... Man lernt immer hinzu. So wusste ich zum Beispiel nicht, dass die Elbe im Riesengebirge entspringt.«

Frau Pitter verstand nicht alles, aber sie freute sich. Seit ihrer Ankunft in der amerikanischen Besatzungszone hatte niemand sie auf ihre Heimat angesprochen. Da waren jetzt die Russen. Sie träumte von den unendlichen Fichtenwäldern, in denen Wildschweinherden und Bären hausten, und von ihren Wanderungen in die Einsamkeit der Schneekoppe. Als es klein war, hatte sie das Mädel auf den Rücken geschnallt, später war es ihr vorweggelaufen und wollte den Namen von jedem Kraut und jeder Blume wissen.

Während Großmutter ihrem Vortrag noch einen kurzen Exkurs über das Görlitzer Schiefergebirge hinzufügte, stellte Frau Pitter zwei Fläschchen auf den Tisch. »Habe ich für Sie gebraut«, sagte sie. »Je zehn Tropfen in einen Esslöffel morgens und abends. Aus dem blauen in der Früh. Es brennt auf der Zunge und im Hals, aber Sie müssen für Stunden nicht husten.

Aus dem braunen bevor Sie zu Bett gehen. Sie kriegen Luft und schlafen gut ein.'«

Großmutter und Frau Pitter waren ein ungleiches Paar. Das Leben, das hinter ihnen lag, war sehr verschieden verlaufen, aber sie freundeten sich an. Wie sonst könnte man sich erklären, dass Frau Pitter öfters hinüber zu Großmutter ging als zu den Feierabendgesellschaften von Maria Antholzner? Frau Pitter scheute sich nicht, bei Regenwetter das Austraghäusel zu betreten. Sie band sich ein Tuch vor Mund und Nase, riss die Fenster auf und schrubbte die alten Holzdielen. An schlechten Tagen pflegte sie Großmutter, wie sie es bei Frau Bonetzka gelernt hatte. Sie schützte sich mit einem Sud aus Waldkräutern, den sie erhitzte und inhalierte.

Frau Pitter erzählte Großmutter von Jule. Dass sie einen Drachen gebastelt und den im Herbst auf dem Hohen Rad hatten steigen lassen. Von der Wissbegierde des Kindes und seinem hellen Lachen, das sie nicht vergessen konnte. Und sie erzählte von ihrer Flucht. Zu niemandem hatte sie davon gesprochen. Aber Großmutter war eine geduldige Zuhörerin. Sie machte Frau Pitter Mut, über ihre Erlebnisse zu berichten.

Man hörte schlimme Dinge. Die russischen Soldaten bekamen ihren Sold in Wodka ausbezahlt. Sie soffen, grölten und waren hinter den Frauen her. Zu viert oder fünft fielen sie über ihre Opfer her. Die Jüngeren nahm sich der Kommandeur persönlich vor.

Die von der Roten Armee befreiten russischen Kriegsgefangenen waren nicht besser. Es wurde berichtet, dass sie in die Höfe der Bauern oder in die Häuser der Fabrikbesitzerfamilien einbrachen, für die sie hatten arbeiten müssen, und sich schauerlich rächten. Den einen spießten sie mit der Mistgabel auf, den anderen schlugen sie mit dem Dreschflegel tot. Es war schlimmer als im Krieg.

»Ich hatte mit den Russen nichts zu tun. Ich habe nicht mal einem die Hand geschüttelt. Die Geschichten habe ich nur gehört. In dem Haus von Frau Bonetzka durfte ich nicht bleiben. Es wurde beschlagnahmt und eine Art Hurenhaus daraus gemacht. Ich stand auf der Straße und beschloss wegzulaufen. Weg von den Russen zu den Amerikanern. Ich war nicht mittellos. Frau Bonetzka hatte mir zehn Goldmünzen vermacht. Sie zu besitzen, war illegal. Aus einer schnitt ich ein kleines Stück heraus und kaufte davon einen Koffer, einen Rucksack und einen Leiterwagen. So zog ich los. Wie tausend andere. Niemand hielt uns auf. Auch an der Grenze nicht. Man war froh, uns Deutsche loszuwerden. In Krummhübel und den anderen Städten besetzten Polen und Tschechen die von den Deutschen verlassenen Häuser. Niemand winkte zum Abschied, niemand wünschte uns Glück.

Frau Pitter fühlte sich erleichtert. Es war nicht ihre Art, so lange hintereinander zu sprechen. Vielleicht war dies der Augenblick, in dem sie nach Vertreibung und Flucht an dem Ort angekommen war, der jetzt ihr Zuhause war. Großmutter tat etwas, das eigentlich verboten war: Sie legte ihre Hand auf die von Frau Pitter.

Von den zehn Goldmünzen waren ihr fünf geblieben. Eingenäht in einen Stoffgürtel trug sie sie am Leib.

Meine Schwester Silvia bereitete meiner Mutter Kummer. Sie war sechzehn und ekelte sich vor ihrem Körper. Diesen Körper wollte sie aushungern. Erst weigerte sie sich, Fleisch, dann Eier zu essen und Milch zu trinken. Frau Bröhl kochte für sie Möhren und anderes Gemüse, aber wenn sie ein Stück Butter hinzutat, rührte Silvia das Essen nicht an. Ihre Haut wurde fahl, die Schulter- und Hüftknochen traten spitz hervor, ihre Bewegungen wurden eckig. Sie konnte kein volles Glas Wasser mehr halten, so stark zitterten ihre Hände.

Die Ärztin wusste keinen Rat. Sie murmelte etwas von *natürlicher Auslese* und stellte ihre Bemühungen ein. Konrad hatte kein Mitleid mit seiner Schwester. »Sie ist hysterisch. Geltungsbedürftig. Sie will nur auf sich aufmerksam machen«, verkündete er.

Vater kündigte seinen Besuch an. Böden wurden geschrubbt, Teppiche geklopft, Betten frisch bezogen, in denen er nicht schlafen und Fensterscheiben geputzt, durch die er keinen Blick werfen würde.

Am Abend vor seiner Ankunft erschien Silvia mit Lockenwicklern in ihren sperrigen Haaren zum Essen und kündigte an, dass sie statt meiner Mutter neben

Vater sitzen wolle. Am Tag selbst kam sie morgens ins elterliche Badezimmer und verlangte einen Lippenstift. »Aufgetakelt wie eine, die ihren Liebhaber erwartet«, bemerkte Konrad und zog das Leinenhemd an, das er schon die ganze Woche getragen hatte. Wegen eines anderen Mannes im Haus macht er keine besonderen Umstände.

Als Vater aus seinem Dienstwagen stieg, lief Silvia ihm entgegen. Wir anderen standen vor der Eingangstür und sahen unter dem mit Sicherheitsnadeln hochgesteckten Rock ihre dürren Beine, sahen, dass sie ihm um den Hals fallen wollte, sahen, wie er sie auffing und vor sich auf den Boden stellte. Laut und vernehmlich sagte er: »Du bist ja schrecklich dünn!« Dann holte er vom Beifahrersitz einen Blumenstrauß und überreichte ihn Mutter.

Vor dem Abendessen wurde auf der Wiese vor dem Wohnraum eine Flasche Sekt entkorkt, die Vater mitgebracht hatte. Mutter stellte ihm Frau Pitter vor. »Riesengebirge? Na ja, man sieht's«, sagte er. Das war scherzhaft gemeint. Als niemand lachte, wandte er sich Konrad zu: »Nun, mein Junge, hast du auf die Damen gut aufgepasst?«

Während Vater von einem zum anderen ging und versuchte, gute Laune zu verbreiten, saß Silvia schon auf Mutters Platz am Esstisch. Nervös wippte sie mit den Füßen. Auf ein Zeichen von Frau Bröhl kamen alle herein. Erstaunt blieb Vater hinter Silvia stehen. »Was ist denn das!« sagte er. »Das ist doch Mutters Platz! Keine Eigenwilligkeiten. Komm, setz dich auf deinen Stuhl. Ich möchte, dass die Sitzordnung eingehalten wird.« Eine klapperdürre Elendsgestalt, die für den Moment sogar Konrad rührte, erhob sich und schlich davon. Mutter wollte hinter ihr her, aber Vater hielt sie zurück. »Lass sie! Ich werde nachher mit ihr reden.« Dieses Gespräch kam nicht zustande. Bevor er abfuhr, tätschelte Vater Silvias Gesicht und sagte: »Wenn du mir einen Gefallen tun willst, dann iss vernünftig. Ich würde mich freuen, wenn du bis zu meinem nächsten Besuch zehn Kilo zugenommen hättest.«

Der Hof hatte an seiner Nordseite einen Turm. Vermutlich ein Anbau aus dem 19. Jahrhundert, errichtet, als einer von Mutters Vorfahren in den niedrigen Adelsstand erhoben wurde. Er diente Fledermäusen und Dohlen als Nistplatz, einen praktischen Nutzen hatte er nicht. Noch im Krieg hatte jemand die Idee, Tabak anzubauen und die Blätter im Turm zum Trocknen aufzuhängen. Der Plan misslang. Insekten legten ihre Eier in den Blättern ab, die rollten sich ein und verfaulten. Wer über eine Sprossenleiter bis zu der runden, von einem schmiedeeisernen Gitter eingepassten Plattform hinaufstieg, musste einen schweren Deckel hochstemmen, hatte dann aber einen schönen Rundblick auf eine gefällige Hügellandschaft, gestaltet wie ein harmonisches Bühnenbild: Baumgruppen im Wechsel mit einzeln stehenden Eichen oder Tannen, Bäche mit kleinen Seen, die wie die Moorwiesen und Kuhweiden ihren idealen Platz gefunden hatten. Konrad hatte zuletzt als Hamlet den mühseligen Aufstieg auf sich genommen.

Es war Samstag. Frau Bröhl walkte in der Küche den Teig für den Sonntagskuchen, für den Hausputz war Frau Pitter zuständig. Sie arbeitete mit System. Jeder Handgriff saß. Erst die Räume im Erdgeschoss, dann die Schlafzimmer in der ersten Etage. Als letztes kam Silvias Zimmer dran. Frau Pitter klopfte an die Tür. Das hatte Silvia sich erbeten. Als nichts zu hören war, trat sie ein. Das Zimmer war aufgeräumt, ein ungewohnter Anblick. Kein Kleid über der Stuhllehne, keine Unterwäsche auf dem Fußboden verstreut, die Bettdecke glattgezogen. Auf dem Tisch ein Stapel Schulbücher, daneben ein Blatt Papier. »Ich bin für dieses Leben nicht geschaffen. Lebet wohl, Silvia«, las Frau Pitter. Noch bevor sie einen klaren Gedanken fassen konnte, hörte sie ein Poltern, dann einen dumpfen Schlag, dann einen Schrei. Mit Riesenschritten lief sie zum Turm. Da lag mit verrenkten Gliedern Silvia. Sie hatte versucht, den schweren Deckel zu öffnen, war auf der Leiter ausgerutscht und drei Meter in die Tiefe gestürzt. Frau Pitter hob sie vorsichtig auf und als sie sie in ihre Kammer trug, meinte sie, ihre Jule in den Armen zu halten. Sie überprüfte jeden Knochen und jedes Knöchelchen. Blutergüsse und Prellungen, aber gebrochen war nichts. Dann ging sie zu meiner Mutter und sagte, sie wollte Silvia fürs erste bei sich behalten. Von dem Abschiedsbrief sagte sie nichts. Mutter stellte keine Fragen, sie war einverstanden.

Frau Pitter legte Silvia in ihr Bett und gab ihr einschläfernde Mittel. Sie selbst schlief auf einer Matratze davor auf dem Boden. Silvia hielt die Lippen geschlossen und ließ es geschehen, dass Frau Pitter ihre Wunden mit Salben einrieb und sie wickelte wie ein kleines Kind. Auf ihrem Bauch lag eine aus Stroh gebastelte, mit ihrem Menstruationsblut besprühte Puppe. Vor der blassblauen Marienfigur brannte Tag und Nacht eine Kerze.

Auf Anweisung von Frau Pitter kochte Frau Bröhl Hühnerbrühe und Gemüsebrei, dem Frau Pitter Tropfen von appetitanregenden Säften hinzufügte. Mit dem Löffel flößte sie Silvia jeden Tag ein bisschen mehr ein und beobachtete, wie sich zwischen Haut und Knochen kleine Polster bildeten. Drei Wochen lang ließ sie Silvia nicht unbeobachtet.

Bei den Mahlzeiten im Esszimmer wurde Silvia nicht sonderlich vermisst. Tante Ilse hatte auf dem Kinn ein Furunkel. Es leuchtete mal rot, mal violett und wurde so groß, als wollte es der Nase Konkurrenz machen. Die Verunstaltung der Tante fand mehr Aufmerksamkeit als Silvias Zustand. Ich war der Meinung, dass alle Mädchen in dem Alter so sind, nämlich zickig, und war stolz, dass ich in der Fußballmannschaft des Dorfes als Verteidiger eingesetzt wurde. Die Spieler der Mannschaften, gegen die wir spielten, waren Rüpel, sie traten und rempelten, aber an mir kam kaum einer vorbei. Bei den Mahlzeiten wartete ich ungeduldig, dass Mutter mit einem »An die Arbeit« die Tafel aufhob, machte schnell die

Hausaufgaben und verschwand mit dem Fahrrad Richtung Fußballplatz.

Meine Geschwister waren – wie die Erwachsenen sagten – in der Pubertät und interessierten mich wenig. »Was ist mit Mutter los?« Dass Konrad mir eine Frage stellte, war ungewöhnlich. Ich zuckte die Schultern: »Keine Ahnung!« Sie kontrollierte, gab Anweisungen wie immer und ließ ihre Meinung hören. Aber da war tatsächlich eine Veränderung. Die Falten auf ihrer Stirn, die ein Gewitter ankündigten, aber nach Blitz und Donner wieder verschwanden, waren stehen geblieben. Sie blickte finster drein, auch wenn es keinen Grund dazu gab. Splitter hatte sie mir immer selbst mit einer Pinzette aus dem Fuß gezogen, Schnittwunden selbst gereinigt und mit Jod versorgt. Jetzt schickte sie mich zu Frau Pitter. Die sollte sich um mich kümmern.

Während ich mein Taschengeld in Brausepulver anlegte, die Bildchen von Fußballgrößen sammelte und aus der Verteidigung mein erstes Tor schoss, unternahm Silvia am Arm von Frau Pitter vorsichtige Gehversuche. Sie gingen erst im Bogen um den Hof, dann den Weg zum Froschweiher entlang und machten auf der unteren Wiese Turnübungen. Langsam bekam Silvias Körper seine natürlichen Formen zurück. Frau Pitter nahm sie mit in den Gemüsegarten und ließ sie Möhren, Kohlrabi und anderes Gemüse ernten. Silvia hatte keine Scheu, das zu essen, was sie selbst aus dem Boden gezogen hatte. Bei Tisch saß sie neben Frau Pitter. Sie aß alles, was Frau Bröhl servierte, nur Fleisch rührte sie nicht an. Wenn sie sich vor dem Spiegel anzog, sagte Frau Pitter: »Schau, wie hübsch du aussiehst!«

Eines Abends lernte ich an dem wetterfesten Tisch bei Antholzners Klopfrommé, gewann ein paar Groschen und verspielte sie am nächsten Abend wieder. Gewinnen machte Spaß, verlieren schlechte Laune. Ich merkte, dass ich keine Spielernatur war. Inge hatte sich zu einem Trampeltier entwickelt. Sie kreuzte auf, wenn wir Fußball spielten und hielt nach Jungens Ausschau. Heiner hatte sich aus dem Gestell eines Leiterwagens und zwei Holzkisten einen Traktor mit Fußantrieb gebaut und gab Motorgeräusche von sich, wenn er vor dem Haus rumfuhr. Maria Antholzner stellte an dem Zapfenmännlein eine Veränderung fest. Die Schuppen auf seinem Wams hatten sich hochgestellt. Frau Pitter wusste, was das zu bedeuten hatte: »Er kommt zurück! Dein Mann Josef kommt aus der Kriegsgefangenschaft zurück. Schon bald wird er da sein.«

Maria erkannte ihren Mann an einem Muttermal auf der Brust. Sonst war alles fremd an ihm. Er war knochig und hart, wenn sie ihn berührte, zuckte er zusammen und wenn sie ihn streicheln wollte, wusste sie nicht, wo hinfassen. Das war bei dem Astrologen anders gewesen. Den hatte sie nicht vergessen.

Als erstes schickte Josef die Männer von der Feierabendrunde nach Hause. »Macht, dass ihr wegkommt! Ihr habt hier nichts verloren«, rief er. In dem

Männlein, das seine Rückkehr angekündigt hatte, sah er nur einen alten Tannenzapfen und warf es in den Ofen. Er verbot Maria, *in aller Öffentlichkeit* das Kleid mit den Trägern anzuziehen und ihre Unterwäsche auf die Wäscheleine zu hängen. »Wenn ich dich mit einem Ami erwische«, sagt er zu Inge, »schlage ich dich tot.« Als der Fuchs eine der Italiener-Hennen geholt hatte, schlief er im Hühnerstall, bis er den Fuchs mit einer Drahtschlinge erwischt hatte. Er zog ihm selbst das Fell ab und gerbte es. Er war wortkarg. Von seinen Erlebnissen in der Gefangenschaft sprach er nicht. Auch beiläufige Sätze klangen aus seinem Mund wie Befehle. Den Ton hatte er sich im Lager angewöhnt. Sein Willkommensgeld, mit dem jeder Spätheimkehrer von einem Gemeindevertreter empfangen wurde, legte er in billigem Branntwein an. Als er Heiner mit einer Flasche am Mund erwischte, schlug er ihn, dass die Haut platzte. Frau Pitter ging Josef Antholzner aus dem Weg. Wenn er sie grüßte, sah sie auf seinen Lippen das »Du hast hier nichts verloren!«, mit dem er die alten Männer rausgeschmissen hatte. Sie kannte diese schmalen Lippen und den starren Blick. Die Braunhemden, die Mörder von Karl, hatten solche Gesichter.

Meine Mutter hatte im Luisenhof in allen Angelegenheiten das letzte Wort. Sie verteilte Aufgaben, sie bestimmte, was es zu essen gab und wer krank sein durfte. Bei Auseinandersetzungen war sie die Richterin. Gegen ihr Urteil gab es keinen Einspruch. Sie ging zu den Bauern der Umgebung hamstern und brachte mal ein Stück Speck, mal einen Lammschlegel nach Hause. Nicht die geringste Veränderung durfte ohne ihr Einverständnis vorgenommen werden. Sie war die uneingeschränkte Herrscherin.

Mutter hat mich nie auf den Schoß genommen. Sie hat mit mir nie Hoppe-hoppe-Reiter oder Verstecken oder Blinde Kuh gespielt. Wenn ich Grippe hatte, hat sie Fieber gemessen und gesagt: »Übermorgen ist der Jung wieder gesund.« Im Beichtstuhl bekam ich zu hören: »Du sollst Vater und Mutter lieben.« Mein Vater war zum Lieben ungeeignet. Ob ich meine Mutter liebte, habe ich mich nie gefragt.

Wenn es etwas zu verkünden gab, tat Mutter es in der schläfrigen Verdauungspause nach dem Mittagessen. So erfuhr die Runde, dass Frau Pitter aus dem Riesengebirge stammte, dass Silvia im Turm von der Leiter gestürzt war, dass Josef Antholzner zurück aus der Kriegsgefangenschaft erwartet wurde und andere Nachrichten von ähnlichem Interesse. Im Ton einer unabänderlichen Tatsache teilte sie uns eines Tages mit, dass sie in die Kreisstadt fahren und zwei Tage wegbleiben würde. Als sie zurückkam, trug sie ihr Haar seit langem wieder offen. Sie hatte sich ein rotes Kleid gekauft, das nach der neuesten Mode geschnitten war. Für alle – auch für Großmutter und Frau Bröhl – hatte sie eine Kleinigkeit mitgebracht. Mir schenkte sie einen Ball. Er war aufblasbar und aus Gummi.

Zum Nachtisch gab es Wackelpudding. Als der letzte seinen Teller leergegessen hatte, sagte Mutter: »Ich war nicht in der Stadt, um Einkäufe zu tätigen. Es gab einen wichtigeren Grund. Ich habe mich scheiden lassen.« Damit hatte keiner gerechnet. Es verschlug allen die Sprache. »Wir haben uns im Guten getrennt. Euer Vater hat ein Besuchsrecht. Er darf seine Kinder alle sechs Wochen sehen. Er wird dann im Gasthof schlafen, zumal wenn er in Begleitung kommt.«

Es war ein regnerischer Tag. Aber in dem Moment kam, als müsste das so sein, die Sonne durch. »Und nun an die Arbeit!«, sagte Mutter, stand auf, schüttelte ihre Haare wie ein übermütiges Pony, und zog sich in ihr Büro zurück, um den Stapel unbezahlter Rechnungen zu sortieren.

Großmutter starb am ersten Weihnachtsfeiertag 1948. Frau Pitter war noch am Vorabend bei ihr gewesen, hatte sie gekämmt, blutigen Schleim weggewischt und ihr aus einem Fläschchen, das sie schnell wieder in ihrem Beutel verschwinden ließ, drei Teelöffel einer Flüssigkeit eingeflößt. Der Schnee lag hoch. Wir warteten auf den Schneepflug, der die Zufahrt zum Luisenhof freimachen würde. Der Pfarrer erklärte, bei dem Schnee könnte kein Grab ausgehoben werden. Erst als Mutter mit einem Hasenbraten nachgeholfen hatte, fand sich doch noch ein Weg. Obwohl Großmutter Protestantin war, wurde sie am letzten Tag des alten Jahres mit seinem Segen beerdigt. Alle vom Luisenhof warfen ein Schäufelchen Erde auf den Deckel ihres Sarges. Tante Ilse war die Einzige, die ein Tränentüchlein mitgenommen hatte. Sie schluchzte und putzte sich dann lautstark die Nase. Ich hatte eine Großmutter gehabt. Aber sie war alt und dass sie jetzt tot war, rührte mich wenig. Mich schauderte nur bei dem Gedanken, wie kalt Großmutter es da unten hatte. Etwas abseits stand eine Gruppe alter Männer unter einer Trauerweide. Sie hatten sich Krawatten umgebunden und froren in ihren abgewetzten dunklen Anzügen. Es waren die Männer der Feierabendrunde. Sie waren wohl gekommen, um mit Maria Antholzner noch einmal einen Blick wechseln zu können. – Vater war erst im Januar abkömmlich. Er suchte in Begleitung das Grab seiner Mutter am Drei-Königs-Tag auf.

Frau Pitter hatte noch die fünf Goldmünzen im Gürtel. Jetzt kam eine Schatulle von beträchtlichem Gewicht hinzu. Sie enthielt, was Großmutter ihr als Dank für die Pflege vermacht hatte: Wenn man den Schnappverschluss öffnete, lagen da wohlgeordnet auf weinrotem Samt sechzig Teile eines dänischen Tafelsilbers. Mit ihm hätte Frau Pitter einen Grafen mit Gefolge an einem standesgemäß eingedeckten Tisch bewirten können.

Als eine ihrer mittäglichen Ankündigungen hob Mutter den Status von Frau Pitter als Flüchtlingsfrau auf. Sie gehöre jetzt zur erweiterten Familie. Da sei die Dachkammer mit ihren schrägen Wänden nicht mehr das Richtige. Sie bot ihr an, in das leerstehende Austraghäusel umzuziehen. Frau Pitter dankte für ihre Verhältnisse herzlich für das Angebot. Das sei zu früh, sagte sie. Das Häusel sei noch belegt: Großmutters Geist lebe darin. Man dürfe ihn nicht stören. Ein Jahr nach Großmutters Tod werde er ihr das Häusel in Frieden überlassen.

An einem Tag des Schicksalsjahres 1949 stürzte das Dach des Heuschobers ein. Es wehte kein Wind, der Schnee war längst geschmolzen. Das Krachen von splitterndem Holz, gefolgt von dem Klirren der brechenden Dachziegel. Wir liefen alle hin und sahen einen Trümmerhaufen. Einer fehlte: Josef Antholzner. »Die Scheune war altersschwach«, sagte Tante Ilse. »Nein« erwiderte Konrad, »das waren die Mäuse. Sie haben alles zernagt. Oder die Holzwürmer«, fügte er hinzu. »Irgendwas stimmt da nicht«, entgegnete Mutter mit Zornesfalten auf der Stirn. Frau Pitter zögerte nicht lange. Sie stieg in die Trümmer und zog nach einiger Zeit einen Stamm von circa zehn Zentimeter Durchmesser aus dem Schutt hervor und ein paar Schritte weiter noch einen zweiten. Beide waren abgeknickt. Sie wischte sich den Staub aus dem Gesicht und zeigte auf den Stumpf eines Balkens. »Den hat jemand abgesägt«, rief sie, »und versucht, das Dachgebälk mit den Stämmen abzustützen. Aber die waren zu schwach.«

Es war ein Fall für die Polizei. Die kam und stellte fest, dass insgesamt vier Stützbalken herausgeschnitten waren. Wer hatte das getan? Ein Polizeikommissar aus der Kreisstadt nahm die Ermittlungen auf. Wie es ihm gelang, den Schuldigen zu überführen, blieb geheim. Es war Josef Antholzner. Die Balken hatte er an einen Bauunternehmer verkauft. In der Untersuchungshaft legte er ein Geständnis ab. So fiel das Urteil milde aus. Drei Monate musste er ins Gefängnis. Er hätte, sagte der Richter in seiner Urteilsbegründung, nicht nur erheblichen Schaden angerichtet, sondern auch in Kauf genommen, dass das Gebäude einstürzte, während sich jemand in ihm aufhielt. Als er abgeholt wurde, wollte Mutter ihn nicht sehen. »Soll ich ihm für die Zeit im Knast alles Gute wünschen?« Von Maria Antholzner nahm sie schweren Herzens Abschied. »Sie würde ich gerne behalten. Aber nicht mit diesem Mann«, sagte sie.

Maria Antholzner war nach der Schandtat ihres Mannes für die Nachbarn auf den Höfen der Umgebung die Frau von dem Zuchthäusler. Im Dorf grüßte man sie nicht, in der Kirche rückten die Frauen ein Stück von ihr ab. Sie ging gebeugt mit niedergeschlagenen Augen. Sie schämte sich. In den ersten Wochen nach der Währungsreform zog sie mit den besten Italiener-Legehennen in die Stadt. Sie machte einen Schneiderladen auf. Inge ging mit ihr. An ihr wurden die Kleider abgesteckt, die dann an einer Puppe im Schaufenster Kundschaft anlocken sollten.

Heiner wollte meine Mutter sprechen. Er fragte, ob er bleiben dürfte. Zum ersten Mal stand er vor ihr, frisch gewaschen und die Hände an der Hosennaht. Zum ersten Mal richtete er das Wort an sie. Da merkte sie, dass er stotterte. Und sie sah seine treuen Augen. Er wolle die Tiere versorgen und den Gemüsegarten machen. Und im Haus kleinere Reparaturen, dass die gnädige Frau mit ihm zufrieden sei, wie mit seiner Mutter. Seinen Lohn wolle er sparen, bis genug beisammen sei, um davon den Schober wieder aufzubauen. Meine Mutter sagte unter einer Bedingung »ja«: Wenn er mal eine Freundin hätte, müsste er sie ihr vorstellen.

Frau Pitter trauerte um Großmutter. Sie hielt mit ihrem Geist Zwiesprache. Er war bei ihr, wenn sie loszog, um Heilpflanzen und -wurzeln zu suchen. Frau Pitter ging mit einer alten Milchkanne am Gürtel in die Himbeeren. Auf dem Rückweg machte sie auf einer Bank Rast, von der aus man einen schönen Blick über die Moorwiesen hatte. Hier wuchsen Frauenschuh, Knabenkraut und Hummelragwurz. Eines Tages setzte sich jemand neben sie. Es war der Apotheker aus der Kreisstadt. Über eine Blume am Waldrand hinter der Bank kamen sie ins Gespräch. »Pulmonaria officinalis«, sagte der Apotheker. »Echtes Lungenkraut«, sagte Frau Pitter. Sie habe einen Tee daraus gekocht und einer alten Dame zu trinken gegeben, um ihre Beschwerden zu lindern. Der Apotheker hieß Paul. Je länger sie sprachen, desto mehr staunte er über die Kenntnisse von Frau Pitter. Sie gingen noch ein Stück des Weges gemeinsam. Als sie sich trennten, schlug er vor: »Kommen Sie mich besuchen. Ich würde mich freuen. Von meinem Vater habe ich eine Sammlung alter Rezepturen geerbt. Die könnte ich Ihnen zeigen.« Frau Pitter hatte einen Freund gewonnen.

Konrad kam zu dem Schluss, dass die Schauspielerei für ihn nicht das Richtige war. Er hatte sich für den Anfang damit begnügt, in einem Krippenspiel den Verkündigungsengel und in einem Bauerntheater den Heiratsschwindler zu geben, in einer Shakespeare-Inszenierung war er als *viel Volk* aufgetreten, aber weiter hatte er es nicht gebracht. In einem Moment der Selbsterkenntnis wurde ihm klar, dass er für große Rollen nicht das Talent mitbrachte. Sie zu bekommen, war harte Arbeit. So schlug er einen anderen Weg ein. Er verständigte sich mit seinem Vater. Der nahm ihn erfreut unter seine Fittiche. Er verschaffte Konrad eine Stelle, für die er sich nur einer leichten Eignungsprüfung unterziehen musste. Der Spionagedienst suchte Leute ohne nationalsozialistische Vergangenheit. Konrad nahm die Gewohnheiten seines Vaters an und fuhr nur alle paar Wochen mal mit seinem Dienstwagen im Luisenhof vor.

Silvia hatte sich ein selbstsicheres Auftreten angeeignet, das leicht Verletzliche war geblieben. Mit kindlicher Zuneigung hing sie an Frau Pitter. Bei wichtigen Fragen – und jede Frage war für sie von Bedeutung – vertraute sie sich lieber Frau Pitter an als ihrer Mutter. Sie hatte einen Freund namens Flori. Flori hatte die Seele eines Schmetterlings. Er flatterte und sprang herum und hatte ein Idol: einen Tänzer vom russischen Bolschoi-Ballett. Er warf Silvia verliebte Blicke zu, tippelte auf Zehenspitzen hinter ihr her und spitzte den Mund zum Kuss. Aber sehr zu ihrer Erleichterung küsste er sie nie. Den Austausch von Flüssigkeiten bei geöffnetem Mund fand sie unappetitlich. Den Austausch von Flüssigkeiten unter Zuhilfenahme der Geschlechtsorgane erst recht. Tante Ilse, die Damenhafte, die immer Wert auf gute Manieren legte, überraschte mitunter durch drastische Formulierungen: »Der hat nichts in der Hose«, sagte sie so, dass Silvia es nicht hören konnte. »Die Liebe ist eine Himmelsmacht!« rief Flori aus. Darauf konnte Silvia sich mit ihm einigen.

Silvia studierte Psychologie und machte ein Therapie-Diplom. Sie eröffnete eine Praxis in der Kreisstadt. Der Erfolg blieb nicht aus. Es war erstaunlich, wie viele Frauen nach den Entbehrungen von Kriegs- und Nachkriegszeit seelischen Beistand brauchten.

Frau Pitter wartete auf den richtigen Moment. Er kam, als sie mit Mutter beim Erbsenpellen saß. Regendunst hüllte die Bäume ein. Sie sahen aus, als trügen sie Nachthemden. »Eine Fügung hat mir den Richtigen geschickt. Ich will ihn heiraten.« Er sei Apotheker, ein guter Mann. Er wolle mit ihrer Hilfe eine Abteilung für Naturheilmittel einrichten. Sie bekäme dann einen weißen Kittel und werde die Kunden beraten und ihnen Pillen und Pasten aus eigener Herstellung verkaufen. Man müsse etwas riskieren. Jetzt, mit dem neuen Geld, sei die Zeit dazu.

Mutter war so diszipliniert, dass sie sich ihre Enttäuschung nicht anmerken ließ. Alle wollten sie verlassen. Vor ein paar Tagen erst hatte Tante Ilse ihren Abschied angekündigt. »Ich bin dir unendlich dankbar, dass du mich in dem schrecklichen Krieg bei dir aufgenommen hast. Du hast mich vor dem sicheren Tod im Bombenhagel bewahrt. Aber jetzt gehe ich zurück in die Stadt. Ich habe dort ein Mietshaus in guter Lage. Von den Erträgen kann ich leben. Ich liebe das Theater und die Oper, Ausstellungseröffnungen und Dichterlesungen. Die Kultur ist für mich ein Lebenselixier. Ich werde nachholen, was ich so lange vermisst habe.«

Mutter war mit ihrer dunkel getönten Haut und den schwarzen Haaren für mich und die anderen die Zigeunerprinzessin. Aber allmählich sah man ihr die jahrelang übernommene Verantwortung an. Sie klagte nie. Auch nicht über die Gelenkschmerzen, die ihr vor allem nachts zu schaffen machten. Sie wurde langsamer, musste sich zwischendurch mal ausruhen, blieb mit der Tasse Tee länger sitzen als notwendig. Sie weigerte sich, die weiße Strähne in ihren Haaren zu färben. Ich sah in ihr die heraufziehende Altersschönheit.

Ich war – im Rückblick kann ich das sagen – ein Spätentwickler. Für mich ging die unbeschwerte Zeit der Kindheit erst mit der Währungsreform zu Ende. Das neue Geld veränderte alles. Unternehmergeist war jetzt gefragt, für Träumereien war da kein Platz. Leistung wurde in harter Währung ausbezahlt. Ehrgeizig musste man sein, besser als die anderen. Mit den Nachbarn, mit denen man immer die Sorgen geteilt hatte, stand man jetzt im Wettbewerb. Langschläfer und Grübler hatten das Nachsehen. Über Nacht waren die Geschäfte voll mit begehrenswerten Waren. Wer diese kaufen wollte, musste etwas verdienen. Mit dem alten Geld konnte man sich die Pfeife anzünden.

Ich baute mir mit bescheidenen Mitteln den Turm aus. Ich zog einen Bretterboden ein, groß genug für einen Tisch mit Stuhl. Dort saß ich spät abends bei Kerzenschein und schrieb Gedichte. Melancholisch beklagten sie eine zu Ende gehende Zeit.

Ich wollte kein Eigenbrötler werden. Daher meldete ich mich in der Kreisstadt bei einer Tanzschule an. Walzer, Tango, Foxtrott, Boogie-Woogie. Am liebsten tanzte ich mit Johanna. Ich trat ihr nicht auf die Füße, wir fanden schnell in den Rhythmus. Nach dem Unterricht tranken wir Milchshakes in einer Eisdiele. Ich hätte nicht sagen können warum, aber sie gefiel mir. Und ohne mich zu fragen, wohin das führen könnte, hatte ich mich in sie verliebt. Wir feierten den Abschlussball, wir bestanden mit *sehr gut* in allen Tänzen. Tags darauf waren wir ein Paar.

Johanna war etwas älter als ich. Sie war energisch und tatkräftig und hatte einen guten Einfluss auf mich. Sie brachte mich dazu, über meine Zukunft nachzudenken. Behutsam gab sie mir Ratschläge. Wir tanzten zu den *10 der Woche*, einer Schlagersendung des AFN am Samstagabend. Wenn wir, beschwingt von einem Glas Wein, gewagtere Schritte ausprobierten, übernahm sie die Führung. Wenn sie kam, freute ich mich, in ihrer Gegenwart fühlte ich mich wohl. Sie zeigte mir die Freuden der Liebe, wir langweilten uns nie. Meine Gedichte las sie nicht.

Wir schmiedeten Pläne. Einer kam immer wieder zur Sprache und nahm mit der Zeit Formen an. Voraussetzung für seine Verwirklichung war das Einverständnis von Mutter. Zum Glück verstand sie sich mit Johanna gut. »Ich traue ihr was zu«, sagte sie.

Ich konnte eine Kuh melken, ein Schwein schlachten, ein Feld pflügen, Heu machen und Schädlinge im Garten bekämpfen. Den Hof liebte ich, nach einem Leben in der Stadt sehnte ich mich nicht, aber ich war auch kein Bauer. Für die Landwirtschaft war ich nicht geschaffen. Außerdem waren die Maschinen auf dem Luisenhof veraltet. Um ihn rentabel zu machen, hätten wir einen modernen Traktor, einen Mähdrescher, eine neue Kreissäge und vieles andere mehr anschaffen müssen. Mutter hätte einen Kredit aufnehmen, hätte sich verschulden müssen. Das wollte ich nicht.

Endlich hatte ich alles so genau wie möglich ausgerechnet: die Kosten und die späteren Einnahmen. Der Plan, Luisenhof zu einem Landhotel umzubauen, nahm Gestalt an. Auf Johannas Unterstützung konnte ich rechnen. Zehn Gästezimmer im Haupthaus, zwölf weitere in den Nebengebäuden. Die Remise würden wir entrümpeln, die Kutsche mit Blumen der Saison geschmückt in die Auffahrt stellen. Dann wäre Platz geschaffen für die Automobile der Gäste. Wir würden einen Kinderspielplatz anlegen und an der Rezeption gäbe es für eine Deutsche Mark Karten mit den schönsten Wanderwegen zu kaufen. Frau Bröhl würde Küchenchefin sein, das Personal würden wir in der ehemaligen Antholzner-Wohnung unterbringen. Johanna würde im Empfang mit einem »Willkommen im Landhotel Luisenhof« die Gäste begrüßen und ein dezentes Dirndl tragen. Mutter würde die Monatsabrechnungen und Steuererklärungen machen. Heiner würde den Gemüsegarten auf ein Beet mit Küchenkräutern verkleinern und in Lederhosen und mit einem Janker bekleidet den Gästen die Koffer ins Zimmer bringen.

Und ich? Ich würde mir einen gebrauchten DKW zulegen und frühmorgens für die Einkäufe zum Markt fahren. Für das Personal und den Weinkeller wäre ich auch zuständig und würde einen vierfarbig gedruckten Werbeprospekt entwerfen. Aus der ganzen Bundesrepublik würden sich Gäste anmelden. Der Luisenhof würde in neuem Glanz erstrahlen.

In solchen Tönen schilderte ich Mutter unser Vorhaben. Ein heißer Junitag ging zu Ende. Wir saßen zu dritt auf der Terrasse und blickten auf die Wiese, die sich über Nacht aus einem sonnengelben Meer aus Löwenzahnblüten in ein Feld aus Pusteblumen verwandelt hatte. Ein Windstoß, der daran erinnerte, dass es Zeit wurde, ins Haus zu gehen, trieb einen Schwarm von kleinsten Fallschirmen vor sich her. Die schrägen Sonnenstahlen überzogen unsere Gesichter mit einem blassroten Schimmer.

Mutter sah mich prüfend an, als wollte sie an meinen Augen ablesen, wie ernst es mir war. Mir und Johanna. Dann sagte sie: »Die feudalen Zeiten sind vorbei, das ist keine Frage. Wenn wir den Luisenhof halten wollen, müssen wir uns etwas einfallen lassen. Ein Hotel ist keine schlechte Idee. Die Seen, die Berge sind nah. Das wird Touristen anlocken. Aber der Umbau wird teuer. Neue Badezimmer müssen installiert, die Küche muss vergrößert werden. Es fehlt eine überdachte Veranda. Das kostet Geld, sehr viel Geld.« »Wir müssten die Äcker und Wiesen verkaufen. Auch den Wald. Das bräuchten wir dann nicht mehr.« Ich sah, wie eine Falte sich auf ihrer Stirn zusammenzog. »Alles verkaufen, was mein Großvater Parzelle für Parzelle erworben hat? Du verlangst viel. Ich will es mir überlegen.«

Ich ließ mir einen Oberlippenbart wachsen, sprach mit den Bauern der Umgebung, der Raiffeisenbank, mit Handwerkern und einem Notar, feilschte, verglich Angebote und holte Genehmigungen ein. Ich wurde selbstsicherer, ich lernte dazu.

Im Mai des nächsten Jahres werden wir eröffnen. Es wird ein Fest. Der Landrat wird kommen, der Ministerpräsident wird einen Vertreter schicken. Aus dem ehemaligen Elternschlafzimmer wird eine Junior Suite mit Balkon und Blick auf die Berge. Ein bekannter Filmschauspieler wird sie mit einer Begleiterin einweihen. Die Presse wird berichten.

Mutter ist ins Austraghäusel umgezogen. »Da gehöre ich jetzt hin.« Johanna und ich wollen heiraten. Sie hat sich ein weißes Brautkleid gewünscht.

April 2020

Geisterbahn

Mein Vater. Ihn setze ich an den Anfang.
Vater war Handwerker. Für ihn zählte nur, was man mit der Hände Arbeit herstellen oder reparieren konnte. Er wollte autark sein. In seiner Werkstatt sammelte er alles, was man im Eventualfall brauchen konnte: Schrauben und Nägel aller Größen, Spangen, Eisen- und Kupferdrähte, Roste, Bleche und so weiter. Das Handwerk war gottgefällig, alles Schöne auf der Welt war Handwerkern zu verdanken. Maler und Schriftsteller achtete er, denn sie arbeiteten mit der Hand. Jegliches Theoretisieren war ihm verdächtig. Was immer man tat, man musste das Ergebnis sehen und in Händen halten können. Der Rest waren Hirngespinste. Sie machten krank, führten in den Größenwahn.

Meine Mutter hätte sicher erwartet, dass ich mit ihr beginne. Sie wollte immer die Erste sein. »Schreib meine Geschichte auf«, hat sie gesagt. »Damit meine Enkel und alle anderen wissen, was ich im Krieg und der Zeit danach durchgemacht habe.« Sie hatte tatsächlich kein schönes Leben. Über Einzelheiten hat sie nicht gesprochen. Ich kenne nur die Episode mit Frau Müller, ihrer Nachbarin. Sie freundeten sich an. Beim Anstehen vor der Metzgerei, der Bäckerei oder dem Milchladen wechselten sie sich ab. Beim Einkauf der Zutaten für das Weihnachtsgebäck oder den Osterkuchen legten sie die

Lebensmittelmarken zusammen und teilten redlich. Aber meine Mutter war hübscher. Selbst in den gewendeten und umgenähten Kleidern sah sie besser aus als ihre Nachbarin. Die hatte dünnes Haar und dicke Beine und hatte keinen Mann, dem sie Päckchen an die Front schicken konnte.

Sie zeigte meine Mutter beim Blockwart an. Sie hätte sich beschwert, dass die Verteilung von Strickwolle ungerecht geregelt sei. Der Blockwart führte mit zwei Kerlen bei meiner Mutter eine Hausdurchsuchung durch, nannte sie ein *zersetzendes Element* und verbot ihr, Göring zuzujubeln, der am nächsten Tag in seiner Limousine durch die Stadt fahren würde.

Nach dem Krieg musste der Blockwart seine Wohnung räumen. Er klingelte bei meiner Mutter und fragte, ob sie ihn vorübergehend aufnehmen könnte. In ihrem Haus sei doch Platz genug und mit einem blöden Lächeln fügte er hinzu: In diesen unsicheren Zeiten sei es doch nicht schlecht, einen Mann im Haus zu haben. Meine Mutter ließ ihn nicht über die Schwelle. Ihr Bruder werde demnächst mit seiner Familie bei ihr einziehen, log sie. Besser kein Mann, als den.

Vater ging nicht mehr in die Werkstatt. Seine Hände zitterten. Die einfachsten Arbeiten auszuführen, wie es sich gehörte, war nicht mehr möglich. Die Hobel, Feilen und Sägen gehorchten ihm nicht mehr. Tatenlos saß er in der Stube und blickte aus dem Fenster, ohne etwas wahrzunehmen. Nachts geisterte er durchs Haus, um die Erinnerungen an den Krieg zu vertreiben. Zurück in seinem Schlafzimmer verschloss er die Tür und sprach mit Max.

Vater war im Krieg Soldat in Russland. In einem Stützpunkt der siegreichen deutschen Armee zimmerte er Kisten für Möbel, Bilder und Statuen, die aus den geplünderten Schlössern und Herrenhäusern der Gegend stammten und auf ihren Abtransport ins Reich warteten. Außerdem schnitt er den Offizieren die Haare und rasierte sie. Ihr Aussehen sollte tadellos sein, wenn sie sich im Bunker über ihre Karten beugten.

Eines Tages stand ihm in einer Baracke ein Russe gegenüber. Der stürzte sich auf ihn, bevor Vater um Hilfe rufen konnte. Es kam zu einem Ringkampf. Sie schlugen auf einander ein, traten sich in den Magen und die Weichteile, schrien, rissen sich an den Haaren, bissen und kratzten. Ein Tisch stürzte um, seine Kante erwischte Vater am Bein. Der Russe war stärker. Er wollte Vaters Kopf gegen eine Säule schlagen. Aber Vater bekam ihn am Hals zu packen. Mit aller Kraft drückte er zu. Der Russe spuckte ihm ins Gesicht, röchelte, riss schrecklich die Augen auf, bäumte sich unter meinem Vater auf und knickte ein. Der Körper entspannte sich.

Ich lade keine Freunde zu meinen Eltern nachhause ein. Ich schäme mich nicht für sie. Aber meine Freunde wollen das ewige »vor dem Krieg war alles besser« und das »Oh Gott, die Jugend von heute!« nicht mehr hören. Wenn meine Mutter die Lieder von Hans Albers oder Vico Torriani auflegt, laufen sie davon. Meine Generation hat viel vor. Wir sind im Jahr 1953.

Die Straßen müssen breiter werden. Bäume, die im Weg stehen, werden gefällt. In den Städten sind die Trümmer weggeräumt, jetzt wird modernisiert. Häuserfassaden aus der Zeit der Großväter werden abgerissen. Sie machen Platz für zeitgemäße Bauten aus Glas und Beton. Achsen werden in die Städte gelegt. Von Ost nach West, von Nord nach Süd. Auf ihnen rollt der Verkehr.

Was wir wollen, sind Autos. Keine LKWs mit Holzvergaser, keine hässlichen Dreirad-Lieferwagen mehr, schicke Flitzer, mit denen du dich überall sehen lassen kannst. Dein Auto zeigt, wer du bist, zu was du's gebracht hast. Wenn du ein Mädel mit dem Fahrrad abholen willst, wird sie dir sagen, sie hätte schon was anderes vor. Aber wenn du in einem himmelblauen Käfer-Cabriolet oder in einem schwarzen Kapitän mit Liegesitzen angerollt kommst, steigt jede bei dir ein.

Ich und meine Freunde finden die Amis gut. Sie sind lässig. Wie sie sich eine Camel anzünden, mit einem Finger den Hut mit der breiten Krempe in den Nacken und sich einen Kaugummi zwischen die Zähne schieben, hat Stil. In meinem Zimmer hängen Plakate vom Empire State Building, einer Tankstelle an einem Highway in Kansas und von einer Blondine am Swimming-Pool eines Motels. Wenn ich Geld habe, fahre ich in einem Chevy auf der Route 66 von der Ost- zur Westküste.

Aber vorerst hockte ich in meiner Studentenbude und war knapp bei Kasse. Ich brauchte Geld, ein Startkapital. An Ideen fehlte es mir nicht, aber der geniale Einfall war noch nicht dabei. Noch saßen überall, in der Wirtschaft, den Unis, den Sportverbänden, in den Gerichtspalästen und den Chefsesseln der Hospitäler die alten Gestalten und verdeckten gekonnt die braunen Flecken auf ihren Westen. Sie waren im Weg. Es wurde Zeit, dass sie Platz machten für kühle Köpfe meiner Generation.

Ich wollte in meinem Notizbuch noch einen Passus hinzufügen, um zu beschreiben, wie ich mir die Zukunft dieses Landes vorstellte, da schellte das Telefon. Eine Frauenstimme: »Ist Herr Michael Fichtel zu sprechen?« »Nein, hier gibt es keinen Michael Fichtel«, antwortete ich. Und fügte hinzu: »Tut mir leid.« Die Stimme der Frau klang noch eine Weile in meinem Ohr nach, dann vergaß ich den Anruf.

Tags drauf, etwa zur selben Zeit, klingelte wieder das Telefon. Wieder die selbe Frauenstimme. Wieder fragte sie nach einem Michael Fichtel. Bevor ich ihr sagen konnte, sie hätte sich verwählt, fügte sie mit einem Unterton von Hilfsbedürftigkeit hinzu: »Ich muss ihn sprechen. Es ist wichtig.« War es Neugier oder meine Vorliebe für absurde Situationen, es schoss mir der Gedanke durch den Kopf, ich könnte doch Michael Fichtel sein. »Worum geht es denn?«, fragte ich. »Ich suche dringend einen Nachhilfelehrer für meinen Sohn. Man hat mir Herrn Fichtel empfohlen und gesagt, er sei unter dieser Nummer erreichbar.« Ich gab den Gedanken auf, Michael Fichtel zu sein, ich machte ihn zu meinem Vorgänger. »Er hat vor mir hier gewohnt. Er ist, glaube ich, in eine andere Stadt gezogen.« Ich hörte einen Seufzer. »Oh, wie schade!« Ich legte eine kurze taktische Pause ein, dann fragte ich: »In welchen Fächern braucht ihr Sohn denn Nachhilfe?« Sie senkte die Stimme, als müsste sie ein Geheimnis verraten: »In Englisch und in Deutsch.«

Mein Englisch ist nicht schlecht. Mit ihren Spargroschen haben mir meine Eltern nach dem Abitur ein Studium an der Bell School of Languages in Cambridge finanziert. Nach einem halben Jahr kam ich mit bestandenem Proficiency Examen und einem gebrochenen Herzen zurück. Sie hieß Virve, war Schwedin und behauptete, sie habe als kleines Mädchen bei minus dreißig Grad eine Nacht im Freien verbracht und dabei sei ihr der Unterleib eingefroren.

Für besondere Fähigkeiten in Deutsch hatte ich keinen Nachweis. Ich studierte zwar Germanistik, aber ich tat es, ehrlich gesagt, eher aus Verlegenheit und weil ich Schriftsteller werden wollte. Das allerdings war ein Geheimnis. Ich sagte es niemandem.

Ich habe so etwas wie einen Sonntagsanzug: dunkelblau mit Streifen und Bügelfalte. Ich sehe darin wie ein brauchbarer Nachhilfelehrer aus. Für das Vorstellungsgespräch hatte ich mir überdies die Haare auf Linksscheitel gekämmt. Ich wollte der Frau mit der anrührenden Stimme gefallen.

Sie hieß Ruth Neudorf. Ihr Name stand auf dem Schildchen neben der Klingel, die ich mit leichtem Herzklopfen drückte. Freundlich, mit einer Stimme, die nicht ganz den Schmelz verströmte wie am Telefon, bat sie mich reinzukommen. »Mein Sohn Patrick kann leider nicht dabei sein«, sagte sie. »Er ist mit seinen Freunden unterwegs.« Im Wohnzimmer waren die Tische und Regale mit Reiseandenken vollgestellt. Ich erkannte den Eiffelturm, die Tower Bridge, das Colosseum und den Kölner Dom en miniature, eine Gruppe von russischen Matroschkas, Masken aus Venedig, Afrika und China, dazwischen Fotos von ihr in Kutschen, Gondeln und auf dem Rücken eines Elefanten. Sie bot mir Tee an und hüllte mich dabei in einen Duft nach frisch gewaschener Wäsche ein. Sie stellte einige Fragen, ich blieb so weit wie möglich bei der Wahrheit. Mein Proficiency Examen strich ich heraus, dass ich meine pädagogischen Fähigkeiten noch nie unter Beweis gestellt hatte, behielt ich für mich. Dann kam der alles entscheidende Moment. Ich verlangte fünfzehn Mark pro Stunde und weitere zehn Mark im Monat als Fahrtkostenerstattung. Sie sagte, sie hätte sich zwölf Mark pro Stunde vorgestellt, ließ dann einen Seufzer hören, den ich aus ihrem Mund schon kannte, und willigte ein. Ich war erleichtert. Das Nachhilfegeld konnte ich dringend gebrauchen. Als ich mich verabschiedete, verfing sich mein Blick im Ausschnitt ihrer Bluse. Die beiden obersten Knöpfe standen offen. Ein solches Kleidungsstück hätte meine Mutter niemals angezogen.

Ihren Sohn Patrick würde ich bei nächster Gelegenheit kennenlernen. Ich würde mir Mühe geben, ihm das beizubringen, was er brauchte, um glatt durchs Abitur zu kommen.

Auf dem Heimweg genehmigte ich mir ein Hörnchen mit Schokoladeneis.

Am nächsten Tag zur gewohnten Zeit schellte wieder das Telefon. Diesmal eine Männerstimme. »Hi! Tobias. Hast du dich mit Mutter einigen können? Sie ist ganz entzückt von dir.« Ich wollte ihm sagen, dass ich mich auf die Stunden mit ihm freute, aber er ließ mich nicht zu Wort kommen: »Ist schon okay! Komm heute Nachmittag in die *Geisterbahn*. Da können wir den Deal klären. Die Einzelheiten, du verstehst.«

Von der *Geisterbahn* hatte ich noch nie gehört. Ich musste mich bei Kommilitonen erkundigen. Sie existierte erst seit einem Jahr und war die angesagte Existentialisten-Kneipe. Alles schwarz: die Vorhänge, die Tischdecken, die Anzüge der Männer, die Blicke der Frauen. Ich stand mit meinem weißen Hemd und dem roten Anorak völlig deplatziert an der schwarz lackierten Eingangstür. Es war voll, Zigarettenqualm hing in Schwaden in der Luft, die Blicke aller waren auf mich gerichtet, als wäre ich Besuch von einem anderen Stern.

Da erhob sich von einem der Stühle ein schlaksiger junger Mann und kam auf mich zu. »Hallo, Privatlehrer!«, sagte er und musterte mich. »Oh, ein weißes Hemd. Perlon, praktisch. Nur nass auf den Bügel hängen und fertig. Nicht falten, kein Bügeln. Passt zu dem dunkelblauen Kommunionsanzug, den Mutter so chic fand.«

Er winkte mich zu einem etwas abseitsstehenden Tisch. »Was trinkst du?« Ohne meine Antwort abzuwarten, rief er einer Kellnerin zu: »Zwei Dunkle.« Er war eine Sitzgröße. Seine Hände spielten nervös mit einem Schächtelchen Zündhölzern. »Bring mir Englisch bei« sagte er und legte mit den Hölzchen ein Dreieck. »Ich muss fließend englisch sprechen können. Aus geschäftlichen Gründen, verstehst du?« Er schüttete den Inhalt der Schachtel auf den Tisch. »Deutsch können wir uns sparen. Interessiert mich nicht. »Aber Deutsch ist im Abitur Prüfungsfach«, wandte ich ein. »Ach, unter uns, ich pfeife aufs Abi. Brauche ich nicht. Ich habe was Besseres vor. Es gibt Leute, die sehen den Sinn des Lebens in humanistischer Bildung. Ich nicht. Die Klassik, Sturm und Drang, die Romantik – alles unnützes Zeug. Ich bin Geschäftsmann. Import – Export. Irgendetwas in der Art. Wenn ich so alt bin wie du, habe ich die erste Million auf dem Konto.«

Die Kellnerin hatte das Bier gebracht. Er trank einen Schluck. »Kennst du das Zündholzspiel? Nein? Pass auf! Eins, drei, fünf, sieben. Du darfst aus einer Reihe so viele nehmen, wie du willst. Auch alle. Dann bin ich dran. Wer das letzte Hölzchen nehmen muss, hat verloren.« Er gewann dreimal hintereinander. »Siehst du? Deine Eins in Mathe nützt dir gar nichts. Es gibt nämlich einen Trick. Wir leben in einer Zeit der unbegrenzten Möglichkeiten. Nur wer den Trick kennt, hat Erfolg.« Er packte die Zündhölzer in die Schachtel. »So viel für heute. Ich muss wieder rüber zu meinen Leuten. Du kriegst mit den Fahrtkosten hundert Mark pro Woche und ich kann demnächst Briefe auf Englisch schreiben. Okay?« Damit war ich entlassen.

»Ich bin so froh, dass Sie Patrick unter Ihre Fittiche nehmen wollen. Ich habe volles Vertrauen zu Ihnen. Sie werden einen guten Schüler aus ihm machen.« Frau Neudorf trug ein leichtes, sommerliches Wolljäckchen. Wieder standen die beiden obersten Knöpfe offen.

Heute sollte der Unterricht beginnen. Ich fühlte mich unwohl. Niemals würde es mir gelingen, ihn unter meine Fuchtel zu nehmen. Ich war keine Respektsperson für ihn. Schon der Einstieg verlief nicht, wie von mir geplant. Ich wollte als Gesprächsthema *Having dinner in a restaurant* vorgeben. Kein Deutsch, alles auf Englisch. Ihm unbekannte Vokabeln sollte er aufschreiben und auswendig lernen. Das passte ihm nicht. Sein Vorschlag: »How to impress a nice girl«. Er besaß kein großes Vokabular, wusste aber geschickt damit umzugehen. Unsere Unterhaltung verlief stockend. Ich erinnere mich nur an ein Detail. Als ich fragte: »What makes a girl nice for you?«, antwortete er: »That she says *yes* all the time«. »... she always says *yes*«, verbesserte ich ihn.

Ein Lichtblick vor und nach den trüben Unterrichtsstunden waren die kurzen Begegnungen mit

Frau Neudorf. Ruth. Sie empfing mich immer mit einem freundlichen Lächeln. Sie gab mir nicht die Hand, sie reichte sie mir. Wenn ich dann im Flur hinter ihr her ging, stieg mir ihr Duft in die Nase. Eines Tages sagte sie: »Ich muss Ihnen etwas zeigen.« Sie führte mich in ihr Schlafzimmer. Ich staunte. Hier war alles rosa. Die Bettbezüge, Kopfkissen, Vorhänge, Tapeten, selbst der Spannteppich rosa. Sie öffnete das Fenster. »Schauen Sie! Ist er nicht wunderschön? Man sieht ihn nur von hier aus.« Ich trat nah an sie heran. Sie deutete auf einen üppig blühenden Strauch rosafarbener Kletterrosen. Ein paar tiefe Atemzüge lang blieb ich neben ihr stehen. Ich hätte ihren Arm berühren können. Dann schloss sie das Fenster und ich machte mich an die Arbeit.

So vergingen die ersten Wochen. Die Fahrten zu Patrick und seiner Mutter wurden zur Routine. Mein Schüler machte Fortschritte. Er legte den Befehlston weitgehend ab. Manchmal stellte er Fragen. Ich beantwortete sie, vorausgesetzt er stellte sie auf Englisch. Wenn wir Pause machten, brachte uns Frau Neudorf Tee. Einmal lagen auf einem Teller zwei Kekse in Herzform.

An Zahltagen knisterten die Geldscheine in meiner Tasche. Das war ein unbekanntes Hochgefühl. Ich genehmigte mir ein paar schwarzer Abendschuhe. Für Ruth kaufte ich ein Schächtelchen Schokoladentrüffel.

Dann kam der Karfreitag. Ich bin getauft und katholisch erzogen, aber die kirchlichen Feiertage bedeuten mir nichts. Ich räumte mein Zimmer auf, entschloss mich, an Ostern meine Eltern zu besuchen, aß einen sauren Hering und zog mir eine anthrazit-graue Hose und ein dunkelblaues Hemd an. Keine Farben, Patrick hatte mich für fünfzehn Uhr in die *Geisterbahn* bestellt. »Eine wichtige Angelegenheit. Es geht um viel Geld«, hatte er gesagt.

An der Tür hing ein Schild *Heute geschlossen*. »Klopf dreimal, dann sperr ich dir auf«. Er schien über Nacht noch einmal einige Zentimeter gewachsen zu sein, die Haare standen ihm wirr vom Kopf, er war sichtlich nervös. An einem großen runden Tisch in der Mitte des Raumes saßen er und seine Leute. Sie waren die einzigen Gäste. Für mich wurde ein Stuhl herangerückt.

Die Rede war von einer Party. In der Villa des Botschafters irgendeines Öl-Scheichtums. Immer wieder fiel der Name Mahmut. Ich hatte mal ein Foto von ihm in der Zeitung gesehen. Er war dickleibig, im Alter von Patrick und ließ sich in einem Bentley, dem Dienstwagen seines Vaters, zu seinen Dates fahren.

Seine Eltern waren verreist, er war allein in der Villa und wollte sich amüsieren. Patrick hatte zu ihm Kontakt. Er und seine Leute waren unter der Bedingung eingeladen, dass sie Frauen mitbrächten. Mahmut war an Frauen interessiert. Jung mussten sie sein, mussten tanzen können und durften nicht zimperlich sein.

Patrick hatte eine Idee. Hinter dem Hauptbahnhof gab es eine Kaschemme. Sie war bekannt dafür, dass dort Mädchen vom Lande hängen blieben, die von zu Hause abgehauen waren und sich das Leben in der Stadt spannender vorstellten, als auf dem Dorf. Man sprach sie an, spendierte ihnen ein Bier, war nett und bot ihnen dann großzügig an: »Du kannst meinetwegen heute bei mir schlafen.« Vor den Osterfeiertagen hatte man dort leichtes Spiel. Patrick bestimmte drei aus der Runde: »Ihr geht heute Abend hin. Sucht die Hübschesten aus! Aber lasst ihnen die paar Mark, die sie aus der Haushaltskasse ihrer Mutter haben mitgehen lassen. Wir sind keine Zuhälter.«

Nachdem der Punkt geklärt war, gab es eine Runde Bier aufs Haus. Die *Geisterbahn* würde die Getränke für die Party in der Diplomaten-Villa liefern. Das hatte Patrick vermittelt.

Wieder klopfte es dreimal. Energisch. Ein weiterer Gast kündigte sich an. Der Boss. Auch er trug einen schwarzen Anzug, allerdings war der Stoff durchzogen von silbernen Fäden. Die Pointe waren kaum sichtbare rote Socken. Sein Gesicht war verdeckt von einem in die Stirn gezogenen Hut und einer übergroßen Sonnenbrille, beides in Schwarz. Er war älter als Patrick und seine Freunde. Ich schätzte ihn auf Ende zwanzig.

Er begrüßte Patrick mit einem Kopfnicken, die anderen übersah er. Dann blieb sein Blick an mir hängen. Er musterte mich. »Gut«, sagte er. »Der Typ ist richtig.« Er zwinkerte mir zu: »Brauchst du Geld? Ich will großzügig sein. Fünfhundert, leicht verdient.«

Dann wandte er sich von mir ab und fing an, Ada, der einzigen Frau in der Runde, Komplimente zu machen. Sie sei eine klassische Schönheit, sie habe die Figur wie die Venus von Milo. »Ich will den Rabenhorst, die ehemalige Nazihochburg in den Bergen, kaufen. Mit einem unterirdischen Schwimmbad und einem Schutzbunker am Ende eines hundert Meter langen Stollens. Da kannst du mich als deinen Sklaven am Halsband rumführen.« Er lachte und alle in der Runde lachten mit. Außer Ada. Dann sprang er auf, warf Ada ein Kusshändchen zu, stellte sich breitbeinig vor die Tür, ließ das Becken kreisen und verschwand.

»Worum geht's?« fragte ich Patrick. Der legte einen Finger an die Lippen und nahm mich beiseite. »Ada und du, ihr fahrt morgen in einem Lloyd 300 nach Scharnitz in Österreich. Es ist nicht weit, gleich hinter der Grenze. Ada sitzt am Steuer, sie kennt den Weg. Im Hotel *Karwendelstein* ist ein Zimmer für euch reserviert. Ihr seid ein Liebespaar auf Osterurlaub.

Abends trefft ihr den Jonny. Er lädt euch zum Essen ein. Ada handelt mit ihm den Preis aus. Am Sonntagmorgen holt ihr bei ihm die drei Päckchen ab und verstaut sie unter dem Rücksitz. Dann wartet ihr, bis am Nachmittag der Rückreiseverkehr einsetzt und an der Grenze sich die Autos stauen. Ihr fahrt auf dem schnellsten Weg zurück. Ich erwarte euch gegen Abend hier in der *Geisterbahn*.«

Ich überlegte. Fünfhundert Mark waren viel Geld. Den Besuch bei meinen Eltern musste ich verschieben. Und Ada? Mit ihr sollte ich in einem Zimmer übernachten. Ich würde meinen einzigen Schlafanzug einpacken, um gerüstet zu sein. Aber was hatte es mit den drei Päckchen auf sich? Ich fragte Patrick. Der machte »Scht!« und flüsterte mir zu: »Gras. Drei Kilo. Wenn der Zoll sie entdeckt, wisst ihr von nichts. Jemand hat sie euch ins Auto geschmuggelt. Ada kennt sich aus. Sie hat es schon einmal gemacht. Wenn ihr zurück seid und die Päckchen abliefert, ist für euch eine Kostprobe drin.«

Auf der Fahrt nach Scharnitz war ich damit beschäftigt, mir meine Nervosität nicht anmerken zu lassen. Ich erinnere mich nur noch an ein paar Details der Reise. Der Lloyd schaffte auf der Autobahn fünfundsiebzig Kilometer die Stunde. Er war kein Angeberauto, er hatte sich als Leukoplastbomber einen Namen gemacht. Ada trug schwarze Boxershorts und ließ lange, wohlgeformte Beine sehen. Sie sprach über Musik. Elvis Presley nannte sie eine Heulboje. Seine Auftritte wären was für hysterische Teenager, die sich bei seinem Anblick vor Begeisterung in die Hose machten. Wenn schon Rock'n' Roll, dann besser Chuck Berry oder Little Richard. »Edith Piaf ist nach meinem Geschmack«, sagte sie, gab Vollgas und summte *Non, je ne regrette rien*.

In unserem Hotelzimmer lief sie ungeniert nackt herum und abends im Bett legte sie meine Hand auf ihren Busen und sagte: »Streicheln, nicht drücken!« Dieser Jonny war ein Fiesling vom Typ Zuhälter. Weiber und Sportwagen waren seine Themen. Mehr fiel ihm nicht ein. Die Päckchen waren unscheinbar und passten genau in den vorgesehenen Platz unter dem Rücksitz. Den deutschen Zöllner, der unsere Pässe kontrollierte und uns durchwinkte, hätte ich umarmen mögen.

Unsere Kostproben rauchten Ada und ich in meiner Studentenbude. Wir lagen auf dem Bett, sie streichelte mich. »Du bist wirklich ein lieber Kerl«, sagte sie. Du gefällst mir. Aber leider stehe ich nicht auf Männer.«

Meine Bemühungen, Patrick Englisch beizubringen, fanden ein jähes Ende. Er geriet an eine Frau, die jahrelang das Fräulein eines amerikanischen Soldaten gewesen war. Als er ausgedient hatte, ging er in die Vereinigten Staaten zurück, ohne sein blondes Glück mitzunehmen. Was ihr blieb, waren mehrere Pakete Nylonstrümpfe und die Sehnsucht nach den Küsten Kaliforniens. Sie schwärmte so lange von Landschaften, die sie nie gesehen hatte, von heißen Quellen und freier Liebe, bis sie Patrick überzeugt hatte. Er bestieg mit ihr eine Caravelle nach New York, ohne sich von mir oder seinen Freunden aus der *Geisterbahn* zu verabschieden. Man war sich einig, dass er dieser Frau verfallen war und bald enttäuscht von ihr und dem *american way of life* zurückkommen werde.

Bei Ruth Neudorf machte ich meinen Abschiedsbesuch, um mein Salär für die letzten Unterrichtsstunden abzuholen, aber auch, um ihr die Schokotrüffel zu überreichen, die ich ihr längst hatte bringen wollen. Als sie mich sah, traten ihr Tränen in die Augen. »Schrecklich!«, sagte sie mit sanfter Stimme. »Es ist schrecklich, dass er auf dieses Weibsbild reingefallen ist. Wie konnte er nur! Sie wird ihn unglücklich machen und er wird zu stolz sein, als verlorener Sohn in die Obhut seiner Mutter zurückzukehren.« Sie putzte sich die Nase. »Sie haben ihre Sache gut gemacht. Einen Sohn wie sie hätte ich mir gewünscht. Sie sind wirklich ein braver Junge.« Mit diesen Worten legte sie mir einen Arm um die Schultern, zog mich heran und küsste mich. Obwohl dieser Kuss meine Lippen traf, überkam mich ein Gefühl von mütterlicher Wärme. Sofort ließ sie mich los, begleitete mich zur Haustür und rief »Viel Glück! Alles Gute!« hinter mir her.

Ada fuhr noch ein weiteres Mal nach Scharnitz. Allerdings auf eigene Rechnung und Gefahr. Das brachte Gewinn. Mit dem Geld in der Tasche zog sie zu einer Freundin aufs Land.

Der Mann in den roten Socken, den sie in der *Geisterbahn*, *Chef* oder *Boss* nannten, wurde von der Polizei geschnappt und ihm wegen Handel mit harten Drogen der Prozess gemacht. Dabei wurde sein wirklicher Name publik. Er hieß Michael Fichtel.

Die *Geisterbahn* erhielt einen neuen Pächter. Der war seiner Zeit voraus. Er übertünchte die schwarzen Wände und ließ sie in psychodelischen Farben anstreichen. Die alten Stammgäste suchten sich ein anderes Quartier.

Ich war inzwischen sechsundzwanzig und schrieb meinen ersten Roman. Er spielte in einer Existentialisten-Kneipe namens *Geisterbahn*. Kein Verlag wird ihn drucken wollen.

Juni 2020

Im Krieg

Ich war Soldat. Bis zum Unteroffizier habe ich's gebracht. Ausgebildet war ich als Ingenieur. Ich war ein Tüftler. Mit zehn konnte ich einen Wecker, einen Telefonapparat oder eine Höhensonne auseinander- und wieder zusammenbauen. Jeden Mechanismus wollte ich verstehen. Zu meinen Geburtstagen oder zur Erstkommunion wünschte ich mir keine Anziehsachen oder einen Silberbecher mit eingraviertem Namen, sondern Werkzeuge. Mit der Zeit war ich gut ausgerüstet. Die Teddybären und Brettspiele verstaute ich auf dem Speicher und machte Platz für eine Werkbank. Den Gries, die Haferflocken und das Mehl aus dem Kaufladen streute ich den Vögeln hin und füllte die Schubladen mit Schrauben, Muttern und Nägeln.

Bei Kriegsausbruch 1939 war ich zwanzig Jahre alt. Ich wurde einberufen, musste aber nicht an die Front, sondern wurde in eine Maschinenfabrik in der Nähe der Landeshauptstadt abkommandiert. Dort hatte man die Produktion von landwirtschaftlichem Gerät auf den Bau von Flugabwehrkanonen umgestellt. Der Feind würde aus der Luft angreifen. Mit einem neu entwickelten Waffentyp, der sogenannten Flak, musste man sie vom Himmel holen, noch bevor sie an ihrem Ziel Bomben abwerfen konnten.

Die Entwürfe kamen von Ingenieuren, die ich nur selten zu sehen bekam. Es waren anfangs nur Skizzen.

Sie waren *streng geheim*. Ich musste Querschnitte und unzählige Detailzeichnungen anfertigen. Manchmal stieß ich auf Konstruktionsfehler. Kleinigkeiten. Ich notierte Verbesserungsvorschläge. Meistens wurden sie berücksichtigt. Irgendeine Anerkennung bekam ich dafür nicht. Die Vorgaben waren klar. Beweglich musste die Flak sein, leicht zu bedienen und sie musste mittelschwere Munition treffsicher abfeuern.

Anfang 1943 bombardierte der Feind die Maschinenfabrik mit Sprengbomben. Über Nacht lag alles in Trümmern. Ich bekam eine Uniform und wurde der kämpfenden Truppe zugeteilt. Ich hatte Glück. Ich musste nicht an die Ostfront, sondern wurde mit einigen hundert Jüngeren in einen Zug nach Sizilien verfrachtet. Begeistert war ich nicht. Niemand wusste, wo genau wir zum Einsatz kommen würden. Aber nach der langen Zeit am Zeichentisch bei elektrischem Licht sehnte ich mich nach Sonne. Ich war noch nie im Ausland gewesen, hatte noch nie ein Gebirge oder das Meer gesehen. Am Brenner durften wir nicht aussteigen, aber die Stimmung in unserem Waggon war gut. Wir sangen Lieder wie »Hänschen klein, ging allein«. Das passte zwar nicht zu unserer Situation, aber zumindest die erste Strophe kannte jeder. Einer war ein Gesangstalent. Er kam aus dem Rheinland. Als wir Oberitalien erreichten, erhob er sich, legte die linke Hand auf die Brust und sang: »Ich fahr mit meiner Lisa zum schiefen Turm von Pisa.« Das war bühnenreif. Wir nannten ihn fortan Caruso. In Florenz winkten wir den Frauen auf dem Bahnsteig zu, die in Grüppchen herumstanden, um sich einen ganzen Zug voller junger Männer anzuschauen. In Neapel boten Mädchen kleine mit gekochten Tomaten und Zwiebelscheiben belegte Fladen an. Sie riefen »Pizza, pizza!«, nahmen deutsches Geld an und wenn man ihnen eine Kusshand zuwarf, schenkten sie einem ein fröhliches Lächeln.

Dann schlug allmählich die Stimmung um. In dem Waggon war es heiß und stickig. Es kam zu Streitereien. Es stank. Niemand wäre mehr auf die Idee gekommen, Geschichten von seiner Familie zu erzählen oder ein Lied zu singen. Auch Caruso nicht. Wenn der Zug auf offener Strecke stehen blieb, kamen Lautsprecherdurchsagen, wir sollten Ruhe bewahren. An den Waggons entlang patrouillierten Soldaten mit entsicherten Gewehren. Es hieß, in einem Abteil weiter vorne sei es zu einer Messerstecherei gekommen. Wenn die Verpflegung kam, schlang jeder aus Angst, der Nebenmann könnte ihm das Essen entreißen, seine Portion so schnell wie möglich herunter.

Ich verstaute meine Uhr, den Familienring und meine Barschaft, die hundert Reichsmark, in einem kleinen Beutel, den ich mir an einem Lederriemen um den Hals hängte.

Sizilien. Das Land, in dem die Orangen blühen. und glutäugige señoritas mit dem Rock wedeln. Früher waren die Apfelsinen in dünnes, mit schwarzhaarigen Schönheiten bedrucktes Papier gewickelt. Darunter stand: *Maturato in Sicilia.* Auf der endlosen Zugfahrt hatte ich mir vorgestellt, bald in einem Olivenhain zu liegen und einen Brief an meine Lieben zuhause zu schreiben. Die Wirklichkeit sah anders aus.

Die Kaserne lag außerhalb von Messina, öd und staubig. Zwölf Baracken mit je fünfzig Betten lagen wie ein Gürtel um den Exerzierplatz, dahinter der Schießstand und ein Feld für Geländeübungen. Im Abstand von fünfzig Metern Verbotstafeln – alle auf Italienisch. An der Kopfseite ein Backsteingebäude. Hier wurde das Essen ausgegeben und die Tagesbefehle erteilt.

An den ersten Tagen mussten wir exerzieren. Das war so üblich und sollte uns an die Sonne des Südens gewöhnen. Das Kommando hatten ein Leutnant und ein Oberstleutnant. Der war ein preußischer Adeliger und wohnte in einem Hotel in der Stadt. Uns wurde verboten, mit Italienern Kontakt aufzunehmen. Die Männer, die den Proviant für die Küche brachten, durften wir nicht einmal grüßen.

Nach dem Drill auf dem Kasernenhof und täglichen Schießübungen sollten wir in Stellungen an der Südküste der Insel verlegt werden. Aber dazu kam es nicht. Am 10. Juli landeten mit schwerem Gerät alliierte Truppen in der Nähe von Catania. Widerstand war zwecklos. Sie waren uns haushoch überlegen. Die Heeresleitung Süd ordnete geordneten Rückzug an. Wir verließen in dem Zug, der uns hergebracht hatte, bei Nacht die Insel ohne eine Apfelsine oder eine Signorina gesehen zu haben.

Mir kam die ganze Unternehmung wie eine überflüssige Zeitverschwendung vor. Ich hatte an den

Waffen, mit deren Hilfe wir den Krieg gewinnen sollten, allerhand Mängel festgestellt. Kleinigkeiten, die man hätte verbessern können, um die Handhabung zu erleichtern und die Treffsicherheit zu erhöhen. Ich sprach den Oberstleutnant darauf an. Der lachte nur und sagte: »Putzen Sie mal erst Ihre Stiefel, dann geht's Ihnen besser.«

Die offizielle Anrede von Soldaten untereinander war *Kamerad*. Aber von Kameradschaft konnte keine Rede mehr sein. Der Zug fuhr aus Sicherheitsgründen meist nur nachts. Tagsüber versteckte er sich, wenn es ging, in Waldstrecken oder in engen Bergtälern. Auf Bahnhöfen hielt er nicht an. Die Städte lagen im Dunkeln, als hätte eine Seuche ihre Bewohner hinweggerafft. Keine neugierigen jungen Frauen, keine Mädchen, die Fladenbrot verkauften, keine Lieder, keine Scherze.

Niemand wusste, wohin uns der Zug brachte. Die Ungewissheit war quälender als die Hitze und die Eintönigkeit. »Wir werden behandelt wie Kriegsgefangene«, sagte einer. »Wie Schlachtvieh«, ein anderer. Der Oberstleutnant, der sich einmal am Tag sehen ließ, brüllte Siegesparolen, wenn man ihn ansprach. Wahrscheinlich hatte auch er keine Ahnung, wo wir zum Einsatz kommen sollten. In einer Stadt, deren Namen ich vergessen habe, tauchte ein General auf. Er stand auf dem Bahnsteig mit einem Lautsprecher. Er erzählte etwas von einer Wunderwaffe, die bald einsatzbereit sein werde, von deutscher Disziplin und Tapferkeit, rief: »Der Endsieg ist unser!« und

»Heil Hitler« und verschwand. Gerüchte machten die Runde. Jeden Tag ein anderes. Es hieß, im Norden werde eine uneinnehmbare Alpenfestung gebaut. Dem Feind werde die Po-Ebene zur Todesfalle.

Die Tage schlichen dahin, die Zeit verschwamm. Einer aus meinem Abteil hatte Geburtstag. Heute? Morgen? Jedenfalls irgendwann demnächst. Die Wochentage verloren ihre Bedeutung. Wir waren nicht Wochen, nicht Monate, wir waren eine Ewigkeit eingesperrt in diesem Waggon unterwegs.

Dann eine Unterbrechung. Maschinenschaden. Wir mussten in geschlossener Formation in ein nahegelegenes Städtchen marschieren. Ein ödes Pro-vinznest, die Straßen menschenleer. Auf dem Marktplatz wurde Wein ausgeschenkt, für jeden von uns ein Glas. Der Quartiermeister hatte bei einem Bauern ein Fass beschlagnahmt. Dann die Überraschung: ein Zirkus. Auf einem Feld vor der Stadt hatte er sein Zelt aufgeschlagen. *Fratelli Bossi* war auf einem Transparent über dem Eingang zu lesen. Dicht gedrängt standen wir um die Manege. Ein Pfeifton war zu hören, ein Kratzen, dann ein Wiener Walzer oder etwas ähnliches. Erster Auftritt: ein Clown mit einer dicken Trommel. Er wurde mit Gebrüll empfangen. Nach einer Runde stellte er die Trommel ab und spritzte einen Strahl Wasser in die Zuschauer. Dann kam, ganz in Blau gekleidet, ein Jongleur. Er warf drei Bälle in die Luft, dann vier, dann fünf. Beim sechsten Ball stieß er an seine Grenzen. Er griff daneben. Unter Buhrufen verbeugte er sich. Jetzt kam der Höhepunkt: Eine Zirkusprinzessin mit dicken Beinen und einem Goldreif im Haar stürmte auf einen Schimmel in die Manege, drehte im Galopp eine Runde, kniete sich auf den bloßen Rücken des Pferdes, stellte sich auf und grüßte die Zuschauer mit erhobenem Arm. Brausender Beifall, wir waren begeistert. Nach der Aufführung verkaufte sie glasweise Zitronen-Limonade und Andenken. Es waren Münzen mit dem Portrait des Duce, die die Räder eines Zuges plattgefahren hatten. Ich kaufte ihr eine ab. Auf ihr war das Gesicht des Duce zu einem hämischen Grinsen verzogen.

Mit den Männern aus meinem Zugabteil ging ich den Weg zurück. Im Schulgebäude sollten wir die Nacht verbringen. Sie waren in ausgelassener Stimmung. Wochen hatte ich mit ihnen Tag und Nacht auf engem Raum zugebracht. Aber kennengelernt hatte ich sie nicht. Nicht einmal ihre Namen hatte ich mir gemerkt. Einer hieß Jupp. Er wollte Motorradrennfahrer werden. Er hatte rote Stoppelhaare, an sein Gesicht kann ich mich nicht erinnern. Ich zog mich in mich zurück, verhielt mich unauffällig. Wenn mich einer von ihnen ansprach, antwortete ich ohne ihn anzusehen. Meine Antworten waren knapp, nicht unfreundlich. Wahrscheinlich hielten sie mich für arrogant. »Der hält sich für was Besseres«, hat mal einer gesagt. Er hatte einen schweinischen Witz erzählt. Ich hatte nicht mitgelacht.

Es sickerte die Nachricht durch, Italien hätte kapituliert, wäre zum Feind übergelaufen. Die Italiener waren von nun an nicht mehr unsere Verbündeten. Sie erklärten Deutschland den Krieg. Das war im Oktober 1943.

Der Zug wurde geteilt. Die vorderen Waggons fuhren nach Osten, einem unbekannten Ziel entgegen. Unser Abschnitt setzte seine Fahrt nach Norden fort. Auf die Dächer der Waggons wurden Maschinengewehre montiert. Zu unserem Schutz.

Irgendwann ging es nicht weiter. Italienische Banditen hatten eine Brücke in die Luft gesprengt. Wir wurden in einem Schlachthof einquartiert. Es stank. Aasgeruch. Wir lagen in unseren Schlafsäcken auf den Schlachtbänken. Fliegenschwärme fielen über uns her. Der Bürgermeister der nahegelegenen Ortschaft hieß uns mit Faschistengruß willkommen. Gegen die Fliegen wusste er kein Mittel, aber er versprach, uns mit Wasser zu versorgen. »Hitler gut«, sagte er. Seine Frau werde Kuchen für uns backen. Man fand ihn zwei Tage später mit durchgeschnittener Kehle, an den Füßen aufgehängt wie ein geschlachtetes Schwein zum Ausbluten. Über den Kopf hatte man ihm einen Papierhelm gestülpt. Darauf in roter Schrift drei Worte: *Traditore! La Resistenza*. Den Kuchen hatten die Widerstandskämpfer mitgenommen.

Der Bürgermeister war ein rundlicher Mann, dessen rote Nase verriet, dass er gerne Rotwein trank. Er war der erste Tote, den ich in diesem Krieg sah. Der Oberstleutnant befahl mir, ihn von dem Ast zu holen, an dem er hing. Als ich auf die Leiter stieg und den

Strick durchschnitt, rutschte mir der schwere Körper in die Arme. Mit aller Kraft musste ich ihn an mich drücken, damit er nicht zu Boden fiel. In den Minuten auf der Leiter mit den Füßen des Bürgermeisters im Gesicht passierte es: »Nein!«, schrie es in mir. »Nein! Das nicht! Das will ich nicht.« Als der Leichnam vor mir auf dem Boden lag, fand ich keine Worte. Der Oberstleutnant klopfte mir auf den Rücken. »Na, was ist?«, sagte er. »Reißen Sie sich zusammen.«

Schleppend zog die Zeit sich hin. Von der italienischen Armee bekamen wir nichts zu sehen. Einmal fuhr ein Lastwagen mit Gefangenen vorbei, die unsere Truppen nahe der französischen Grenze aufgegriffen hatten. Sie ballten die Fäuste, ihre Gesichter waren hasserfüllt, sie spuckten aus, als sie uns sahen.

Unsere Aufgabe war es, die *Banditen* zu verfolgen und ihre *Nester auszuräuchern*. Sie waren unsichtbar. Sie kannten das Gelände besser als wir. Sie verübten ihre Anschläge vornehmlich nach Einbruch der Dunkelheit. Die Bauern und die Köhler in den Bergen waren auf ihrer Seite. Auch wenn wir drohten, ihnen die Ohren oder die Hoden abzuschneiden, verrieten sie die Verstecke der Resistenza nicht. Auf unseren Erkundungsfahrten fuhren wir durch Geisterdörfer. Die Schlagläden der Häuser waren geschlossen, die Straßen menschenleer. Einmal erwischten wir einen Jungen, der Widerstandsparolen auf eine Häuserwand pinselte. Der Oberleutnant verprügelte ihn mit seinem Gürtel. Hätte er mir befohlen, den Jungen zu erschießen, ich hätte den Befehl verweigert. Die Konsequenzen waren mir klar.

Die Alliierten griffen jetzt aus der Luft mit ihren De Havilland Mosquito-Maschinen an. Wer den hellen Sirrton ihrer Motoren hörte, hatte keine Zeit mehr für ein Stoßgebet. Sie waren stärker, auch wendiger als unsere Messerschmitt Me 262. Im Februar 1944 bombardierten sie das Kloster Montecassino. Es sei völlig zerstört, hieß es.

Es wurde Frühling, die Obstbäume blühten. Ich war nervös, konnte mich an ihrer Pracht nicht erfreuen. Immerhin war Krieg, dabei hatten wir ein bequemes Leben. Ich hatte weite Teile Italiens gesehen, aber noch keinmal auf einen Menschen schießen müssen. Wir mussten jeden Tag exerzieren. Das war ermüdend, aber unsere Kompanie hatte noch an keiner Schlacht, nicht einmal an einem Gefecht teilgenommen. Es gab sogar Hilfskräfte. Zwei Jungen, Brüder, dreizehn und vierzehn Jahre alt. Sie stammten aus einem der umliegenden Dörfer und mussten gegen ein paar Lire Lohn im Essraum das schmutzige Geschirr einsammeln, spülen, trocknen und in ein Regal stellen. Sie hatten runde Bauernköpfe, waren lustig, frech und machten mit den Kameraden, wenn keiner hinschaute, kleine Tauschgeschäfte. Wir spielten sogar Fußball mit ihnen, obwohl das verboten war. Der eine schwärmte für Inter Mailand, der andere für Turin. Sie waren flink, wendig und schossen Tore. Sie wollten später mit ihren Clubs italienischer Meister werden. Als Mittelstürmer natürlich.

Eines Tages sah ich, wie sie etwas in ihren Hosentaschen verschwinden lassen wollten. Ich ging zu ihnen hin und nahm ihnen zwei Packungen Hühnerschenkel ab. Am Ausgang des Lagers wären sie wohlmöglich bei einer Kontrolle durch ihre dicken Taschen aufgefallen. Man hätte sie hart bestraft. Als ich ihre enttäuschten Gesichter sah, taten sie mir leid. »Wie heißt ihr?«, fragte ich. »Matteo«, sagte der ältere, »Giovanni«, der jüngere. Ich zog ein Stück Schokolade heraus, brach es in zwei Stücke und gab sie ihnen. »Das bleibt unter uns. Ich werde die Hühnerschlegel zurücklegen, ohne dass jemand etwas merkt. Wenn sie euch die Schokolade abnehmen wollen, dann gebt an, Helmut hätte sie euch geschenkt.«, sagte ich auf Deutsch. Sie sahen erst die Schokolade, dann mich mit großen Augen an. Sie hatten mich verstanden.

An einem Morgen – wir waren wieder im Hof in Reih und Glied angetreten – lag etwas in der Luft. Irgendetwas war anders als sonst. Etwas Ungutes, Fiebriges wie bei einem heraufziehenden Gewitter. Wir wollten gerade mit den Übungen beginnen, als der Leutnant rief: »Rührt euch! Ich habe eine Mitteilung zu machen. Ihr werdet heute euer Geschirr selbst abräumen müssen. Die beiden Jungen, mit denen ihr so nett Fußball gespielt habt, haben sich als Verbrecher entpuppt. In ihren Beuteln wurde Sprengstoff gefunden. Sie hatten vor, die Kaserne in die Luft zu jagen und uns alle zu töten. Sie sind Mörder und werden als solche hingerichtet. Die

Exekution findet um elf Uhr statt. Das Exerzieren fällt heute aus. Geht jetzt in die Kantine. Dort bekommt ihr Getränke. Um 10.45 Uhr alle antreten. Die Schützen werden durch Los bestimmt.«

Die Luft war wie Blei, man konnte kaum atmen. Ein kalter Wind wehte, ich fühlte mich fiebrig. Pünktlich hatten wir im Innenhof im Halbkreis vor einer Mauer Aufstellung genommen. Ich hielt den Blick gesenkt, auf den Stiefelabsatz des Vormannes fixiert, und betete, dass das Los nicht mich treffen sollte. Ich hätte nicht auf die Jungen schießen können, ich hätte den Befehl verweigert.

Dann die Stimme des Leutnants. Ich konnte nicht verstehen, was er schrie. Ich sah die beiden Jungen. Matteo konnte gehen, Giovanni wurde durch den Staub geschleift. Ihre Gesichter waren aufgedunsen. Man hatte sie scharf verhört. Wahrscheinlich ihre Köpfe in Wassereimer getaucht. Beide hatten sich in die Hosen gemacht. Wieder ein scharfer Befehl des Leutnants. An der Mauer wurden den Jungen die Augen verbunden. Matteo stand. Man sah, wie seine Hosen schlotterten. Giovanni konnte sich nicht auf seinen Beinen halten, er kniete. Vier Mann traten vor. Der Leutnant gab den Befehl anzulegen. Ich hörte ein Rauschen, wie von niederstürzenden Wassermassen. Dann der Knall. Matteo hatte sich die Binde runtergezogen, riss, als die Kugeln ihn trafen, die Augen auf und starrte in meine Richtung, als wollte er mich als Zeugen der Bluttat aufrufen. Dann sackte er neben seinem Bruder zusammen.

Sein Blick aber blieb, er brannte sich mir ein. Er verfolgte mich. Er sah mich im Spiegel des Waschraums an, aus dem Glas Wasser beim Essen, aus der Dunkelheit, wenn ich auf meiner Pritsche lag. Der Blick eines Kindes, das nicht versteht, was ihm angetan wird. Der Hass auf die Männer, die glaubten ein Recht zu haben, ihm das Leben zu nehmen. Keine Träume mehr, keine Erwartungen, keine Hoffnung. Das Rauschen in meinen Ohren hörte auf. Ich sah mir fassungslos zu, wie ich die mir befohlenen Pflichten erfüllte. Der Soldat, der ich war, gehorchte den Befehlen, aber ich hasste, was ich tat, ich hasste meine Vorgesetzten, ich hasste den Krieg.

Die Leichen von Matteo und Giovanni wurden in Säcken in ihr Dorf gebracht und vor dem Haus ihrer Eltern abgeladen. Die Antwort der Partisanen ließ nicht lange auf sich warten. Sie legten keine fünfhundert Meter von unserem Quartier entfernt unter den Belag der Zufahrtstraße Sprengfallen. Wie sie sich das Dynamit beschafften, blieb ihr Geheimnis. Die Truppenführung bereitete einen Schlag gegen die *Banditen* vor, der ihren Umtrieben ein Ende setzen sollte. Von einem Überläufer hatten sie die Information, dass sie von einem circa fünfzig Kilometer entfernten Bergdorf aus ihre Aktionen planten. Unsere Truppe erhielt den Auftrag, sie dort aufzuspüren und ihre Kommandozentrale zu zerstören. Zwei *uomini del paesi* sollten uns über einen Ziegenpfad an der Nordseite des Berges an unser Einsatzziel führen. Noch vor Tagesanbruch verteilten wir uns in den

Waggons eines Zuges, die normalerweise zum Transport von Schlachtvieh dienten. Eine Stunde und fünfzehn Minuten sollte die Fahrt dauern.

Im ersten Morgengrauen tauchten während der Fahrt zwei Wachleute auf. Sie waren auf der Suche nach den beiden ortskundigen Männern. Die waren unauffindbar, einfach verschwunden. Die Wachleute hatten gerade unseren Waggon kontrolliert, da krachte es. Ein ungeheurer Knall. Ich wurde zu Boden geschleudert. Ein Eisenriegel rammte sich in meinen Bauch. Holz splitterte. Schreie, Hilferufe. Ich riss die Augen auf. Der Boden des Waggons wölbte sich, eine Seitenwand riss auf. Staub wirbelte herein.

Auf allen Vieren kroch ich ins Freie und ließ mich auf den Bahndamm fallen. An einem Mast richtete ich mich auf. Weg! Jetzt nur weg! Ich lief auf ein alleinstehendes Haus zu. Es war unbewohnt, keine Tür in den Angeln, leer die Fenster. Ich hörte mich keuchen, tapste mit vorgestreckten Händen durchs Halbdunkel, fand eine Treppe, stolperte hinunter in den Keller. Etwas bewegte sich im Dunkeln und stürzte sich auf mich. Starr vor Entsetzen konnte ich mich nicht wehren. Ein Arm hielt mich im Würgegriff. Ein Tritt in die Kniekehlen, ich fiel zu Boden. Ein Knie drückte meinen Kopf in den Dreck.

»Italiano?« fragte über mir eine Stimme. »Nein, jetzt seh' ich's: Ein tapferer deutscher Soldat. Die haben euren Zug in die Luft gesprengt. Ich hab's gehört.« Der Arm lockerte den Griff. »Steh auf! Stell dich da an die Wand! Einen Schritt auf mich zu und ich ramme dir mein Messer in den Bauch.«

So lernte ich Georg kennen. Er wollte, dass ich ihn Schorsch nenne. Er wurde mein Freund. Der einzige, den ich in den Kriegsjahren hatte.

Schorsch stellte mir drei Fragen: »Was denkst du? Können die Deutschen den Krieg noch gewinnen?«, »Ist jemand, der seine Heimat verteidigt, dadurch automatisch ein Bandit?« und »Sollte jemand, der sich auf eigene Faust von der Truppe verabschiedet, als Deserteur abgeknallt werden?« Als ich dreimal mit »nein« antwortete, ließ er den Arm sinken und schnitt mit dem Messer, das er mir eben noch in den Bauch rammen wollte, von einem Laib Brot einen Kanten ab. »Hier. Iss das. Zur Beruhigung deines Magens.«

Schorsch war geschätzte zehn Jahre älter als ich. Er war leicht untersetzt, hatte schnelle, exakte Bewegungen, um den Mund ein spöttisches Lächeln und tiefliegende, neugierige Augen. Er übernahm das Kommando. Er hatte Erfahrungen, von denen er behauptete, sie im Ersten Weltkrieg erworben zu haben. Das konnte – wie viele seiner Behauptungen – nicht stimmen. Aber was er sagte, war nicht gelogen. Er zählte nur anders und seine Erinnerungen folgten einer Logik, die – sagen wir – eigenwillig war. Seine Phantasie produzierte pausenlos Bilder, die für ihn real, für andere aber nicht nachvollziehbar waren. Außerdem hatte er einen sechsten Sinn. Wenn wir in schwierige Situationen gerieten, sagte er: »My instinct tells me ...« und schlug an der Kreuzung den Weg nach links ein und wäre für alles Gold auf Erden nicht weiter geradeaus gegangen. Ich gewöhnte mich an seine Eigenheiten. Was blieb mir anderes übrig?

Nach Einbruch der Dunkelheit gingen wir los. Schorsch brauchte keine Karten, keine Wegweiser. Unser Ziel lag im Norden. Er wusste, welcher Weg oder Eselspfad dorthin führte. In wolkenlosen Nächten orientierte er sich an den Sternen. Wenn Menschen auftauchten, schlugen wir uns in die Büsche. Für die vorrückenden Alliierten waren wir Feinde, für die deutschen Truppen Deserteure und für die Partisanen Spione. Am gefährlichsten waren unsere eigenen Landsleute. Wenn sie uns erwischten, würden sie uns nicht vor ein Kriegsgericht, sondern direkt an die Wand stellen. Um unseren Hunger zu stillen, brachen wir in Backstuben ein, stahlen in Hühnerställen die Eier und aßen alles, was wir am Wegesrand für essbar hielten. Mehr noch als der Hunger und die Angst ist mir die Kälte in Erinnerung geblieben. Wir überquerten den Apennin. Hier oben waren die Nächte frostig, an den Nordhängen lag Schnee. In unseren verdreckten Uniformen und mit unseren struppigen Bärten sahen wir aus wie Wegelagerer.

Wir kamen an den Po. Sein Anblick war enttäuschend. Träge braune Wassermassen, keine Boote, keine Gärten an seinen Ufern. Ich zog die Stiefel aus und wollte meine geschwollenen Füße ins Wasser halten, da sah ich etwas Helles, das auf mich zutrieb. Es war, ja, jetzt war es deutlich zu erkennen, eine

Leiche. Sie hing mit dem Gesicht nach unten im Wasser, die Arme seitlich gespreizt wie Ruder. Entsetzt sprang ich zurück. Ich rief nach Schorsch. Bis er kam, war von der Leiche nichts mehr zu sehen. Die Strömung hatte sie weggeschwemmt.

Aus Treibholz bauten wir uns notdürftig ein Floß. Wir legten uns platt darauf und steuerten mit zwei Brettern das gegenüberliegende Ufer an. Als wir triefend nass dort ankamen, blickten wir in ein halbes Dutzend Gewehrläufe. Eine Stimme rief etwas. Wir nahmen die Arme hoch. Die Männer sahen aus wie die Räuber aus meinen Kinderbüchern: braun gebrannt, Stoppelbärte, schlechte Zähne, rote Halstücher, die Kappen verwegen auf dem Kopf. Einer von ihnen war Südtiroler. Er verhörte uns, wollte alles genau wissen. Von dem Attentat auf den Zug mit den deutschen Soldaten hatte er gehört. Drei Tote, drei Besatzer weniger. »Vier«, sagte ich. Er lachte.

Uns wurden die Augen verbunden, die Hände auf den Rücken gedreht. So wurden wir abgeführt. Mit den Gewehrkolben stießen sie uns vorwärts. Irgendwann erreichten wir ein Haus. Eine Tür quietschte in den Angeln. Die Augenbinden wurden uns abgenommen. Es roch harzig. Die Wände und die Deckenbalken waren schwarz wie in einer Köhlerhütte. Die Männer setzten sich an einen Tisch, Schorsch und ich mussten uns an eine Wand stellen.

Ein Grauhaariger, der offenbar der Anführer war, hielt uns eine Kerze vors Gesicht. Er schüttelte den

Kopf. »Wie Spione seht ihr nicht aus.« »Nein. Wir haben uns unerlaubt von unseren Truppen entfernt«, sagte Schorsch. »Abgehauen seid ihr! Und wo wollt ihr hin?« »Nach Hause«, sagte ich. »Also heim ins Reich.« Der Mann lachte. »Ihr müsst über die Alpen. Kein Spaziergang. Wenn euch eure Kameraden erwischen, knallen sie euch ab wie räudige Hunde.« Jetzt lachten auch die anderen.

Sie gaben uns Pecorino zu essen, nicht den Käse, die Rinde. Dazu ein Stück Brot und einen Becher Wasser. Ich zwang mich, gründlich zu kauen, um den Genuss zu verlängern. Da war aus einem Nebenraum ein unterdrücktes Stöhnen zu hören. Es wurde lauter, dann ein kurzer Schrei, danach Stille. »Was ist da los?«, wollte Schorsch wissen. »Habt ihr einen Verwundeten?« Niemand antwortete. Der Südtiroler stand auf und blickte den Alten an. Der reagierte erst nicht, dann nickte er mit dem Kopf. »Es ist eine Frau«, sagte der Südtiroler. »Sie hat Wehen.« Jetzt sprang auch Schorsch auf: »Ist jemand bei ihr? Ihr müsst eine Frau rufen, die ihr bei der Geburt hilft.« »Langsam«, sagte der Alte. »Sie ist nicht von uns. Wenn sie stirbt, stirbt sie eben.« Wieder ein Schrei, dann ein Wimmern. »Das Kind ist von einem von euch, einem Besatzer«, sagte der Südtiroler. Schorsch standen buchstäblich die Haare zu Berge. So erregt hatte ich ihn noch nie gesehen. »Ich bin Arzt«, rief er. »Ich werde ihr helfen. Ich brauche warmes Wasser. Und verdammt noch mal, holt eine Frau aus der Nachbarschaft!« Er lief zu der Tür des Nebenzimmers, der Südtiroler hielt ihn zurück. »Seid ihr Menschen? Tiere seid ihr«, fauchte Schorsch ihn an.

Schorsch hatte gelogen. Er war kein Arzt. Aber seine Empörung war echt. Sie beeindruckte die Männer. Eine alte Frau erschien mit einer Schere. Schorsch und der Südtiroler verschwanden im Nebenraum. Stille. Die Männer starrten vor sich hin. Mir wurde erlaubt, mich zu ihnen an den Tisch zu setzen. Der Alte schob mir einen Becher mit Rotwein hin. Eine kleine Ewigkeit später stand Schorsch in der Tür. Er hielt das Kind im Arm. »Gebt der Frau zu essen«, sagte er. »Das hier ist ein kräftiger Junge. Er wird eines Tages euren Befreiungskampf fortsetzen.« Die Alte huschte vorbei Richtung Haustür. Mit der einen Hand streckte sie die Schere, mit der anderen ein Stück Nabelschnur hoch. Die Frau bekamen wir nicht zu sehen.

Einer der Männer, der fast noch ein Junge war, nahm uns die Uniformen ab und brachte uns Decken. Wir suchten uns eine geschützte Ecke und legten uns auf die Dielen. Die Männer verbrachten die Nacht im Obergeschoss auf Pritschen, ihre Gewehre schussbereit neben sich. Schorsch schlief den Schlaf der Gerechten. Er schnarchte. Ich lag lange wach und dachte an die Frau. Ein unbekanntes Gefühl überkam mich. Die Frau lag im Nebenraum mit ihrem Kind an der Brust. Ich sehnte mich nach Frieden, nach einer Frau und einem Sohn. Er sollte nie auf einem Bretterboden schlafen, nie um sein Leben bangen müssen. Ich würde ihm eine

Dampfmaschine und für den Garten ein Karussell bauen.

Der nächste Tag begann um fünf Uhr. Das Dröhnen von schwerem Schuhwerk auf der Treppe. Schorsch und ich bekamen Gelegenheit, uns hinter dem Haus in einem Zuber zu waschen. Allein die verfilzten Haare und Bärte zu säubern war eine Wohltat. In der Stube hingen über der Lehne einer Bank unsere Uniformen, gründlich gewaschen und gefaltet. Daneben zwei Hosen, Hemden und andere Anziehsachen wie sie die Männer trugen. Im Halbdunkel saß der Alte. »Wir tauschen«, sagte er. »Ihr zieht die Bauernklamotten an. Gleich kommt ein Transporter. Der bringt euch nach Bozen. Ihr könnt euch freuen, von dort sind es nur noch zweihundert Kilometer bis in eure deutsche Heimat. Wenn ihr Glück habt, greifen euch die Amerikaner auf. Dann ist für euch der Krieg zu Ende. Sie stecken euch in ein Lager und füttern euch mit Corned Beef. Meinen Segen habt ihr.«

Der Transporter war ein Tempo Dreirad. Deutsches Fabrikat. Auf der Ladefläche standen sechs Bienenkörbe. Die vordersten zwei wurden Schorsch und mir übergestülpt. Wir hockten gekrümmt, das Stroh kratzte, aber es roch angenehm nach Wachs. Die mittleren zwei Körbe verbargen Kisten mit Dynamit. Um den Deutschen den Rückmarsch zu erschweren, sollte damit im Alto Adige eine Brücke gesprengt werden. In die restlichen beiden Körbe hatte man Bienenvölker gesperrt. Wer meinte, eine Kontrolle durchführen zu müssen, würde seine Neugier bitter bereuen. Als Begleitschutz fuhren dem Transporter der Südtiroler und ein anderer auf erbeuteten BMW-Motorrädern voran. Sie trugen unsere Wehrmachts-Uniformen und hatten gefälschte Papiere in den Satteltaschen.

In einem Weinberg oberhalb von Bozen wurden Schorsch und ich aus unserem Versteck befreit. Meine Beine waren wie abgestorben, mir wurde schwindelig, als ich mich aufrichtete. »Geschafft«, sagte der Südtiroler. Man sah ihm die Erleichterung an. »Ich heiße Hugo und habe eine Bitte. Geht hinauf nach Klobenstein. In dem Haus unterhalb der Kirche wohnt ein Onkel von mir, der Obermeier Leo. Sagt ihm einen herzlichen Gruß von mir und gebt ihm diesen Brief. Bei ihm seid ihr sicher. Ihr könnt bei ihm über Nacht bleiben. Er wird euch Proviant für den Weitermarsch geben. Auf mich wartet eine Brücke. Wenn der Krieg vorbei ist, sehen wir uns wieder. Ihr werdet willkommen sein im freien Südtirol.« Wir legten wie Schwurbrüder die Hände aufeinander. »Auf ein freies Südtirol!«, sagte ich. »Viel Glück!«

Leo Obermeier war Bürgermeister von Klobenstein und hatte unter seinen Vorfahren drei weitere Vertreter dieses Amtes. Er las den Brief seines Neffen, zog eine Schachtel Zündhölzer aus der Tasche und verbrannte ihn vor unseren Augen. »Willkommen auf dem Ritten«, sagte er und drückte meine Hand so kräftig, dass ich tief Luft holen musste, um einen Schmerzensschrei zu unterdrücken. Während Schorsch und ich heiße Milch mit Sirup tranken, am

Abend, als wir Speckpfannekuchen aßen und auch am nächsten Morgen zu Pfannekuchen mit Marmelade erklärte er uns, wofür er kämpfte: für ein vereintes Großtirol nördlich und südlich des Brenner, geschützt vor deutschen und italienischen Begehrlichkeiten durch Österreich. »Kaiser und Könige sind bei uns durchgezogen. Wir haben sie kommen und gehen sehen, unterworfen haben wir uns keinem.« Zum Abschied schenkte er uns einen Rucksack. In ihm fanden wir ein halbes Dutzend Pfannkuchen, ein Stück Bergkäse und eine Speckschwarte. Wieder der kräftige Händedruck. Leo Obermeier stand in der Tür des Bürgermeisteramtes und winkte.

Meine Hochgebirgserfahrungen beschränkten sich auf Luis-Trenker-Filme. Das erhabene Gefühl beim Anblick der schneegekrönten Gipfel, die Edelweißromantik der Alpen stellte sich bei mir nicht ein. Die Stiefel drückten, die dünne Luft erschwerte das Atmen. Die schroffen Felswände, die Nasen, Türme und Abrisse machten mir Angst. Außerdem war Krieg. Auch hier oben. Die Gebirgsjäger lauerten im Hinterhalt und schossen auf jeden, der ihnen vor die Flinte kam. Schorsch ging voraus, ich gab mir Mühe, Schritt zu halten.

Meine Mutter hatte mir beigebracht, zu beten. Aber nicht einmal das Vater-unser konnte ich hersagen, ohne ins Stocken zu geraten. Auch hatte sie versucht, mich davon zu überzeugen, dass der Mensch im Grunde gut ist und Gutes tun will, wenn er dazu angehalten wird. Davon war sie überzeugt. Wenn

Schorsch und ich abends zusammengerollt unter Latschenkiefern oder in einer Höhle im Gestein lagen, musste ich an ihre Worte denken. Sie wurden verdrängt durch die Bilder von einem Massaker und die Berichte von Massenvergewaltigungen. Im Krieg hatte der Teufel leichtes Spiel. In guten Momenten und wie zum Trost hörte ich die Stimmen von Hugo und seinem Onkel Leo Obermeier. Sie hatten uns geholfen und sich keinen Vorteil davon erhofft.

Geröllfelder sind heimtückisch. Erfahrende Bergsteiger umgehen sie. Schorsch und ich mussten mehrere durchqueren. Man muss bei jedem Schritt prüfen, wo man den Fuß aufsetzt. Außerdem ist man auf Geröllfeldern ein leichtes Ziel für Scharfschützen. Ich hatte mir eine Art Entengang angewöhnt, um schnell das Gewicht von einem Bein auf das andere verlagern zu können. Das war anstrengend und verlangte hohe Konzentration.

Vor uns lag das große Geröllfeld oberhalb von Brixen. Auf dem Hang gegenüber hatten die Deutschen ein Munitionslager eingerichtet mit Wachtürmen, auf denen Posten mit Maschinengewehren saßen. So entschlossen wir uns, erst nach Einbruch der Dunkelheit aufzubrechen. Von einem meiner Stiefel hatte sich die Sohle gelöst. Ich musste sie mit einer Schnur festbinden. Wolken zogen auf. Das machte uns zwar unsichtbar, aber im Nebel kamen wir von dem Ziegenpfad ab. Obwohl wir uns geeinigt hatten, nicht zu fluchen, hörte ich Schorsch vor mir im Dunkeln laut schimpfen.

Ich stolperte, trat auf einen Stein, der unter meinem Fuß wegrollte, verlor das Gleichgewicht, ließ mich zur Seite fallen, um nicht in die schwarze Tiefe vor mir zu stürzen, spürte einen stechenden Schmerz an meinem linken Knöchel und schrie auf. Schorsch kam mir zur Hilfe. »Was ist los?«, fragte er. Auf ihn gestützt ging ich weiter. Mit dem linken Fuß auftreten konnte ich nicht. Nach einer Ewigkeit erreichten wir endlich das Ende des Geröllfeldes. Geschafft! Erschöpft ließen wir uns auf eine Insel trockenen Grases fallen. Der Schmerz pochte im Stiefel. Das Gelenk war geschwollen. Ich war am Ende meiner Kräfte.

Aber wir mussten weiter. Schorsch schnitt einen Ast mit einer Gabel ab, die unter meine Armbeuge passte. Er lief voraus, ich humpelte hinterher. Die Zweige der Bergkiefern schlugen mir ins Gesicht. Als sich der Wald lichtete, holte ich ihn ein. »Da, schau! Ein Haus«, flüsterte er. Tatsächlich. Hundert Meter vor uns in einer Mulde lag ein Bauernhof, umgeben von grünen Almwiesen. Kleine Fenster, dicke Mauern, ein weit überstehendes, mit Steinen beschwertes Dach. Schorsch beschloss hinzugehen, um zu sehen, ob er bewohnt war. Ich sollte warten.

Als er den Hof einmal umrundet hatte, öffnete sich ein Schlagladen einen Spalt und eine Frauenstimme war zu hören: »Was schleichst du denn hier rum! Hier gibt es nichts zu holen.« »Gott zum Gruß, liebe Frau«, sagte Schorsch mit der samtweichen Stimme, die er für solche Gelegenheiten auf Lager hatte. »Wir sind arme Wandersleut und haben uns im Gebirge verirrt. Wir haben Hunger und Durst. Gebt uns ein Stück Brot und ein Glas Wasser. Der Herrgott wird es euch danken.« Ich näherte mich mit der Krücke unter der Achsel, den wehen Fuß zog ich nach. »Was ist denn mit dem?«, fragte die Frau. »Der hat sich schwer verletzt. Der Fuß ist blau angeschwollen. Man wird ihn abnehmen müssen, wenn meinem Freund nicht bald geholfen wird.«

Ein Riegel wurde zurückgeschoben und die obere Hälfte der schweren Eichentür nach außen gestoßen. In der Öffnung erschien der Oberkörper einer Frau. Waren es die Schmerzen, der fiebrige Zustand, die Höhenluft oder die Entbehrungen – ich glaubte, ein Trugbild zu sehen. Eingerahmt von dem alten Holz schien es mir ein Bildnis von unnahbarer Schönheit aus vergangenen Zeiten zu sein. Wie die Frauenportraits, die ich als Schüler in einem Schloss gesehen hatte. Das milde Licht der untergehenden Sonne verstärkte den Eindruck. Das Bild hätte so, wie es sich gezeigt hatte, auch wieder verschwinden können. Aber es vervollständigte sich: Zwei nackte Unterarme legten sich auf den noch geschlossenen Teil der Tür. In dem Gesicht darüber erschien ein spöttisches Lächeln: »So, so. Zwei arme Wandersleut! Red' keinen Schmarrn. Herumtreiber seid ihr. Wenn euch mein Mann erwischt, kommt er mit der Sichel und schneid' euch die Ohren ab.« Dann lachte sie, als wären zwei Männer ohne Ohren eine lustige Vorstellung.

Sie stieß den unteren Teil der Tür auf und trat einen Schritt ins Freie. »Seids schön brav und bleibts, wo ihr seid. Sonst schlitz ich euch den Bauch auf.« Tatsächlich steckte in ihrem Gürtel ein großes Küchenmesser. »Ich will mir den Fuß anschauen, um sicher zu sein, dass ihr keine Aufschneider seid. Komm her!«, rief sie in meine Richtung.

Wie alt mochte sie sein? Auf jeden Fall nicht mehr ganz jung. Ich war zu verwirrt, um darüber nachzudenken. Sie hatte runde, abgewogene Bewegungen, einen sicheren Schritt, aufmerksame, tiefliegende Augen und eine kraftvolle Stimme.

Ich war verblüfft, dass es so etwas gab. Meine Erfahrungen mit Frauen waren begrenzt. Sie kicherten gern, beim Tanzen musste man aufpassen, ihnen nicht auf die Füße zu treten, bei Festveranstaltungen lockten sie einen in dunkle Ecken, nur um nach dem ersten Kuss daran zu erinnern, dass sie anständig wären und weiter nicht gehen wollten. Ich fand diese Spielchen langweilig und hatte mich noch nie richtig verliebt.

Den wehen Fuß musste ich auf einen Baumstumpf stellen. Die Frau schnürte den Stiefel vorsichtig auf, zog am Absatz und befreite mich mit einem Ruck von dem engen Leder. Ich schrie auf, sie schüttelte den Kopf. Der Fuß sah schlimm aus. Schorsch hatte bei seiner Beschreibung nicht übertrieben.

Die Frau strich mit den Fingerspitzen über die geschwollene Haut, holte dann ein Polster, auf das ich mich legen sollte. Unter den Fuß schob sie ein

Kissen. Wieder strich sie zart über die Schwellung, hin und zurück, hin und zurück. Ich schloss die Augen und öffnete sie erst wieder, als sie ein in kaltes Wasser getauchtes Tuch auflegte. Ich fühlte mich umsorgt von diesen Händen, geborgen. Eine wohltuende Wärme stieg in mir auf, Arme und Beine wurden schwer, ich entspannte mich, wie seit Wochen nicht mehr. Jegliche Ängste fielen von mir ab, dieser Frau konnte ich mich überlassen. Vermutlich schlief ich ein.

Als ich aufwachte und wieder wusste, wo ich war, hatte sie das Tuch beiseitegelegt und fing an, den Fuß mit einer stark riechenden Flüssigkeit einzureiben. Das tat gut, die Schmerzen ließen nach. Die Hände dieser Frau, wie sie die Tinktur bis hinauf zum Knie einmassierten, lösten eine Reaktion aus, die darauf schließen ließ, dass ich mich auf dem Weg der Besserung befand.

»Wie heißt ihr eigentlich?«, fragte sie. Wir nannten unsere Namen. »Und ich bin's Annemirl. Ich bring euch Suppe. Brot gibt's erst morgen. Morgen ist Backtag.« Wir löffelten mit Heißhunger, sie sah uns zu. »Der Fuß wird wieder. Es ist nichts gebrochen oder gerissen. Aber bevor du mit dem über die Berge kommst, braucht's ein paar Tage. Im Schuppen ist eine Kammer. In der hat früher der Knecht geschlafen. Da könnt ihr bleiben.« »Sie sind ein Engel«, sagte Schorsch immer noch mit der ungewohnt samtigen Stimme. »Mein Freund wird wieder gesund und auch ich kann ein paar Tage Erholung gut gebrauchen.«

»Eine Stunde Pause«, sagte Annemirl. »Dann kannst du hinterm Hof zur Erholung Holz für den Kachelofen hacken.«

Die Tage bei Annemirl auf dem Berghof habe ich als die glücklichsten seit meiner Einberufung in Erinnerung. Der ruppige Schorsch machte eine Wandlung durch. Er kam mit gewaschenen Händen und frisch gekämmt zum Essen. Er machte Annemirl Komplimente, lobte das Essen, das sie auf den Tisch brachte, scharwenzelte um sie herum und deutete an, dass er es in Gesellschaft einer Frau wie ihr länger in den Bergen aushalten könnte. Es stellte sich heraus, dass der Mann, der bereit war, ihre Ehre mit der Sichel zu verteidigen, im Krieg war. Er galt als verschollen. Annemirl schenkte Schorsch eine seiner Hosen unter der Bedingung, dass er sich in der Kammer umzog. »Du hast's gut«, sagte er zu mir. »Wie die dich pflegt. Vielleicht sollte ich mich ein bisschen ins Bein hacken, damit sie auch mich streichelt.« Wenn sie mich anlächelte oder mir nur fröhlich einen guten Morgen wünschte, verfinsterte sich sein Gesicht.

Auch ich machte mich nützlich. Im Schuppen neben unserer Kammer stand eine Kreissäge. Sie wurde von einem Elektromotor über einen Lederriemen angetrieben. Der Motor funktionierte nicht. Ich schraubte die Metallhaube ab, nahm ihn sorgfältig auseinander, kontrollierte die Kupferspulen in seinem Inneren, fand schließlich die defekte Stelle. Ein Kupferdraht war durchgeschmort und hatte einen Kurzschluss ausgelöst. Ich wickelte die Spule neu, setzte dann die Haube wieder auf und glaubte, der Schaden sei behoben. Annemirl, die mir mit einem skeptischen Lächeln zugesehen hatte, zeigte mir die Steckdose. Erwartungsvolle Stille, dann ein ungutes Knistern, eine kleine Rauchfahne stieg auf. Ich war beschämt. Hörte, wie sie »Ja, ja, so einfach ist das nicht« sagte und fing von vorne an. Ich zerlegte den Motor in seine Einzelteile, entfernte alten Schmutz, bürstete alles bis es glänzte und legte mir einen Funktionsplan zurecht. Ehrgeiz brannte in meiner Brust. Am Morgen des dritten Tages lief das Ding. Es schnurrte. Schorsch und ich schleppten Holzstämme herbei. Über der Alm ertönte das Kreischen der Säge. Annemirl belohnte mich mit einem »Gut gemacht« und einem Blick, den ich mit in meine Träume nahm.

Schorsch spaltete Holzklötze ohne zu klagen, aber er tat es mit finsterer Miene. Die Scheite türmten sich zu einem Berg, ohne dass Annemirl ihn für das Ergebnis seiner Arbeit gelobt hätte. Er war gereizt, immer kurz vor einem Wutanfall. Übellaunig verfolgte er alles, was ich tat. Aus dem guten Kameraden war ein Rivale geworden. Annemirl verteilte das Essen. Misstrauisch achtete er darauf, dass die Portionen auf meinem Teller nicht größer waren als auf seinem. Einmal wollte er kochen. Speckpfannekuchen. »Ich kenne ein tolles Rezept. Es stammt von meiner Mutter.« Annemirl und ich schauten zu. Der Versuch misslang. Annemirl nahm ihm den Schöpflöffel ab, kratzte den schwarzgebrannten Teig aus der Pfanne, wartete bis sich Glut im Herd gebildet hatte und buk drei tellergroße, goldfarbene Pfannekuchen. Wortlos über den Teller gebeugt aß Schorsch. Auch ich schwieg und hielt den Blick gesenkt. Mordgedanken schwebten in der Luft.

Annemirl hatte sich verändert. Sie war nicht mehr die wehrhafte Berghofbäuerin. Sie hatte das Messer an ihrem Gürtel in eine Küchenschublade gelegt. Sie schien fröhlich. Sie sang bei der Arbeit, ich vermutete, es waren Liebeslieder. Sie hatte die Haare zu einem Knoten gebunden, wie am Tag unserer Ankunft, trug dasselbe Kleid, aber ihr Mund war entspannter, die Augen glänzten und unter der Bluse zeichneten sich ihre Brüste ab. Annemirl wirkte jünger, jeden Tag um zwei Jahre.

Die Spannungen zwischen Schorsch und mir, die kleinen Gehässigkeiten, die wir austauschten, das Gebalze um ihre Gunst schien sie eher zu amüsieren als zu stören. Sie sagte zwar »Benehmts euch!« oder »Euer Gestänker langweilt mich«, aber sie lachte dazu.

An dem Abend, an dem Schorsch mit dem Rezept seiner Mutter scheiterte, lachte sie nicht. »Du passt mit deinem Fuß wieder in den Stiefel rein«, sagte sie zu mir. Und zu Schorsch: »Du hast dir ein paar anständige Hosen aus warmer Wolle verdient. Es ist Zeit, dass ihr weiterzieht. Gleich morgen brecht ihr auf. Irgendwann kommen die Gebirgsjäger. Plötzlich sind sie da. Wenn die euch erwischen, ergehts euch schlecht.« Sie sagte es freundlich, aber in einem Ton, der keinen Widerspruch zuließ. Wir würden wieder zu Schatten werden, die nachts über Ziegenpfade schlichen und sich bei Morgengrauen in Höhlen oder einem Heuschober verkrochen. Freiwild.

Beim Abschied wurden keine Tränen vergossen. Annemirl hatte zwei Päckchen mit Wegzehrung geschnürt. »Ihr brauchts euch nicht streiten«, sagte sie. »In dem einen ist genau dasselbe drin wie im anderen.« Sie umarmte erst mich, dann Schorsch, wünschte uns viel Glück und als ich mich nach den ersten Schritten umsah, war sie im Haus verschwunden. Ich war sicher, ich würde sie nie wiedersehen. Mir blutete das Herz.

Vierundzwanzig Stunden sind viel Zeit, wenn man sie ohne Unterbrechung mit einer Person verbringt und man sicher sein kann, dass man sich am nächsten und am übernächsten Tag nie mehr als zehn Meter von dieser Person entfernen wird. Schorsch und ich waren auf einander angewiesen, mehr als zwei Bankräuber. Daran hatten wir uns im ersten Teil unserer Flucht gewöhnt. Jetzt, nach der Begegnung mit Annemirl, hatte sich etwas verschoben. Wir fanden nicht zurück zur alten Selbstverständlichkeit, der andere war zum notwendigen Übel geworden. Wir wussten nicht, was wir einander noch sagen sollten, jede Bemerkung, jeder Hinweis und jeder Vorschlag schien überflüssig zu sein. »Das weiß ich doch!«, sagte ich, wenn er mich auf eine Gefahr aufmerksam machte. «Du wiederholst dich!« schnaubte er, wenn ich wegen der schlechten Beschaffenheit des Weges stöhnte. Wir hatten uns vorgenommen, dreißig Kilometer pro Nacht zu schaffen. Das ist im Gebirge mehr als fünfzig Kilometer im Flachland. Es wurde kalt, es fing an zu schneien, der Boden verwandelte sich streckenweise in eine Rutschbahn. Wenn dichter Nebel die Sicht behinderte oder Sturm aufkam, waren wir manches Mal gezwungen, in unserem Unterschlupf zu bleiben. Wären wir einem Trupp Gebirgsjäger begegnet, ich wäre bereit gewesen, mich ihnen anzuschließen. Genügend Erfahrungen hier oben hatte ich mittlerweile. Ich wurde gleichgültig. War es noch November, oder schon Dezember? In einer anderen Welt wurden jetzt Adventskränze geflochten. Was hatte ich damit zu tun? Um nicht ganz einer lähmenden Gleichgültigkeit zu verfallen, kam ich auf die Idee, mir ein Ziel zu setzen. Vier Wochen wollte ich noch durchhalten. Es war zwar ein ganz willkürliches Ziel, aber es half mir, meine Gedanken zu ordnen. Achtundzwanzig Tage, dann wäre es genug, dann würde ich das Ganze beenden. Irgendwie.

Die unendliche Anhäufung von schroffen, lebensfeindlichen Felsen löste bei mir, aber auch bei Schorsch eine von Tag zu Tag sich steigernde Panik aus. Wir konnten die Steinwüsten, durch die wir uns vorwärtskämpften, nicht länger ertragen und beschlossen, bei nächster Gelegenheit ins Tal abzusteigen. Das erhöhte zwar die Gefahr, einer Patrouille in die Arme zu laufen, aber wir könnten größere Strecken zurücklegen. Schorsch steigerte sich in die Hoffnung, unterwegs anderen Deserteuren zu begegnen. Als eine Gruppe von sechs oder acht Gleichgesinnten könnten wir einen Angriff von Wahnsinnigen, die immer noch den Parolen vom Endsieg glaubten, besser abwehren. Im Hochgebirge hatten wir keine Chance, solche Männer zu finden.

Wir gingen auf einer Straße, von der wir hofften, dass sie nach Innsbruck führte. Es regnete, es war eine stockfinstere Nacht. Die Straße war geteert, ihre Ränder waren aufgeweicht, also gingen wir in ihrer Mitte. Es kamen wenig Autos. Sie kündigten sich durch das Licht ihrer Scheinwerfer und das Zischen ihrer Reifen auf dem nassen Untergrund an. Dann sprangen wir in die Straßengräben und duckten uns, bis sie vorbei waren.

In dieser Nacht hörten wir hinter uns das Motorengeräusch eines Traktors. Ich ging vorne, Schorsch zwanzig Schritt hinter mir. Wir wichen an den Straßenrand aus, um das Gefährt vorbeizulassen. Es konnte nur ein Bauer auf der Heimfahrt sein. Da hörte ich einen Schrei. Schorsch schrie und fluchte. Der Anhänger des Traktors hatte ihn gestreift und zu Boden gerissen. Der Traktor hielt an. Ich lief zu Schorsch. Er war schon wieder auf den Beinen. Der Ärmel seines Anoraks war aufgerissen, darunter eine Schürfwunde. Nichts Ernstes. Der Fahrer des Traktors stieg aus und ich lief zu ihm hin. Vor mir stand ein alter Mann, er roch nach Branntwein. »Sie hätten bald meinen Freund überfahren!« schrie ich ihn an. »Es regnet. Ich hab' nix gesehen«, sagte der Mann. »Steigts ein. Ich nehm' euch mit zu mir, damit meine Frau den Janker flicken kann.«

So kam es. Die Bäuerin war wenig erfreut, dass ihr Mann zwei Landstreicher mitbrachte. Aber wir konnten seit langem mal wieder uns und alles, was wir am Leibe trugen, waschen und im Warmen auf bettähnlichen Pritschen schlafen.

Über den Bauern und seine Frau kann ich nicht viel sagen. Er war einfältig und hatte sich in den Sümpfen des Alkohols verloren, sie war misstrauisch und geizig. Aber Schorsch und mir haben sie geholfen. Ich glaube nicht, dass sie es aus christlicher Nächstenliebe getan haben. Geld wollten sie nicht annehmen. Wir hätten ihnen auch nicht viel geben können. Ich hatte den Impuls, sie irgendwann nach dem Krieg zu suchen und mich bei ihnen mit einer Flasche Grappa zu bedanken. Getan habe ich es nicht.

Als der Bauer seinen Rausch ausgeschlafen hatte und wir eine Milchsuppe als Frühstück gelöffelt hatten, halfen wir ihm, den Anhänger mit Kohlköpfen und einigen Kisten Winteräpfeln zu beladen. Er nahm uns mit zum Wochenmarkt nach Innsbruck. In der Stadt herrschte Ruhe. Das Leben in den Straßen wirkte normal. Es sah so aus, als gingen die Leute ihren gewohnten Geschäften nach. Erst als wir die Kontrollen an der Einfahrtsstraße passierten, wurde mir klar, dass wir uns nicht mehr in Feindesland befanden. Ich sah deutsche Soldaten, die sich wie die Herren aufspielten. Sie wirkten auf mich fremd, wie ferngesteuert. Vielleicht waren Männer aus meinem Bataillon dabei. Vielleicht hatte ich mit dem einen oder anderen damals Karten gespielt. Ich hatte kein

Mitgefühl, ich empfand keine Solidarität. Einmal fuhr ein großes, schwarzes Auto mit rücksichtsloser Geschwindigkeit an uns vorbei. SS, die wahren Herrscher. Ich zuckte zusammen und duckte mich in die Kohlköpfe.

Es stellte sich heraus, dass die Frau, der der Bauer den Kohl und die Äpfel liefern wollte, krank war. Morgen war Markt. Der Stand der Frau würde leer bleiben. Der Bauer war ratlos. »Ja, was mach ich jetzt mit dem Kohl und den guten Äpfeln?« Schorsch hatte eine Idee. Sie war nicht nur die Lösung für den Kohl und die guten Äpfel, sondern auch für uns, für ihn und mich. »Mein Freund und ich verkaufen das Zeug auf dem Markt. Wir haben Zeit und helfen gerne. Und Sie, gute Frau, geben uns mit, was Sie sonst so haben. Wir verkaufen alles, in Ihrem Namen und auf Ihre Rechnung.« Die Frau sah uns mit fiebrigem Blick an. »Kann ich euch denn trauen? Ich kenne euch doch gar nicht.« »Wir sind Geschäftsleute und haben schon ganz andere Dinge verkauft. Das Geld, das reinkommt, gehört Ihnen. Wir bekommen zwanzig Prozent davon, damit sich das Geschäft auch für uns lohnt. Außerdem bekommen wir in Ihrem Haus freies Quartier und zu essen, was Sie für sich auf den Tisch bringen.«

Um sieben Uhr dreißig legten wir auf Stand 21 unsere Waren aus: Kartoffeln, Zwiebeln, Knoblauchkränze, getrocknete Birnen, die Kohlköpfe und die Äpfel des Bauern. Um acht Uhr kamen die ersten Hausfrauen mit Taschen und Körben. Ich staunte, wie unbekümmert sie waren. Um zehn Uhr waren bereits zwei Kisten leer, Äpfel und Zwiebeln ausverkauft. Um elf Uhr dreißig riefen wir die letzten Kohlköpfe und die restlichen Kartoffeln zum halben Preis aus. Eine Stunde später stellten wir der kranken Frau Wimmer eine volle Kasse auf den Küchentisch.

Der Winter war hart. Das Haus der Witwe Wimmer war in keinem guten Zustand. In der Dachkammer, in der wir die Nächte verbrachten, hatten früher die Dienstmädchen geschlafen, erwähnte sie mit einem Seufzer, der den besseren Zeiten galt. Ein Ofenrohr sorgte dafür, dass das Wasser in den Waschschüsseln sich nicht mit einer Eisschicht überzog. Schorsch und ich trugen immer noch die Anziehsachen, die wir gegen unsere Uniformen eingetauscht hatten. Aber Frau Wimmer versorgte uns aus der Hinterlassenschaft ihres verstorbenen Gatten für die Stunden auf dem Markt mit wollenen Unterhosen. Ohne uns mit ihr oder untereinander abzusprechen, blieben wir.

Frau Wimmer war nicht mehr jung, aber noch keineswegs alt. Sie war offensichtlich froh, bei der Hundskälte nicht raus auf den Markt zu müssen, war freundlich zu den beiden Männern, die der Zufall ihr ins Haus geschickt hatte, ließ aber keinen Zweifel aufkommen, wer die Hausherrin war. Sie hörte nicht Radio, sie las keine Bücher, sie löste Kreuzworträtsel. Sobald sie uns »viel Erfolg« gewünscht hatte und wir mit den beladenen Karren abgezogen waren, ging sie ihrer Lieblingsbeschäftigung nach. Sie war behäbig, aber sie kochte gut. Was sie uns zu essen vorsetzte, schmeckte und war reichlich.

Ich hätte nicht genau sagen können warum, aber ich hatte in der Zeit in Innsbruck Einschübe von Glücksempfinden. In meinem Kopf verbreitete sich eine Leichtigkeit, für die es keinen Grund gab. Ich wusste, dass das, was der Zufall herbeigeführt hatte, nicht von Dauer war. Aber in diesem Frühling 1945 war Dauer ein Begriff, auf den niemand setzen wollte. Das Leben spielte im Hier und Jetzt und was in Zukunft sein würde, war so ungewiss, dass es unmöglich schien, Zukunftspläne zu schmieden. Ich besann mich auf das, was ich früher einmal gewesen war, und konstruierte Verkaufskisten, die leichter waren und abgeschrägte Böden hatten, so dass sich das Gemüse besser präsentierte.

Mit Schorsch verbrachte ich die Tage und zumindest in der ersten Woche auch die Nächte, ohne dass wir, so wie früher, ein vertrauliches Wort gewechselt hätten. Es hatte sich im Umgang miteinander eine Vorsicht eingeschlichen, die freundschaftliche Gefühle unmöglich machte. In den ersten Nächten in unserer Dachkammer wünschte ich ihn zum Teufel, wenn er selbstzufrieden schnarchte. Ab der zweiten Woche blieb sein Bettgestell leer. Das Grippefieber der Frau Wimmer hatte sich gelegt und einem Fieber anderer Art Platz gemacht. Er erschien mit verquollenen Augen zum Frühstück und es hätte mich nicht gewundert, wenn er mich allein in den frostigen Morgen zum Marktstand hätte gehen lassen. Während ich es genoss, die Dachkammer allein für mich zu haben, lebte Frau Wimmer auf. Leicht bekleidet lief sie durchs Haus, ließ große Teile ihres Busens und die weiße Haut ihrer Oberschenkel sehen und badete die Röstkartoffeln in geschmolzener Butter. Ich beneidete Schorsch nicht. Ich stellte keine Fragen, aber er richtete sich offensichtlich darauf ein, länger oder gar auf Dauer in Innsbruck im Hause der Frau Wimmer zu bleiben.

Beim Einmarsch der Amerikaner waren in den Vorstädten vereinzelte Schüsse zu hören. Das große schwarze Auto war rechtzeitig vorher verschwunden. Das Gefängnis öffnete seine Tore, die von den Deutschen inhaftierten Insassen wurden freigelassen und stattdessen aufgegriffene deutsche Soldaten als Kriegsgefangene eingesperrt. Um das Gefängnis machte ich einen großen Bogen.

Ein paar Tage hatte ich frei, es fand kein Markt statt. Die Military Police fuhr in Jeeps durch die Straßen und führte Kontrollen durch. Wer sich nicht ausweisen konnte und keinen festen Wohnsitz hatte, wurde festgehalten und zur Ermittlung in eine Sammelstelle gebracht. Ich ging freiwillig dorthin, hatte keine Papiere, gab Namen, Geburtsdatum et cetera korrekt an, wartete in einem zugigen Flur mit der Nr. 54 in der Hand und verließ das Gebäude gegen Abend mit einer grünen Karte. Sie war für vier Wochen gültig. Innerhalb dieser Frist musste ich in Bayern in der amerikanischen Zone eine Meldestelle finden und dort den Antrag für einen gültigen

Personalausweis stellen. Dass ich desertiert war, interessierte niemanden.

Von Stund an wurden bei der Essensausgabe durch Frau Wimmer die Portionen auf meinem Teller kleiner. Bei Schorsch hingegen wurden sie größer. Sie legte ihre Hand auf seinen Arm und sagte: »Der bleibt hier. Ich werde ihn heiraten. Dann wird Ihr Freund Österreicher.« Schorsch nickte ihr zu. Dass sie über ihn verfügte, schien ihm recht zu sein. »Grüß mir die Heimat«, sagte er zum Abschied. Mehr nicht. Er grinste.

Ich erhielt noch einen Restbetrag, der mir aufgrund meiner Beteiligung an den Marktverkäufen zustand. Frau Wimmer zog einen Betrag für irgendwelche Kosten ab, aber was blieb, war mit dem Ersparten aus den letzten Monaten genug, um eine Busfahrkarte nach Garmisch-Partenkirchen bezahlen zu können. Als ich auf einem der Holzsitze Platz genommen hatte, fiel etwas von mir ab. »Geschafft!«, schoss es mir durch den Kopf. Ich hätte aufschreien können vor Glück.

Als der Bus mühsam die Windungen einer Passstraße hinauffuhr, schloss ich die Augen. Der Name eines Mädchens kam mir in Erinnerung. Helga. Ich sah einen blonden Haarschopf, das Gesicht fehlte. War ich ihr irgendwann begegnet? Oder war sie nur die Summe der unerfüllt gebliebenen Wünsche als Soldat und der Zeit danach auf der Flucht als Deserteur? Vielleicht lebte sie irgendwo. Ich würde nicht nach ihr suchen.

Auf dem Bahnhofsvorplatz in Garmisch wartete ein Jeep mit zurückgeschlagenem Verdeck. Als ich die Military Police mit ihren weißen Helmen und den griffbereiten Pistolen im weißen Halfter sah, wusste ich, dass die Zeit der Träume vorbei war. Sie standen breitbeinig rechts und links in einiger Entfernung der Bustür. Sie waren die Sieger. Keine falsche Bewegung, sie würden schießen.

Ein hagerer Mann in einem eng geschnittenen Anzug kam auf den Bus zu. »Arnold Praeger, Lieutenant der US-Army«, sagte er. Er winkte dem Busfahrer: »Aussteigen bitte!« Der überreichte ihm ein Permit und durfte sich auf eine Bank setzen. Dann waren wir, die Passagiere, dran. Einer nach dem anderen musste aussteigen und an einen Klapptisch treten, hinter dem Mr. Praeger Platz genommen hatte. Als ich an der Reihe war, hielt ich ihm die grüne Karte hin. Er legte sie kommentarlos auf einen Stapel Papiere vor sich und musterte mich mit einem abschätzenden Blick. Meine Truppeneinheit und den militärischen Rang wollte er wissen. »Ich bin desertiert«, sagte ich. Er machte einen Vermerk. »Das werden wir überprüfen.« Kurze Pause. »Waren Sie Mitglied der NSDAP? Waren Sie bei der SS?« Wieder der abschätzende Blick.

Ich kam in ein überfülltes Lager und wurde zu einer der vielen hundert dort internierten grauen Gestalten. Der Krieg war zu Ende, über ihn wurde nicht gesprochen. Die Übereifrigen, die Gehorsamen, die Mitläufer, die mutigen Kämpfer, Verwundeten und halb Verhungerten, sie schwiegen. Hinter verschlossenen Gesichtern trugen sie ihre Erinnerungen mit sich herum. Und jeder klammerte sich an eine vage Hoffnung: »Mein Haus, es steht noch«, »Meine Frau und die Kinder. Sie leben. Ich werde sie finden«, »Es wird alles sein wie früher.«

Ich wurde mehrfach verhört. Endlich wurden in Italien meine Papiere gefunden. Eine blaue Mappe mit dem Stempel »Deserteur«. An einem nasskalten Tag im November, an dem die letzten Blätter von den Bäumen taumelten, ließ man mich laufen. Kurz später, am zwölften November 1945, meinem sechsundzwanzigsten Geburtstag, stand ich fassungslos vor der Ruine des Hauses, in dem ich aufgewachsen war. Im zweiten Obergeschoss wehte ein Fetzen Tapete im Wind. Ich erkannte sie an den Pinguinen, die auf einer Eisscholle tanzten. Vor dem Einschlafen hatte mir meine Mutter Pinguin-Geschichten erzählt.

September / Oktober 2020

Es muss sein

Die Noten auf meinem Abiturzeugnis entsprachen nicht den Erwartungen meines Vaters. »Du hättest dich mehr anstrengen müssen.« Er war enttäuscht von den Leistungen seines Sohnes. Wenigstens in den Hauptfächern hätte er sich ein *sehr gut* gewünscht. Dennoch stand nach der Abschlussfeier ein auf mich zugelassener Motorroller vor dem Haus.

Es war keine Vespa. Der italienische Hersteller hatte für das neue Modell in Anzeigen mit leicht bekleideten Frauen geworben, die lange, nackte Beine zur Schau stellten. Das hatte meinem Vater missfallen. Ich bekam eine Lambretta, 125 cm^3 Hubraum, rotbraun. NSU, ein deutsches Fabrikat. In der Werbung wurde sie von einem männlichen Wesen in Anzug und Krawatte, Typ Abteilungsleiter, gefahren. Die Mädchen, fanden eine Vespa chic, eine Lambretta nicht.

Auf der Jungfernfahrt saß mein Vater vorne, ich hinter ihm auf dem Beifahrersitz. Er fuhr fast die ganze Zeit im ersten Gang und ließ die Füße auf dem Asphalt schleifen. So laut, dass die Nachbarn es hören konnten, erklärte er mir, welcher der beiden Hebel an der Lenkstange die Kupplung und welcher die Handbremse war. Dann durfte ich alleine starten. »Schau, dass du nicht mit den Reifen in einer Straßenbahnschiene hängen bleibst.« Ich lernte die Lambretta nicht als Lustobjekt, sondern als reines Fortbewegungsmittel kennen.

»Ich gehe davon aus, dass du dich noch nicht entschieden hast, was du studieren willst. Die Wahl des Studienfachs muss gut überlegt werden. Bis du dir Klarheit geschaffen hast, habe ich dir zwei Vorschläge zu machen, um die Zeit zu überbrücken: Zum einen könntest du eine Friseurlehre machen. Lache nicht, Friseure werden immer gebraucht. In guten wie in schlechten Zeiten. Selbst im Krieg. Da schneiden sie den Offizieren die Haare und müssen nicht an die Front.« Er machte eine Pause, um mir Gelegenheit zu geben, mir vorzustellen, wie ich geschickt älteren Herren mit Halbglatze das gekräuselte Haar um die kahlen Stellen legen oder mit dem Schwung eines Profis die Locken eines Sechsjährigen aufkehren würde. Aber schon kam sein zweiter Vorschlag: »Du gehst für ein halbes Jahr nach England auf eine Sprachschule und kommst nach bestandenem Examen fließend Englisch sprechend zurück.«

Mein Vater sah mich erwartungsvoll an. »Ich gebe dir bis morgen Zeit, es dir zu überlegen.« Die Bedenkzeit hätte ich nicht gebraucht. Ich entschied mich für England. Einen Gegenvorschlag hatte ich nicht zu machen.

Ich hatte das Abenteuer gewählt. Noch nie war ich länger als drei Tage von zu Hause weg gewesen. Nach Überqueren der belgisch-französischen Grenze aß ich das letzte Schinkenbrot, das meine Mutter zusammen mit einem Stück Seife für mich in eine blaue Serviette eingepackt hatte. Die Kathedrale von Amiens besichtigte ich ohne einen Einführungsvortrag meines Vaters. *Die Bürger von Calais* umkreiste ich dreimal mit der Lambretta im Andenken an meinen Geschichtslehrer, für den sie das einzige akzeptable Denkmal auf europäischem Boden waren. Auf der Fähre ließ ich meinen Roller nicht aus den Augen, in dessen Satteltaschen ich all die Dinge gepackt hatte, die fürs Überleben in den nächsten sechs Monaten notwendig waren. In London fuhr ich von Süd nach Nord auf der Circular Road, sah weder den Tower, noch das House of Parliament, kämpfte mit dem Linksverkehr und aß auf einem Parkplatz meine erste Portion Fish and Chips.

An dem Tag, an dem am Fluss die Osterglocken aufblühten, erreichte ich Cambridge. Mein Vater hatte mich an der Bell School of Languages angemeldet. Im Sekretariat drückte man mir die Adresse der Familie Boyd in die Hand. Bei den Boyds sollte ich wohnen.

Mr. Boyd teilte mir gleich nach dem »Welcome« mit, er sei nicht Engländer, er sei Schotte. Er hatte wirres, strohblondes Haar, buschige Augenbrauen und um den Mund ein Lausbubenlächeln. Noch bevor ich die Sätze anbringen konnte, die ich mir zur Begrüßung zurechtgelegt hatte, erklärte er mir, in seinem Haus sei Rauchen verboten. Nikotin führe bei Föten zu Missbildungen. Er sei Embryologe. Das sei sein Forschungsgebiet.

Er hätte möglicherweise noch einen Exkurs über Missbildungen bei Ungeborenen im Allgemeinen hinzugefügt, hätte sich nicht Mrs. Boyd zu Wort gemeldet. In Deutschland sei es üblich, sich mit Handschlag zu begrüßen. Der Brauch sei zwar den Bewohnern des Vereinigten Königreichs fremd, aber wenn ich darauf bestände, könnten wir gerne als eine Geste des Willkommens unsere Hände schütteln. Dazu kam es nicht.

Robert, der Ältere der zwei Boyd-Jungen, kam mit schweren Schritten die Treppe herunter. Er hatte vom Vater das Lächeln geerbt, nur dass es bei ihm etwas derber ausfiel. Er betrachtete mich amüsiert von oben bis unten. »Wie heißt du?«, fragte er. »Er heißt Michel«, sagte seine Mutter. »Könntest du ihm sein Zimmer zeigen?« Er nahm mir eine der beiden Satteltaschen ab und führte mich in den ersten Stock. Er stieß eine Tür auf, sagte: »Das ist es!« und zeigte dann in den dunklen Flur. »Da hinten ist das gemeinsame Badezimmer.« Nach dieser Einführung kam er auf Wichtigeres zu sprechen. »Rudern«, sagte er. »Ich bin Schlagmann in unserem College Achter. Zurzeit hartes Training. Wir wollen die Frühjahrsregatta gewinnen. Wir sind die Besten. Ich bin jeden Tag im Boot. Hab eine gute Zeit in Cambridge, von mir wirst du wenig sehen.«

Nachdem ich den Inhalt der Satteltaschen in den Schubladen einer Kommode verstaut hatte, setzte ich mich auf die Bettkante und hatte zum ersten Mal seit meiner Abreise einen Anflug von Heimweh. Mein Zimmer war eine Mansarde mit Dachfenster. Das Bett, der Teppich von unbestimmbarer Farbe, der Tisch und die anderen Möbel hatten eine Nachricht für mich: »Du bist hier fremd! Wir haben schon andere kommen und gehen sehen. Wenn du gehst, wird von dir nichts bleiben.« Ich raffte mich auf, ging nach unten, eine Tür stand offen, ich trat ins Wohnzimmer.

Ein offener Kamin mit einer Ansammlung von gerahmten Fotos auf dem Sims, davor ein Ohrensessel mit einem dunklen Fleck an der Stelle, an der der Hinterkopf des Hausherren sich ausruhte, ein zweiter, etwas zu klein geratener Sessel, wohl für die Dame des Hauses bestimmt. Auf einem Silbertablett, leicht angestaubt, eine Teekanne mit Milchkännchen und Zuckerdose, ein Vitrinenschrank mit Ziertässchen und Zierdöschen und eine dominante Stahlrohr-Lampe, die – wie ich bei späterer Gelegenheit erfahren sollte – aus einer Edinburgher Elektroschmiede stammte und die Mr. Boyd mit in die Ehe gebracht hatte. Sein Vater hätte sie in den 20er Jahren entworfen, erklärte er mir. Sie sei ein Unikat. Sie werfe ihr Licht sowohl nach unten, etwa in ein aufgeschlagenes Buch, als auch nach oben gegen die Zimmerdecke.

Es gab auch ein Bild. Ich entdeckte es erst bei einer späteren Gelegenheit. Es hing in der äußersten Ecke, fast zur Hälfte verdeckt durch einen geblümten Vorhang. Als ich die erste Woche überstanden hatte und die »Luft rein« war, wie er das nannte, schob Robert den Vorhang beiseite. »Das musst du gesehen haben«, sagte er. Was ich sah, gefiel mir nicht schlecht. Es war der Rückenakt einer grazilen jungen Frau. Sie stand bis zu den Knöcheln in einem mit Seerosen begrünten Becken. Den Oberkörper hatte sie leicht dem Betrachter zugewandt, so dass man ihr Gesicht im Profil sehen konnte. Ihre Brust bedeckte sie keusch mit der rechten Hand. Im Hintergrund, im Schatten tief hängender Äste hatten sich zwei lüsterne Alte angeschlichen.

Robert stellte mir keine Fragen. Er wollte – so wenig wie seine Eltern oder seine Brüder – etwas von meiner Familie, der Schulzeit oder meinen Plänen wissen. Nicht einmal für meine Lambretta interessierte er sich. Auch nahm er mich nicht in seinen Ruderclub mit. Es gab nur dieses Bild. Den nackten Rücken der Badenden. Ein kurzes Nicken, wie zwischen zwei Verschwörern eines Geheimbundes. Wir schlichen zu ihr und vertieften uns in ihren Anblick. Niemand durfte etwas davon wissen. »Susanna im Bade«, sagte Robert. Mehr nicht. Wenn er den Vorhang fallen ließ, gingen er wie ich unserer Wege.

In der Bell School of Languages musste ich eine Aufnahmeprüfung ablegen. Ich wurde als *mit Vorkenntnissen* eingestuft und der Klasse 3b zugeteilt. Sie bestand aus sechs Schülerinnen und vier Schülern, mich mitgerechnet. Sie stammten aus verschiedenen europäischen Ländern, eine Norddeutsche war dabei und sogar ein katholischer Priester aus Äthiopien. Ich begrüßte die Norddeutsche freundlich und wollte mich neben sie setzen. Sie aber reagierte mit einem Rüffel: »In English, please!« Daraufhin suchte ich mir einen anderen Platz.

Ich war in eine Horde von Strebern geraten. Mit einem Schaut-her-wie-klug-ich-bin-Gesichtsausdruck meldeten sie sich im Unterricht zu Wort. In den Pausen liefen sie in die Bibliothek, um in den dort ausliegenden Wörterbüchern Vokabeln nachzuschlagen. Wenn sie angesprochen wurden, antworteten sie in einem bemüht nasalen Queens-English. Mich ödeten sie an. Für Unternehmungen an den Wochenenden kamen meine Mitschüler nicht in Frage.

Eine Ausnahme war Virve. Sie war Schwedin, ein blondes Püppchen mit Stupsnase. Die beiden Jungen aus meiner Klasse warfen ihr Blicke zu, trauten sich aber nicht, sich mit ihr zu verabreden. Denn Virve galt als dümmlich, kein Mädchen, mit dem man seine kostbare Freizeit verbrachte. Ich fand sie hübsch, besser gesagt *süß* und sagte »yes«, als sie mich fragte, ob ich sie unregelmäßige Verben abfragen könnte. Sie tat sich schwer mit den unterschiedlichen Formen, bedankte sich aber mit einem fröhlichen Lächeln: »I like intelligent german boys your size.« Die kleine Szene spielte sich auf der Terrasse des Schulgebäudes ab. Zwei Mädchen aus unserer Klasse beobachteten sie mit Missfallen.

Die Klasse 3b hatte zwei Lehrer. Mrs. Auburn gab Unterricht in *Coversation*, *Grammar* und *Idiomatic Expressions*, Mr. Longfield war zuständig für *Précis-Writing*, *Dictation* und *English Literature*. Er hatte die Idee, mit uns und einigen Schülern der 3a eine Theatergruppe zu gründen und Shakespeares *Romeo und Julia* in einer gekürzten Fassung zur Aufführung zu bringen. Er fragte mich, ob ich Lust hätte, den Romeo zu spielen. Die Rolle der Julia sollte die Norddeutsche übernehmen. Für die Regie meldete sich Gernot, ein Junge aus der Parallelklasse. Er stammte aus Isny im Allgäu. Unsere Bemühungen kamen über die dritte Probe nicht hinaus. Die Norddeutsche war eine Fehlbesetzung. Ihr eine Liebeserklärung zu machen, war mir unmöglich. Gernot hatte keinerlei Gefühl für die Finessen des Stückes, er wollte ein Bauerntheater daraus machen. Das sagte ich ihm und verabschiedete mich aus der Theatergruppe.

Frühlingsanfang, der 21. März, fiel auf einen Samstag. Um den Tag zu feiern und den Zusammenhalt zu stärken, schlugen unsere beiden Lehrer vor, zusammen mit den Schülern der 3a eine Wanderung zu einem sechs Kilometer entfernten See zu machen und dort an einem dafür vorgesehenen Platz Würstchen an einem offenen Feuer zu rösten. Sie hatten den Proviant und die Getränke eingekauft und auf vier Körbe verteilt. Wer die tragen musste, wurde ausgelost. Ein Los für die ersten drei Kilometer fiel auf mich und Virve. Sie wollte nach einem der Henkel greifen, aber das ließ ich nicht zu. Ich nahm den Korb auf die Schulter und stapfte los. Schwer drückten die Flaschen und die Holzkohle. Virve wich nicht von meiner Seite, auch nicht, als wir am Grillplatz angekommen waren. Sie sah mich bewundernd an und sagte: »You are very strong.«

Mr. Longfield und Mrs. Auburn hätten Geschwister sein können. Sie waren beide groß und hager, hatten beide eine fahle, pockennarbige Gesichtshaut, ungünstig geschnittene Anzüge und die gutmütigen Augen von Idealisten. Die unter ihrer Aufsicht verkohlten Würstchen verteilten sie so gerecht, dass für sie selbst kein Zipfel übrigblieb.

Die Stimmung war gut. Die Norddeutsche – sie hieß Dörte – behauptete, deutsche Würstchen seien besser als die englischen, aber offensichtlich genoss auch sie den Tag an der frischen Frühlingsluft. Mrs. Auburn hatte eine Überraschung vorbereitet. Sie zog einen Band mit Fairytales aus der Tasche, bat um Ruhe und las mit vibrierender Stimme eine Geschichte vor, in der ein böser Zauberer eine liebliche Meerjungfrau ins Unglück stürzen wollte.

Da sprang aus der moosigen Tiefe des Waldes eine Elfe hervor. Sie hatte ihr Kleid abgelegt, hüpfte in grazilen Sätzen, ihre Füße schienen den Boden nicht zu berühren. Mrs. Auburn hielt inne und während ihr Mund vor Staunen offen stehen blieb, verschwand die Elfe im Schilf am Ufer des Sees. »Titania«, flüsterte Mrs. Auburn, »Virve«, sagte Dörte.

In dem Moment hörte man einen Schrei. Mr. Longfield raffte die Decke, auf der er gesessen hatte, und rannte Richtung See. Ich hinterher. Uns bot sich ein merkwürdiger Anblick: Virve stand nackt im seichten Wasser und wand sich. Sie hatte sich in einer Angelschnur verfangen und versuchte, sich zu befreien. Es sah aus, als führe sie einen Veitstanz auf. Am Ufer stand laut schimpfend ein Mann, offensichtlich der Eigentümer der Angel, mit deren Schnur

Virve kämpfte. Mr. Longfield redete beruhigend auf den Mann ein, löste mit spitzen Fingern ein paar Verknotungen und hüllte Virve schließlich in die mitgebrachte Decke ein.

Auf dem Rückweg beruhigten sich die Gemüter. Die Mädchen waren sich einig, dass Virve mit ihrer Aktion die Jungen beeindrucken wollte. Die ihrerseits waren nach dem Vorfall endgültig überzeugt, dass Virve eine Schraube locker hatte. Ich lieh ihr meine Windjacke, sie sollte sich nicht erkälten. Daraufhin drückte sie sich an mich, ein Stück des Weges gingen wir Hand in Hand. »Warum hast du das gemacht?«, fragte ich sie. »Bei uns in Schweden ist der Frühlingsanfang ein Fest«, sagte sie. »Um König Winter zu zeigen, dass er seine Macht verloren hat, springen wir ins eiskalte Wasser eines Sees. Mit Badeanzug oder ohne, das ist egal.«

Die Schüler der Klassen 3a und 3b bedankten sich bei Mr. Longfield und Mrs. Auburn für den schönen Ausflug. Die Lehrerin versprach, das Märchen vom Zauberer und der Meerjungfrau bei nächster Gelegenheit zu Ende vorzulesen. Ich fuhr Virve auf der Lambretta nach Hause. Sie hatte eine winzige Wohnung in einer Siedlung. Bis es dämmerte, lagen wir nebeneinander auf ihrem Bett und wärmten uns. Meine Windjacke hatte sie ausgezogen. Mehr nicht.

Für unsere Mitschüler waren Virve und ich ein Liebespaar. Das stand für sie fest, nachdem sie Virve auf dem Beifahrersitz des Motorrollers hatten sitzen sehen. Da sonst nichts geschah, waren wir der

Gegenstand von Getuschel und Gemunkel. An einem Morgen lag auf meinem Platz ein Zettel, auf dem stand: *Good luck!* und in einer anderen Handschrift das Wort: *Violator.* Ich wurde zum Direktor gerufen. Er saß mit übereinander geschlagenen Beinen in einem beigen Cordanzug hinter seinem Schreibtisch und strahlte britische Gelassenheit aus. Er sagte: »Please sit down!« und kam gleich zur Sache. Es läge ihm fern, sagte er, sich in die privaten Angelegenheiten seiner Schüler einzumischen. Aber er müsse auf den guten Ruf der Schule achten. Sie sei für die Vermittlung der englischen Sprache zuständig und nicht für die Anbahnung von sexuellen Beziehungen. Das bitte er mich zu respektieren. Er appelliere an mich, das naive Wesen der jungen Schwedin nicht auszunutzen und jegliches anzügliche Verhalten auf dem Schulgelände zu unterlassen. Virve werde ab sofort in die Parallelklasse versetzt. Dann gab er mir Gelegenheit zu antworten.

Ich stotterte herum. Wollte sagen, dass ich mit Virve nicht geschlafen hätte, sagte immer nur »no« und brachte die entscheidenden Worte nicht heraus. »Ich denke, Sie haben verstanden«, sagte der Direktor.

Verwirrt, keines klaren Gedanken fähig, machte ich mich auf den Heimweg zur Archbishop's Grove, wo jetzt mein Zuhause war. Virve war so ganz anders als die anderen Mädchen, sie war eine Märchenfigur. Für mich war sie kein naives Wesen, sie hatte einen Zauber, der den anderen fehlte. Undenkbar, dass dem

Direktor zu sagen. Außerdem hatte ihr warmer Körper, als er neben mir lag, einen Eindruck hinterlassen, den ich noch nicht vergessen hatte.

Es gab aber auch eine Stimme in mir, die darauf bestand, dass es besser wäre, mich von Virve fernzuhalten. »Lass dich auf kein Abenteuer ein, von dem du nicht weißt, wohin es dich führt. Zieh dich zurück. Zeige dem Direktor, dass du ihn verstanden hast. Konzentrier dich auf deine Studien.« Es war, als spräche mein Vater zu mir.

»Are you a bit melancholic today?«, fragte Mr. Boyd und schob noch einmal die Suppenschüssel in meine Richtung. »James will show you his laboratory.« James war zwei Jahre jünger als ich. Ich war jetzt seit vier Wochen als Paying Guest bei den Boyds, aber wir hatten noch keine zehn Sätze gewechselt. Wenn er mich sah, sagte er »Hi!« und verschwand hinter einer Tür, an der ein Schild »Do not enter« baumelte.

Von der Idee, mir sein Labor zu zeigen, war er wenig begeistert. Er gehorchte widerwillig. Ein unangenehmer Geruch empfing uns. Ich sah einen Tisch mit einer mit Blech verkleideten Platte. Darüber verströmte eine Neonröhre ihr kaltes Licht. Auf dem Tisch stand ein Stahlrahmen. In ihm hing, an ihren vier Beinen aufgehängt, eine Maus mit aufgeschlitztem Bauch. Ihre Innereien waren entfernt. Man sah ihre Rippenbogen. Sie fletschte ihre spitzen Zähnchen, ihre Augen traten milchig hervor. Unterhalb ihres Kopfes hing etwas. James zupfte es ab und hielt es hoch. »Die Speiseröhre«. Er schob ein Streichholz hinein.

»Jetzt kannst du sehen, wie sie sich weitet. Daraus kann man schließen, wie groß die Getreidekörner sein können, die eine Maus frisst, ohne sie zu zerbeißen.«

»Was willst du sonst noch sehen?« Er zeigte mir Skelette von Kröten, verschiedenen Vögeln und einer Schlange (Ich vermute, es war eine Blindschleiche.). Sie lagen aufgereiht in einem Regal, ein jedes mit einer Karte versehen. Darauf waren der lateinische Name, das Lebendgewicht, der Todestag und besondere Merkmale vermerkt. »Auffälligkeiten melde ich dem zoologischen Institut der Uni. Die wissen die Genauigkeit meiner Untersuchungen zu schätzen.« Dann setzte er ein Brillengestell mit eingefügter Lupe auf die Nase und wendete sich wieder der Speiseröhre der sezierten Maus zu.

Mit der Maus hatte ich kein Mitleid. Auch nicht mit den anderen ausgeweideten Geschöpfen, die mich aus toten Augen anstarrten. Aus einem Abfalleimer stieg ein übler Geruch auf, von dem mir schlecht wurde. Erschreckend war James. Wie eine große Spinne hing er mit abgespreizten Ellenbogen über seinem Opfer, besessen von der Hoffnung, auf eine Auffälligkeit zu stoßen, die vor ihm noch niemand beschrieben hatte. Ich ließ ihn allein mit seinen Kadavern und lief auf die Straße, um Luft zu schöpfen.

Mr. Boyd wollte wissen, ob mir die Visite im Labor gefallen hatte. »Did you like it?«, fragte er und gab sich mit einem vagen Kopfnicken zufrieden. »James has a scientific gift«, sagte er. Wenn er seine Forschungen konsequent fortsetzen würde, bestände die Möglichkeit, dass James seinen Lehrstuhl übernehmen könnte.

Ich versuchte, es dem Direktor recht zu machen. Ich ging Virve aus dem Weg, soweit das möglich war. Einmal kam sie mir auf dem Flur, auf dem die Klassenzimmer lagen, entgegen. Ich wagte nicht, sie anzusehen. Sie blieb stehen und sagte »Hello!« Ich hielt die Luft an, sagte mit einer Stimme, die klang, als hätte ich eine schwere Erkältung, auch »Hello!« und ging weiter.

Ich war wie gelähmt und erklärte Mrs. Auburn, ich fühlte mich nicht gut. Mit einem »I hope you get better soon« ersparte sie mir die restlichen Unterrichtsstunden. Ich lief ohne Ziel und Verstand durch Cambridge und landete schließlich auf einer Bank am Fluss. An der Uferböschung waren die Narzissen verblüht, von einem nahegelegenen Spielplatz hörte man das Jauchzen der Kinder, zwei Eichhörnchen verfolgten einander im Liebesspiel. »Lasst euch nicht von James erwischen«, dachte ich.

Dann sprang ich auf, nickte einer Frau zu, die einen Kinderwagen vor sich herschob, und setzte mich in Bewegung. Es war kein Entschluss. Ich tat es einfach. Ich lief und lief, bis ich vor Virves Wohnungstür stand. Ich schellte und schellte noch einmal. War sie länger als sonst in der Schule geblieben? Da öffnete sich die Tür und vor mir stand dieser Gernot aus der Parallelklasse, der gescheiterte Regisseur. »Ist Virve zu Hause?«, wollte ich sagen. Aber er kam mir zuvor. »Sorry, Virve ist gerade beschäftigt.

Sie will nicht gestört werden. Und ich auch nicht.« Er stemmte seine Fäuste in die Hüften. Jetzt sah ich, dass seine Hose offenstand. »Tschüss, mein Lieber. Verzieh dich! Dein Typ ist hier nicht gefragt.« Die Tür fiel ins Schloss.

An die restlichen Stunden des Tages erinnere ich mich nicht. Es folgte ein endlos sich hinziehendes Wochenende. Den Samstag verbrachte ich mit Rachephantasien. Ich forderte Gernot zum Duell. Mit gezielten Hieben zerschnitt ich sein Gesicht, bis er um Gnade flehte. Am Sonntag erwachte ich unter Tränen des Selbstmitleids. Virve nicht in meinen, sondern in den Armen eines anderen. Welche Ungerechtigkeit! Womit hatte ich das verdient? Gernot war ein übler Gewaltmensch. Wie konnte sie ihm gewähren, was sie mir vorenthalten hatte?

Am Montag ging es mir besser. Mrs. Auburn erkundigte sich nach meinem Befinden, ich antwortete mit einem »Fine« und schrieb einen Aufsatz zum Thema »A day in town«, der mit einer Eins bewertet wurde. Um das Klassenzimmer, in dem Virve und Gernot wahrscheinlich eng aneinander geschmiegt saßen, machte ich einen Bogen.

Tags drauf sprach mich Robert an. Er führte mich hinters Haus, denn er wollte unbeobachtet von seinen Eltern etwas Verbotenes tun. Er wollte eine Zigarette rauchen. Eine Dachrinne tropfte, wir standen am Rande einer Pfütze. Ich erinnere mich genau an die Situation, denn es war das erste Mal, dass Robert in den Wochen, die ich bereits im Hause Boyd wohnte, das Wort an mich richtete. »Was ist los?«, wollte ich wissen. Ich hätte auch »Mach's kurz!« sagen können, denn ich spürte, wie das Regenwasser die Sohlen meiner Schuhe durchweichte. Es war ihm anzusehen, dass ihm das, was jetzt kommen würde, unangenehm war. Sein Gesicht zog sich in die Länge. »Ich wollte dir erklären, warum ich dich nicht mit in meinen Ruderclub genommen habe.« Pause. »Mein Achter befindet sich in einem Konditionstief. Wir schaffen einfach keinen sauberen Schlag. Nichts klappt. Unser Training ist eine Katastrophe. Ich wollte dir den Anblick und uns die Blamage ersparen.« Er zündete sich eine zweite Zigarette an. »Aber es gibt noch einen anderen Grund. Unser Club wird finanziert von einem Lucien Fox. Großzügig finanziert. Es wäre ihm nicht recht, wenn ich einen Deutschen mit in seinen Club bringe. Er hat gegen Deutschland gekämpft, die Deutschen haben den Panzer gesprengt, in dem er saß. Er überlebte, sitzt aber seither im Rollstuhl.« Er schnippte die Zigarettenkippe in die Pfütze. Schon im Gehen sagte er: »Im Übrigen finde ich, du machst das hier gut.« Gern hätte ich gewusst, was genau er damit meinte. Aber da waren wir schon im Haus und zogen unsere nassen Schuhe aus.

Von dem Tag an gingen wir uns nicht mehr aus dem Weg. Ich erzählte ihm von den Marotten des Mr. Longfield, er bat mich, auf der Lambretta eine Runde drehen zu dürfen. Er stöhnte manchmal kurz über den Zustand seiner Rudermannschaft und wollte Näheres über ein Studium an deutschen Universitäten wissen. Von meiner Enttäuschung mit Virve sagte ich ihm nichts.

Freunde wurden Robert und ich an einem Abend, an dem wir nach dem Spülen von Tellern und Schüsseln in der Küche saßen. Die Eltern Boyd und James hatten sich für ein Hörspiel auf BBC1 entschieden. Robert öffnete zwei Dosen Bier, was eigentlich nur bei besonderen Gelegenheiten erlaubt war. *Cheers!*

Robert fing an, von seinen Plänen zu erzählen. Im Sommer wollte er hier ausziehen und sich in London oder einer anderen Stadt an der Uni einschreiben. Er hatte sich für Medizin entschieden. »Als Arzt zu arbeiten, ist eine sinnvolle Tätigkeit.« (Es sei an dieser Stelle angemerkt, dass mir ein Gespräch auf Englisch zu führen keine Schwierigkeiten mehr machte.) »Ich stehe vor einer ähnlichen Entscheidung«, sagte ich. »Bei mir zu Hause trifft mein Vater alle Entscheidungen. Er ist autoritär. Wenn er zu Hause ist, kontrolliert er alles. Alkohol ist streng verboten. Ich darf nur Apfelschorle trinken, kein Bier.«

Wir teilten noch eine Dose Guinness Lager. »Ich muss dich warnen«, sagte Robert. »Wir bekommen demnächst Besuch.« Er stand auf und schloss die Küchentür. »Von einer Frau. Von einer mysteriösen Dame. Von ihr wird immer nur in Andeutungen gesprochen. Sie war die beste Freundin meiner Eltern. Dann kam es zu einem Zwischenfall. Vor genau zehn Jahren war das.« Er hielt inne. Im Flur hörte man Schritte. »Und? Was ist mit dieser Frau?« »Kann ich dir nicht sagen. Ich weiß nur, dass sie schwanger wurde. Von wem? Darüber wurde nicht gesprochen. Es blieb bei Vermutungen. Die Frau lebte nicht weit von hier in der Nähe des Saint John's College, kam aber nicht mehr zu uns zu Besuch.«

Wieder wurde er unterbrochen. Eine Tür wurde geöffnet und fiel dann ins Schloss. Robert beugte sich zu mir hin. »Die Geschichte ist noch nicht zu Ende. Im sechsten Monat oder so verlor die Frau das Kind. Es war missgebildet. Es hatte verkrüppelte Arme. Mein Vater stellte einen Antrag und erhielt den Fötus für wissenschaftliche Zwecke. Mit Zustimmung der Frau. Meine Mutter war entsetzt. Ich war noch klein, aber ich weiß, dass sie lange Zeit nicht mit ihm gesprochen hat. Wenn sie ihm etwas mitteilen wollte, musste ich es ihm sagen. Es war schrecklich. Ich hatte Angst, meine Eltern würden sich scheiden lassen.« Er zerdrückte die Bierdose. »Irgendwann haben sie sich wieder vertragen. Eine Art Burgfrieden. Meine Mutter hat einmal zu mir gesagt: »Nur wegen James und dir bin ich noch hier.«

Ich hörte aufmerksam zu, vor allem, weil ich spürte, dass Robert jemanden brauchte, mit dem er über den Familienkonflikt sprechen konnte. Die Frau, die demnächst nach zehn Jahren zu einem Versöhnungsbesuch ins Haus kommen sollte, interessierte mich wenig. So auch die Frage, von wem sie damals schwanger wurde, und was Mr. Boyd bewogen haben mochte, den Fötus für seine Untersuchungen anzufordern. Aber ich verstand nun besser das oft lähmende Schweigen während der Mahlzeiten, das Verhalten von Mrs. Boyd, die sich immer im Hintergrund hielt und an Gesprächen nicht teilnahm. So erklärte sich auch, dass sie manchmal unvermittelt aufsprang und aus dem Zimmer lief.

Auf einer meine Lambretta-Touren fand ich am Straßenrand ein totgefahrenes Eichhörnchen. Ich packte es in eine Plastiktüte und überreichte es nach meiner Rückkehr James. Er war hochbeglückt, betrachtete den kleinen Körper und sagte: »Das Rückgrat im Genick gebrochen. Ich werde genauer nachsehen. Es wurde von einem Autoreifen erfasst und war sofort tot.« Dann – als müsste er sich für das Mitbringsel bedanken – sagte er: »Übrigens, mein Vater hat vor, dich dieser Tage mit in sein Labor zu nehmen. Er will dir seine Sammlung von missgebildeten Embryos zeigen. Eine beachtliche Sammlung. Verunstaltungen aller Art. Sie schwimmen in Methylalkohol und glotzen dich an. Regale voll. Überleg dir, ob du sie sehen willst. Eine Gruselkammer. Du wirst davon träumen.«

Wenige Tage später sprach mich Mr. Boyd an. »Wenn du gute Nerven hast, werde ich dir meine kleinen Lieblinge zeigen«, sagte er. Ich hatte mir eine Antwort zurechtgelegt. Ich bedankte mich für die Einladung. Aber für morgen sei in der Schule eine Klausur angekündigt. Auf sie müsse ich mich vorbereiten.

Statt der *kleinen Lieblinge* sah ich mir im Labor von James an, was aus dem Eichhörnchen geworden war. Er hatte den Kopf von dem zerquetschten Körper getrennt, das Fell säuberlich abgezogen und das Skelett freigelegt. Das war nicht mehr der Kopf eines putzigen Tierchens, das war der Schädel eines gefräßigen Nagers. James war begeistert. Der Kopf bekam einen Ehrenplatz im Regal.

Ich hatte am Samstagvormittag Unterricht, dafür war der Mittwoch ab dreizehn Uhr frei. In der ersten Zeit hatte ich die Gelegenheit genutzt, um mit dem Roller Cambridge kennenzulernen, hatte die Sehenswürdigkeiten angesteuert und Parks entdeckt, in denen es üppig blühte. Als ich den Stadtplan freihändig ohne Vorlage hätte zeichnen können, gab ich meine Rundfahrten auf und verbrachte die Mittwochnachmittage in meinem Zimmer mit der Lektüre der Bücher, die Mr. Longfield empfohlen hatte.

Ich nahm mir Teewurst oder einen anderen Aufstrich und aß ein Butterbrot in der Küche. Mehr oder weniger im Stehen. Eines Tages wartete auf mich eine Überraschung: Mrs. Boyd hatte für mich im Esszimmer gedeckt. Frischer Toast, eine Dose Ölsardinen, Streichkäse, als Dekoration eine aufgeschnittene Tomate und eingelegte Gürkchen. Dazu ein großes Glas Apfelschorle. Sie setzte sich zu mir und sah zu, wie ich es mir schmecken ließ. Sie lächelte, wie ich sie noch nie hatte lächeln sehen und sagte: »Du bist ein guter Junge.«

Wieder war ich überrascht. Sie hatte den Satz auf Deutsch gesagt. »Da staunst du! Ich staune selbst, dass ich meine Muttersprache nicht in all den Jahren vergessen habe. Eigentlich ist Deutsch meine

Vatersprache. Die Familie meines Vaters stammte aus Berlin, der Stadt, in der ich aufgewachsen bin. Meine Mutter kam aus Brody. Sie sprach Polnisch und Jiddisch. Beide starben früh, mit zwanzig stand ich allein da. Als in Kreuzberg die ersten judenfeindlichen Sprüche auf Hauswände geschmiert wurden und der Bäcker mir seine Brötchen nicht mehr verkaufen wollte, beschloss ich, meine Koffer zu packen. Ich fuhr nach England. In London lernte ich Edward Boyd kennen. Ich mochte ihn und heiratete ihn, sonst wäre ich wie viele andere möglicherweise nach Australien in ein Lager gesteckt worden. Am Tag unserer Hochzeit erhielt ich einen englischen Pass und damit die Daueraufenthaltsgenehmigung für Großbritannien.«

Das Wort *Daueraufenthaltsgenehmigung* wollte ihr nicht glatt von der Zunge. Sie versprach sich, lachte und versuchte es ein zweites Mal. Ich kaute genüsslich eine Gurke und sah sie an. Sie hatte sich in allen Situationen immer zurückgehalten, wirkte in sich gekehrt. Zu mir war sie nicht unfreundlich, hatte sich aber in ihren Äußerungen auf das Nötigste beschränkt. Mal ein kurzer Hinweis, eine kleine Bitte, ein Nicken als Einverständnis. Mehr nicht. Umso erstaunlicher, was sie mir an diesem Mittwoch anvertraute. Und die Leichtigkeit, mit der sie es tat.

Eine Woche später hatte sie den Tisch für zwei Personen gedeckt und die Speisekarte um hartgekochte Eier ergänzt. »Wir können uns Zeit lassen«, sagte sie. »Die anderen kommen erst am Nachmittag.« Ich genoss die unerwartete Zuwendung, ich fühlte mich von ihr verwöhnt. Ich kannte sie nur in dunkelbraunen Pullovern und Röcken. Heute trug sie eine helle Bluse mit Blumenmuster, in ihrem Ausschnitt baumelte eine Perle an einer Kette. Gut gelaunt legte sie die Arme auf den Tisch. Ihre Haut schimmerte. So ein Schimmern war mir bei meiner Mutter nie aufgefallen.

Schnell verging die Zeit. Mit einigen heißen Tagen kündigte sich der Sommer an. Die Hälfte der Zeit, die mein Vater für die Verbesserung meiner Englischkenntnisse vorgesehen hatte, war längst überschritten. An der Bell School of Languages bereitete man die Klassen 3a und 3b auf die Abschlussprüfung vor. Alle Schüler sollten mit guten Noten bestehen und damit der Schule ein hervorragendes Zeugnis ausstellen.

Mit der norddeutschen Dörte hatte ich Frieden geschlossen. Wir saßen zusammen in einem Arbeitskreis, in dem wir Prüfungssituationen simulierten. Irgendwann im Juni brachte sie mir einen Ausriss aus der Lokalzeitung mit. Darin einen Artikel über die Verabschiedung des ehrenwerten Direktors des Kings College.

Festlich gekleidete Gäste nahmen in den im Innenhof aufgeschlagenen Stuhlreihen Platz. Ein Kammerorchester spielte auf einer Bühne ein Stück von Brahms zu Beginn der Feierlichkeiten. Dann wurde ein greiser Herr ans Mikrofon geführt. Er hatte gerade die erste Zeile von seinem Redemanuskript abgelesen, als es zu einem Zwischenfall kam. Aus dem Hintergrund sprang einer Elfe gleich eine fast unbekleidete junge Frau hervor. Sie hüpfte an den verblüfften Musikern vorbei hin zu dem Greis, der von dem unvorhergesehenen Auftritt nichts mitbekommen hatte und die Unruhe im Publikum für Beifall hielt. Als er unvermittelt auf die Stirn geküsst wurde, glaubte er, es mit einer Muse zu tun zu haben und setzte unbeirrt seine Rede fort. Die junge Frau wurde von einer Dame aus dem Veranstaltergremium eingefangen und in einen Mantel gehüllt abgeführt. Nachforschungen ergaben, dass es sich bei ihr um eine Schwedin handelte. Sie behauptete, tänzerische Einlagen in dieser Form seien in ihrer Heimat zur Zeit des Mittsommers üblich.

Ich zerriss das Zeitungspapier in schmale Streifen und löschte Virve aus meiner Erinnerung.

Mit Genugtuung merkte ich, dass sich mein Englisch verbesserte. Der Stundenplan, die Hausaufgaben, freiwillige Übungen – ich ließ mich auf die Eintönigkeit des Wochenablaufs ein. Ein Lichtblick waren die Mittagessen mit Mrs. Boyd. Sie hätte meine Mutter sein können. Aber die Gefühle, die sie bei mir auslöste, waren anders. Der freudige Blick, wenn ich es mir schmecken ließ, wie sie mir über die Haare strich, die Kusshand, die sie mir zuwarf, bevor sie sich in ihr Schlafzimmer zurückzog – solche Andeutungen von Zärtlichkeit kannte ich von meiner Mutter nicht. Hätte sie sich weitere Zärtlichkeiten einfallen lassen, ich hätte mich nicht gesträubt.

Einmal war Mrs. Auburn krank. Zufällig an einem Mittwoch. Meine Klasse wurde zwei Stunden früher nach Hause geschickt. Ich fuhr direkt in die Archbishop's Grove. Ich beschloss, »Nacherzählen eines vorgegebenen Textes« zu üben. Leise schloss ich die Haustür, leise ging ich die Treppe ins erste Obergeschoss hinauf. Ich wollte Mrs. Boyd nicht stören. Die Tür zu ihrem Badezimmer stand einen Spalt auf. Durch diesen Spalt sah ich sie. Sie hatte sich ein Handtuch zu einem Turban um den Kopf gebunden und trocknete nach vorne gebeugt ein auf dem Rand der Badewanne abgestelltes Bein. Eine Szene wie auf dem Bild im Wohnzimmer. Ich in der Rolle der beiden Alten. »Michel, bist du's? Komm rein!« Zögernd gehorchte ich. »Wenn du schon da bist, kannst du mir den Rücken bürsten.« Den Wunsch erfüllte ich ihr gerne. Sie bedeckte ihre Blöße, ließ nur den Rücken frei. »Nicht zu fest!« Ich strich auf und ab, von den Schultern bis zur Körpermitte. Auf und ab, dann in schnellen kreisenden Bewegungen. Sie gab kurze helle Laute von sich, dann sagte sie »Genug!« Und: »Bravo! Ich stelle dich als Bademeister ein.«

Beim Mittagessen erzählte sie mir von ihrem Cousin. Sie waren noch Kinder, sechs oder sieben Jahre alt. An Wochenenden kam er zu Besuch. »Am Abend wurde gebadet. Erst er, dann ich, oder umgekehrt. Während die Wanne aus- oder einlief, bürstete er mir den Rücken. Ich genoss es. Manchmal musste ich quietschen vor Vergnügen.« Während ich noch damit beschäftigt war, mir klarzumachen, was ich erlebt hatte, sprach sie über eine Kindheitserinnerung, als wäre eben nichts Weltbewegendes passiert.

Alle vier Wochen kam Post von meinen Eltern. Meine Mutter schrieb mir Postkarten ohne Bildmotiv, auf denen sie jeden freien Quadratmillimeter ausnutzte, um noch ein Wort unterzubringen. Sie erkundigte sich, ob ich genug zu essen bekäme, berichtete, dass Astor, unser vierzehn Jahre alter Hund, mittlerweile fast blind sei. Neulich habe er in alter Gewohnheit eine läufige Hündin verfolgt und sei dabei gegen eine offenstehende Autotür gelaufen. Oder sie ließ mich wissen, dass unsere Metzgersfrau, die mir, als ich noch klein war, immer ein Stück Fleischwurst zugesteckt hatte, plötzlich gestorben sei. Sie verabschiedete sich mit »Alles Liebe, Deine Mutter.« Von Vater kamen kurz gefasste Briefe in seiner gestochen scharfen Handschrift. Es waren Ermahnungen. Ich sollte diszipliniert und fleißig sein, auf meine Lehrer hören, auf Sauberkeit achten – wobei offenblieb, ob er die körperliche oder die moralische meinte. Unterschrieben: »Herzliche Grüße, Vater.«

Mit jeder Woche, die verging, dachte ich weniger und weniger an Zuhause. Heimweh oder etwas ähnliches hatte ich allenfalls nach meinem Zimmer mit dem Blick in einen Kirschbaum, der bald Früchte tragen musste. Für die Stimmungsschwankungen im Hause Boyd hatte ich ein gewisses Feingefühl entwickelt. Konflikte gingen mich nichts an. Ich hielt sie für einen normalen Bestandteil eines jeden Familienlebens. Ich war mit mir und den Phantasien beschäftigt, die die Rückenpartie von Mrs. Boyd auslösten.

Mir entging allerdings nicht, dass an den Abenden, wenn Eltern und Kinder sich zum Essen trafen, sich eine nervöse Erregung breitmachte. Mrs. Boyd lief während der Mahlzeiten aus unerfindlichen Gründen immer wieder in die Küche oder verabschiedete sich mit einem »good night, everybody!«, noch bevor ihr Mann aufgegessen hatte. Um dessen Mund war das Lausbubenlächeln verschwunden. Aus nichtigen Anlässen herrschte er seine Söhne an. Als auch ich einen Rüffel einstecken musste, sprach ich Robert an. »Was ist hier los?«, wollte ich wissen. »Es geht um den Besuch dieser Frau, du weißt schon. Mutter will nicht, dass sie ins Haus kommt. Aber Vater besteht darauf. Nach zehn Jahren will er dem Konflikt ein Ende setzen.« »Für wann hat sich die Frau angesagt?« »Sie kommt irgendwann in den nächsten Tagen.«

Ich sah gespannt dem nächsten Mittwoch entgegen. Als es soweit war, erwartete sie mich schon im Eingang mit einem Eilbrief von meinem Vater. Ich las ihn in meinem Zimmer. »Lieber Michel, ich habe Dir eine betrübliche Nachricht mitzuteilen. Deine Mutter ist auf der Kellertreppe böse gestürzt. Sie war bewusstlos, als ich sie fand. Im Krankenhaus hat man eine Gehirnerschütterung und ein gebrochenes Handgelenk festgestellt. Drei Tage lang lag sie auf der Intensivstation, war nicht ansprechbar und musste künstlich ernährt werden. Seit heute geht es ihr etwas besser. Sie hat nach Dir gefragt. Das wollte ich Dich wissen lassen. Dein Vater.«

Es durchfuhr mich wie ein Elektroschock. Mutter hilflos auf der steinernen Kellertreppe. Der Kopf seitlich verdreht, aus der Nase rinnt Blut. Die rechte Hand liegt quer, die Finger gespreizt in einem maßlosen Schmerz. Ich sehe, wie die Sanitäter sie auf eine Bahre wälzen und festschnallen. Wie konnte das passieren? Mutter, die Übervorsichtige. Sie war immer besorgt. Als ich mein erstes Fahrrad bekam, hatte sie gerufen: »Pass auf! Langsam, langsam! Lass dir Zeit!« und mir die Freude verdorben. Bei einer kinderleichten Bergtour ließ sie mich nicht aus den Augen: »Schau, wo du hintrittst! Sei vorsichtig! Nicht zu schnell!«

Eine Hand legte sich auf meine Schulter. Die Hand führte mich zu meinem Bett. Ich setzte mich auf die Bettkante. Die Augen hielt ich geschlossen. »Hast du Kummer?«, fragte eine Stimme dicht bei meinem Ohr. Da fing ich an zu schluchzen, ich konnte es nicht verhindern. Die Hand zog meinen Kopf nach vorne, bis er auf einem warmen, weichen Kissen lag. Ich hielt den Atem an. Ihr Atem strich über meine Stirn, ich hörte ihr Herz schlagen.

In den letzten beiden Wochen bereitete ich mich mit verstärktem Druck auf das Proficiency Exam vor. Mr. Longfield und Mrs. Auburn standen den Studenten zur Verfügung, wann immer diese sie brauchten. Der Direktor bereitete eine Abschlussfeier vor. Gernot hatte sich im Unterricht in der letzten Zeit wenig sehen lassen. Er hatte sich mit der Leiterin des Fremdenverkehrsbüros angefreundet und hatte bei ihr nicht nur ein warmes Bett, sondern auch einen Job gefunden. Seine Aufgabe bestand darin, ausländische Studenten anzusprechen: Sie sollten in ihrer Heimat für ein Studium in Cambridge werben. Er fragte auch mich. In Erinnerung, wie er mich vor Virves Tür abgefertigt hatte, sagte ich nein.

»Komm mit!«, sagte Robert. Ich sah ihm an, dass er ungestört eine Zigarette rauchen wollte. Hinterm Haus angekommen, bot er auch mir eine an. Sie schmeckte scheußlich bitter, der Rauch brannte auf der Zunge. »Sie hat abgesagt. Sie kommt nicht. Sie will kein Versöhnungsgespräch im Haus meiner Mutter.« Und nach einem tiefen Zug: »Soll sie bleiben, wo der Pfeffer wächst.«

Die Prüfungen wurden von Professoren verschiedener Colleges abgenommen. Sie erstreckten sich über drei Tage. Am ersten Tag machte ich mich nervös auf den Weg und kam mit erhöhtem Pulsschlag in der Schule an. Spannung lag in der Luft, aber die Lehrer flüsterten ihren Schülern zu: »I'm sure, you'll manage it!« und die Professoren stellten ihre Fragen auf eine beruhigende englische Art. Ich bestand. Der Direktor persönlich überreichte das Certificate zusammen mit einem Schlüsselanhänger der Bell School of Languages. An der Gesamtnote auf meinem Zeugnis prangte ein Stern. Mein Vater würde es hin und her wenden und sagen: »Nicht schlecht.«

Am letzten Mittwoch vor meiner Abreise putzte ich meine Schuhe und zog ein weißes Hemd an.

Mrs. Boyd hatte für mich zum Abschied einen Kuchen gebacken. Ich durfte ihn anschneiden. Wir aßen ihn schweigend. Als ich mich bei ihr für das halbe Jahr in ihrem Haus bedanken wollte, sah sie an mir vorbei aus dem Fenster. »Ich hatte kürzlich Geburtstag«, sagte sie. »Niemand hat mir etwas geschenkt. Ich habe also noch einen Wunsch offen. Und den werde ich mir jetzt erfüllen.« Mit diesen Worten nahm sie mich bei der Hand und führte mich hinauf in ihr Schlafzimmer. »Es muss sein«, sagte sie und schlüpfte aus ihrem Kleid.

Der Abschied von der Familie Boyd verlief nicht so herzlich, wie man es sich nach einem halben Jahr gemeinsam verbrachter Zeit hätte vorstellen können. Mr. Boyd erzählte von dem nächsten Paying Guest, einem Dänen, der bald eintreffen werde. James, dass er seine Studien auf Käfer und größere Insekten ausdehnen werde. Nur Robert reagierte anders. Er werde sicher einmal nach Deutschland kommen und sich dann auf jeden Fall bei mir melden. Mrs. Boyd drückte mich nur einmal kurz an sich. Sie hatte wieder ihre graue Hausfrauenmontur an.

Ich fuhr nicht allein. Dörte saß auf dem Beifahrersitz. »Wenn du mich mitnimmst, kann ich mich an den Benzinkosten beteiligen.« »Meinetwegen« hatte ich geantwortet. Die Strecke erschien mir auf der Rückfahrt länger, als ich sie in Erinnerung hatte. Aus Angst, ich könnte mit ihr unterwegs in einem Hotel im Doppelbett landen, fuhr ich in einem durch. Dörte umklammerte meine Taille und legte ihren Kopf zwischen meine Schultern. Als ich des nachts anhalten musste, um zu tanken, behauptete sie, sie habe geschlafen.

In Aachen setzte ich sie ab. Sie wollte ihren Bruder besuchen, der an der Technischen Hochschule studierte. Die restliche Strecke legte ich im zweiten Gang zurück. Die Schaltung zum dritten Gang hatte sich verklemmt. Gegen Mittag bog ich in unsere Straße ein. Im Vorgarten stand eine weiße Gestalt. Ihr rechter Arm lag in einer Schlinge. Mit dem linken winkte sie. Meine Mutter.

November 2020

Luisa

Theodor Bettinger band sich die Serviette um, bevor er sein Frühstücksei köpfte. Diese Serviette aus feinem Satin war ein Erinnerungsstück. Immer wenn er sie über seinem Gros Ventre glattstrich, musste er an das feierliche Souper im Ratskeller denken, zu dem der Oberbürgermeister nach der Verleihung des Ehrentitels *Kommerzienrat* an ihn geladen hatte. Als man sich von Tisch erhob, hatte er die Handtasche seiner Frau beiläufig auf die Serviette gestellt und diese in einem unbeobachteten Moment geschickt hervorgezogen und in seinem Jackett verschwinden lassen. Die Serviette und den Ehrentitel konnte ihm niemand mehr streitig machen. Das Gleiche galt für sein Vermögen, das er mit Kalkül und kaltem Geschäftssinn angesammelt, und das sich in den beiden Kriegsjahren wie von selbst fast verdoppelt hatte.

Er bedachte seine Frau mit einem vorwurfsvollen Blick und schob das Ei beiseite. »Hart!«, sagte er. »Steinhart. Du könntest mit ihm jemanden erschlagen.« Sie setzte die Teetasse ab. »Entschuldige, Liebster. Die neue Küchenhilfe kann nicht bis fünf zählen. Ich selbst werde dir ein Ei kochen. Schön weich, so wie du es magst.« Aber da war Theodor Bettinger schon beim nächsten Thema: »Es ist eine Zumutung«, polterte er. »Die Pringsheims. Die ganze Nacht diese schreckliche Tanzmusik. Bis nach Mitternacht haben sie gefeiert. Ohne Rücksicht auf die Nachbarschaft. Ich habe kein Auge zugetan. Das ist nächtliche Ruhestörung. Ich hätte die Polizei rufen sollen.« »Aber, aber ...«, versuchte seine Frau ihn zu beruhigen. Er wusste, was sie sagen wollte. »Es ist geschmacklos, dass sie uns nicht einladen.« Und: »Bedenke, dass die Immobilienpreise hier in der Arcisstraße stark angestiegen sind, seit die Pringsheims hier wohnen.« Aber das sagte sie nicht, das dachte sie nur.

Punkt neun Uhr ging Theodor Bettinger aus dem Haus. Flüchtig küsste er seine Frau Adele auf die Wange. Der Fahrer hielt ihm die Tür seines Wagens auf. Marie und Katharina, die beiden ältesten Töchter, winkten von der Eingangsbalustrade aus dem Vater hinterher.

Adele nahm ein Aspirin, um für den Tag besser gerüstet zu sein und bereitete sich auf den morgendlichen Kirchgang vor. Da erschien noch verschlafen Luisa, das Lischen. Die Küchenhilfe hatte für sie auf dem Frühstückstisch ein Gedeck liegen lassen. Als sie sie nach ihren Wünschen fragte, sagte Luisa nur »Heiße Schokolade«. Das *bitte* sparte sie sich.

»Meine Kleine«, nannte sie der Vater. Und wenn er einen Schoppen Wein getrunken hatte: »Mein Augenstern«. Wenn sie verspätet zu den Mahlzeiten kam, runzelte er die Stirn, wies sie aber nicht zurecht. Nur ihr ließ er das durchgehen. Von ihm ließ sie sich tätscheln. Sie hatte ausgefallene Wünsche, die er ihr erfüllen sollte. Letztes Weihnachten hatte er für sie eine Ritterrüstung anfertigen lassen, die sie sich in den Kopf gesetzt hatte. Als die Jungfrau von Orleans wollte sie sich portraitieren lassen. Ein Ölbild. Das würde teuer. Ein tiefer Blick aus ihren blauen Augen genügte, um ihn von ihrem Plan zu überzeugen. Er durfte sie ins Gesicht küssen. Er stank nach Tabak. Das nahm sie in Kauf.

Luisa räkelte sich und gähnte. Mit spitzen Fingern pulte sie die Rosinen und die halben Haselnüsse aus dem Stollen. Sie brach ein Stück ab, biss hinein und ließ die Hälfte auf ihrem Teller liegen. Den Daumen tunkte sie in die Himbeermarmelade und leckte ihn wie ein Kätzchen ab. Dabei ließ sie ihre hellrote Zunge sehen. Dann wendete sie den Silberteller. Ihr Gesicht erschien auf der Unterseite. Sie zupfte an der Stirn ihre Löckchen zurecht. Mit denen würde sie sich nachher noch eingehend beschäftigen.

Luisa war so jung wie das Jahrhundert. Noch in diesem Jahr wurde sie siebzehn. Sie kannte einige Tricks beim Schminken. Ein paar Striche zur Verstärkung der Brauen, ein leichter Schatten um die Augen und sie sah aus wie zwanzig.

Letztes Jahr war sie auf dem großen Faschingsball im Künstlerhaus die jüngste Debütantin. Ihr Vater hatte seine Beziehungen spielen lassen und tief in die Tasche gegriffen, um fünf Karten und einen Tisch nicht weit von dem der Pringsheims zu ergattern. Ihre Schwestern hatten sich als Burgfräuleins verkleidet, der Vater als Kreuzfahrer, die Mutter als Marketenderin. Luisa trug die Rüstung, in der ihre

Beine gut zur Geltung kamen. Ein Spross aus dem Hause Wittelsbach ließ sich mit ihr ablichten. Das Bild erschien am nächsten Tag in der Zeitung.

Theodor Bettinger hatte gleich mehrere Flaschen Sekt kommen lassen, um für den Fall gerüstet zu sein, dass ein Geschäftsfreund oder ein Bekannter mit Gattin vorbeikäme. Das Eis schmolz in den Kübeln, der Sekt wurde warm, aber niemand machte seine Aufwartungen bei den Bettingers. Luisa hatte ein paar Mal an ihrem Glas genippt, der Alkohol hatte ihre Wangen leicht gerötet. Sie wartete, bis die Musik eine Pause machte, dann ging sie ohne Scheu, vielmehr in dem Gefühl, willkommen zu sein, hinüber zum Tisch der Pringsheims. Er war umlagert von Gästen in aufwendigen Gewändern. In ihrer Mitte stand strahlend Hedwig Pringsheim mit kostbarem Kopfschmuck in einem japanischen Kostüm. Eine Gruppe von Räubern und Wegelagerern brachte ihr gerade ein Ständchen dar. Sie bedankte sich mit der anmutigen Verbeugung einer Geisha und winkte dann Luisa herbei. »Edle Jungfrau, habe ich Sie nicht schon einmal gesehen?« »Das kann gut sein, meine Dame«, entgegnete Luisa. »Ich wohne in der Arcisstraße, Ihrem Haus grad schräg gegenüber.« Da lachte die Pringsheim: »So sagt mir Euren Namen. Ich will ihn mir merken.« Noch ein Blick in Luisas blaue Augen, dann war sie beim nächsten Gast.

Die Musik setzte wieder ein. Ein Paso Doble. Luisa wiegte sich in den Hüften. »Darf ich bitten?« Ein Troubadour verbeugte sich tief, erwies sich als passabler Tänzer und hinterließ ihr sein Ergebenheitskärtchen. Die Rüstung drückte, zwängte sie ein, aber Luisa ließ keinen Tanz aus. Selbst als ein Tango angekündigt wurde, der als unsittlich galt, und sie ein Spanier mit aufgeklebtem Lippenbart und Pomade in den Haaren zum Tanz aufforderte, sagte sie nicht nein. Er schwenkte sie, bog sie rücklings übers Knie.

»Kind, es ist Zeit, dass wir nach Hause gehen. Vater hat sich nicht amüsiert.« Theodor Bettinger wollte den bestellten Sekt nicht verkommen lassen. Er musste vom Saaldiener gestützt zur Garderobe geführt werden. Zu Hause angekommen, vermisste er sein Monokel. Das sorgte für Aufregung und schlechte Laune am nächsten Morgen, bis Adele ihrem Mann persönlich einen sauren Hering und ein gewärmtes Malzbier servierte.

Beim Frühstück spielte Luisa ihre Kärtchen aus. Sie blätterte sie mit Triumph im Blick auf den Tisch. Es waren sechs. Sechs Tänzer hatten sie ihr zugesteckt mit Namen, Adresse und *Verehrung,* einer sogar mit der Frage: »Darf ich hoffen?« Marie hatte eine Karte vorzuweisen, Katharina keine. Luisa rümpfte ihr Näschen. Mit ihren dreiundzwanzig Jahren roch die Schwester bereits nach alter Jungfer.

Bei den Ursulinen ging Luisa zur Schule. Darauf hatte die Mutter bestanden. Da wurde vor dem Unterricht das »Gegrüßet seist du, Maria« gebetet und auf Anstand und die christlichen Tugenden geachtet. Bevor die Schülerinnen nach Hause entlassen wurden, mussten sie eine halbe Stunde *zur Besinnung* vor dem Kruzifixus knien. Luisa kniete nicht gern. Ihr kamen dabei absonderliche Gedanken. Was wäre, wenn sie dem Mädchen in der Bank vor ihr die Zöpfe abschneiden und die Haare abrasieren würde? Oder wie sähe die Schwester Oberin in einem der Badeanzüge aus, mit denen man seit Neuestem zum Schwimmen in der freien Natur in die Seen der Umgebung stieg?

Luisa setzte sich auf den Schoß ihres Vaters. Der blickte streng, weil er ahnte, was sein Lischen von ihm wollte. Er sollte sie von der Schule nehmen und für sie einen Privatlehrer engagieren. Als sie ihn so flehentlich ansah und ihm sanft über den Bart strich, schmolz er dahin. Die Mutter bekreuzigte sich bei der Vorstellung, dass ein fremder Mann ins Haus kommen sollte. Den Geeigneten zu finden, war nicht leicht. Im zweiten Jahr war Krieg, auch die nicht mehr jungen Männer wurden jetzt eingezogen.

Martin Kinkel hatte einen Herzklappenfehler. Er war Studienrat, konnte aber die Verantwortung für eine Klasse von zwanzig bis fünfundzwanzig Schülern nicht mehr übernehmen. Im Wohnzimmer wurden eine Bank und ein Schreibpult aufgestellt, die Tür zum Flur musste offenbleiben. Darauf hatte Mutter Adele bestanden. Sie wollte darüber wachen, dass der fremde Mann sich keine Freiheiten gegenüber ihrem Töchterchen herausnahm. Im Übrigen betete sie, dass der Unterricht von diesem Kinkel von kurzer Dauer sein würde.

Ihr Flehen sollte erhört werden. Katharina vernachlässigte ihre Stickereien und machte dem Hauslehrer schöne Augen. Sie bewunderte sein breit angelegtes Wissen, der Herzklappenfehler machte ihr nichts aus. Schließlich sollte er für sie nicht Holz hacken, sondern seine Fähigkeiten auf anderem Gebiet unter Beweis stellen. Als die Verlobung beschlossene Sache war, kam der künftige Schwiegersohn als Privatlehrer der jüngeren Schwester nicht mehr in Frage. Theodor Bettinger hatte keine Träume. Seine Weltanschauung war einfach. Wenn man das gesellschaftliche Geplänkel und das Geschwätz der Pfaffen vom Jenseits mal wegließ, war das Leben mit einem Kuchen vergleichbar, von dem man sich ein möglichst großes Stück abschneiden musste. Darin bestand die Kunst. Er stammte aus einfachen Verhältnissen. Sein Vater war Metzger in Dachau gewesen. Er wollte raus aus dem Blutwurst- und Schinkenmilieu. Das hatte er geschafft. Er hatte Geld und ein Haus in bester Lage. Für seine Töchter wünschte er sich, was ihm so recht nicht gelingen wollte: den sozialen Aufstieg. Er war nur willens, sie an Heiratskandidaten der besseren Gesellschaft abzugeben. Ein körperlich angeschlagener Studienrat war nicht das, was er sich für die Kathie gewünscht hätte. Aber letztlich war er erleichtert, als Herr Kinkel um die Hand der molligen Tochter mit den Plattfüßen anhielt. Er meldete sich bei der Evi zu einer Ganzkörpermassage an. Er brauchte Entspannung.

Als Nachfolgerin für Herrn Kinkel wurde Fräulein Zwirnich gefunden. Mutter Adele, die sich selten mit ihren Wünschen durchsetzte, hatte darauf bestanden, dass es diesmal, um den Anstand zu wahren, eine Lehrerin war. Sie war eine herbe Person. Nach ihrem Alter wurde sie nicht gefragt, aber sie hatte die Lebensmitte deutlich überschritten. Ihre Stärke lag in der Vermittlung naturwissenschaftlicher Inhalte, eine Schwäche für musische Fächer kannte sie nicht. »Wie stellst du dir dein künftiges Leben vor?«, fragte sie Luisa vor der ersten Stunde. »Wenn es dir genügt, den Haushalt zu führen, Kinder in die Welt zu setzen und zu erziehen und wenn du deine Bestimmung darin siehst, deinem Gemahl zu Willen zu sein, dann lerne häkeln, kochen und ein wenig auf dem Klavier zu klimpern. Wenn du aber ehrgeizigere Pläne verfolgst, dann brauchst du Bildung, um dich in unserer Männergesellschaft durchzusetzen. Bildung ist das A und O. Ich kann dir das Nötigste beibringen. Es liegt bei dir. Willst du dein Leben als Hausfrau verbringen, oder willst du durch Bildung die Fähigkeiten entwickeln, die die Natur dir mitgegeben hat?« Und nach einer Pause: »Im Übrigen verbitte ich mir das *Fräulein*. Ich bin eine Frau. Frau Zwirnich, Alice mit Vornamen.«

Das traf bei Luisa einen Nerv. Alice Zwirnich zeigte ihr Fotos von der Mädchenklasse, die sich auf einem Gymnasium auf das Abitur vorbereitete. Und von dem Massensterben in einem Krieg, den Männer gegen Männer führten. Luisa hatte zu Beginn die Bälle und das gesellige Zusammensein mit Gleichaltrigen vermisst, sich dann aber damit abgefunden, dass es Tanzvergnügen nicht mehr gab. Von den Verehrern, die ihr auf dem Kostümfest ihre Kärtchen zugesteckt hatten, waren fünf an der Westfront gefallen. Einer wurde vermisst.

Der rauschhafte Patriotismus, die nationale Euphorie und die Begeisterung, in den Krieg zu ziehen, waren verflogen. Sie hatten einer großen Leere Platz gemacht. Die Stadien der Sportvereine blieben leer, ebenso die Vergnügungs- und Rummelplätze. Die Marktfrauen boten statt Südfrüchten, Obst und Gemüse aus der Region an. Bunte Anziehsachen verschwanden aus den Schaufenstern, man kleidete sich in Feldgrau. Abgeschnitten von den Pariser Kreationen, verkümmerte die Hutmode. Die Radioanstalten ersetzten ihre Schlagersendungen durch getragene Musik und die immer gleichen Berichte von den Siegen und dem Heldentum des deutschen Soldaten. Frauen, vor allem der mittleren Schichten, meldeten sich zum freiwilligen Lazarettdienst und verloren beim Anblick von Blut, Eiter und Wundbrand ihren Glauben an die Worte des Kaisers, dass es ehrenvoll sei, für das Vaterland zu sterben.

Theodor Bettinger interessierte sich nicht für das Frontgeschehen. Er fragte sich, ob angesichts der anhaltenden Kämpfe in der Champagne die dortigen Winzer die nötigen Mengen Champagner für die Silvesternacht liefern könnten. Er war verärgert, dass sein Fahrer eingezogen wurde und er sich selbst hinters Steuer setzen musste. Er kam nicht auf die Idee, Rücksicht im Straßenverkehr zu nehmen, überfuhr Hunde und Eichkätzchen, missachtete die Vorfahrtsregeln und scheuchte durch lautes Hupen die Fußgänger von der Fahrbahn.

Frau Adele musste einen Schicksalsschlag hinnehmen. Der junge Pfarrer, den sie aus tiefstem Herzen verehrte, musste an die Front, um den Kämpfenden Mut zuzusprechen und den Sterbenden die Letzte Ölung zu spenden. Er hatte sie, wenn die Kinder ihr nicht gehorchten oder ihr Mann sie vernachlässigte, getröstet und sie in ihrem Glauben an die göttliche Vorsehung bestärkt. Jetzt war sie ohne geistigen Beistand. Ein Nachfolger war noch nicht gefunden. Aber keinem anderen würde sie so inbrünstig ihre Sünden gestehen können, wie ihm, dessen Leben zu schonen sie die heilige Jungfrau anflehte.

Marie hatte einen Verehrer. Er war ein verheirateter Mann, der vom Alter her ihr Vater hätte sein können. Heimlich wechselte sie mit ihm Billets, in denen sie sich zu Liebesspielen animierten, die in Wirklichkeit nicht sein durften. Katharina fuhr ab und zu mit Herrn Kinkel aufs Land. Einmal kamen sie an einem Heuschober vorbei, dessen Tor einladend offenstand. Aber sie widerstanden der Versuchung. Katharina sparte sich auf für die Hochzeitsnacht. Ihre Mutter unterwies die Schwestern in der Haushaltsführung. In ihren Mußestunden strickten sie Socken für Frontsoldaten, die sie zu sechs Paar gebündelt an der Sammelstelle des Wohlfahrtsvereins ablieferten.

Alice Zwirnich war Frauenrechtlerin. Das wurde allerdings in ihren Unterlagen nirgends erwähnt. In einer Gruppe von Gleichgesinnten kämpfte sie für das Frauenwahlrecht und die Zulassung der Frauen zum Universitätsstudium. Bei ihren Treffen hinter geschlossenen Türen diskutierten sie auch die Frage, wann die Zeit reif wäre für eine staatliche Anerkennung von Beziehungen unter Gleichgeschlechtigen.

Alice Zwirnich erkannte, dass Luisa in Verhältnisse hineingeboren worden war, in denen sie ein Leben wie in einer schillernden Seifenblase führte, aber in keiner Weise für den Fall gerüstet war, dass diese Blase zerplatzen könnte und sie den Regeln der Wirklichkeit ausgesetzt wäre. Sie kam ihren Pflichten als Lehrerin nach: erklärte, stellte Zusammenhänge her, forderte den Ehrgeiz wie den Widerspruchsgeist ihrer Schülerin heraus, lobte und tadelte und sah mit Vergnügen, dass Luisa eine wesentliche Voraussetzung für die Aneignung von Bildung entwickelte: Sie war neugierig.

Frau Zwirnich kam an vier Tagen jede Woche. Sie hatte einen Stundenplan festgelegt, der die in der Schule unterrichteten Wissensgebiete abdeckte und den sie auf die Minute genau einhielt. Sie ließ jedoch zu, dass sich in den Pausen Gespräche entwickelten, die immer um ein und dasselbe Thema kreisten: Die Rolle der Frau und ihre Rechte in einer künftigen Gesellschaft. Mit Staunen hörte Luisa von den Suffragetten, die in England dafür kämpften, dass Frauen zu den Wahlurnen gehen durften. Und mit wachsender Empörung von den Aktivitäten eines Vereins, in dem die Gegner der Gleichberechtigung von Mann und Frau sich zusammenrotteten. Mit einem Schild in der Hand auf der Straße zu protestieren, traute Luisa sich nicht. Aber sie schnitt sich die Haare kurz und trug nur noch bodenlange Röcke.

Vater Bettinger bemerkte erstmal von den Veränderungen seiner Jüngsten nichts. Einmal im Monat fragte er Fräulein Zwirnich, ob Luisa Fortschritte machte und wenn sie mit »ja« antwortete, war er's zufrieden. Erst als das Lischen sich nicht mehr auf seinen Schoß setzen wollte, schwante ihm, dass er es statt mit einem Kind, mit einer jungen Frau zu tun hatte. Von den Gesprächen in den Unterrichtspausen erwähnte Luisa weder ihren Eltern, noch ihren Schwestern gegenüber ein Wort.

Alice Zwirnich verabschiedete sich am Donnerstagnachmittag und hinterließ eine Liste mit Leseempfehlungen für das verlängerte Wochenende. Da für den Hausherren Bücher zu den überflüssigen Gegenständen wie Blumen für die Vase oder Lippenstifte und Schminke gehörten, schrieb sich Luisa in der Stadtbibliothek ein. Sie hatte einen Bestand von über hunderttausend Bänden und einen Lesesaal mit kleinen Tischen und harten Stühlen. Essen und Trinken war verboten, Rauchen sowieso.

Luisa machte sich jeden Freitag und jeden Samstag zeitig auf den Weg zur Bibliothek. Die Frau an der Pforte erwartete sie schon: »Grüß Gott, Fräulein Bettinger.« Luisa überhörte das *Fräulein*, grüßte mit »Guten Tag« zurück und setzte sich an immer den gleichen Platz an einem der hohen Fenster.

Die Verhältnisse zuhause zu ertragen, kostete sie Kraft. Sie war in ständiger Opposition, gegen die Engstirnigkeit des Vaters und die Frömmelei der Mutter ebenso, wie gegen die Fügsamkeit der Schwestern. Sie verschanzte sich in ihrem Zimmer, überstand die gemeinsamen Mahlzeiten nur hinter einem Wall des Schweigens. Wenn sie angesprochen wurde, antwortete sie einsilbig oder gar nicht. Die Ritterrüstung hängte sie als Brutkasten für Eichhörnchen und Siebenschläfer an einen Baum.

In der Bibliothek atmete Luisa auf. Auf dem Platz am Fenster fühlte sie sich geborgen. Wenn sie das bestellte Buch aufschlug, entspannte sie sich und war bereit für Ausflüge in die Phantasiewelten, die sie erwarteten. Sie las langsam, manche Passagen zweimal, um sie sich einzuprägen. Unter der Anleitung von Alice Zwirnich lernte sie nach und nach die Hauptwerke der russischen, der englischen, französischen und der deutschen Literatur kennen. Die Bücher von Rudolf Eucken und Paul Heyse las sie, weil die beiden Nobelpreisträger waren. Spuren hinterließ bei ihr das Schicksal der Effi Briest, sowie die Schilderung des Niedergangs des preußischen Adels und das Erstarken der Arbeiterbewegung im *Stechlin*.

Wenn sie ein Buch zu Ende gelesen hatte, machte Luisa sich Notizen in einer Kladde. An den Anfang stellte sie ihre persönlichen Eindrücke, versuchte aber auch den Schreibstil zu analysieren, Vergleiche anzustellen und die handelnden Personen in ihrer

Glaubwürdigkeit zu beurteilen. Dann sah sie aus dem Fenster und fühlte sich von der Stille wie von einer Wattewolke umschlossen. Die Bibliothek wurde wenig besucht, die Leute hatten Wichtigeres zu tun, Ungemütliche Zeiten kündigten sich an. Sie machten Hamstereinkäufe.

Luisa fiel ein junger Mann auf, der jeden Morgen kam, sich aber keine Bücher auslieh, sondern die ausliegenden Tageszeitungen Seite für Seite durchlas. Sie sah, dass er einzelne Sätze, aber auch ganze Passagen abschrieb, manchmal sogar eine ganze Seite heraustrennte, zusammenfaltete und in eine Aktentasche steckte. »Vielleicht ein angehender Journalist«, dachte sie, der auf diese Weise sein Handwerk lernen will.«

Je öfter sie sah, wie er mit seltsam eckigen Bewegungen seiner Arbeit nachging, desto unwahrscheinlicher erschien ihr diese Erklärung. Sie meinte, in seiner Tätigkeit etwas Rätselhaftes zu entdecken. Das machte sie neugierig. Luisa hatte sich angewöhnt, in Lesepausen – etwa am Ende eines Kapitels – einer Amsel zuzusehen, die in einem der Bäume gegenüber ihr Nest baute. Jetzt ging ihr Blick unwillkürlich hinüber zu dem jungen Mann, von dem sie gerne mehr gewusst hätte.

Er mochte ein paar Jahre älter sein als sie, Anfang zwanzig vielleicht. Schön war er nicht. Er hatte schmale Lippen, ein spitz zulaufendes Kinn, hervortretende Wangenknochen, trug eine Brille und hatte immer eine schwarze Kappe auf dem Kopf. Wenn er die Zeitungen durchgesehen hatte, erhob er sich mit diesen eckigen Bewegungen und verschwand Richtung Ausgang. Luisa hätte ihm gerne etwas hinterhergerufen, aber sie schämte sich und im Übrigen war lautes Rufen im Lesesaal nicht erlaubt. Nachdem er gegangen war, war Luisa oft allein in dem halligen Raum. Sie hatte Mühe, sich auf ihre Lektüre zu konzentrieren und nicht abzuschweifen.

Schließlich erzählte sie Alice Zwirnich von dem Zeitungsleser. »Ich wüsste gern, was er sich da abnotiert und warum er das tut.« »So frag ihn doch! Geh mit ihm eine Limonade trinken und dann frag ihn.« Und als sie die leichte Röte auf Luisas Wangen bemerkte, fügte sie hinzu: »Ich weiß, es gilt als unschicklich, als Frau einen fremden Mann anzusprechen. Aber diese Vorstellung ist überholt. Du hast dasselbe Recht, ihm Fragen zu stellen, wie er dir.« Dann schlug sie das Französischbuch auf und las Luisa die kurze Geschichte von dem Wirt vor, der vor der Tür seiner Gastwirtschaft ein Schild mit der Aufschrift »Demain on mange ici gratis« angebracht hatte. Luisa sollte sie nacherzählen.

Als es wieder Freitag wurde, hatte sie es eilig, in die Bibliothek zu kommen. Im Lesesaal war ihr Platz besetzt. Eine Gruppe Schülerinnen trugen Bücher hin und her, wisperten in den Gängen, oder raschelten mit Butterbrotpapier. Die übliche Ruhe war gestört. Der junge Mann mit der schwarzen Kappe hatte sich schon über einen Stapel Zeitungen hergemacht. Er beachtete die Schülerinnen mit keinem Blick.

Luisa schlug *Krieg und Frieden* auf. Sie war im ersten Teil des dritten Buches angelangt, an der Stelle, an der der Gesundheitszustand des Fürsten Bolkonski sich bedeutend verschlechtert. Als sie von seinen Launen und Zornesausbrüchen las, musste sie an ihren Vater denken. Sie hatte sich die Sätze eingeprägt: »Ununterbrochen kränkte er seine Tochter; aber Marja verzieh ihm alles ohne Überwindung.« Ohne Überwindung seine Ungerechtigkeiten verzeihen, die ihr Vater mit seiner Liebe zu ihr rechtfertigte? Nein, das konnte sie nicht. Sie wollte Lehrerin werden, wollte in einer Mädchenschule unterrichten. Das würde er zu verhindern versuchen. »Die Frau ist dazu berufen, Hausfrau und Mutter zu sein.« Das hatte er irgendwo gelesen, das war seine Überzeugung. Er würde ihr verbieten, an einer Universität zu studieren. Sie würde ihm nicht gehorchen.

Entschlossen stand Lusia auf. Schritt für Schritt ging sie zu dem Mann hin. Als sie an seinem Tisch angekommen war, blieb sie stehen und wusste nicht, wie sie ihn ansprechen sollte. Er hob den Kopf, sah sie keineswegs überrascht an und fragte: »Was ist?« »Ich habe noch nie eine dieser Zeitungen gelesen«, sagte sie. »Habe ich da was versäumt?« »Klar! Du versäumst etwas. Jeden Tag. Weil du keine Ahnung hast, was in der Welt um dich her passiert.« Er schlug die zuoberst liegende Zeitung zu, strich die erste Seite glatt. »Komm, lass uns was trinken. Ich bin durstig.«

Er ging ein Stück die Straße hinunter. An der Ecke war ein Kiosk. Sie lief neben ihm her. Wieder fielen ihr seine eckigen Bewegungen auf. »Was machst du eigentlich die ganze Zeit in der Bibliothek? Warum liest du all diese Schmöker?« Luisa wollte ihm von Alice Zwirnichs Liste erzählen, aber er ließ sie nicht zu Wort kommen. »Romane. All das ausgedachte Zeug! Wollen unterhalten und erbauen. Es mag Romane geben, die spannend geschrieben sind, aber die Schriftsteller, von denen sie stammen, wissen nicht, wie es in der Wirklichkeit zugeht.«

»Was trinkst du? Ich hätte gerne eine Schorle. Egal, was für eine.« Er ließ Luisa bezahlen, sagte nicht »danke«. »Deine Eltern haben Geld. Das sehe ich an deinen Schuhen. Da, wo ich herkomme, hat niemand solche Schuhe.« Luisa war es nicht gewohnt, so schroff angesprochen zu werden. Der Mann betrachtete sie abschätzend. Er wartete auf eine Antwort, aber es fiel ihr nichts Passendes ein. »Ich heiße übrigens Karl«, sagte er in einem versöhnlicheren Ton.

»Ich bin Pazifist, wenn du weißt, was das ist. Für mich sind Kriege nichts anderes als tödliche Spiele der Mächtigen. Um zu siegen und damit ihre Macht zu vergrößern, setzen sie ihre Soldaten als Kanonenfutter ein.« Er gab dem Mann im Kiosk seinen leeren Becher. »Ich bin zum Glück wehrdienstuntauglich. Muss keine Franzosen abknallen. Mein rechtes Bein ist ein paar Zentimeter zu kurz geraten. Ein Hinkebein im Schützengraben, das wollten sie nicht. So. Kommst du mit? Ich muss mit den Zeitungen weitermachen. Willst du mir verraten, wie du heißt? Jetz sag nicht Veronika.« »Wieso Veronika?« »Alle höheren Töchter heißen Veronika.« »Ich heiße Luisa.« »Auch großbürgerlich. Komm, lass uns gehen.«

In der Bibliothekshalle blieb Karl stehen. »Hast du Lust, heute Abend in den Staltacher Hof zu kommen? Es findet eine Versammlung verschiedener fortschrittlicher Gruppen statt. Ich lade dich ein. Erich Mühsam hält eine Rede. Er ist eine große Persönlichkeit. Ich arbeite für ihn. Um neunzehn Uhr fängt es an.« Und während Luisa noch ihre Gedanken ordnete: »Ich erwarte dich am Empfang. Ohne mich kommst du nicht rein.«

Luisa sollte sich noch Jahre später an die Turbulenzen erinnern, die Karls Einladung bei ihr auslösten. So wie sie erzogen worden war, war es völlig unmöglich, mit einem wildfremden Mann zu einer Abendveranstaltung zu gehen. Aber gerade deswegen reizte es sie, es zu tun. Einerseits zögerte sie, weil sie von einem Staltacher Hof nie gehört hatte und nicht wusste, wie sie hinfinden sollte, andererseits war die Vorstellung verlockend, endlich einmal ein Abenteuer zu erleben.

Und dann dieser Karl. Sie war noch nie mit einem Mann weggegangen. Die Vorstellung von einem männlichen Wesen hatte sie von ihren älteren Schwestern übernommen: Schön mussten sie sein, mit goldgelocktem Haar, galant und in gewählten Worten machten sie der Angebeteten den Hof, hingebungsvoll küssten sie ihr die Hand. An mehr war nicht zu denken. Karl war so ganz anders. Die Schwestern hätten sich geweigert, ihm die Hand zu geben.

Er kam aus einem Stadtviertel, zu dessen Bewohnern man Abstand hielt wie zu den wilden Tieren im zoologischen Garten. Männer wie ihn bezahlte man, damit sie einem die Kohlen in den Keller schaufelten, zur Haustür ließ man sie nicht rein.

»Ich erwarte dich«, hatte Karl gesagt. Das klang wie ein Befehl. »Ich würde mich freuen, wenn du kommen würdest«, hatte er nicht hinzugefügt. Liebenswürdig zu sein, war offensichtlich nicht seine Art. Aber genau das machte sie neugierig. Als er die Zeitung in die Auslage zurückbrachte, drehte er sich kurz nach ihr um. Sie wollte ihn wiedersehen. Heute Abend am Eingang des Staltacher Hofs.

Auf dem Heimweg jagte ihr ein Schauer über den Rücken. Sie fror. Als sie in die Arcisstraße einbog, lief ihr die Nase. In ihrem Zimmer angekommen, musste sie sich auf die Bettkante setzen. Sie hatte sich eine Erkältung zugezogen.

Trotz geröteter Augen und einem Kratzen im Hals war sie pünktlich beim Eingang des Staltacher Hofs. Der Saal, zu dem die Leute drängten, fasste zweihundert Personen. Hier fanden Hochzeiten statt, es gab eine Bühne für Aufführungen des Bauerntheaters. Karl erwartete sie. »Ah, da bist du. Ich dachte schon, du kommst nicht.« Er nahm sie am Arm und führte sie durch die Eingangskontrolle. »Wir müssen wegen der Nationalen aufpassen. Sie versuchen, Spione einzuschleusen.«

Sie schoben sich durchs Gedränge, an wild gestikulierenden Männern vorbei. Die ballten die Fäuste und schrien, einer lauter als der andere. Luisa hatte dergleichen noch nie erlebt. Sie dachte, gleich würde es zu Handgreiflichkeiten kommen. Unwillkürlich drückte sie sich an Karl. Für ihn waren zwei Plätze in einer der vorderen Stuhlreihen reserviert.

Schwaden von Zigarettenqualm hingen über den Köpfen. Luisa war benommen von dem Getöse und der Erkältung. Sie registrierte auch Gruppen von Frauen, die sich mit ihren Ellenbogen Platz verschafften. Karl sah einige Bekannte in der Menge. Er winkte ihnen zu oder schlug ihnen auf die Schulter, wenn sie näherkamen. Luisa stellte er sie nicht vor. Sie hätte ihm gerne Fragen gestellt, aber er achtete nicht auf sie. Eine Gruppe mit Transparenten hatte sich in den Saal gedrängt.

Dann sprang Karl auf und rief ihr zu: »Halte meinen Platz frei!« Er kletterte auf die Bühne, es wurde ihm eine Lautsprechertüte gereicht. »Genossen!« Und noch einmal: »Genossen!« Einige klatschten in die Hände, andere schrien: »Buh!« Er kündigte den Redner des Abends an, den Schriftsteller und Journalisten Erich Mühsam.

Aus dem Hintergrund trat ein ganz in schwarz gekleideter Mann hervor. Seine Rockschöße flatterten, als er ins Rampenlicht trat. Wild wogte eine Mähne schwarzer Haare, schwarz auch der Bart. Hinter einer randlosen Brille funkelten die Augen, als wollte er einen Angriff abwehren. Langsam trat Stille ein. Er breitete die Arme aus, dann hob er sie wie ein

Dirigent vor einem großen Orchester. »Ein Magier«, dachte Luisa. Erich Mühsam brauchte keinen Verstärker, seine Stimme kam tief aus der Brust und erreichte auch die, die an der Rückwand standen. Mühsam sprach von der Ausbeutung der Arbeiter, die für die Kriegsindustrie schufteten, von den Armen, die sich kein warmes Essen leisten konnten und von den Soldaten, die als Krüppel aus den Schlachten zurückkamen. Und er belegte seine Worte mit den Zahlen vom Tage. »Die Zahlen hat er von mir«, flüsterte Karl.

Luisa hörte Dinge, von denen sie nicht wusste, dass es sie gab. Eine Frau musste in der Fabrik eine Stunde arbeiten, um sich eine Semmel kaufen zu können. Für verwundete Soldaten gab es Prothesen, aber die konnten sich nur die Söhne der Reichen leisten. Luisa schwirrte der Kopf, das Atmen fiel ihr schwer, sie fror, gleichzeitig war ihr heiß. Als die Männer um sie herum aufsprangen und ein Lied anstimmten, blieb sie sitzen.

Mühsam nahm die Ovationen entgegen, ohne sich zu verbeugen. Dann verschwand seine dunkle Gestalt im Bühnenhintergrund. Das Publikum, geläutert, drängte den Ausgängen zu. Ein erster frischer Luftzug, Luisa atmete auf. Da stand plötzlich Alice Zwirnich vor ihr. Sie war in Begleitung einer anderen Frau. »Wie kommst du denn hierher?«, rief sie erstaunt. »Karl, hast du sie mitgebracht?« »Weitergehen!« rief jemand von hinten. Die andere Frau schimpfte: »Unsere Belange hat er mit keinem Satz erwähnt. Die Nöte der Frauen interessieren ihn nicht.« »Karl«, sagte Alice Zwirnich. »Lass sie im Dunkeln nicht allein durch die Stadt laufen. Begleite sie nach Hause. Pass gut auf sie auf.« Sie klopfte Luisa auf die Schulter und war im Gedränge verschwunden.

Die Stadt war menschenleer. In den Nebenstraßen war die Beleuchtung gelöscht. Luisa hatte sich bei Karl eingehakt. Sie ließ sich von ihm führen. Am Gartentor in der Arcisstraße wollte sie »Bis bald« sagen, wollte sich mit einem Kuss bedanken, verfehlte aber seinen Mund, flüsterte nur »Gute Nacht« und lief zum Haus.

Sie hatte Angst, ihren Eltern zu begegnen. Ihr Vater würde sie anfahren: »Wo hast du dich so lange rumgetrieben!« Die Mutter würde sie vorwurfsvoll anblicken: »Ich hoffe, du hast keine Verfehlung zu beichten.« Als sie ihr Zimmer erreichte, zitterten ihre Knie. Sie fühlte sich fiebrig. Sie dachte an Karl und glitt in einen Traum, in dem ihre beiden Schwestern nackt in der Badewanne standen und ihr befahlen, sich auszuziehen. »Wir müssen dich einer Untersuchung unterziehen. Du bist kein Kind mehr. Spreiz deine Beine, damit wir dich betrachten können.« Sie fühlte einen ziehenden Schmerz im Bauch und am nächsten Morgen war auf dem Leintuch ein roter Fleck.

Luisa erschien nicht zum Frühstück. Die Mutter entschied: »Unser Lischen ist krank.« Sie flößte ihr Lebertran ein, faltete einen in heißes Eukalyptusöl getränkten Wickel auf ihre Stirn und legte ihr ein rotes Handtuch unter. Luisa verbrachte den Tag in einem Dämmerzustand. Ab und zu dachte sie an Karl, an sein zu kurz geratenes Bein neben dem ihren, Sehnsucht nach ihm hatte sie nicht.

Am dritten Tag stand Luisa auf, ging in die Küche und aß mit gutem Appetit zwei Weißwürste. Auf dem Tisch neben der Eingangstür lag ein Brief. Auf dem Kuvert mit Goldrand stand in geschwungener Schrift: »An die liebe und verehrte Familie Bettinger.« Es war eine nach Veilchen duftende Einladung zu einem Tee-Empfang am Donnerstag, den 3. Juli um vier Uhr nachmittags. »Über eine Zusage würde sich freuen Hedwig Pringsheim.«

Während Theodor Bettinger knurrte, das Haus der Pringsheims zu betreten, koste ihn Überwindung, er laufe keinem Juden hinterher, waren die Frauen in seltener Einmütigkeit begeistert. Luisa wurde mit einem Nelkensträußchen losgeschickt, um sich für die freundliche Einladung sehr herzlich zu bedanken. Hedwig Pringsheim empfing sie mit den Worten: »Wir kennen uns doch vom Kostümfest« und schenkte ihr ein mit Lavendel gefülltes Säckchen mit Spitzenrand. Bei den Bettinger-Frauen – Luisa nicht ausgenommen – gab es fortan nur ein Thema: wie kleidet man sich bei einem Tee-Empfang angemessen?

Der 3. Juli kam, es wurde sechzehn Uhr. Die zwölf korbgeflochtenen Stühle im Frühlingssalon standen bereit, der Tisch war mit chinesischem Porzellan eingedeckt. Hedwig Pringsheim begrüßte ihre Gäste nicht überschwänglich, aber mit einer Herzlichkeit, die die Formel »Wie schön, dass Sie gekommen sind« aus ihrem Mund glaubhaft machte. Einem scharfen Beobachter wäre aufgefallen, dass sie zur Begrüßung Luisas Hand einen Wimpernschlag länger hielt, als die ihrer Schwestern. Die Eltern Bettinger empfing sie mit »Die lieben Nachbarn«, wobei sie sich Adele ein wenig zuneigte, Theodor nicht. Der Stoff ihres lichtblauen Kleides war hochwertig, der Schnitt schlicht. Außer einer Perlenkette trug sie nur zwei Ohrstecker mit Brillanten mittlerer Größe. Sie war geschminkt, aber so dezent, dass man das Rouge auf ihren Wangen nur ahnen konnte. Die Künste einer Gastgeberin beherrschte sie meisterlich. Sie sorgte mit der Umsichtigkeit einer Mutter für das Wohl ihrer Gäste, überließ aber die kleinsten Handgriffe dem Personal. Mit geübter Leichtigkeit machte sie die Eintreffenden miteinander bekannt und platzierte sie so, dass jeder denken konnte, er sei der Ehrengast. Der Hausherr erschien nicht zum Tee-Empfang.

Hedwig Pringsheim war Koketterie zu billig, demonstrative Vornehmheit zu langweilig und alles, was mit Geld zu tun hatte, überließ sie ihrem Mann. Für Politik interessierte sie sich nicht. Mit den Zielen der Frauenbewegung, wie mit der nationalen Begeisterung zu Kriegsbeginn konnte sie nichts anfangen. »Dieses blödsinnige Verkennen der anderen Nationen, dieses prahlende, stinkende Eigenlob ist doch kaum zu ertragen«, schrieb sie in ihr Tagebuch.

Die verschiedenen Blüten des kulturellen Lebens waren der Strauß, deren Duft ihre Sinne beflügelten. Böse Zungen behaupteten allerdings, es seien nicht die Werke der Kunst, für die sie sich begeisterte, sondern die Namen der gefeierten Schauspieler, Sänger, Pianisten, Dirigenten, die Künstler und Schriftsteller, die sich allgemeiner Beliebtheit erfreuen. Ihr wurde unterstellt, mit ihnen wollte sie ihren Salon schmücken.

Die ersten Besucher hatten sich bereits verabschiedet, auch Herr und Frau Bettinger waren nach dem obligaten Glas Sherry aufgebrochen, da wandte sich Hedwig Pringsheim Luisa zu, machte ihr ein Kompliment für ihr seidenweiches Haar, lobte ihre natürliche Unbefangenheit und erkundigte sich nach ihrer Privatlehrerin. »Der abscheuliche Krieg zieht sich hin«, sagte sie. »Aber ich will mich nicht beklagen. Ich habe alles, was ich mir wünschen kann. Und doch sehne ich mich nach den Zeiten zurück, als die Kinder noch im Hause waren. Sie sind erwachsen und führen ihr eigenes Leben. Ich lasse ihre Zimmer lüften, ihre Betten sind stets frisch bezogen und warten auf ihren gelegentlichen Besuch. Es ist still geworden um mich her.« Hedwig Pringsheim senkte den Blick und strich über Luisas Hand. »Warum ich dir dies alles erzähle? Du bist begabt, das spüre ich. Ich könnte dir Verschiedenes zeigen, zum Beispiel, wie man einen Haushalt führt. Ich könnte dir beibringen, wie aus einer Frau eine Dame wird. Ich kenne eine gute Klavierlehrerin. Sie könnte dich unterrichten, wir könnten vierhändig spielen. Ja, wir könnten deine Französischstunden hierher zu mir verlegen und beide von dem Unterricht deiner Lehrerin profitieren.«

Damit hatte Luisa nicht gerechnet. Sie war von dem Angebot überwältigt. Hedwig Pringsheim, in deren Haus die Hautevolee Münchens verkehrte, die dem berühmten Franz von Lenbach Modell gesessen hatte und in Fragen des Stils tonangebend war, wäre bereit, mit ihr Klavier zu spielen und Französisch zu lernen. Mit ihr und keiner anderen. Das war nicht nur schmeichelhaft, als Ziehtochter der Pringsheims wäre ihr ein gesellschaftlicher Aufstieg möglich, von dem ihr Vater nur träumen konnte. Männer von Stand, für die die Bettinger-Tochter höchstens für ein kurzes Amüsement in Frage kam, würden ihr mit Anstand den Hof machen. Luisa war begeistert und sagte es in diesen Worten Hedwig Pringsheim. Nur noch ein paar Dinge wollte sie klären, dann wäre sie bereit.

Erst als sie wieder zur Bibliothek ging, fiel ihr Karl ein. Sie nahm sich vor, mit ihm noch einmal zum Kiosk zu gehen und ihm bei der Gelegenheit zu sagen, dass sie seine Revolutionäre für Wirrköpfe hielt, mit denen sie nichts zu tun haben wollte. Mit ihm auch nicht? Sie sah ihn an seinem Tisch mit einem Stoß Zeitungen vor sich, sah, dass er ein neues Jackett trug und sich die Haare hatte schneiden lassen. Sofort war dieses merkwürdige Gefühl wieder da. Sie hätte zu ihm hingehen, ihm die schwarze Kappe abnehmen, das struppige Haar glattstreichen und ihm einen Kuss geben mögen. Gerade hatte sie einige der letzten Seiten von *Krieg und Frieden* gelesen, da hörte sie ihn kommen. »Hallo, Luisa«, sagte er. »Wo warst du so lange?« Seine Stimme erschien ihr weniger schroff. Mit ihr hätte er sagen können: »Ich habe dich vermisst.« Aber das tat er nicht. Er fragte, ob er sie zu einer Limonade einladen dürfte.

Das neue Jackett stand ihm gut. Der dunkelblaue Stoff schimmerte. In ihm sah er erwachsener aus. Noch zehn Schritte und sie würde nach seiner Hand greifen. Er sprach von einer Zeitschrift, die Erich Mühsam gründen wollte. Alle fortschrittlichen Köpfe Deutschlands würden in ihr Artikel veröffentlichen. Eine Revolution wäre unabwendbar. Sie würde alle reaktionären Kräfte, vom Adel bis zu den wirtschaftlichen Bossen, die die Arbeiter ausbeuteten, hinwegfegen. Und alle, die für Freiheit, Gleichheit und Gerechtigkeit kämpften, wären Autoren der neuen Zeitschrift.

Am Kiosk trank er das Glas Limonade in einem Zug. »In der Redaktion ist ein Platz für dich. Mach mit! Du kannst die Artikel Korrektur lesen. Sie müssen in gängigem Deutsch geschrieben sein. Das kannst du. Ich trau es dir zu. Dann liest du nicht die Schilderungen vergangener Zeiten, sondern vor dir auf dem Tisch liegen die Gedanken, die die Zukunft bestimmen.« Seine Augen leuchteten, er hatte sich in Rage geredet. »Ich werde mich um die Verbreitung der Zeitschrift kümmern.«

Luisa wusste zwar nicht, was *Korrekturlesen* bedeutete, aber dass Karl ihr das zutraute, ließ ihr Herz höherschlagen. Das Gefühl, gewollt zu sein, kannte sie nicht. Es machte sie stolz. Sie bat um eine kurze Bedenkzeit. Sie wollte Alice Zwirnich fragen, was sie von Karls Vorschlag hielt.

Dazu ergab sich nach ein paar Tagen eine Gelegenheit. Alice Zwirnich rieb sich die Nase. »Ich verstehe, dass dir Karl imponiert. Er ist ein außergewöhnlicher Junge. Aber wenn du den Antrag annimmst, dann tu es nicht seinetwegen. Tu es für die Sache. Erwarte von Karl nicht zu viel. Die politische Arbeit wird ihm immer wichtiger sein, als die Beziehung zu einer Frau. Erspare dir Enttäuschungen. Korrekturlesen ist keine Kunst. Das kannst du lernen. Bestehe darauf, dass sie in der Redaktion einen Duden anschaffen. Da kannst du im Zweifelsfall die richtige Schreibweise nachschlagen. Und verlange ein Gehalt. Das steht dir zu. Was nichts kostet, ist auch nichts.«

Die von Erich Mühsam geplante Herausgabe der Monatsschrift *Kain. Zeitschrift für Menschlichkeit* verzögerte sich. Luisa wartete. Den Unterricht bei Frau Zwirnich setzte sie fort, in die Bibliothek ging sie seltener. Sie war mittlerweile achtzehn und versuchte, ihre Gedanken und Gefühle zu ordnen.

Da schleuderte das Schicksal einen Blitz aus einem scheinbar heiteren bayerischen Himmel. Er traf Theodor Bettinger. Profite in ungeahnter Höhe durch den Krieg hatten ihn in einen Rauschzustand versetzt. Einem Geschäftsfreund gab er eine Bürgschaft über sein gesamtes Vermögen. Der hatte den Auftrag, zwanzigtausend Wagenachsen an die oberste Heeresleitung zu liefern. Züge mussten rollen für den Sieg. Kisten mit Munition, Kanonen und Waffen aller Art mussten an die Front geschafft werden. Da brauchte es extrastarke Achsen. Der Geschäftsfreund konnte sie liefern. Die Bürgschaft war eine reine Formsache, der Profit für Bettinger enorm. Die Achsen waren aus bestem deutschem Stahl gefertigt, aber mit der Konstruktion stimmte etwas nicht. Sie liefen heiß. Der Geschäftsfreund musste die Bürgschaft in Anspruch nehmen. Theodor Bettinger war sein Vermögen los. Wie gewonnen, so zerronnen.

Mit solchen Sprüchen ließ sich Theodor Bettinger nicht abspeisen. In einem Wutausbruch, der alles Dagewesene überstieg, schlug er seine Frau mit einem Besenstiel auf den Kopf, dass sie wie eine Betrunkene durchs Wohnzimmer taumelte, zertrümmerte die Glastür des Vitrinenschranks und die darin aufgereihten antiken Tässchen und Väschen, beschimpfte Marie und Katharina als alte Jungfern und drohte ihnen mit Rausschmiss, falls sie nicht auf der Stelle einen Mann finden und ihn heiraten würden. Mit einem Rausschmiss zu drohen, war haltlos, denn das Haus in der Arcisstraße wurde verpfändet und er und seine Familie mussten bei Alois Bettinger, einem ungeliebten Bruder, in Dachau Unterschlupf suchen. Luisa vergaß er in seiner Raserei.

Als Adele Bettinger wieder bei Sinnen war, gelobte sie der schwarzen Muttergottes von Altötting eine Bußwallfahrt. Marie und Katharina hätten liebend gerne dem Befehl des Vaters gehorcht, aber da waren weit und breit keine Männer, denen sie sich in die Arme hätten werfen können. Martin Kinkel hatte sich als falsche Hoffnung erwiesen. Sein Herzklappenfehler hinderte ihn daran, den ehelichen Pflichten nachzukommen.

Luisa wurde bei Hedwig Pringsheim vorstellig. Die empfing sie mit einem wissenden Lächeln. »Du hast Kummer. Ich sehe es dir an.« Es war nicht die Zeit für Ausreden oder Notlügen. Mit einer Klarheit, die sie selbst überraschte, berichtete Luisa von Karl und der von Mühsam geplanten Zeitschrift und fügte hinzu: »Mein Vater hat sein gesamtes Vermögen verloren. Wir müssen aus dem Haus gegenüber ausziehen.«

Hedwig Pringsheim schellte. Sie bestellte grünen Tee mit einem kleinen Schuss Rum. »Die Zeiten sind hart. Der wird uns guttun.« Sie steckte die Haare hoch und seufzte: »Dr. Mühsam ist Jude, wie wir. Wenn es nach ihm ginge, würden Leute wie wir enteignet. Lies die Artikel, die du korrigieren sollst, mit kritischem Verstand. Mach dir dein eigenes Bild von Menschlichkeit. Aber du bist noch nicht großjährig. Du brauchst die Einwilligung deiner Eltern. Sie werden entsetzt sein, ich bin es nicht. Ich biete dir an, hier im Haus zu wohnen. Das Zimmer von Katia ist frei. Überleg es dir. Es würde mich freuen.«

Die nächsten Jahre waren turbulent. Der Krieg kam zu einem Ende, aber das Blutvergießen ging in anderer Form weiter. Kühne Köpfe entwarfen politische und gesellschaftliche Utopien, aber die, die nach der Macht strebten, waren bereit, über Leichen zu gehen. Die erkämpften Freiheiten waren von kurzer Dauer.

Nach dem Umzug nach Dachau nahm Theodor Bettinger den alten Streit mit seinem Bruder wieder auf und wurde als einer der Ersten Mitglied der NSDAP. Die Bußwallfahrt seiner Frau nach Altötting fand nicht statt. Adele Bettinger sah jetzt ihre Lebensaufgabe und christliche Pflicht darin, zwischen den beiden zerstrittenen Brüdern zu vermitteln. Den Friedensengel zu spielen, verlangte ihr einen hohen Einsatz ab. Sie musste ihre Gunst gerecht zwischen dem Ehemann und dem verwitweten Schwager aufteilen. Marie oder Katharina – welche von beiden lässt sich nicht mehr feststellen – heiratete einen Gemüsehändler und wurde Standerlfrau auf dem Viktualienmarkt. Die andere blieb unverheiratet und brachte es zu einer Änderungsschneiderei.

Die Pringsheims wurden von den Nazis schikaniert und verfolgt. Ihre Villa wurde enteignet und abgerissen. 1939 gelang ihnen in letzter Minute die Flucht in die Schweiz, wo Hedwig Pringsheim im Juli 1942 starb.

Alice Zwirnich hörte die Signale der russischen Avantgarde und fuhr mit ihrer Lebensgefährtin nach Moskau. Sie organisierte in der deutschen Kolonie eine kämpferische Frauengruppe, ging den sowjetischen Machthabern mit ihren Forderungen zu weit und wurde in ein sibirisches Arbeitslager verbannt.

Karl organisierte mit einer Gruppe Gleichgesinnter die sozialistische Revolution von 1918 in München, ging nach der Ermordung von Kurt Eisner in den Untergrund, war aber nachweislich wieder politisch aktiv, als im April 1919 die Räterepublik ausgerufen wurde. Bei einer Demonstration gegen die im selben Jahr gegründete Deutsche Arbeiterpartei (aus der die NSDAP hervorging) wurde er von einem Stoßtrupp in schwarzen Uniformen zum Krüppel geschlagen. Wie es mit ihm weiterging, ist unbekannt.

Erich Mühsam wurde Mitglied des Zentralrats der bayerischen Räterepublik, nach deren Sturz zu fünfzehn Jahren Festungshaft verurteilt, von denen er sechs Jahre verbüßte. 1933 wurde er erneut verhaftet und nach grausamen Misshandlungen ermordet.

Luisa Bettinger wurde Zeugin einer Bluttat in der Münchner Innenstadt. Sie sah, wie ein dreijähriges Kind einer Frau entrissen und zu Tode getrampelt wurde. Unter Schock floh sie aufs Land und nahm sich im Gasthof zum Fischmeister in Ambach am Starnberger See ein Zimmer. Nach einiger Zeit kehrte sie nach München zurück, schrieb sich an der Universität ein, erwarb dort kurz vor ihrem fünfundzwanzigsten Geburtstag ein Diplom, das ihr erlaubte, als Lehrerin in einer Frauenschule zu arbeiten. Sie lebte länger mit einem Lehrerkollegen zusammen, heiratete ihn schließlich und wurde Mutter von zwei Kindern, einem Jungen und einem Mädchen.

Januar 2021

Ein echter Mondrian

Zu Felix' Taufe waren seine Tanten angereist. Es waren die drei Schwestern seiner Mutter. Ihre Namen spielen hier keine Rolle. Es lag ein in japanische Seide gebundenes Buch aus, in das sie – wie alle anderen Taufgäste auch – ihre Wünsche für den Lebensweg des kleinen Jungen schreiben sollten.

»Ein Blick in die Sterne hat mir verraten«, schrieb die Erste, »dass du, lieber Felix, eine ausgeprägte musische Veranlagung hast. Wenn du willst, kannst du Bilder malen oder Gedichte verfassen und berühmt werden.« Die mittlere der Schwestern klebte auf ihre Seite ein rotes Herz und notierte darunter: »Hallo, kleiner Mann! Ich wünsche dir das Aussehen eines Märchenprinzen und ein Händchen, das alles, was du berührst, in Gold verwandelt. Dann kannst du die Herzen der Frauen erobern.« Die Dritte wollte einen Ingenieur aus ihm machen. Als solcher würde er einen Roboter entwickeln, der ihm jegliche Arbeit abnahm. Der könnte für ihn all die lästigen Dinge des Alltags erledigen und er, Felix, könnte derweil die schönsten Reisen machen.

Es gab noch andere Eintragungen. Ihm wurde die Beredsamkeit eines Fernsehmoderators oder die Erleuchtung eines buddhistischen Mönchs gewünscht. Sein Vater schrieb seitengreifend: »Verstand, Geschmack, Disziplin!« und seine Mutter fasste ihre Gefühle in dem Satz zusammen: »Viel Glück auf all deinen Wegen.«

Felix wuchs heran, machte Abitur, verbrachte danach ein halbes Jahr in England, schrieb sich an der Münchener Universität ein, belegte irgendwelche Vorlesungen, zahlte mit den Überweisungen seines Vaters die Schulden des Vormonats und war regelmäßig am fünfzehnten Tag des Monats blank.

Auf den Faschingsbällen küsste er alle möglichen Mädchen, kam auf den Geschmack und führte in einem Taschenkalender Buch über seine Eroberungen. Er sah nicht aus wie ein Märchenprinz, aber wenn ihm eine Vertreterin des weiblichen Geschlechts gefiel, fand er die richtigen Worte, um sie zu bezirzen. In dem Kalender notierte er den Namen, den Ort der Handlung und beschrieb dahinter den Vorgang in Abkürzungen. Ku stand für knutschen, Bk für Busen küssen, bzÄu für *bis zum Äußersten*. Eine Liebesbeziehung war nicht dabei.

Ich lernte Felix auf der Party zu seinem fünfundzwanzigsten Geburtstag kennen. Eine Evi hatte mich mitgenommen, ein hübsches Mädchen mit Grübchen, dem man nur die Zahnspangen zu früh herausgenommen hatte. BzÄu war es mit ihr noch nicht gekommen. Auf dem Hinweg zu der Hinterhofwohnung in Schwabing gab sie mir eine Einführung. Sie nannte Felix einen *netten Typ* und wusste über ihn so genau Bescheid, dass ich vermutete, es sei mehr zwischen ihnen gewesen als nur Händchenhalten bei Spaziergängen im Englischen Garten. Sie nannte ihn einen Luftikus. (Der Begriff war damals eigentlich schon nicht mehr gebräuchlich.)

Felix war kein Luftikus. Ich kam am späten Abend mit ihm ins Gespräch, als alle ihm mit einem Happy Birthday-Ständchen gratuliert hatten und die Pärchen eng umschlungen tanzten oder sich auf die Matratzenlager in den hinteren Räumen zurückgezogen hatten. Zu Beginn der Party hatte er sich um eine Art Ehrengast gekümmert, einen schlaksigen Typ mit einem breiten Lächeln. Er war ein paar Jahre älter, war Fotograf und hieß Tom, wenn ich mich recht erinnere. Er hatte allen Anwesenden etwas Entscheidendes voraus. Er war in Amerika gewesen, vor Kurzem erst aus New York zurück. Im Chelsea Hotel hatte er gewohnt und im Fillmore East bei ihren Konzerten die Großen der Musikszene fotografiert. Der *Stern* werde demnächst eine Bildstrecke von ihm abdrucken, erwähnte er nebenbei. Felix hatte er ein Geburtstagsgeschenk mitgebracht. Eine LP. (LP für Long Playing Record). Eine Kostbarkeit. Er hielt sie hoch, damit alle sie bestaunen konnten. Darauf die Songs von einem Genie, das er für den größten Musiker aller Zeiten hielt. Er hauchte den Namen in die Runde: Elvis Presley, Elvis the Pelvis. »Alle anderen könnt ihr vergessen.« Dann legte er die Platte auf mit den zeremoniellen Gesten eines Priesters am Hochaltar. Andächtiges Schweigen verbreitete sich im Raum. Dann ein Dröhnen, die Gitarre im Anschlag. Tom drehte einen Knopf auf volle Lautstärke und legte los. Er spreizte die Arme, sein Becken geriet in heftige Zuckungen, sie gingen in kreisende Bewegungen über. Ein Mädchen kreischte, drängte nach vorne, warf den Kopf in den Nacken und schob seinen Unterleib Tom entgegen. Die Musik sprang die Umstehenden an. Als Elvis zu singen begann, gab es kein Halten mehr. Felix' Studentenbude wurde ein Hexenkessel. Tom stand an der Tür und knipste das Licht aus und an, aus und an, aus und an. Irgendwann war die Platte zu Ende. Erschöpft und schweißgebadet sanken die Tänzer zu Boden. Tom hatte sich in einem Sessel zurückgelehnt. In seinem Schoß lag mit aufgelösten Haaren ein Mädchenkopf. Es war der von Evi.

Es war Freundschaft auf den ersten Blick. Ich mochte, wie er seine Gäste begrüßte und ihre Glückwünsche entgegennahm, wie er sich um sie kümmerte und dafür sorgte, dass sie etwas zu trinken hatten. Ich mochte, wie höflich er die Mädchen behandelte, sich nicht in den Mittelpunkt drängte und doch Mittelpunkt blieb. Mir gefielen die Kalenderblätter an den Wänden, Fotos der Cheops-Pyramide, von Notre Dame de Paris, der Tower Bridge, dem Petersdom und einem der Schlösser an der Loire. Mir gefielen auch seine unaufgeregte Art, die Großzügigkeit, mit der er mich zu Wort kommen ließ und die wellenförmigen Bewegungen seiner Hände, wenn er sprach.

Irgendwann nach Mitternacht. Tom, der Fotograf, hatte sich schon vor längerem verabschiedet. Er hatte es eilig, ins Bett zu kommen. Morgen hatte er ein Shooting mit einem Fußballstar. Da musste er ausgeschlafen sein. Die LP nahm er mit. Nicht die Songs von Elvis Presley, sondern sein Auftritt war das Geschenk. Evi wäre gern mit ihm gegangen. Er musste sie enttäuschen. Er gab ihr seine Visitenkarte. »Ruf mich mal an. Vielleicht habe ich dann Zeit für ein Date.«

Ich saß auf einem Sofa und sah dem Flackern der runtergebrannten Kerzen zu. Felix kam vom Innenhof herein und ließ sich mit einem Seufzer der Erleichterung neben mir in die Polster fallen. Jemand hatte eine Platte von Charly Parker aufgelegt. Zurückgelehnt und mit geschlossenen Augen lauschten wir der Musik, als wäre es so verabredet. Wir saßen mit Abstand, einander zugewandt.

»Was studierst du?«, fragte Felix immer noch mit geschlossenen Augen. »Landschaftsgestaltung. Im sechsten Semester.« »Ach, das hätte mich auch interessiert. Ich habe lange rumgesucht, habe alle möglichen Vorlesungen gehört, von Biochemie bis katholische Theologie. Aber kaum hatte ich mich in einem Fach eingeschrieben, da kamen mir Zweifel, eine Unsicherheit setzte ein, die so tief war, dass ich im nächsten Semester mit was anderem anfing. Es war quälend. Vielleicht hätte ich nicht studieren, sondern ein Handwerk erlernen sollen.«

Ein Mädchen mit einem Räucherstäbchen wollte sich zu uns setzen. Felix blockierte mit seiner Hand den Platz zwischen uns, sah es freundlich an und sagte: »Tu mir einen Gefallen und sammle die Gläser ein, die auf dem Boden stehen.« Das Mädchen gehorchte. »Meine Mutter liebt Katzen«, fuhr Felix fort. »Sie redete mit ein, Veterinärmedizin wäre das Richtige für mich. Als Tierarzt könnte ich all den armen Viechern helfen. Ich dache an die Maul- und Klauenseuche, an tollwütige Hunde und angeschossene Füchse. Das kam für mich nicht in Frage. Aber sie ließ nicht locker. Ich wäre ein Landmensch. Ich sollte Landwirtschaft studieren. Dazu brächte ich die besten Voraussetzungen mit. Ihr zuliebe habe ich mich dann auf Architektur, Schwerpunkt Architekturgeschichte, eingelassen.«

Wir wurden Freunde. Das Gespräch auf dem Sofa war der Anfang. Felix wurde mein Ersatzbruder, der Ersatz für den Bruder, den ich nicht hatte. In der Familie gab es nur einen Cousin, einen elenden Streber, der mir immer als Vorbild vorgehalten wurde. Er verbrachte regelmäßig die ersten drei Wochen der großen Ferien bei uns. Im Gegensatz zu mir hatten seine Fingernägel nie Trauerränder und gegen einen Baum zu pinkeln, fand er unanständig. Ich war froh, wenn er wieder abreiste.

Felix interessierte sich für alles. Ich konnte ihm einen Besuch im Zirkus Krone oder einen Ausflug zu einem der Seen im Umland vorschlagen, einen Western im Kino oder ein Stück von Ibsen in den Kammersielen. Ihm war alles recht, »Entscheide du«, sagte er.

Mädchen spielten nur bei Partys, die Familien nur an Weihnachten und an den Geburtstagen der Eltern eine Rolle. Bei der Eröffnung des Oktoberfestes lernten wir Zwillingsschwestern kennen. Es war lustig mit den beiden, wir tranken wohl eine Maß zu viel. Im Überschwang luden wir sie zu einer Floßfahrt auf der Isar für den nächsten Tag ein. Noch leicht benommen von den Ausschweifungen im Bierzelt setzten wir uns zu viert in den Zug nach Wolfratshausen. Als guter Freund flüsterte ich ihm zu: »Du hast die Wahl.« Aber Felix konnte sich nicht entscheiden. So lehnte ich meinen Kopf an die Schulter der neben mir Sitzenden, für Felix blieb die andere. Dabei war er nicht benachteiligt, denn die Mädchen waren völlig gleich – bis auf ein Muttermal unter dem Kinn. Auf das Floß mussten wir über einen Steg steigen. Dabei rutschte die eine aus und fiel ins kalte Wasser. Die mit dem Muttermal wollte der Schwester zur Hilfe eilen, rutschte auch aus und fiel ebenfalls ins Wasser. Die Flößer lachten, aber Felix und mir war der Spaß verdorben. Wir mussten ihre Kleider auswringen, aber auch das heiterte unsere Stimmung nicht auf. Wir brachten die Mädchen zurück nach München und wünschten ihnen gute Besserung. Beide hatten sich eine Erkältung zugezogen.

In den nächsten zwölf Monaten war Felix mehrfach drauf und dran, sein Studium aufzugeben. Er lernte eine junge Frau kennen, die in der Redaktion einer Regionalzeitung ein Praktikum machte. Ihre Schilderungen, wie eine Zeitung entsteht, begeisterten ihn. Kurz darauf besserte er sein Taschengeld als Statist in einem Historienfilm auf und träumte davon, Filmregisseur zu werden. Sein Kostüm als Statist regte ihn an, eine vereinfachte, straßentaugliche Version bei einem Schneider in Auftrag zu geben. Er zeichnete Modell-Entwürfe für Anzüge und Kleider. Er wollte Modeschöpfer werden. Dann kam die Idee mit dem Rangierbahnhof. Er plante, die Gleise mit einer Stahlkonstruktion zu überbauen und auf der gewonnenen Fläche einen Blumengarten mit Bienenstöcken anzulegen.

Mich konnte keiner dieser Pläne überzeugen. Seine Begeisterung glich einem Strohfeuer. Wenn sich eine Idee als undurchführbar erwies, setzten heftige Selbstzweifel ein. Er fühlte sich als Versager und suchte Zuflucht in einer neuen, noch verrückteren Idee.

»Diesmal ist es ernst. Ich habe einen tollen Einfall und wüsste gerne, was du von ihm hältst.« Ich war der Erste und Einzige, den Felix einweihte. Ich hörte ihn an, ließ ihn sprechen, sah seine aufgerissenen Augen, in denen sich Verzweiflung spiegelte und sagte immer dasselbe: »Mach weiter mit der Architektur. Wenn du von deiner Idee in sechs Wochen immer noch überzeugt bist, reden wir weiter.« Er suchte Bestätigung, wollte, dass ich ihm helfe in seiner Hilflosigkeit. »Ich weiß nicht, was aus mir werden soll«, sagte er. »Es ist eine Katastrophe.«

Mitten in einem Semester, an dessen Veranstaltungen er einigermaßen regelmäßig teilgenommen hatte, machte ihm der Assistent seines Professors einen Vorschlag. Er bereite ein Seminar vor, in dem er die von Gropius' Manifest *Idee und Aufbau des Staatlichen Bauhauses in Weimar* von 1923 beeinflussten Architekten behandeln wolle. Da gäbe es einen, der ab 1930 vor allem im Nürnberger Raum tätig gewesen sei: Heinz Lothar Altenbrück. Über ihn ein Referat zu übernehmen, könne er Felix dringend anraten. Wenn er mit seinem Studium weiterkommen wolle, wäre es höchste Zeit, eine solche Arbeit zu übernehmen.

Der drohende Unterton war unüberhörbar und tat seine Wirkung. Felix sagte zu. Er wolle sich ernsthaft bemühen, in sechs Wochen ein Referat von circa fünfundzwanzig Seiten Umfang vorzulegen. Der Assistent nickte zustimmend und gab ihm einen Zettel mit einem Namen und einer Adresse. »Es handelt sich um die Witwe von Altenbrück. Sie lebt in einem Vorort von Nürnberg, soviel ich weiß, in einem Haus, das Altenbrück entworfen und gebaut hat. Sie ist wohl noch nie nach dem Werk ihres Mannes befragt worden.«

Felix bat mich inständig, mitzukommen. Nürnberg war mir nur ein Begriff durch die Massenveranstaltungen der NSDAP und den Kriegsverbrecherprozess nach Kriegsende. Ich war neugierig auf das Stadtpanorama, das ich von Lebkuchenschachteln kannte, und wollte das Albrecht-Dürer-Haus sehen. Ich sagte zu.

Der Vorort erwies sich als ein um einen kleinen Park drapiertes Villenviertel. Felix musterte die Häuser. »Eine Anlage vom Ende der 20er, aus den frühen 30er Jahren«, sagte er mit Kennerblick. Ohne Mühe fanden wir das Haus der Witwe Altenbrück. Es lag etwas zurück in einem verwunschenen, man könnte auch sagen verwilderten Garten. Ein auf Mittelachse angelegter Weg, auf dem Löwenzahn und Kamille blühten, führte zur Haustür. Felix schellte. Nichts rührte sich. Er schellte ein zweites Mal. Da hörte man Schritte. Die Tür wurde eine Handbreit geöffnet. Ich sah vor dunklem Hintergrund eine Nase, darunter die Öffnung eines schmallippigen Mundes. »Keine Bettler, keine Hausierer!« rief eine schrille Stimme und bevor Felix sagen konnte, wir wären angemeldet, fiel die Tür zurück ins Schloss.

Am nächsten Tag standen wir wieder vor der Tür. Wir waren auf alles gefasst. Aber diesmal wurden wir eingelassen. Der Assistent hatte die Witwe Altenbrück angerufen und sie gebeten, uns zu einem Interview zu empfangen.

Vor uns stand eine eigentlich gutaussehende, aber ähnlich wie ihr Garten etwas verwilderte Frau. Sie hatte prächtiges schwarzes Haar, eine Mähne, die bis über ihre Schultern fiel. Sie hatte sich jedoch nur die Mühe gemacht, die Strähnen um ihr Gesicht zu kämmen, der Rest sah aus, als wäre sie gerade nach einer unruhigen Nacht aus dem Bett gestiegen.

Während Felix und ich unsere Anoraks an Haken hängten, sagte sie: »Sie können sich nicht vorstellen, was man heutzutage als alleinstehende Frau erlebt. Die Männer betrachten einen als Freiwild. Man muss teuflisch aufpassen. Nicht einmal dem Postboten kann man trauen.« Sie brachte Kaffee. Er schmeckte aufgewärmt. Sie musterte uns. »Ihr seht ungefährlich aus. Mein Gott, wenn ich zwanzig Jahre jünger wäre!« Felix zog einen Stift aus seiner Aktentasche. »Darf ich Ihnen einige Fragen stellen?«

»Ja, können Sie. Aber ich weiß schon, was Sie fragen wollen. Sie wollen wissen, ob Heinz Lothar ein Genie war. Nein, war er nicht. Ohne mich wäre nichts aus ihm geworden. Er hatte keine Ideen. Er war nicht einmal ein guter Bauleiter. Zeitpläne konnte er nicht einhalten, Kostenberechnungen auch nicht. Er brachte die Bauherren zur Verzweiflung. Wäre ich nicht gewesen, wäre er sicher manches Mal vor dem Kadi gelandet.«

»Aber...« wollte Felix einwenden. »Ich habe die Bauwilligen bezirzt. Dabei war mir jedes Mittel recht.« Sie lachte. »Ich habe mich mit ihnen unterhalten, während Heinz Lothar mit unserem Hund Gassi ging. Ich habe sie nach ihren Vorstellungen und Wünschen gefragt.« »Aber die Entwürfe...?« »Die Entwürfe hat er gezeichnet. Sie waren ohne Esprit, tot. Immer alles auf Achse, immer ein Raster, längs und quer, fertig. Das Leben kam von mir. Die Spannteppiche in den Farben des Regenbogens, die Topfpflanzen, die Tische in Nierenform, Teakholz, Polsterlandschaften mit Kissen im Überformat. Ich bin nämlich Innenarchitektin.«

Sie unterbrach ihren Redefluss und verschwand. Das gab Felix und mir Gelegenheit, uns umzusehen. Wir saßen auf der Längsachse des Hauses. Der Blick ging durch eine Glastür über eine Terrasse in den

Garten. Die Einrichtung stammte offensichtlich von der Hausherrin. Ich wollte gerade eine Bemerkung zum Teppichboden und den Polstern des Sofas machen, auf dem wir saßen, da kam Frau Altenbrück zurück. Sie hatte sich umgezogen. Sie trug eine himmelblaue Bluse und schwarze Flatterhosen. »Ich weiß, was Sie denken«, sagte sie. »Die ganze Bude müsste mal aufgefrischt werden. Eine Generalreinigung.«

Sie strich die Bluse glatt. »Blau«, sagte sie. »Mondrian-blau. Kommen Sie! Ich will Ihnen einen Schatz zeigen. Einen wahren Schatz.« Sie stieg vor uns die Treppe hoch und öffnete eine Tür. Es war ihr Schlafzimmer. Sie deutete auf ein Bild. Es hing dem Bett gegenüber. Die Luft war hier oben abgestanden. Frau Altenbrück verharrte schweigend mit einem verzückten Ausdruck um den Mund. »Ein echter Mondrian. Mein Mondrian. Ich habe ihn verehrt und geliebt. Er war ein Genie. Ein wahres Genie und ein toller Mann. Das Bild hat er mir geschenkt. Auf der Rückseite steht: *Für Millie, Piet*. Es ist der Trost meiner einsamen Nächte.«

Ich hatte von Mondrian noch nie gehört, musste aber zugeben, dass das Bild Strahlkraft besaß. Hätte Frau Altenbrück es mir geschenkt, ich hätte es mitgenommen und an einem bevorzugten Platz aufgehängt. Es bestand aus rechteckigen Farbflächen in den reinen Tönen von blau, rot, gelb und schwarz und einem sie überlagernden System horizontaler und vertikaler Linien. Man hätte es mit einigem Geschick leicht kopieren können.

»Ich war ihm hörig. Er küsste mich im Beisein von Heinz Lothar. Für seine Unverfrorenheit revanchierte er sich, indem er Architekturentwürfe korrigierte und ihnen mit ein paar Strichen eine Stimmigkeit verlieh, zu der Heinz Lothar nicht fähig war. Sehen Sie sich zum Beispiel diese Terrasse an. Ein stumpfer, vors Wohnzimmer geklebter Außensitzplatz, wäre da nicht an der einen Seite das schmale Mäuerchen, das optisch die Terrasse bis in den Garten verlängert. Das war Piets Idee. Er sprühte vor Ideen.«

Unsere Gastgeberin sah sich hilfesuchend um. »Ich verdurste«, erklärte sie und holte aus einem Eckschrank eine Flasche und drei Gläser. »Sherry. Eine kleine Stärkung.« Sie stieß mit uns an, wie mit alten Freunden. »Oder dort drüben der offene Kamin. Aus unerfindlichen Gründen hat ihn Heinz Lothar so in die Ecke gequetscht, an die Außenwand zur Terrasse. Piet kam zu Besuch und warf einen Blick auf die Pläne. Wir schickten Heinz Lothar mit dem Hund Gassi und als er zurückkam, hatte Piet mit Rotstift auf der anderen Seite der Mauer als Abschluss der Terrasse einen zweiten, einen Außenkamin eingezeichnet. Er wurde an denselben Kamin angeschlossen und die Terrasse war um eine Attraktion reicher. Auch an kühlen Abenden konnten wir nun bei einem guten Glas Wein noch draußen sitzen.«

Felix hatte sich Notizen gemacht. Ich sah, wie sich Seite um Seite füllte. Frau Altenbrück schenkte Sherry nach und erwähnte, irgendwo oben auf dem Speicher wäre ein Karton, den wolle sie Felix zeigen. Um ihn heute noch zu sichten sei es allerdings zu spät. Ich musste mich verabschieden, denn am nächsten Tag hatte ich eine wichtige Verabredung in München. Felix entschied sich zu bleiben. »Du kriegst eine Zahnbürste von mir«, meinte Frau Altenbrück und legte schwer ihren Arm auf seine Schulter. Erst jetzt fielen mir ihre Fingernägel auf. Sie hatte sie in den Farben blau, rot, gelb und schwarz lackiert.

Nach zehn Tagen sah ich Felix wieder. Er wirkte verändert. Er hatte eine ganze Mappe mit Notizen und einige Blätter mitgebracht, die er als *Basismaterial* bezeichnete. Das Referat wäre nun kein Problem, er müsse das Material nur ordnen.

Wir saßen auf einer Bank im Englischen Garten. Vor uns eine Gänseblümchenwiese, auf der sich Hunde tummelten. Auf einem Weg schoben junge Frauen Kinderwagen in der Nachmittagssonne hin und her, aus der Ferne grüßten die Türme der Theatinerkirche. Felix trug – ganz unpassend zu der Jahreszeit – enganliegende schwarze Handschuhe aus feinstem Leder und er hatte sich ein Gehstöckchen zugelegt. Mit ihm zeichnete er Striche und Vierecke in den Sand zu unseren Füßen. Auch hatte er sich angewöhnt, nach jedem Satz kurz mit der Zunge zu schnalzen. Dabei zog er die Augenbrauen hoch, was seinem Gesichtsausdruck etwas Dandyhaftes verlieh. Er wolle Kontakt zum Kunsthandel aufnehmen, verkündete er. Wo es denn eine Galerie für Klassische Moderne gäbe. München sei Hinterland, da müsse er wohl in Paris oder London suchen.

Ich ließ ihn reden, sagte nur manchmal »Ach ja« oder »Tatsächlich?« und fragte, als mir eine Pause dazu Gelegenheit gab, wie er denn mit Frau Altenbrück verblieben sei. »Oh«, antwortete er. »Ich werde ihr meine Arbeit widmen.« Auf der ansonsten leeren zweiten Seite würde stehen: »Für Millie in Verehrung.« Ein Verdacht stieg in mir hoch. »Hatte sie denn die versprochene Zahnbürste für dich?« »Aber ja! Sie hatte noch eine andere, eine große Bürste mit harten Borsten. Mit der musste ich ihr am Abend, wenn sie aus dem Bad kam, den Rücken schrubben, bis er krebsrot war.« Eine Flaumfeder hatte sich auf seiner Hose niedergelassen. Er nahm sie mit spitzen Fingern und versuchte, sie abzuschütteln. Aber die Feder klebte an seinem Handschuh fest. »Sie hat sich rührend um mich gekümmert. Mit Keksen hat sie mich gefüttert und mein Hemd gewaschen. Stell dir vor: In der Zeit, bis es trocken war, durfte ich ihre Blusen tragen, die in den Mondrian-Farben.« Eine Frau mit zwei wild kläffenden Hündchen kam auf die Bank zu und fragte, ob denn für sie noch Platz sei. Wir entgegneten, wir hätten sowieso gerade aufbrechen wollen und erhoben uns. Wir schlenderten Richtung Schwabing. Kurze Zeit später saßen wir auf den Hockern einer Bar. Felix bestellte Sherry. »Den habe ich mir angewöhnt.«

Mit dem Glas in der Hand fing Felix an, von dem Karton auf Frau Altenbrücks Speicher zu sprechen. »Eine wahre Schatztruhe«, schwärmte er. »Skizzen, Entwürfe, Grundrisszeichnungen wohl aller Häuser, die Heinz Lothar Altenbrück gebaut hat. Ihre Besichtigung und die Reisen dorthin kann ich mir sparen. Mit eigenen Augen habe ich bei einigen die Korrekturstriche von Mondrian gesehen. Eine tolle Entdeckung! Da waren auch Fotos. Von Baustellen. Altenbrück bei Richtfesten, mit Bauherren. Ein Bild mit Mondrian, die beiden Männer, Millie in ihrer Mitte. Ich sage dir: Sie war wirklich eine hübsche, eine attraktive Frau.«

Beim zweiten Glas Sherry angekommen, senkte Felix die Stimme. Er flüsterte mir ins Ohr: »In der hintersten Ecke des Speichers fiel mir ein alter Schirmständer mit Papierrollen auf. Es waren Konstruktionszeichnungen von einem Schulgebäude. Eine der Rollen war anders, sie war aus Leinwand. In ihr hatten Wespen ihr Nest gebaut. Ich rollte sie auf und traute meinen Augen nicht. Was ich sah, war unglaublich: Zwei Rechtecke und mehrere Quadrate über die Fläche verteilt und mit waage- und senkrechten Strichen verbunden. Pinselstriche, die ich kannte. Erst konnte ich es nicht fassen, aber dann wurde mir klar: Ich hielt den Entwurf für ein Wohnhaus von Piet Mondrian in Händen. Eine Sensation! Ein echter Mondrian im Schirmständer!« »Und? Was ist aus dem Fund geworden?« »Ich habe ihn Millie abgeluchst. In einer schwachen Minute, du verstehst.« »Was hast du denn mit ihm vor?« »Verkaufen. Für viel Geld. Aber vorher werde ich die Rechtecke und Quadrate ausmalen. In reinen Farben, den Farben Mondrians. Ich werde aus der Skizze ein Gemälde aus seiner Hauptschaffenszeit machen.

Ich werde reich, sehr reich sein und werde mich endlich den Dingen widmen können, die mich wirklich interessieren.« Mit glänzenden Augen sah er mich an. Als die Rechnung kam, zog er die Handschuhe aus. Da sah ich es: Seine Fingernägel waren blau, rot, gelb und schwarz lackiert.

Februar 2021

St. Gal

Alles in allem habe ich es gut getroffen. Ich war Gardien in St. Gal. Wenn ich mit dem Clio vom Einkaufen aus Brignoles kam, öffnete sich das schwere, schmiedeeiserne Tor automatisch. Es knirschte zu meiner Begrüßung, als wollte es sagen: »Du gehörst hierher. Herzlich willkommen!« Zum Haupthaus führte eine mehr als zweihundert Meter lange Platanenallee. Es waren prächtige Bäume, über hundert Jahre alt. Es gehörte zu meinen Pflichten, sie von abgestorbenen Ästen zu befreien. Ich kannte jeden einzelnen persönlich.

Ich heiße François Koch (Mein Familienname wird Kosch ausgesprochen). In meinem Taufregister steht Franz. Ich bin im Elsass geboren, in den Jahren, als es zu Deutschland gehörte. Meine Eltern sprachen, dachten und fühlten deutsch. Sie waren begeistert von Adolf Hitler. Wenn sie seine Reden im Radio hörten, klatschten sie Beifall.

Ich spreche deutsch und französisch, beides mit leichtem Akzent. Charles de Gaulle war mein Idol, ich verehre ihn heute noch. Ich habe öfters jenseits der Grenze im Freiburger- und Markgräflerland Urlaub gemacht, fühle mich aber in Burgund, in Dijon oder Mâcon mehr zuhause. Um zu demonstrieren, wo ich hingehöre, bin ich Berufssoldat geworden. In La Grande Armée. Habe allerdings nie einen Schuss abgegeben. Ich war der Verwaltung zugeteilt, habe in der Abteilung gearbeitet, die die Soldaten in den westlichen Departements mit Uniformen und Ausrüstung (keine Waffen) versorgte.

Bei uns in Frankreich wird man früh aus dem Militärdienst entlassen. Mit fünfundfünfzig Jahren. Ich war rüstig und suchte einen Job, um meine Pension aufzubessern. Ich wurde – wie viele ehemalige Polizisten oder Militärangehörige – Gardien. Fast fünf Jahre war ich Hausmeister und Gärtner in Diensten von Monsieur und Madame Pétain (Entfernte Verwandte des Kollaborateurs). Ich bin Junggeselle. Zwei oder drei Gelegenheiten zu heiraten, habe ich verpasst. Besser gesagt, ich habe zu lange gezögert, da haben die Frauen es sich anders überlegt. Ich leide nicht unter Einsamkeitssymptomen, ich komme allein gut zurecht.

Der Patron und seine Frau verbrachten ihre Ferien in St. Gal. Madame kam auch manchmal zwischendurch für zwei oder drei Wochen und lud, um Gesellschaft zu haben, ihre Töchter ein. Erst die eine, dann die andere. Sie langweilten sich schnell hier auf dem Land und reisten nach einer Woche wieder ab. Für sie musste ich den Tennisplatz herrichten, das alte Laub wegrechen und das Netz aufspannen. Um sie zu trainieren, kam ein Tennislehrer. Mit ihm tranken sie erst eine Cola auf der Terrasse und machten nach dem Unterricht in seinem Auto einen Ausflug in die Berge. Pauline weigerte sich, ihn zu begrüßen. Sie behauptete, er sei ein verheirateter Mann.

Pauline war die Köchin. Sie wohnte in einer nahegelegenen Siedlung. Sie kam nur, wenn die Herrschaften da waren. Von ihr bekam ich die Einkaufszettel für die Fahrten nach Brignoles. Sie war gutmütig, ein gutmütiger Drache. Sie verwaltete das Haushaltsgeld. Mit ihr musste ich abrechnen. Wenn ich im Supermarkt einen Kaffee trank, erlaubte sie nicht, dass ich ihn vom Haushaltsgeld bezahlte. Sie kochte nach alten Rezepten, kostete die Speisen, aß aber nichts davon. Nicht einmal einen Apfel oder ein altes Croissant. Mir stellte sie manchmal einen Teller mit Resten vom Tisch der Pétains hin. Das machte sie, ohne Madame zu fragen.

St. Gal war kein Schloss, es war eine Bastide. Aus der ersten Hälfte des 19. Jahrhunderts, wie ich herausgefunden hatte. Ein Herrenhaus, an einem Bach gelegen, mit einem Seerosenweiher, einem Pool, einer Kapelle, einem Taubenturm und einem Tennisplatz, von dem schon die Rede war. Ursprünglich war St. Gal ein Weingut. Die Weinberge wurden von den Vorbesitzern verkauft, geblieben waren sieben Hektar, um die ich mich kümmern musste. Ich hatte eine hübsche, kleine Wohnung in dem Nebengebäude, in dem früher die Weinfässer lagerten. Es duftete noch nach Trester. In einem dahinter gelegenen Garten konnte ich Gemüse und Salat für mich anpflanzen. Mein Salaire war in Ordnung, mir ging es gut. Manchmal bin ich melancholisch: Dann setzte ich mich vor die Wohnungstür und spielte Lieder auf der Mundharmonika.

Arbeitgeber kann man sich bekanntlich nicht aussuchen. Man muss sie nehmen, wie sie sind. Monsieur Pétain sprach nur im Befehlston mit mir. Das machte mir nichts aus. Daran war ich von meinem Soldatenleben her gewöhnt. Er war groß und hatte Übergewicht. Es steht mir nicht zu, über ihn zu urteilen, aber er hatte die hohe Stimme eines Kastraten. Wenn er sich aufregte, wurde er krebsrot im Gesicht. »Falls er so weitermacht, trifft ihn bei seinen Wutausbrüchen eines Tages der Schlag«, dachte ich mir. Er verdiente viel Geld mit internationalen Finanzgeschäften. Was genau das bedeutet, wusste ich nicht. Als ich ihn auf eine Gehaltserhöhung ansprach, erwiderte er: »Fischen Sie erst das Schwemmholz aus dem Bach, es staut das Wasser. Es ist Starkregen angekündigt. Ich will keine Überschwemmung.« Mein Gehalt erhöhte er nicht.

Als Madame Pétain ihren fünfzigsten Geburtstag hatte, wurde er nicht gefeiert. Pauline stellte ihr einen Strauß Blumen aus dem Garten auf den Tisch. »Was soll das?«, fragte Madame Pétain und würdigte den Strauß keines Blickes. Sie war launisch. Wenn sie Migräne hatte, ging ich ihr nach Möglichkeit aus dem Weg. Ich verzog mich in den äußersten Winkel des Parks, reparierte den Zaun oder fällte in dem Wäldchen entlang der Straße eine abgestorbene Kiefer. Pauline ließ sich von ihr nicht rumkommandieren. Sie kochte ihr einen Kräutertee, der die Nerven beruhigte. Dann ließ Madame ihre Launen an Berthe aus. Das arme Mädchen konnte sich nicht wehren.

Berthe war die femme de ménage. Sie kam dreimal die Woche, putzte und war für die Wäsche zuständig. Sie war ein Waisenkind und hatte eine harte Jugend hinter sich. Aufgewachsen war sie in einem Heim für schwer erziehbare Kinder. Was Liebe ist, hatte sie nie erfahren. Mit achtzehn wurde sie aus dem Heim entlassen und mit einundzwanzig gab es angeblich keinen Jungen im Dorf, der sie nicht in eine Scheune gezerrt hätte. Ich konnte Berthe gut leiden. Sie versorgte Pauline und mich mit Klatschgeschichten aus dem Dorf. Pauline revanchierte sich ab und zu mit einem Stück Kuchen, wenn sie gebacken hatte.

Ich bekam die Anweisung, Erdbeeren zu pflanzen. Sie kam von Monsieur. Die Pflanzsaison war eigentlich vorbei, aber ich ergatterte noch hundert Pflänzchen auf dem Markt in Brignoles. Nahe an der Grenze zu unserem Nachbarn, dem Bauernhof der Familie Roux, grub ich ein Stück Wiese um und verbesserte den Boden mit Komposterde. Die Pflänzchen gediehen gut und setzten Früchte an, die sich allmählich rot färbten.

Monsieur orderte eine Schale Erdbeeren für das Frühstück, das er bei dem schönen Wetter auf der Terrasse einzunehmen beabsichtigte. Meine Aufgabe war es, die Früchte in aller Frühe zu pflücken. Als ich mit einer Schüssel zum Erdbeerbeet kam, blieb mir vor Schreck das Herz stehen. Was ich sah, war unfasslich: Die Pflanzen waren plattgetreten und keine einzige rote Beere mehr vorhanden.

Ich musste den Herrschaften von dem Unglück berichten. Sie saßen bereits auf der Terrasse, als ich mit leeren Händen ankam. »Was!«, schrie Monsieur Pétain und sprang auf. »Das nennst du Unglück? Das ist Vandalismus! Nein, das ist Diebstahl, gemeiner Diebstahl!« Er rannte davon, um sich den Schaden mit eigenen Augen anzusehen. Mit hochrotem Kopf und Schweißperlen auf der Stirn stand er vor dem geplünderten Beet. »Das waren die!«, stieß er hervor und zeigte in Richtung des Hofes von Familie Roux. »Ich werde sie anzeigen. Ich werde ihnen einen Denkzettel verpassen, den sie so schnell nicht vergessen werden. Hausfriedensbruch, Plünderei, Diebstahl ist das.« Noch am selben Tag kaufte ich ein Kilo Erdbeeren am Gemüsekarren. Monsieur Pétain rührte sie nicht an.

Einige Tage später rötete sich eine neue Generation Erdbeeren. Nach Einbruch der Dunkelheit nahm ich eine Decke und setzte mich unter einen nahestehenden Baum. Ich wollte den Dieb auf frischer Tat ertappen. Mit einem Stock würde ich ihn vertreiben. Lange hatte ich keine Nacht mehr im Freien verbracht. Ich hielt durch bis Mitternacht, dann nickte ich ein. Im ersten Morgengrauen wurde ich wach. Ich hörte tapsende Schritte, die sich näherten, sah aber nichts. Stille, dann schmatzende Geräusche. Die Erdbeeren! Da war jemand und erntete, wo ich gepflanzt hatte. Ich griff nach dem Stock und stand auf. Geduckt schlich ich Schritt für Schritt auf das Erdbeerbeet zu. Da regte sich was. Noch ein Schritt, dann sah ich den Dieb. Ein großes kurzbeiniges Vieh mit schwarzweißem Kopf und einer langen Schnauze, die es mir entgegenstreckte. Ein Dachs! Drohend erhob ich den Stock. Da ergriff er die Flucht und war im Nu in der Dämmerung verschwunden.

Das Erdbeerbeet wurde um weitere hundert Pflanzen vergrößert und eingezäunt. Monsieur Roux traf ich kurz darauf im Supermarkt. Er hielt mir ein Anschreiben unter die Nase. Es war eine Abmahnung. Monsieur Pétain drohte ihm, sofort die Polizei zu rufen, wenn er es wagen sollte, noch einmal den Boden von St. Gal zu betreten. Ich sagte nichts, sondern lud ihn zu einem Café Crème ein.

Robert Roux war groß und kräftig. So kräftig, dass er mir einmal im Winter den Traktor, den alten Lanz, aus der Wasserrinne neben der Platanenallee gewuchtet hat. Tief Luft geholt, die Muskeln angespannt, hau ruck, geschafft! Er hätte einem wild gewordenen Stier das Kreuz brechen können. Er war ehrgeizig, er wollte Bürgermeister werden. Das Zeug dazu hatte er.

Seine Frau Marie war zart und bienenfleißig. Ich interessiere mich nicht für die Frauen anderer Männer, aber sie habe ich verehrt. Sie war fröhlich, sie sang bei der Arbeit. Sie molk in aller Frühe die Kühe und machte selber eine Art Camembert. In einer blitzsauberen Kammer musste er reifen. Sie hat sie mir eines Tages, als ich bei ihr einkaufte, gezeigt. Sie war ihr ganzer Stolz. Eines Abends holte sie die Kühe von der Weide und trieb sie der Straße entlang Richtung Dorf.

Da kam ein Jugendlicher angerast, der noch keinen Monat den Führerschein hatte. Er streifte eine Kuh, kam mit seinem Wagen ins Schleudern und erfasste Marie. Sie war auf der Stelle tot.

Ich stand neben Robert an ihrem offenen Grab. Die Zeit schien zu einem Stillstand gekommen zu sein. Es war ein Knacken oder Knistern zu hören, für das es keine Erklärung gab. Ich dachte: »Gleich schreit er auf und stürzt in die Grube.« In dem Moment griff er nach meiner Hand. Als ihm die Tränen kamen, hat er sie fast zerquetscht. Das ganze Dorf war zur Beerdigung gekommen. Alle hätten ihn auf der Stelle zum Bürgermeister gewählt, aber er wollte das Amt nicht mehr. Von da an waren wir Freunde. An Wochenenden ging ich rüber zu ihm. Dann saßen wir auf der Bank vor seinem Hof und erzählten Geschichten aus früheren Zeiten und von einer Zukunft, die es für ihn nicht mehr gab. Im kommenden Jahr hätten Marie und er ein Kind haben wollen.

Für ihren Osterbesuch brachte Madame Pétain einen Maler mit. Einen Künstler, der als Zeichen seiner Verachtung für alles Bürgerliche das Hemd aus der Hose hängen ließ. Er hatte seine Jugend schon eine Weile hinter sich gelassen, gehörte aber zu den Männern, die nie richtig erwachsen werden. Er war mir vom ersten Tag an unsympathisch. Er aß Unmengen Kirschen und spuckte die Kerne auf die Terrasse, in den Pool und in seinem Badezimmer sogar ins Waschbecken. Pauline fand ihn ekelhaft. Sie stellte ihm einen Spucknapf hin, was wenig nützte.

Madame Pétain übersah seine Unarten, sie behandelte ihn wie einen Ehrengast. Er hieß Jules und er rauchte. Schon zum Frühstück brachte er seine Pfeife mit und verdreckte die frische Tischdecke mit Ascheflocken. Anschließend zogen er und Madame sich in den kleinen Salon zurück, in dem er sein Atelier eingerichtet hatte. Er sollte sie malen. Erst mehrere Skizzen anfertigen: unter anderem ein Portrait im Halbprofil, einen Rückenakt und Madame stehend in einer roten Robe. Anhand der Skizzen wollte sie entscheiden, welches Bild Jules in Öl ausführen sollte. Sie wollte es ihrem Mann schenken, der im Sommer Geburtstag hatte.

Das künstlerische Schaffen im kleinen Salon nahm viel Zeit in Anspruch. Maler und Modell verschwanden jeden Tag für Stunden hinter der verschlossenen Tür. Berthe lugte durchs Schlüsselloch, sah aber nichts Berichtenswertes. Pauline und ich waren froh, dass Madame beschäftigt war, so konnten wir ungestört unserer Arbeit nachgehen. Die Zwiebeln der abgeblühten Tulpen mussten ausgegraben und die alten Triebe der Rosen zurückgeschnitten werden. Einmal tauchte Madame an der Seite von Jules im Garten auf. Sie befahl mir, Weinbergschnecken zu sammeln. Die sollte Pauline zubereiten und in Knoblauchsauce auf den Tisch bringen.

Bevor Monsieur Pétain eintraf, um die Ostertage in St. Gal zu verbringen, musste Jules abreisen. Staffelei, der Farbenkasten und die Kunstprodukte verschwanden aus dem kleinen Salon. Madame persönlich trug sie in ihr Schlafzimmer und verschloss sie in einem Schrank. Monsieur verkündete, er wollte im Sommer ein Fest geben. Für hundert Personen. Anlass war sein Geburtstag. Es war ein runder.

Zu einer Vorbesprechung setzte er sich mit mir an den Seerosenteich. Die Gäste müssten ihre Autos auf der Wiese hinter dem schmiedeeisernen Tor abstellen. Meine Aufgabe wäre es, ältere Herrschaften in einem Elektromobil dort abzuholen. Alle anderen müssten zu Fuß durch die Platanenallee zum festlich geschmückten Haus kommen. Ich merkte an, die Wiese sei sehr feucht und für einen Parkplatz ungeeignet. »Außerdem wachsen dort Traubenhyazinthen. Tausende. Es ist eine Pracht. Die Autoreifen würden sie zerstören.« Er sah mich verärgert an. »François, Sie neigen dazu, alles schwarz zu malen. Sie sind ein Défaitiste«, sagte er. »Ob es Ihnen passt oder nicht, ich werde auf dem Rasen vor dem Haus ein großes Zelt aufbauen lassen. Sie werden ihn so niedrig wie möglich mähen. Wenn er trotzdem leidet, werden Sie ihn nach dem Fest neu einsäen.« Damit war die Besprechung beendet. Ich konnte fortfahren, den Kies der Gehwege von Unkraut zu befreien.

Mein Vater hat mir deutsche Sprüche beigebracht, weil er wollte, dass ich mich in seiner Sprache ausdrücken konnte. »Es so richtig krachen lassen«, war einer davon. Es war genau das, was Monsieur Pétain vorhatte. Das Datum für das Fest wurde auf den 15. Juli festgelegt. Von Stund an gab es kein anderes Thema mehr. Eine Planung wurde erstellt, alle Details festgelegt. Von der Zahl der Regenschirme, die für den Fall von schlechtem Wetter angeschafft werden sollten, bis zu einem Krankenwagen mit zwei Sanitätern, die bereitstehen würden, wenn ein Gast einen Ohnmachtsanfall hätte. Dem ersten Plan folgte ein zweiter, diesem ein dritter. Aus dem gesetzten Essen mit Namenskärtchen wurde ein im Zelt aufgebautes warmes Buffet. Aus dem Diskjockey eine Band mit Klarinette und Schlagzeug. Aus der zum Amüsement der Herren engagierten Entkleidungskünstlerin ein Zauberer mit einer im Baströckchen auftretenden Assistentin. Aus Rot als Schmuckfarbe ein strahlendes Blau. Der Etat für das Feuerwerk um Mitternacht wurde verdoppelt, der Preis in Form einer Magnum-Flasche Champagner für die Dame festgelegt, die bereit wäre, unter einer Kaskade von Sternen im Eva-Kostüm in den Pool zu steigen.

Ich hörte auf Robert. Er riet mir, mich nicht verrückt machen zu lassen und zu verhindern, dass die Blumenbeete verwüstet würden. Pauline war verärgert und gekränkt, denn für sie als Köchin hatte man keine Verwendung. Das ganze Essen – von den Salzstangen bis zu den Hummerschwänzen – wurde angeliefert. Auch Berthe war enttäuscht. Sie hätte gerne den Herren Zigaretten und nach dem Essen Zigarren gereicht und so die Bekanntschaft eines spendablen Kavaliers machen können. Sie wurde angewiesen, das Geschirr zu spülen.

Der 15. Juli war ein Samstag. Dieser Jules traf schon einige Tage vorher ein und brachte das Geburtstagsgeschenk für Monsieur Pétain mit. Er führte sich auf, als wäre er die Hauptperson. Überall stand er im Weg und tat so, als hätte er die künstlerische Leitung und das letzte Wort in allen Fragen der Dekoration. Er konnte durchsetzen, dass in der mit blauen Birnen bestückten Lichterkette jede zweite durch eine rote oder orangefarbene ersetzt wurde. Er war so begeistert von seiner Idee, dass er in die Luft sprang, in einem Beet landete und mehrere Stiefmütterchen zertrampelte.

Es kamen weniger Gäste als erwartet. Ich musste nur sechsmal mit dem Elektromobil zwischen Parkplatz und Festzelt hin- und herfahren. Danach hielt ich mich im Hintergrund, sammelte verwaiste, irgendwo abgestellte Gläser ein, mit deren Scherben ich mich sonst am nächsten Tag hätte herumärgern müssen. Ich wies den Herrschaften den Weg zu den Toiletten, um zu verhindern, dass sie sich hinter die Bäume im Park zurückzogen. Oder ich legte für die Damen, die um Mitternacht in den Pool steigen wollten, Handtücher zurecht.

Die Gäste waren alles Leute, die einem Domestiken gegenüber Abstand wahren, den Kopf zurücknehmen, so dass sie ihm ihre Nasenlöcher zeigen, und ihrer Stimme einen blechernen Ton verleihen, den sie für vornehm halten. Es gab an dem Abend nur eine Ausnahme. Ein Mädchen von vielleicht sechzehn Jahren, fast noch ein Kind.

Es gab keinen anderen Gast in ihrem Alter, sie langweilte sich. Ihre Mutter begrüßte Bekannte und Leute, die sie nicht kannte, mit einem Küsschen, erkundigte sich nach der Wassertemperatur im Pool und wollte wissen, was genau unter einem Eva-Kostüm zu verstehen sei. Sie war an der Magnum-Flasche Champagner interessiert. Der Vater war im Festzelt verschwunden.

Sie hieß Jaqueline und trug ein rosafarbenes Kleid mit Petticoat, wie es damals Mode war. Sie duftete nach Veilchen oder Maiglöckchen. Eine Tochter wie sie hätte ich mir gewünscht. »Komm, setz dich auf den Beifahrersitz«, sagte ich und fuhr mit ihr in dem Elektromobil eine Extrarunde. Dann war ich damit beschäftigt, Weißwein kaltzustellen und verlor sie aus den Augen.

Nach dem Essen, gewissermaßen als Nachtisch, enthüllte Jules das Portrait von Madame Pétain. Mit einem Ruck zog er den Vorhang weg und alle klatschten Beifall. Madame bedankte sich bei dem Künstler mit einem Kuss, dann gratulierte sie ihrem Mann und alle sangen *Happy Birthday*. Ich konnte das Bild erst am nächsten Morgen genauer betrachten. Es war schmeichelhaft. Die Falten und die schlaffe Haut am Hals hatte Jules weggelassen.

Anschließend räumten Hilfskräfte die Tische und Stühle aus dem Zelt, um Platz für die Tanzfläche und für die Band zu schaffen. Ich musste verhindern, dass sie alles in einem der Blumenbeete abstellten. Da sah ich, wie Jaqueline vor Jules einen Knicks andeutete, wie er ihr über den Kopf strich und sie hinter ihm herlief, als er sich an der Bar nach vorne drängte.

Die Musik, die die Band von sich gab, gefiel mir nicht. Sie war laut, aber der Rhythmus stimmte nicht. Nach und nach leerte sich die Tanzfläche. Die Gäste schlenderten Richtung Pool.

Ich hatte noch nie ein feu d'artifice aus der Nähe gesehen. Was hier am Geburtstag von Monsieur Pétain geboten wurde, war beeindruckend und ließ den Zauberer vergessen, der wegen einer Diarrhöe abgesagt hatte. Regie führte ein chinesischer Feuerwerksmeister. In kurzen Abständen schossen Raketen in den Nachthimmel, explodierten mit einem Knall und eine Kaskade von glitzernden Sternchen in den Farben des Regenbogens regnete herab. Jede Darbietung war anders.

In einer der kurzen Pausen hörte ich einen Schrei. Bevor die nächste Rakete aufheulte, einen zweiten, länger anhaltenden. Er kam von der Kapelle am gegenüberliegenden Ufer des Weihers. Ich lief in die Richtung und als ich näherkam, sah ich im Schein eines Silberregens, dass die Tür der Kapelle aufsprang und Jaqueline herausstürzte. In Panik rannte sie auf mich zu und klammerte sich an mich. »Hilfe!«, schrie sie und brach in Tränen aus. Aus der Kapelle schlich eine Gestalt und verschwand in der Dunkelheit.

Ich führte Jaqueline zu Pauline in die Küche. Ihr musste ich nichts erklären. Sie sah sofort, was los war und drückte das Mädchen sanft an ihren Busen. Ich lief zum Pool, um die Eltern zu verständigen. Auf dem Weg dorthin begegnete ich Jules. Er hatte einen Kratzer im Gesicht, den er hinter einem Taschentuch zu verbergen versuchte. Schnell wandte er sich ab. Vom Pool waren Bravo-Rufe zu hören, man klatschte Beifall. Er galt nicht dem Feuerwerker, sondern einer Frau, die gerade splitterfasernackt ins Wasser stieg. Es war Jaquelines Mutter.

Am nächsten Tag wurde aufgeräumt: Das Zelt wurde abgebaut, das Geschirr und die leeren Flaschen von Lieferwagen abgeholt. Ich musste abgebrannte Feuerwerksraketen aus dem Pool fischen und inspizierte die Blumenbeete. Die Schäden hielten sich in Grenzen. Auch die Traubenhyazinthenwiese hatte die Autoreifen glimpflich überstanden.

Auf meinem Rundgang begegnete ich Monsieur Pétain. Ich fühlte mich verpflichtet, ihm von dem Vorfall in der Kapelle zu berichten. Als ich den Kratzer in Jules' Gesicht erwähnen wollte, winkte er ab. »François, Sie sind unverbesserlich«, sagte er. »Immer finden Sie ein Haar in der Suppe. Es war ein schönes Fest. Meine Gäste haben sich alle amüsiert. Ich auch«, fügte er hinzu. »Das Mädchen, von dem Sie sprechen, habe ich nicht gesehen. Mädchen in dem Alter haben manchmal – wie soll ich sagen – etwas aufgeheizte Phantasien. Das kommt vor. Man nennt es pubertäre Hysterie.« Mit seinem Gehstock stocherte er in einer breiigen Masse vor uns auf dem Weg. Es war ein plattgefahrener Frosch. »Im Übrigen sollten Sie sich um Ihre eigenen Angelegenheiten kümmern.« Sprach's und schlenderte davon.

Das Fest und das Feuerwerk waren im Dorf noch in aller Munde, da wurde Monsieur Pétain eines Morgens tot in seinem Bett aufgefunden. Der herbeigerufene Arzt stellte Herzversagen fest und meinte, der Verstorbene habe nicht gelitten. Monsieur le maire stellte für den Ortsfremden eine Grabstätte im hinteren Teil des Friedhofs in Aussicht. Das empörte Madame Pétain. »Im hinteren Teil?«, rief sie. »Meinem Mann gebührt ein Platz in der Hauptallee!« Aber dies war nicht der einzige Grund für ihre Empörung.

In der Gegend war bis vor zwanzig Jahren Bauxit angebaut worden. Eine hochgiftige Angelegenheit. Die Arbeiter in den Minen erkrankten an Krebs und starben früh. Um die Produktion zu gewährleisten, wurden Algerier angeworben, die ihre Arbeit ohne Schutzkleidung verrichten mussten. Ihre Toten wurden im hinteren Teil des Friedhofs beerdigt, abgerückt von den christlichen Gräbern. Die Vorstellung, sie müsse sich bei der Beerdigung ihres Mannes bis in die Nähe der algerischen Gräber begeben, war für Madame Pétain unvorstellbar. Sie war bereit, tief in die Tasche zu greifen. Sie übernahm die Kosten für eine Friedhofskapelle, in der die Toten künftig die letzte Nacht vor ihrer Grablegung verbringen sollten. Den Platz gleich neben der Kapelle handelte sie sich für ihre großzügige Spende ein.

Vier Wochen trug Madame Trauerkleidung und verschloss abends ihre Schlafzimmertür. Dann holte sie wieder ihre geliebten Kleider in Rosé und Mauve aus dem Schrank und ordnete die Dinge in St.Gal neu. Sie ernannte Jules zum Verwalter. Seinen Befehlen war ab sofort Folge zu leisten. Im kleinen Salon richtete er sein Arbeitszimmer ein.

Er ließ mich kommen. Während er sprach, ballte er die Faust und blickte aus dem Fenster. »Sie sind ein falscher Fuffziger«, sagte er. »Sie haben mich bei Monsieur Pétain denunziert. Das macht mir eine Zusammenarbeit mit Ihnen unmöglich. Ich entlasse Sie hiermit. Sie haben Ihre Wohnung innerhalb von drei Tagen zu räumen.«

Ich packte meine sieben Sachen zusammen und ging noch einmal durch Garten und Park. In einer Platane nistete ein Rotkehlchen, die Rosen mussten gedüngt werden, damit sie ein zweites Mal blühten, ein Vorderreifen des Traktors verlor Luft und die Goldfische im Teich warteten darauf, gefüttert zu werden.

Als Robert von meiner Entlassung hörte, zögerte er keine Minute. »Du kommst zu mir. Bei mir ist Platz. Du wohnst bei mir und kannst dir in Ruhe was Neues suchen. Ein Vieux Militaire wie du ist als Gardien gesucht. Mach dir keine Sorgen. Du wirst was Gutes finden.« Er sollte Recht behalten. Ich nahm eine Stelle im benachbarten Département auf einem Weingut an.

An einem Wochenende feierten wir Abschied. Es war Paulines freier Tag. Sie kochte bei Robert ein Festessen mit einer Elsässer Zwiebelsuppe als Vorspeise, einem Rôti de bœuf als Hauptgang und einer

Tarte hinterher. Robert öffnete eine Flasche Rosé aus der Gegend und wir stießen an, dass die Gläser klirrten. Nach dem zweiten Schluck errötete Berthe und gestand, dass sie einen festen Freund hatte. Wir ließen sie hochleben und wünschten ihr viel Glück.

Jahre später kam ich noch einmal in die Gegend. Ich stand vor dem schmiedeeisernen Tor, schellte aber nicht. Im Dorf traf ich den ehemaligen Bürgermeister. »Über St. Gal kreist ein Unstern«, sagte er (Er drückte sich weniger gewählt aus). Madame Pétain hat es hier nicht lange ausgehalten und ist mit ihrem Maler an die Côte d'Azur gezogen. St. Gal steht seither zum Verkauf.

Februar 2021

Dieses Buch erscheint 2021 als limitierter
Privatdruck in einer Auflage von 300 Exemplaren
in Rezensried bei Herrsching am Ammersee.

Typografie und Buchgestaltung durch
Rudolf Paulus Gorbach, Utting am Ammersee
Satz aus der Franziska Pro durch
Dagmar Natalie Gorbach, Hamburg
Druck und Bindung durch Memminger MedienCentrum,
Memmingen
Gedruckt auf geglättetes leicht gelbliches Werkdruckpapier
»Fly« von Cordier / Schleipen, Bad Dürkheim
Einband Gmund Colors, Gmund
Foto des Umschlagbildes von Pe-Lin Neven Du Mont,
Rezensried
Regie der CD-Aufnahme durch Caroline Neven Du Mont,
Gauting im Tonstudio Giesing-Team, München
CD Pressung durch Dicentia Germany, München
ISBN 978-3-00-068494-4